徐尚衡　編著

中國詩詞故事

中華教育

目錄

惜往日

戰國・楚・屈原

原文

　　惜往日之曾信兮，受命詔以昭時。奉先功以照下兮，明法度之嫌疑。國富強而法立兮，屬貞臣而日娭。祕密事之載心兮，雖過失猶弗治。心純厖而不泄兮，遭讒人而嫉之。君含怒而待臣兮，不清澈其然否。蔽晦君之聰明兮，虛惑誤又以欺。弗參驗以考實兮，遠遷臣而弗思。信讒諛之溷濁兮，盛氣志而過之。何貞臣之無罪兮，被離謗而見尤。慚光景之誠信兮，身幽隱而備之。

　　臨沅湘之玄淵兮，遂自忍而沉流。卒沒身而絕名兮，惜壅君之不昭。君無度而弗察兮，使芳草為藪幽。焉舒情而抽信兮，恬死亡而不聊。獨障壅而蔽隱兮，使貞臣為無由。

　　聞百里之為虜兮，伊尹烹於庖廚。呂望屠於朝歌兮，寧戚歌而飯牛。不逢湯武與桓繆兮，世孰云而知之。吳信讒而弗味兮，子胥死而後憂。介子忠而立枯兮，文君寤而追求。封介山而為之禁兮，報大德之優遊。思久故之親身兮，因縞素而哭之。

　　或忠信而死節兮，或訑謾而不疑。弗省察而按實兮，聽讒人之虛辭。芳與澤其雜糅兮，孰申旦而別之？何芳草之早殀兮，微霜降而下戒。諒聰不明而蔽壅兮，使讒諛而日得。

　　自前世之嫉賢兮，謂蕙若其不可佩。妒佳冶之芬芳兮，嫫母姣而自好。雖有西施之美容兮，讒妒入以自代。願陳情以白行兮，得罪過之不意。情冤見之日明兮，如列

宿之錯置。

　　乘騏驥而馳騁兮，無轡銜而自載；乘氾泭以下流兮，無舟楫而自備。背法度而心治兮，辟與此其無異。寧溘死而流亡兮，恐禍殃之有再。不畢辭而赴淵兮，惜壅君之不識。

　　滾滾江水，滔滔汨羅，涼風驟起，日暮昏昏。一位形容枯槁的老人，披髮行吟在江畔。江風抖亂了他的長髮，悲愴撕裂了他的胸膛。隨着穿金裂石的一聲呼喊，老人懷抱着大石塊，一頭栽進滔滔的汨羅江，用最強的音符，終止了生命的最後一個樂章。

　　他，就是我國歷史上第一位偉大的愛國主義詩人，生為楚國英傑，死為南國鬼雄的屈原。

　　這位情繫國家，心懷民眾的巨人，於公元前 340 年出生在楚國的一個貴族世家。年輕的屈原博聞強記，擅長外交辭令，具有卓越的政治才幹，二十多歲就當上了楚懷王的司徒。他竭力主張任用賢人，革新政治，聯合齊國，抵禦強秦。

　　他萬萬沒有想到，這些主張招來腐朽勢力的反對，對他進行排斥和迫害。為起草「憲令」，他得罪了上官大夫靳尚，靳尚懷恨在心，在楚懷王面前百般詆毀屈原，說屈原居功自傲，不把任何人放在眼裏。庸懦昏聵、心胸狹窄的楚懷王信以為真，從此開始疏遠屈原；後來又撤去他司徒的官職，讓他當三閭大夫，掌管宗族子弟的教育。

　　以靳尚為首的腐朽勢力把屈原看作肉中刺、眼中釘，不肯善罷甘休，進一步對他進行迫害。不辨黑白的楚懷王被讒言迷惑，一怒之下將屈原放逐到漢北，屈原第一次離開楚國的政治中心 —— 郢都（今湖北荊州北面紀南城）。

屈原被放逐以後，外患接踵而至。虎視眈眈的強秦見有機可乘，派張儀為使者，拿六百里土地作為誘餌，要楚國與齊國斷交。

利令智昏的楚懷王果然中計，撕毀了與齊國的盟約。當楚懷王派人到秦國去接受土地時，張儀卻耍起了無賴，說當初講定的是六里，根本不是六百里，要怪只怪楚懷王自己沒有聽清。

楚懷王氣壞了，這真是偷雞不成蝕把米！他立即點起大軍，攻打秦國，結果被早有準備的秦軍打得一敗塗地，喪失了漢中一帶的土地。

這時候，楚懷王才想起了屈原，把他從放逐地召回，派他到齊國重修舊好。屈原奉命而行，到了齊國費盡口舌，總算恢復了兩國聯盟關係。

秦王聽說楚王派屈原前往齊國，齊國、楚國又結成聯盟，連忙表示願意歸還侵佔的土地。楚王恨透了張儀，放出這樣的話：寧可不要喪失的土地，也要殺死張儀。

詭計多端的張儀知道楚王好對付，帶着大量財物來到楚國。他買通了靳尚和楚懷王的寵妃鄭袖，要他們在楚懷王面前為自己辯解。楚懷王果然又被迷惑了，居然放走了張儀。屈原匆匆趕回郢都時，張儀已經離開。屈原竭力勸說楚懷王追殺張儀，除去一大禍患，可惜為時已晚，張儀早已跑得無影無蹤。

公元前 299 年，秦國佔領了楚國大片土地之後，約楚懷王到武關（今陝西丹鳳縣東武關河北岸）相會。楚懷王舉棋不定，進退兩難。屈原勸楚懷王不要前往：「秦國像虎狼一樣兇狠。秦王總是說些騙人的鬼話，不能相信他。」

沒想到懷王的小兒子子蘭卻說：「這是與秦國交好的機會，我們不能放棄！」

楚懷王聽信了子蘭的話，決心前往秦國。一到武關，秦軍派出伏兵截斷了楚王的歸路，將楚王扣留，逼迫他割讓土地。楚懷王悔恨交

加，堅決不答應。他設法逃到趙國，可是趙王不敢接納他。他又企圖逃往魏國，但被秦國追兵捉回。公元前296年，懷王在秦國病逝。屈原聽到這個噩耗，五內俱焚，寫下了《招魂》寄託自己的哀思。

楚懷王去世後，太子橫繼位，他就是楚頃襄王。頃襄王不辨忠奸，任用他的弟弟子蘭為最高行政長官 —— 令尹，將年過半百的屈原放逐到楚國的南疆。

屈原登上放逐的旅途，頻頻回顧郢都。他身遭陷害，滿腹愁緒，為排解心中的苦悶，抒發自己的胸臆，寫下了流傳千古的名作 ——《離騷》。這首長詩是他被放逐後的血淚結晶，通過對春蘭、秋菊、美人、香草的描繪，透露出熱愛祖國山河的無限深情。

公元前277年，秦將白起攻克郢都。屈原聽到這個消息，如同五雷轟頂。在極端絕望之中，他於農曆五月初五那天，沉江自盡。

屈原沉江的消息風一般迅速傳開，震驚了汨羅江兩岸的居民，人們湧向江邊，登上輕舟，沿江尋找屈原的蹤跡。當尋找無望時，人們便用箬葉包着米飯投入江中，希望魚兒吃得飽飽的，不要再去吃屈原神聖的軀體 —— 這便是端午節粽子的來歷。

《惜往日》是屈原臨終前寫下的絕命詞，是這位偉大詩人最後的絕唱。全篇可分為六段：

從「惜往日之曾信兮」至「身幽隱而備之」為第一段。追敍自己當初盡忠竭智，為楚國貢獻自己的力量，最終因為奸人進讒，遭到懷王猜忌，以致被疏遠。

從「臨沅湘之玄淵兮」至「使貞臣為無由」為第二段。寫自己臨死之前的思想鬥爭，最終決心以身殉國。

從「聞百里之為虜兮」至「因縞素而哭之」為第三段。歷舉前世君王得賢人則興、信讒言則滅亡之事，作進一步的對比說明。

從「或忠信而死節兮」至「使讒諛而日得」為第四段，承上文說明自古以來忠臣罹難，都是因為君王聽信讒言造成的。

從「自前世之嫉賢兮」至「如列宿之錯置」為第五段。進一步陳述自己的所作所為都是光明正大的，自己所受的冤屈將昭雪於天下。

從「乘騏驥而馳騁兮」至「惜壅君之不識」為第六段。表明自己沉江自盡，以身殉國的決心。

易水歌

秦·荊軻

原文

> 風蕭蕭兮易水寒，壯士一去兮不復還。
> 探虎穴兮入蛟宮，仰天呼氣兮成白虹。

公元前227年，秦國大軍攻到燕國邊境，弱小的燕國危如累卵。情急之中，燕國太子丹請來了衛國刺客荊軻，派他去刺殺秦王嬴政。

荊軻又勇猛又仗義，一口答應太子丹的請求。時隔不久，他就帶着一位名叫秦舞陽的勇士出發了，太子丹及一羣好友十里相送，一直送到易水河（在今河北西部，源出易縣境內，入南拒馬河。當時為燕國邊界）邊。

面對瀟瀟朔風，寒冷徹骨的易水，荊軻的好友高漸離情不自禁地流着眼淚擊起了筑（一種樂器），荊軻和着筑聲引吭高歌：「風蕭蕭兮易水寒，壯士一去兮不復還。」── 他心裏明白，此次行刺，無論成敗，他都必死無疑！但是為了報答太子丹的厚遇，為了拯救燕國，他必須義無反顧地前往。他的歌聲在河面上迴盪，太子丹和所有送行的人聽了都淚流滿面。

不多日，荊軻帶着秦舞陽風塵僕僕來到了秦國首都咸陽。荊軻給秦王的寵臣蒙嘉送了份厚禮，稱自己有樊於期（投降燕國的秦將）的首級和燕國督亢地區（今河南涿縣東南，當時為燕國最富饒的地區）的地圖，打算獻給秦王，煩請他引見。

秦王聽說後自然十分歡喜，隨即在宮中隆重接見荊軻。荊軻和秦舞陽分別捧着裝有樊於期首級的盒子和督亢地圖，一前一後進宮、上殿、拜見秦王。

宮中警衞森嚴、氣氛肅然，秦舞陽嚇得心驚肉跳，面無人色。荊軻看到這種情況，連忙加以遮掩，對秦王說：「他這個鄉下人從來沒有見過君王，心虛膽怯，請大王不要怪罪。」邊說邊從秦舞陽手中拿過捲好的地圖，走上前奉獻給秦王。

秦王接過地圖，如獲至寶般慢慢展開，展現到最後，一把藏在裏面的淬過毒的匕首露了出來。荊軻猛地抓過匕首，一手抓住秦王的袖子，朝秦王猛刺過去。秦王慌忙將身子一閃，掙斷衣袖，躲開了致命的一刺。荊軻再要行刺時，秦王已經驚恐地跳開，躲到大柱子後面。荊軻手握匕首緊緊追過去，秦王慌慌張張繞着大柱子兜圈。

秦國大臣都嚇呆了！待到他們回過神來，卻不敢衝上前去幫助秦王 —— 秦國朝會有規定，沒有君王的命令，誰也不得走上王座的高台。秦王慌張之中，幾次想要拔隨身所佩戴的寶劍，可是因為劍太長，沒能從劍鞘中拔出來。

御醫夏無且急中生智，用隨身攜帶的藥囊向荊軻擲過去，左右大臣似乎被驚醒，高聲呼喊道：「大王，把劍背到背上！」秦王明白過來，把劍轉到背後，拔出了利劍，猛地向荊軻砍去，一劍斬斷了荊軻的左腿。荊軻倒在血泊之中，拚盡最後的力氣，將匕首向秦王擲去。秦王閃身躲過。

氣急敗壞的秦王揮劍對荊軻又刺又劈，頃刻間荊軻已是血肉模糊。荊軻掙扎着舉起右手指着秦王道：「殺你不成，是因為我想劫持

你，逼你從燕國邊境撤軍。如今前功盡棄，我死不瞑目！」

殺紅了眼的秦王在荊軻身上連刺數十劍，還是覺得不解恨，又下令將屍體肢解示眾。自然，那個嚇破了膽的秦舞陽也沒能活命。

荊軻雖然英勇獻身，他的英雄氣概卻一直鼓舞着後人。在以後的兩千年裏，每當祖國處於危急時刻，有志青年總是吟詠着「風蕭蕭兮易水寒，壯士一去兮不復還」，義無反顧地為祖國獻身。

垓下歌

秦・項羽

原文

力拔山兮氣蓋世。時不利兮騅不逝。
騅不逝兮可奈何！虞兮虞兮奈若何！

想當年，項羽是何等神勇，不愧為力拔泰山的英豪。

秦末農民起義爆發以後，秦二世胡亥派出軍隊進行鎮壓。秦將章邯率領大軍擊敗楚國軍隊，殺死項羽的叔叔項梁，隨後渡過黃河，圍攻趙國鉅鹿（今河北鉅鹿），趙國危在旦夕。

趙王急忙向楚王求救，楚王以宋義為主將，項羽為副將，領兵前往援救趙國。宋義率領大軍到了安陽（今河南安陽西南），被秦軍的氣勢嚇倒，逗留了四十多天不敢前進。項羽非常着急，多次勸說宋義趕快前往鉅鹿，宋義卻說：「先讓秦軍、趙軍相鬥，等到兩敗俱傷時我們從中獲利。」並且傳下命令：「誰敢倔強不聽指揮，一律斬首！」

這話是說給項羽聽的，警告項羽不要不服從指揮，不然的話就要

砍了他的頭。項羽忍無可忍，殺死了宋義，奪取了兵權，領兵直向鉅鹿奔去。

他以黥布為先鋒，率領兩萬人馬渡過漳水與秦軍作戰，因秦軍力量強大，取得的戰果不大。在趙國的急切請求下，項羽決定帶領全軍人馬渡過漳水，和秦軍決一死戰。

渡過漳水以後，項羽下令沉掉所有的渡船，砸破所有的飯鍋，只帶三天乾糧，向全體官兵表示：只能向前殺敗敵人，不能向後撤退，否則的話，只有死路一條。官兵們情緒激昂，互相勉勵，個個決心奮勇殺敵。

秦軍人馬雖多，但始終抵擋不住拚死作戰的楚軍，經過多次激烈戰鬥，楚軍終於把秦軍打得大敗，項羽又指揮部隊乘勝追擊，終於殲滅了秦軍的主力。

秦朝滅亡以後，經歷了五年楚漢之爭。劉邦屢屢被項羽打敗，有一次，連他的父母親都被項羽活捉。經過不屈不撓的努力，劉邦終於強大起來，跟項羽相抗衡。公元前203年，項羽被劉邦打敗，於無奈中向劉邦提出建議：雙方以鴻溝（古代運河，在今河南境內）為界，東邊歸楚，西邊歸漢，互不侵犯。劉邦接受了建議，雙方罷戰。這個曾經扛鼎拔山的英雄，已經走向窮途末路。

經過短暫休整，劉邦聽從張良和陳平的規勸：現在項羽兵勢衰弱，必須將楚軍一舉殲滅。他率領大軍追擊正在東撤的楚軍，將他們層層包圍在垓下（今安徽靈璧東南）。

那時候，項羽兵微將寡，糧草將盡，陷入了絕境。一天夜裏，項羽忽然聽到四面的漢軍官兵唱起了楚地民歌，吃驚不小，從牀上一躍而起，說：「難道漢軍已經佔領了楚地？不然的話漢軍中哪來這麼多楚人？」實際上，漢軍尚未佔領楚地，這是劉邦使出的計謀，用以擾亂楚軍軍心。

項羽心亂如麻，在營帳裏喝起了酒。他一邊喝酒，一邊與虞姬唱

起了《垓下歌》。唱完之後，項羽忍不住流淚，部下見了非常傷心，也跟着流下了眼淚。

過了一會兒，項羽率領八百騎兵趁着夜色衝出重圍。直到第二天早上，漢軍才發覺項羽已經突圍。劉邦連忙派人追趕，終於在烏江邊追上了項羽。

烏江的亭長撐船靠岸等待項羽，對項羽說：「江東雖小，也還有方圓千里的土地，請大王急速過江，漢軍即使追到這裏也沒有船隻可以渡江。」項羽說：「當初我帶領八千江東子弟渡過烏江向西挺進，現在無一人生還，即使江東的父老兄弟憐愛我而擁我為王，我又有甚麼臉見他們呢？我知道您是忠厚的長者，我騎這匹馬五年了，曾經日行千里，所向無敵，我不忍心殺掉牠，把牠賞給您吧！」

項羽命令騎馬的部下都下馬步行，手拿短小輕便的刀劍與敵人交戰，僅項羽一人就殺死漢軍幾百人，項羽自己也負傷十多處，最後自刎身亡。

《垓下歌》是項羽在決戰前夕所作絕命詞，首句唱出了一個舉世無雙的英雄形象；第二、三句是說，由於天時不利，他所騎的那匹名馬烏騅不能向前行進了，這使他只好徒喚「奈何」。從最後一句可以看出，這位英雄人物雖然已經陷入萬般無奈的絕望，但是對虞姬依然有着刻骨銘心的愛。

《垓下歌》，這是一首英雄末路的悲歌。

大風歌

漢·劉邦

原文

大風起兮雲飛揚，威加海內兮歸故鄉，

安得猛士兮守四方？

劉邦是漢王朝的開國皇帝，是我國第一位從平民登上帝位的皇帝，也是漢民族和漢文化的開拓者之一。

劉邦登上帝位後，一些臣民為了給這位平民出身的皇帝提高身分，編織了一些神話，說漢高祖劉邦本來就是「龍種」。傳說有一天，劉邦的母親過於勞累，在湖邊休息，不知不覺睡着了。劉邦的父親見妻子遲遲未歸，便到外面去尋找。到了湖邊，看到的情景把他嚇壞了：一條蛟龍在妻子的身上盤桓，過了許久才離去。回家以後，妻子竟然懷孕了，生下的孩子便是後世的漢高祖劉邦。既然劉邦本為「龍種」，那當然是「真命天子」了。

那時正值秦始皇的晚年，老百姓生活在水深火熱之中。有一天，時任泗水亭長的劉邦接到命令，押送一批刑徒到驪山修築秦陵。築陵工程苦不堪言，多數刑徒最終免不了做秦陵下的冤魂。

出發的當天晚上，幾個刑徒伺機逃脫；第二天晚上，又跑掉幾個；到了豐西澤（在江蘇豐縣西），這些刑徒已經跑了一大半。唉，這該怎麼辦？劉邦思前想後，反正死罪難逃，索性做好事，把這些刑徒全都放了！以後的一段日子，他只能隱姓埋名，蟄伏在芒碭山中。

公元前209年，陳勝、吳廣在大澤鄉率眾起義，各地羣雄紛紛響應，劉邦在沛縣趁勢而起，組織了一支參與推翻暴秦的軍隊。在殘酷的戰鬥中，這支軍隊迅速壯大起來。

公元前207年，劉邦率先領兵攻進秦國首都咸陽，接着，項羽率

領各路人馬趕到。當時,項羽的力量最強大,他自封為西楚霸王,做了天下諸侯的首領;分封了十八個諸侯,要他們都聽從他的指揮。

項羽對劉邦最不放心,所以把西南邊遠地區分封給他,封他為漢王。又在劉邦封地的東面封了雍王章邯、塞王司馬欣和翟王董翳,堵住他向東發展的去路。劉邦對項羽的做法很不滿意,但是項羽的力量強大,自己毫無辦法,只得率領部下前往封地。

古時候,人們在山嶺險峻的地方用木材架設了許多棧道。劉邦採用了張良的計謀,在前往封地的途中,走過一段棧道燒毀一段棧道,這樣,既可以防止其他諸侯的侵犯,又可以麻痺項羽,使他認為自己只想守住封地,不想向東與他爭奪地盤。

這一招果然起了作用,項羽放鬆了對劉邦的戒備,把注意力集中在其他不聽從指揮的諸侯身上。

這一年的六月,劉邦採用了韓信的計謀,一方面派人大張旗鼓地修復棧道,擺出一副即將向東進軍的架勢;一方面和韓信率領大隊人馬,繞道從艱險的小路直插陳倉。

時刻戒備着劉邦的章邯得到漢軍修理棧道的消息,「哈哈」大笑,說:「誰要你把棧道燒毀!你自己斷了出路,現在又來修理,看你哪年哪月才能修好!」

不久,章邯得到緊急軍情報告,說漢軍已經進攻陳倉,守將陣亡。章邯吃驚不小,棧道還沒有修好,漢軍是從哪裏飛來的?他急急忙忙領兵前去抵抗,哪裏還抵擋得住?連打了幾次敗仗以後,章邯山窮水盡,被迫自殺。塞王司馬欣和翟王董翳得到章邯自殺的消息,嚇破了膽,不敢抵抗漢軍,連忙投降。

從此以後,戰局發生了變化,劉邦向東挺進,與項羽爭奪天下的決戰拉開了帷幕。

經過五年的楚漢之爭,劉邦經過不屈不撓的努力,終於強大起來,能跟項羽相抗衡了。

公元前 202 年，劉邦在垓下（今安徽靈璧東南）一舉擊潰項羽，項羽被迫自刎。劉邦終於消除了心頭大患，建立了漢王朝。

劉邦之所以能夠戰勝項羽，是因為有許多支部隊支持他並且和他協同作戰。這些部隊，有的是他的同盟軍，本來就沒有統屬關係；有的雖然原來是他的部屬，但在戰爭中不斷壯大，已經難以號令。登上帝位以後，劉邦為了穩定人心，先是將幾支主要部隊的首領封為王，日後政權穩固，卻想將他們一一剿滅。

「鳥盡弓藏，兔死狗烹」，這些王爺察覺自己地位不穩，紛紛起兵反叛。公元前 196 年，淮南王英布起兵反漢。由於英布驍勇善戰，劉邦只得領兵親征。在擊敗了英布得勝還朝的途中，劉邦衣錦還鄉，順路回自己的故鄉沛縣，把昔日的好友、尊長、晚輩召來歡飲。酒酣耳熱之際，劉邦一面擊筑（一種樂器），一面唱起這一首自己即興創作的《大風歌》。

詩的首句以雄渾的背景，表現出劉邦的宏偉氣魄；次句則表現出一代梟雄志得意滿，意氣風發的氣概；末句語調一轉，表達了自己渴望得到捍衛四方猛士的強烈願望，流露出前途未卜的焦慮和心中的不安。

如果說，項羽的《垓下歌》表現了失敗者萬般無奈的絕望和哀痛，那麼，劉邦的《大風歌》則顯示出勝利者的得意和守成的願望。

舂歌

漢・戚夫人

原文

子為王，母為虜！
終日舂薄暮，常與死為伍！
相離三千里，誰當使告汝！

漢高后呂雉，是中國歷史上第一位皇后和皇太后。別以為呂雉只因為是劉邦的妻子而尊顯，她可是一位性格剛毅、行事果斷、殘忍刻毒、權慾薰心的角色。劉邦去世以後，她便臨朝稱制，掌握着朝廷大權。她任意生殺予奪，長達十六年之久。

漢高祖晚年的時候，寵愛戚夫人及所生兒子如意。戚夫人年輕，多才多藝，不僅有一副好嗓子，彈得一手好琴，還擅長跳「翹袖折腰」舞。劉邦常將戚夫人帶在身邊，將呂后冷落在一旁。

劉邦覺得呂后所生太子劉盈生性軟弱，做了皇帝會大權旁落；如意這孩子雖說是庶出，倒是很像自己，做事有魄力。他想立如意為太子，卻遭到呂后和大臣們的反對，最終沒能把這件事辦成。劉邦萬萬沒有想到，他這麼一來，把戚夫人和劉如意給害慘了。

劉邦一死，戚夫人和劉如意哪會有好日子過！漢惠帝劉盈雖說是皇上，但是大權都落到了呂后手裏。呂后掌權後所做的第一件事，就是剃掉戚夫人的頭髮，逼她穿上囚衣，給她戴上鐵枷，把她關進永春巷舂米。

那時候，劉如意被封為趙王，遠在千里之外。戚夫人有苦無人訴，悲痛萬分，於是作《舂歌》自歎。

呂后聞報後大怒：「這個賤人，居然想要靠兒子翻身？甚麼『誰當使告汝』，告訴了那個小畜生又怎麼樣！現在我就斷了她的念頭！」

她將劉如意召回長安，打算找機會將他除掉。

漢惠帝劉盈和同父異母的弟弟劉如意手足情深，知道太后想要害死弟弟如意，便親自對他加以保護。他將如意接到身邊，吃飯、睡覺都在一處。呂后幾次要下手，都被漢惠帝阻止。

一天清晨，漢惠帝要外出練習射箭，看到如意正在熟睡，不忍擾了弟弟的清夢，就一個人出去了。就是這麼一個不忍心，送掉了弟弟的性命，等到他射箭回來，年僅十五歲的弟弟已經慘死在牀上。

殺了劉如意後，呂后還不解恨，又命人把戚夫人的手腳全部砍去，挖出她的雙眼，逼迫她吃了啞藥，把她扔豬圈裏。可憐戚夫人，只能在豬圈裏蠕動，直到三天以後才受盡折磨而死。

漢惠帝見到戚夫人的慘狀，嚇得魂不附體，派人對呂后說：「這種事不是一般人能做出來的！我雖說是太后的兒子，卻沒有能力治理天下。」從此以後，惠帝日夜飲酒作樂，迷戀後宮，再也不聽政事，在位七年駕崩。

白頭吟

漢・卓文君

原文

皚如山上雪，皎若雲間月。

聞君有兩意，故來相決絕。

今日斗酒會，明旦溝水頭。

躞蹀御溝上，溝水東西流。

淒淒復淒淒，嫁娶不須啼。

願得一心人，白頭不相離。

竹竿何裊裊，魚尾何簁簁。

男兒重意氣，何用錢刀為！

　　談起漢代文學，人們總免不了說起「二司馬」──撰寫《史記》的司馬遷和漢代大賦的代表人物司馬相如。說起司馬相如，人們不禁會想起千百年來被人津津樂道的「文君當壚」的故事。

　　司馬相如是漢代蜀郡成都（今四川成都）人，文章寫得好，琴也彈得精妙。漢景帝時，他曾擔任武騎常侍，由於皇上不喜歡詞賦，他的才能得不到發揮。後來他去投奔梁王，跟枚乘、鄒陽等人交遊。梁王死後，司馬相如又沒了依靠，只好打點行裝，回老家成都。

　　司馬相如文齊財不齊，未免囊中羞澀。他的好友王吉在蜀中任臨邛（今四川邛崍）令，他便去投奔王吉。王吉見到老朋友，自然熱情招待，將司馬相如安排在旅館裏，時時來探望司馬相如。

　　臨邛縣的富豪卓王孫設宴招待王吉，王吉便約司馬相如一同前往。主人卓王孫久聞司馬相如大名，見他儀表堂堂，風度翩翩，對他十分熱情。正當酒酣耳熱之際，王吉提議讓司馬相如操琴，為大家助興。司馬相如也不推辭，坐到琴前，行雲流水般彈奏起來，讓在座的

人都聽得入了神。

卓王孫的女兒卓文君是個大美人，十六歲就出嫁，新近死了丈夫，回到娘家。聽到有人彈琴，不由自主地來到大廳門口傾聽。看看彈琴人，是位帥氣的佳公子；聽聽彈的曲子，讓人如痴如醉。卓文君一下子被迷住了。

司馬相如一曲彈罷，影影綽綽看到有位體態裊娜的佳人站在門口，知道是卓王孫的女兒卓文君，便打起十二分精神，使出渾身解數，又彈了一曲。一曲彈罷，賓主轟然叫好。

卓文君聽到美妙的琴聲，再看看他的翩翩風度，頓生相見恨晚之意，不由得產生了愛慕之心，加上司馬相如有心以琴聲挑逗，更讓她心旌搖盪。這時候，侍女悄悄走了過來，暗中傳遞了司馬相如向卓文君表達的愛慕之意。這一來更是火上澆油，燃起了她胸中的愛情烈火。

宴席散了以後，卓文君心境難平。如此中意的郎君，難道見了一面之後便永遠分離？她暗暗鼓起勇氣，要為自己尋找幸福，便悄悄收拾了一下，帶了些隨身用品，直奔司馬相如居住的旅館。

司馬相如回旅館不久，聽到有人敲門。開門一看，來人竟然是卓文君。見到夤夜前來的卓文君，他又驚又喜。這裏不是久留之地，天亮之後卓王孫找過來，司馬相如難逃勾引良家婦女的罪名！兩人當即決定連夜私奔，逃往司馬相如的老家成都。

經過多日奔波，兩人終於來到司馬相如家。司馬相如多年不在這裏居住，到處都是灰塵，屋裏空蕩蕩的，除了一張牀以外沒有其他家具。卓文君一點兒都不嫌棄，把屋子打掃乾淨，就在這裏住了下來。

卓文君用自己帶來的錢，開了一家小酒店，自己當壚賣酒，司馬相如在店裏幹些雜活，以此維持生計。日子過得雖不富裕，兩人卻相親相愛，相敬如賓。

卓文君私奔以後，卓王孫免不了暴跳如雷，日子久了，反倒掛念

起女兒來。派人前去打聽，得知兩人雖然過得艱辛，卻也恩恩愛愛。他暗暗想道：把女兒留在身邊，也不是長久之計，現在木已成舟，自己的女兒還是不能丟下不管。他派人給他們送去錢和僕人，兩人的處境得以改善。

司馬相如和卓文君的這段佳話很快傳揚開來，蜀地士子更是無人不知。漢武帝繼位後，讀了司馬相如的《子虛賦》，被深深打動。經同鄉太監楊得意的引薦，司馬相如來到京城。他又寫了一篇《上林賦》，漢武帝看了以後讚歎不已。

俗話說：近朱者赤，近墨者黑。到了京城做官，好比掉進了大染缸，司馬相如漸漸也想跟其他的官員一樣，左擁右抱，享受風流快活。日子久了，便將卓文君冷落在一旁。

司馬相如迷上了一位茂陵女子，打算納她為妾。他便寫了一封信給卓文君，讓她明白自己的心意。卓文君打開信一看，上面只有十三個數字：一、二、三、四、五、六、七、八、九、十、百、千、萬。卓文君一下子就明白過來，這裏的十三個數字沒有「億（意）」。郎君既已「無意」，自己還要留在他身邊何為！淚水打濕了衣衫，傷心欲絕的卓文君肝腸寸斷。

她思慮再三，緊咬貝齒，提筆寫下了這首《白頭吟》。這首詩表現了一位妻子對丈夫熾熱、純潔的愛情，並表示要跟已經變心的丈夫一刀兩斷。詩中沒有乞求，表現出她面對事實的鎮定；詩中「願得一心人，白頭不相離」的呼喚，抒發出所有女子的心聲。

司馬相如看到這首詩，被深深打動，想到往昔的恩恩愛愛，終於打消了納妾的念頭。夫妻倆言歸於好，又成就一段人間佳話。

陌上桑

漢樂府

原文

日出東南隅，照我秦氏樓。秦氏有好女，自名為羅敷。羅敷喜蠶桑，採桑城南隅；青絲為籠係，桂枝為籠鈎。頭上倭墮髻，耳中明月珠；緗綺為下裙，紫綺為上襦。行者見羅敷，下擔捋髭鬚；少年見羅敷，脫帽着帩頭。耕者忘其犁，鋤者忘其鋤；來歸相怨怒，但坐觀羅敷。

使君從南來，五馬立踟躕。使君遣吏往，問是誰家姝？「秦氏有好女，自名為羅敷。」「羅敷年幾何？」「二十尚不足，十五頗有餘。」使君謝羅敷：「寧可共載不？」羅敷前置辭：「使君一何愚！使君自有婦，羅敷自有夫。」

「東方千餘騎，夫婿居上頭。何用識夫婿？白馬從驪駒；青絲繫馬尾，黃金絡馬頭；腰中鹿盧劍，可值千萬餘。十五府小吏，二十朝大夫，三十侍中郎，四十專城居。為人潔白皙，鬑鬑頗有鬚；盈盈公府步，冉冉府中趨。坐中數千人，皆言夫婿殊。」

「羅敷」是冰清玉潔美女的代稱。這裏面還有一個典故呢。「羅敷」這個詞出自漢樂府《陌上桑》。

西漢末年，社會一片混亂。那些當官的，不但不為百姓做主，反而變本加厲地騎在人民頭上作威作福，人民生活在水深火熱之中。

華山腳下有戶姓秦的人家，秦老漢的女兒羅敷長得可漂亮啦。這一天，秦羅敷手裏提着籃子，款款向城南的桑田走去。她頭上梳着墮馬髻，耳上戴着明月珠，上身穿着紫綺襦，下身穿着湘綺裙。路上的行人見到羅敷，眼睛全都盯着她；走村串鄉的貨郎，放下擔子假裝捋

鬍鬚；年輕人故意脫下帽子，假裝整理髮巾；耕田的忘記了犁地；除草的放下了鋤頭。他們呆呆地站在那裏幹啥？嘿，只不過是想多看羅敷幾眼罷了。

當地的太守乘車路過田邊，馬上讓人把車子停下。他色瞇瞇地走到羅敷身邊問道：「姑娘啊，你姓甚麼呀，今年多大啦？」

羅敷回答道：「我姓秦，快要二十啦。」

太守暗暗想道：只要本官一開口，這個漂亮村姑還不乖乖地跟我走？於是涎着臉對羅敷說：「姑娘啊，上車吧，跟我回太守府。以後吃香的、喝辣的，全都由着你啦。」

羅敷上前一步，嚴肅地說：「太守大人，您看錯人啦。您家裏妻妾成羣，我羅敷有自己的丈夫。」太守「哼」了一聲，暗暗想道：她哪來這麼大的膽，竟敢頂撞本大人！

羅敷立即有了主意，決心讓這個欺男霸女的地方官死心。她對太守說道：「使君大人，我的夫君儀表堂堂，騎馬行進在行列的前頭。他十五歲就在太守府做官，二十歲為朝中大夫，三十歲為皇上的侍從官，四十歲做了太守。朝中人對我家夫君都很尊重，說他前途無量。您跟我家夫君同朝為官，大人對我可要講究禮數。」

一席話嚇呆了太守，他諾諾連聲道：「多有得罪，多有得罪。」隨後爬上馬車，灰溜溜地一溜煙跑了。

這首詩又名《豔歌羅敷行》《日出東南隅行》，敍述了採桑女嚴詞拒絕太守調戲的故事。羅敷的美麗、堅貞和機智勇敢，太守的無恥嘴臉和無賴行為，在詩中都淋漓盡致地表現了出來。

怨歌行

漢·班婕妤

> 新裂齊紈素，鮮潔如霜雪。
> 裁為合歡扇，團團似明月。
> 出入君懷袖，動搖微風發。
> 常恐秋節至，涼飆奪炎熱。
> 棄捐篋笥中，恩情中道絕。

著名史學家班彪有個姑姑，她便是以賢惠著稱的班婕妤。婕妤並不是她的名字，而是漢代後宮嬪妃的稱號，因為入宮後漢成帝封她為婕妤，後人一直沿用這個稱謂。

班婕妤不僅長得美貌，而且有文才，有美德。漢成帝為了能夠經常與她在一起，特地讓工匠製造了一輛大輦，以便與班婕妤同車出遊。班婕妤知道了這件事，委婉地對漢成帝說：「古代聖賢之君出行，都有名臣陪伴在側。只有夏桀、商紂、周幽王，出行時才有寵妃坐在身邊。我要是和你同乘一輛車，那就跟她們差不多了。想到這裏，我怎能不懍然而懼！」聽了這話，漢成帝非常感動。

可惜啊，好景不長！有一天，好色的漢成帝經過陽阿公主家，公主擺出盛宴款待，並且喚出幾名美女歌舞助興。有位舞女面目姣好，體態輕盈，她就是絕代美女趙飛燕。漢成帝看得心旌搖盪，請求公主將趙飛燕送給自己帶回宮去。

趙飛燕入宮以後，深得成帝寵愛。她的野心越來越大，竟然覬覦皇后的寶座。為了增強自己的力量，她又將自己的妹妹趙合德弄進宮。好色的漢成帝見到美如天仙的趙合德，一下子又掉進了趙合德的溫柔鄉。經過一番明爭暗鬥，許皇后居然被趙氏姐妹徹底打敗，被迫

自殺，趙飛燕如願以償做了皇后。

　　趙氏姐妹入宮後，班婕妤備受冷落，為了躲避災禍，她自己提出請求，前往長信宮侍奉皇太后。成帝已經不再把她放在心上，隨即答應了她的請求。從此以後，身處深宮的班婕妤暗暗自傷，寫了一首《怨歌行》來抒發自己的悲情。

　　《怨歌行》，又名《團扇歌》。這首詩表面上吟詠團扇秋後被棄置一旁，實際上寓情於物，委婉寫出一位薄命女子的哀怨。

　　這首詩對後世的影響很大，吟詠「團扇」的詩作很多，如晉代王獻之小妾桃葉所作《團扇歌》，唐代劉禹錫的《團扇歌》，王建的《調笑令》也很有名。

　　歷代詠「團扇」的佳作不一而足，多吟詠遭棄婦女的痛苦。

詠史詩

漢・班固

原文

　三王德彌薄，惟後用肉刑。
　太蒼令有罪，就逮長安城。
　自恨身無子，困急獨煢煢。
　小女痛父言，死者不可生。
　上書詣闕下，思古歌雞鳴。
　憂心摧折裂，晨風揚激聲。
　聖漢孝文帝，惻然感至情。
　百男何憒憒，不如一緹縈。

《漢書》，是我國第一部紀傳體斷代史，它的作者是漢代的班固。毋庸置疑，班固在史學上的貢獻是巨大的。在我國詩歌發展史上，人們也一定會提到他，這又是怎麼回事？

班固的《詠史詩》，是我國詩歌史上第一首真正意義上的詠史詩；另外，從詩歌形式來看，這首詩是我國最早的文人五言詩，班固開拓了文人五言詩的先河。

班固的《詠史詩》，吟誦的是「緹縈救父」的故事。

西漢時，臨淄（今山東淄博東北）有個讀書人叫淳于意，曾經拜名醫陽慶為師，學就一套好醫術。因為他經常給人治病，救活了不少病人，所以出了名，做上了太倉令，人們也就稱他為「倉公」。淳于意天生孤傲，不願巴結權貴，得罪了一些人。最終他被解除官職，回鄉當起醫生。

淳于意給人治病，往往藥到病除，遇上沒法醫治的，他也直言不諱，不欺瞞病人。齊侍御史自述頭痛，淳于意給他號了脈，說：「大人，您平時喝酒沒有節制，疾病於腸胃間發作。這病來勢兇猛，只怕凶多吉少。」經侍御史再三追問，淳于意說：「此病五日後當腹脹，第八天會吐膿身亡。」由於病入膏肓，已經無法醫治，淳于意未予治療便讓他回家。八天以後，侍御史果然吐膿而亡。

淳于意醫治的有不少是重症病人，有些病就是神仙來了也束手無策，無論家屬怎樣哀求，淳于意也不予醫治。有些病人家屬對此不能理解，責怪他。時間長了，懷有怨氣的病人越來越多。

公元前167年，一個有錢有勢的人狀告淳于意，說他藉行醫騙人，草菅人命。經過審判，地方官認定淳于意有罪，判處他肉刑。所謂肉刑，是古代的一種酷刑，共有三種：一為黥，就是在臉上刺字；二為劓，就是割掉鼻子；三為斷左右趾，就是把足趾截去。按照當時的法令，凡是做過官的人被判處肉刑，必須押送到京城長安執行。因此，淳于意將被押赴長安，到京城接受肉刑。

淳于意沒有兒子，只有五個女兒。臨行前，五個女兒哭哭啼啼地給父親送行。他看着五個女兒，長長地歎了口氣，說：「生了五個女兒，沒有一個兒子，遇到危難，沒有一個是有用的！」聽了父親的哀歎，十五歲的小女兒緹縈昂起頭對父親說：「不肖女願意隨同父親進京，設法營救父親。」

淳于意看了看緹縈，說：「孩子，你年紀還小，又是個女的，怎能跟隨父親千里迢迢前往京城。就是到了京城，你一個女孩兒又怎能救得了父親！」

緹縈倔強地說：「路途雖然遙遠，但是難不倒我。我們先到京城，然後再想辦法。」無論一家人怎麼勸她，都沒有用，緹縈執意要隨同父親前往京城。

從臨淄到長安，路途千里，一路上，緹縈悉心照顧父親的起居。押送的差人見緹縈小小年紀有如此孝心，也不為難這父女倆。一路風餐露宿，吃盡艱辛，好不容易來到長安。

到了長安以後，淳于意被押入獄中。為了營救父親，緹縈請人寫了條陳，打算找機會上書給漢文帝。一天漢文帝出行，緹縈斗膽攔住了聖駕，將條陳呈給皇上。條陳寫道：「我父親曾為太倉令，為官期間，清正廉潔，為人稱道。現在因為觸犯法令，被判處肉刑。受過肉刑的人必定致殘，永遠無法復原，即使想改過自新，也沒有辦法做到了。我願意按照法令，賣身做官婢，以抵我父的肉刑。」

漢文帝見到緹縈的上書，被這個弱小女子的孝心感動，下詔免除淳于意的刑罰；同時頒發詔書，下令廢除肉刑制度。時隔不久，丞相張蒼等人根據詔書頒佈了新刑法，以鞭笞取代肉刑。

四愁詩

漢‧張衡

原文

　　我所思兮在太山，欲往從之梁父艱。側身東望涕沾翰。美人贈我金錯刀，何以報之英瓊瑤。路遠莫致倚逍遙，何為懷憂心煩勞。

　　我所思兮在桂林，欲往從之湘水深。側身南望涕沾襟。美人贈我金琅玕，何以報之雙玉盤。路遠莫致倚惆悵，何為懷憂心煩怏。

　　我所思兮在漢陽，欲往從之隴阪長。側身西望涕沾裳。美人贈我貂襜褕，何以報之明月珠。路遠莫致倚踟躕，何為懷憂心煩紆。

　　我所思兮在雁門，欲往從之雪雰雰。側身北望涕沾巾。美人贈我錦繡段，何以報之青玉案。路遠莫致倚增歎，何為懷憂心煩惋。

　　張衡（78－139），字平子，是我國東漢時期偉大的天文學家、數學家、文學家、學者。由於他在科學領域做出突出貢獻，聯合國天文組織曾將太陽系中編號為1802號的小行星命名為「張衡星」。

　　張衡發明「地動儀」的故事，為人們所熟知。

　　公元138年二月的一天，京師洛陽風和日麗。一聲清脆的響聲驚動了張衡。他連忙跑過去一看，只見地動儀西邊那條龍嘴裏的銅球掉了下來，落到下邊蛤蟆的嘴裏。他知道，西部發生了地震。

　　消息傳了出去，達官顯宦們議論紛紛，但就是沒有相信西邊發生地震的。

幾天以後，使者騎着快馬向朝廷報告：隴西（今甘肅一帶）發生強烈地震，房屋震倒無數，連山都被震塌了。有人查了時間，隴西發生地震時，正是張衡的地動儀龍嘴裏的銅球掉下的那一刻。得到這個消息，滿朝權貴無不受到震驚。

張衡發明地動儀，揭開了地震科學的新紀元。他不僅發明了地動儀，還發明了渾天儀，製造了指南車，正確地解釋了月食的成因，並且認識到宇宙的無限性。

張衡還是一位傑出的文學家，他精心構思寫成的《西京賦》和《東京賦》，體制宏大，膾炙人口，流傳至今。

張衡才華出眾，品德高尚。他為人謙遜，常常對人說：「一個人不怕地位不高，只怕自己的品德不好；不愁自己得到的報酬太少，只愁自己的知識不夠淵博。」他身在宮中，卻從來不奉承朝中權貴，結果受到排擠。他做侍中（官名）時，常與皇帝接觸，宦官們怕他在皇帝面前揭發他們所作的壞事，就在皇帝面前對他造謠中傷，皇帝信以為真，將他調出京城，派他到河間王那裏為相。

在任河間相時，張衡寫下了這首不朽的《四愁詩》。他仿效屈原「美人香草」的手法，用美人比喻君子，以珍寶比喻仁義，以水深雪霧比喻小人，比喻自己想報效朝廷，卻因奸邪當道而不能實現。

《四愁詩》不僅內容使人動容，七言的形式在文學史上也有着重要的地位。在現存的創作年代確切可信的古詩（不包括載於後世著作、莫辨真偽的《皇娥歌》《柏梁詩》之類）範圍裏，《四愁詩》是最早的七言詩。

這位大科學家做了三年河間相便辭官返回故鄉。公元 139 年，他因病逝世，終年六十一歲。

孔雀東南飛

漢樂府

漢末建安中，廬江府小吏焦仲卿妻劉氏，為仲卿母所遣，自誓不嫁。其家逼之，乃投水而死。仲卿聞之，亦自縊於庭樹。時人傷之，而為此辭也。

孔雀東南飛，五里一徘徊。

「十三能織素，十四學裁衣，十五彈箜篌，十六誦詩書。十七為君婦，心中常苦悲。君既為府吏，守節情不移。賤妾留空房，相見常日稀。雞鳴入機織，夜夜不得息。三日斷五匹，大人故嫌遲。非為織作遲，君家婦難為！妾不堪驅使，徒留無所施。便可白公姥，及時相遣歸。」

府吏得聞之，堂上啟阿母：「兒已薄祿相，幸復得此婦，結髮同枕席，黃泉共為友。共事二三年，始爾未為久。女行無偏斜，何意致不厚？」

阿母謂府吏：「何乃太區區！此婦無禮節，舉動自專由。吾意久懷忿，汝豈得自由！東家有賢女，自名秦羅敷。可憐體無比，阿母為汝求。便可速遣之，遣去慎莫留！」

府吏長跪告，伏惟啟阿母：「今若遣此婦，終老不復取！」

阿母得聞之，槌牀便大怒：「小子無所畏，何敢助婦語！吾已失恩義，會不相從許！」

府吏默無聲，再拜還入戶，舉言謂新婦，哽咽不能語：「我自不驅卿，逼迫有阿母。卿但暫還家，吾今且報府。不久當歸還，還必相迎取。以此下心意，慎勿違吾語。」

新婦謂府吏：「勿復重紛紜。往昔初陽歲，謝家來貴門。奉事循公姥，進止敢自專？晝夜勤作息，伶俜縈苦辛。謂言無罪過，供養卒大恩。仍更被驅遣，何言復來還！妾有繡腰襦，葳蕤自生光。紅羅復斗帳，四角垂香囊。箱簾六七十，綠碧青絲繩。物物各自異，種種在其中。人賤物亦鄙，不足迎後人。留待作遺施，於今無會因。時時為安慰，久久莫相忘！」

雞鳴外欲曙，新婦起嚴妝。着我繡夾裙，事事四五通。足下躡絲履，頭上玳瑁光。腰若流紈素，耳着明月璫。指如削葱根，口如含朱丹。纖纖作細步，精妙世無雙。

上堂拜阿母，阿母怒不止。「昔作女兒時，生小出野里。本自無教訓，兼愧貴家子。受母錢帛多，不堪母驅使。今日還家去，念母勞家裏。」

卻與小姑別，淚落連珠子。「新婦初來時，小姑始扶牀；今日被驅遣，小姑如我長。勤心養公姥，好自相扶將。初七及下九，嬉戲莫相忘。」出門登車去，涕落百餘行。

府吏馬在前，新婦車在後。隱隱何甸甸，俱會大道口。下馬入車中，低頭共耳語：「誓不相隔卿，且暫還家去；吾今且赴府，不久當還歸，誓天不相負！」新婦謂府吏：「感君區區懷！君既若見錄，不久望君來。君當作磐石，妾當作蒲葦，蒲葦紉如絲，磐石無轉移。我有親父兄，性行暴如雷，恐不任我意，逆以煎我懷。」舉手長勞勞，二情同依依。

入門上家堂，進退無顏儀。阿母大拊掌：「不圖子自歸！十三教汝織，十四能裁衣，十五彈箜篌，十六知禮儀，十七遣汝嫁，謂言無誓違。汝今何罪過，不迎而自

歸？」蘭芝慚阿母：「兒實無罪過。」阿母大悲摧。

　　還家十餘日，縣令遣媒來。云有第三郎，窈窕世無雙。年始十八九，便言多令才。阿母謂阿女：「汝可去應之。」阿女含淚答：「蘭芝初還時，府吏見丁寧，結誓不別離。今日違情義，恐此事非奇。自可斷來信，徐徐更謂之。」阿母白媒人：「貧賤有此女，始適還家門。不堪吏人婦，豈合令郎君？幸可廣問訊，不得便相許。」

　　媒人去數日，尋遣丞請還，說有蘭家女，承籍有宦官。云有第五郎，嬌逸未有婚。遣丞為媒人，主簿通語言。直說太守家，有此令郎君，既欲結大義，故遣來貴門。阿母謝媒人：「女子先有誓，老姥豈敢言！」

　　阿兄得聞之，悵然心中煩。舉言謂阿妹：「作計何不量！先嫁得府吏，後嫁得郎君，否泰如天地，足以榮汝身。不嫁義郎體，其往欲何云？」蘭芝仰頭答：「理實如兄言。謝家事夫婿，中道還兄門。處分適兄意，那得自任專！雖與府吏要，渠會永無緣。登即相許和，便可作婚姻。」

　　媒人下牀去，諾諾復爾爾。還部白府君：「下官奉使命，言談大有緣。」府君得聞之，心中大歡喜。視曆復開書，便利此月內，六合正相應。良吉三十日，今已二十七，卿可去成婚。交語速裝束，絡繹如浮雲。青雀白鵠舫，四角龍子幡。婀娜隨風轉，金車玉作輪。躑躅青驄馬，流蘇金鏤鞍。齎錢三百萬，皆用青絲穿。雜綵三百匹，交廣市鮭珍。從人四五百，鬱鬱登郡門。

　　阿母謂阿女：「適得府君書，明日來迎汝。何不作衣裳？莫令事不舉！」阿女默無聲，手巾掩口啼，淚落便如

瀉。移我琉璃榻，出置前窗下。左手持刀尺，右手執綾羅。朝成繡夾裙，晚成單羅衫。晻晻日欲暝，愁思出門啼。

府吏聞此變，因求假暫歸。未至二三里，摧藏馬悲哀。新婦識馬聲，躡履相逢迎。悵然遙相望，知是故人來。舉手拍馬鞍，嗟歎使心傷：「自君別我後，人事不可量。果不如先願，又非君所詳。我有親父母，逼迫兼弟兄。以我應他人，君還何所望！」府吏謂新婦：「賀卿得高遷！磐石方且厚，可以卒千年；蒲葦一時紉，便作旦夕間。卿當日勝貴，吾獨向黃泉！」新婦謂府吏：「何意出此言！同是被逼迫，君爾妾亦然。黃泉下相見，勿違今日言！」執手分道去，各各還家門。生人作死別，恨恨那可論！念與世間辭，千萬不復全！

府吏還家去，上堂拜阿母：「今日大風寒，寒風摧樹木，嚴霜結庭蘭。兒今日冥冥，令母在後單。故作不良計，勿復怨鬼神！命如南山石，四體康且直！」阿母得聞之，零淚應聲落：「汝是大家子，仕宦於台閣。慎勿為婦死，貴賤情何薄！東家有賢女，窈窕豔城郭，阿母為汝求，便復在旦夕。」府吏再拜還，長歎空房中，作計乃爾立。轉頭向戶裏，漸見愁煎迫。

其日牛馬嘶，新婦入青廬。庵庵黃昏後，寂寂人定初。「我命絕今日，魂去尸長留！」攬裙脫絲履，舉身赴清池。府吏聞此事，心知長別離。徘徊庭樹下，自掛東南枝。

兩家求合葬，合葬華山傍。東西植松柏，左右種梧桐。枝枝相覆蓋，葉葉相交通。中有雙飛鳥，自名為鴛鴦，仰頭相向鳴，夜夜達五更。行人駐足聽，寡婦起彷徨。多謝後世人，戒之慎勿忘！

　　《孔雀東南飛》，是漢樂府民歌中最長的一首敍事詩，最早見於南朝徐陵的《玉台新詠》，題為《古詩為焦仲卿妻作》。全詩三百四十多句，一千七百多字，主要寫焦仲卿和劉蘭芝的愛情故事。當時人們對他們的遭遇很同情，寫下這首詩記述這件事。

　　漢末建安年間，盧江府大街小巷的人們紛紛議論一件事：太守家沒過門的媳婦劉蘭芝投水而死，她的前夫焦仲卿殉情自縊。唉，這對恩恩愛愛的小夫妻，這樣的遭遇令人扼腕歎息。

　　焦仲卿和劉蘭芝，本是恩恩愛愛的一對。劉蘭芝又賢淑又能幹，偏偏焦仲卿的母親對她很不滿意，趁焦仲卿不在家，要把劉蘭芝趕回娘家。

　　得知消息，焦仲卿匆忙趕回家，妻子劉蘭芝見到他，向他傾吐了一肚子苦水：「我自幼在家學習女紅，誦習詩書禮樂，剛剛十七歲，便嫁到你家做媳婦。你在府中為小吏，恪守官府規矩；我在家中守空房，從早到晚勞累。凌晨丑時我就上機織綢子，天天晚上都不得休息。三天織出五匹綢緞，婆婆還是嫌我織得慢。並不是我織得慢，而是做你家的媳婦實在難。」劉蘭芝停了一會兒，眼含淚水對焦仲卿說：「現在你就去告訴婆婆，趁早把我趕回娘家算了！」

　　焦仲卿聽了大吃一驚，連忙說道：「萬萬不可，萬萬不可！讓我去跟母親說說。」

　　沒料想焦仲卿剛說了幾句，他的母親就大發雷霆堅決不同意把劉蘭芝留在家裏。聽了母親的一番話，焦仲卿挺直了身子跪在地上說：「要是母親非要孩兒休了這個女子，孩兒這一輩子再也不會娶妻子。」

　　母親聽了兒子的話，頓時發起了脾氣：「你這小子，真是娶了媳婦忘了娘，直到現在還在為那女子說話！你不要再做夢了，隨你說甚麼我都不會聽你的！」

　　焦仲卿不能再說甚麼，憂心忡忡地回到自己的房裏，猶豫了好一會兒，才泣不成聲地對劉蘭芝說：「賢妻啊，現在母親相逼迫，你只

好暫時回到娘家去。我暫且回官府辦事，回來以後一定去接你。」

劉蘭芝早就料到會是這個結果，對焦仲卿說：「自從我嫁到你家，事事順從婆婆的心意，從早到晚拚命地幹活，依然不能合婆婆的意。現在我要走了，陪嫁的東西都留在這裏。人賤東西也不值錢，不配用來迎娶你日後的新妻子。這些算是我留給你的紀念吧，希望你能夠把我記在心裏。」

雞打鳴，天將亮，劉蘭芝起身仔細打扮自己。她頭戴玳瑁首飾，耳戴珍珠耳墜，身上穿繡花裙，腳穿新絲鞋；手指白嫩像削尖的葱根，嘴脣紅潤像含着朱砂。她輕盈地邁着細步，那身材、那模樣，真是世上無雙。

劉蘭芝走上廳堂拜別婆婆，婆婆見她這般模樣越發來氣。劉蘭芝款款說道：「我自小生長在鄉里，沒有受過良好教育，來到你家做媳婦，着實讓我慚愧。今天我就要返回娘家，還望婆婆多多保重。」

回頭再跟小姑告別，眼淚像連串的珠子一般落下。劉蘭芝傷心地對小姑說：「我剛剛嫁到你家時，你扶着坐具學走路；今天我被趕出家門，你已經長成大姑娘。以後你們玩遊戲時候，不要忘了嫂嫂曾經跟你們在一起。」

蘭芝登車離開家門，眼淚流個不停。焦仲卿的馬走在前，劉蘭芝的車跟在後，兩人在路口會合，焦仲卿下馬坐到劉蘭芝的車子裏，湊近劉蘭芝的耳朵低聲說道：「現在我對天發誓，決計不跟你斷絕關係。你暫且回到娘家去，日後我一定會去接你。」

劉蘭芝歎了口氣說：「你能說出這樣的話，我心中實在感激。盼着你早日前來，你的恩情堅如磐石；希望我能回到你的身邊，我的意志像蒲葦那樣柔韌。」

劉蘭芝回到家中，覺得沒有臉面。劉母看到蘭芝大為驚訝，拍着巴掌說：「你怎麼會自己回來了！是不是在婆家犯下了甚麼錯？」蘭芝覺得非常羞愧，低聲對母親說：「女兒實在沒有甚麼過錯。」蘭芝

的母親聽了非常傷心。

蘭芝回到娘家才十多天，縣令就派媒人上了門。說是縣令的三公子，長得又英俊又文雅，年齡只有十七八。要是兩人成婚配，那可是郎才女貌的一對。

劉母聽了喜不自勝，連忙讓蘭芝答應。蘭芝含着眼淚說：「我和焦仲卿立下誓言，他不再娶，我不再嫁。媽媽呀，你去回絕媒人，就說這事以後慢慢再商量吧。」媽媽答應了蘭芝的要求，婉言謝絕了縣令家。

縣令的媒人走了幾天後，太守派郡丞來到縣裏，說太守家的五公子，長相英俊還沒有結婚，請郡丞做媒人。郡丞來到劉家，直接對劉母說：「我們太守家有位五公子，想娶你家女兒為妻，太守派我到你家，讓我前來說大媒。」劉母謝絕媒人說：「女兒先前有過誓言，老婦怎能再對她說嫁娶之事？」

蘭芝哥哥聽說了這件事，心裏十分惱怒，訓斥了蘭芝，自顧自答應了蘭芝跟太守公子的婚事。好日子就在三十這一天，那天已經是二十七。太守讓人趕快籌辦婚禮用品，辦事的人來來往往、絡繹不絕。母親得知消息，連忙對女兒說：「剛才接到太守家來信，明天來迎娶你，你趕緊去置辦嫁衣裳，千萬不要耽誤了婚姻大事。」

劉蘭芝默默無言，只是用手巾捂着嘴哭泣。她將琉璃榻移到窗前，動手來做新衣裙。只花了一天工夫，就將新嫁衣做成。

焦仲卿聽到這件事，急急忙忙趕到劉蘭芝家，賭氣對蘭芝說：「祝賀你嫁得好夫婿！我這塊磐石方正堅實，放上千年也不會改變；蒲葦只不過一時柔韌，只能保持早晚之間。你一天天走向富貴，我將一個人走上黃泉路。」

蘭芝聽了說：「你受逼迫將我休回娘家，哥哥逼迫我改嫁，你我同樣受逼迫，你怎能說出這樣的話！現在已經到了這個地步，我們就在地府相見吧！」

結婚的吉時已到，劉蘭芝走進了即將舉行婚禮的青布帳篷。人定黃昏後，她縱身跳進清水池。

焦仲卿聽到了劉蘭芝投水自盡的消息，傷心欲絕，在庭院的樹上自縊而亡。

焦、劉兩家異常悲傷，將兩個人合葬在華山旁。兩人墳墓上種植了松柏梧桐，樹上棲息着名為鴛鴦的兩隻鳥。這兩隻鳥在交織的枝葉間鳴叫，行路人聽到這叫聲停下腳步，寡婦聽到這叫聲心中不安。多多勸告後世人，要把這個故事作為教訓，千萬不要忘記啊！

迢迢牽牛星

漢·古詩十九首

原文

> 迢迢牽牛星，皎皎河漢女。
> 纖纖擢素手，札札弄機杼。
> 終日不成章，泣涕零如雨。
> 河漢清且淺，相去復幾許？
> 盈盈一水間，脈脈不得語。

所謂「古詩」，是魏晉南北朝時對古代詩歌的統稱。南朝梁代·蕭統編《文選》，把已經失去作者姓名的十九首五言古詩編在一起，題作《古詩十九首》。《古詩十九首》具有極高的藝術成就，是樂府古詩文人化的顯著標誌。

《迢迢牽牛星》，寫一對天上夫婦 —— 牽牛和織女的別離之苦。

牽牛和織女是兩個星宿的名稱，牽牛星在銀河東，織女星在銀河西，兩星隔銀河相對。牛郎織女的故事，在漢代已經成型。

傳說天上有顆牽牛星，還有一顆織女星。牽牛和織女情投意合，心心相印。可是，天庭不允許男女相愛，更不許私自相戀。織女是天帝的孫女，王母知道了這件事，一怒之下將牽牛貶下凡塵，令織女每天織雲錦以作懲罰。

自從牽牛被貶之後，織女常常以淚洗面。她一邊編織着美麗的雲錦，一邊希望王母大發慈心，讓牽牛早日返回天界。

有一天，七仙女想到人間碧蓮池一遊，懇求王母答應。王母那日心情正好，便答應了她們的要求。她們向王母求情，讓織女一同前往。王母也心疼織女，便答應了她們的請求，令她們速去速歸。

再說牽牛被貶下凡以後，生在一個農民家中，取名叫牛郎。後來父母去世，他便跟着哥嫂度日。嫂嫂為人兇狠刻薄，常常虐待牛郎。後來嫂嫂迫着分家，只給了他一頭老牛和一輛破車。

從此以後，牛郎便和老牛相依為命。白天，他在荒地上耕田種地；晚上，他和老牛住在窩棚裏。一年以後，糧食獲得豐收，造了幾間房子，牛郎終於可以安穩度日。

家裏除了那頭老牛外，冷冷清清只有他一個人。牛郎並不知道，那頭老牛原是天上的金牛星，只因他替被貶下凡的牽牛說了幾句公道話，也被貶入凡間。這一天，老牛突然開口說話了：「牛郎，今天你去碧蓮池一趟，那兒有仙女在洗澡，你把那件紅色的仙衣藏起來，穿紅仙衣的仙女就會成為你的妻子。」

牛郎見老牛能開口說話，非常吃驚，問道：「你怎麼會說話了？你說的是真的嗎？」老牛點了點頭，便又低頭吃草了。牛郎悄悄來到碧蓮池旁，躲在蘆葦裏，等候仙女們來臨。時隔不久，仙女們果然飄然而至。她們紛紛脫下輕羅衣裳，縱身躍入池中。牛郎便躡手躡腳從蘆葦裏跑出來，悄悄拿走了紅色的衣裳。仙女們見有人來了，慌慌張

張穿上自己的衣裳，趕緊飛走了，只剩下沒有衣服無法逃走的織女。織女定睛一看，真是喜出望外，那個小伙子不是別人，正是自己朝思暮想的牛郎。

從此以後，牛郎和織女男耕女織，相親相愛，日子過得雖然清苦，但他們卻覺得生活非常美滿。三年以後，他們生下了一雙兒女。王母終於知道了這件事，勃然大怒，馬上派天神到凡間，捉拿織女回天庭問罪。

這天，牛郎牽着老牛下地幹活。沒幹多久，老牛突然倒地不起，氣喘吁吁地對牛郎說：「唉，我老了，就要死了。我死了以後，你要把我的皮剝下放好，有朝一日披上它，可以飛到天上去。」牛郎非常傷心，匆匆趕回家中，把這件事告訴織女。織女便讓牛郎剝下牛皮，將老牛好好埋葬。

時隔不久，天空狂風大作，雷雨交加，天兵天將從天而降，抓走了織女。

牛郎突然想起老牛死前說的話，用一對籮筐挑着兒女，披着牛皮追趕上去。就在這時，王母駕雲趕來了，她拔下頭上的金簪，在他們中間一劃，霎時間，一條波濤滾滾的天河橫在牛郎織女之間。

望着天河對岸的牛郎和兒女們，織女哭得肝腸欲斷；牛郎和孩子也哭得死去活來。他們的哭聲，撕心裂肺，催人淚下。眾神非常同情牛郎織女的遭遇，紛紛為他們說情。王母終於同意讓牛郎和孩子們留在天上。不過，只有每年七月七日，他們才能相會一次。

每逢七月初七，無數喜鵲飛來為他們搭橋。牛郎織女終於在鵲橋上團聚了。這段傳說，成就了一個美麗的神話。

步出夏門行‧龜雖壽

漢‧曹操

原文

神龜雖壽，猶有竟時。

螣蛇乘霧，終為土灰。

老驥伏櫪，志在千里；

烈士暮年，壯心不已。

盈縮之期，不但在天；

養怡之福，可得永年。

幸甚至哉，歌以詠志。

　　東漢桓帝時，朝廷已經日薄西山；到了漢靈帝時，更是風雨飄搖、搖搖欲墜。他的諡號為「靈」，不是對他進行褒揚，而是對他進行貶損。所謂「靈」，諡法中的解釋為「亂而不損」，是說他在位時過於荒淫。

　　皇上只顧享樂，大權便落入宦官手中。宦官們除了增加賦稅，還在西園開了個店鋪，這個店沒有甚麼貨物可賣，只賣官爵。他們公開標價：太守白銀兩千萬兩，縣令四百萬兩；如果暫時拿不出這麼多，還可以賒欠，等到上任後加倍付款。這些買到官職的人一上任，就拚命榨取民脂民膏，一則為了還債，一則為了貪贓，弄得民不聊生，哀鴻遍野。

　　公元184年，爆發了「黃巾起義」。從此以後，羣雄並起，天下大亂。黃巾起義雖然被鎮壓下去，但是東漢朝廷的根基被動搖，走上了窮途末路。

　　公元200年，曹操與袁紹在官渡進行決戰，最終袁紹軍被擊潰，曹操從此奠定了統一中國北方的基礎。兩年之後，袁紹病死，其子袁

尚繼位。公元 204 年，曹操再次出兵，佔領了冀州（治所在今河北冀
州）、青州（治所在今山東青州）、幽州（治所在今北京）、并州（治所
在今山西太原）四州。袁紹之子袁尚、袁熙逃往遼西柳城（今遼寧朝
陽南袁台子古城），投奔了烏桓。

烏桓是東北古代少數民族東胡的一個分支，東漢末年天下大亂之
際，烏桓成為遼西地區不可忽視的地方勢力。為消滅袁紹殘餘力量，
防止袁尚、袁熙死灰復燃，曹操決定遠征烏桓。

曹操準備北伐，很多將領都提出異議。他們認為袁紹已被徹底打
垮，沒有必要再去北伐。如果大軍北上，蜀地的劉表、劉備趁機偷
襲，後果不堪設想。

謀士郭嘉認為，此時正是攻打烏桓、剿滅袁氏的最佳時機。此時
大軍北上，烏桓未必有防備，可以出奇制勝。如果袁尚、袁熙兄弟在
烏桓恢復了元氣，北方必定成為大患。劉表為人心胸狹窄，不可能重
用劉備，不會聽從劉備攻打許昌的建議。

曹操聽從了郭嘉的意見，率領二十萬大軍浩浩蕩蕩地向着遼西進
發。到了無終（今天津薊縣），遭遇大雨，沿途洪水頻發，道路異常
泥濘，行軍受阻。曹操原本打算將無終作為據點，直搗烏桓老巢，這
場大雨使曹操的計劃徹底落空。

曹操此時進退兩難。前進吧，道路不通；回軍吧，前面的努力付
諸東流。這時候，田疇給曹操獻計，沿着一條荒廢了二百多年的古道
前進。

曹操採用了田疇的計謀，為了迷惑烏桓，假裝已經退兵。他讓
士兵在路旁立了一塊木碑，上面寫着「方今暑夏，道路不通。且俟秋
冬，乃復進軍」十六個大字 。

曹軍在田疇帶領下，北出盧龍塞（今河北喜峯口），繞過白檀（今
河北寬城藥王廟古城）、平剛（今遼寧凌源境內），東指柳城。行軍途
中，曹操命令將士放棄輜重，輕裝前進。大軍進入遼西境內，還有

八百多里的路要走，由於這條道路荒棄多年，只能見山開道，遇水搭橋。到達柳城附近，烏桓才得到曹操率軍到來的消息，可惜為時已晚，被曹操殺了個措手不及。

《步出夏門行》是曹操北征烏桓凱旋而歸時所作的一組詩，這組詩共分五部分，開頭是序曲，下面是《觀滄海》《冬十月》《土不同》《龜雖壽》四章。

《龜雖壽》一開頭無限感慨地寫道：「神龜雖壽，猶有竟時。騰蛇乘霧，終為土灰。」意思是神龜縱活千年，可還是難免一死；騰蛇能夠乘雲駕霧，然而終歸要化為灰土。下面曹操慷慨高歌：「老驥伏櫪，志在千里；烈士暮年，壯心不已。」曹操把自己比做一匹上了年紀的千里馬，雖然形老體衰，屈居櫪下，但胸中仍然激盪着馳騁千里的豪情。這首詩緊接着寫道：「盈縮之期，不但在天；養怡之福，可得永年。」曹操先說人總是要死的，但也不是完全聽憑上天安排；如果善於保養身心，也可以延年益壽。最後兩句「幸甚至哉，歌以詠志」，是配樂時用的套語，一般與正文意義無關。

《龜雖壽》全詩慷慨激昂，尤其是「老驥伏櫪，志在千里；烈士暮年，壯心不已」幾句，歷來為人們所擊賞。

飲馬長城窟行

漢·陳琳

原文

飲馬長城窟，水寒傷馬骨。

往謂長城吏：「慎莫稽留太原卒！」

「官作自有程，舉築諧汝聲！」

「男兒寧當格鬥死，何能怫鬱築長城。」

長城何連連，連連三千里。

邊城多健少，內舍多寡婦。

作書與內舍：「便嫁莫留住。

善待新姑嫜，時時念我故夫子！」

報書往邊地：「君今出語一何鄙？」

「身在禍難中，何為稽留他家子？

生男慎莫舉，生女哺用脯。

君獨不見長城下，死人骸骨相撐拄。」

「結髮行事君，慊慊心意關。

明知邊地苦，賤妾何能久自全？」

朔風呼嘯，天寒地凍，長城腳下，黃河冰封。從太原徵來的健卒，牽馬來到長城窟的泉水邊，看到凜冽的泉水，太原卒打了個寒噤，駿馬踩到凜冽的泉水，也打起了哆嗦。

飲馬歸來，太原卒跑到長城吏那裏，向他哀求道：「長官啊，請您開恩，讓我回去吧，別把我再留在這裏了。」

長城吏立即咆哮起來：「你說甚麼？想要回去，這是在說夢話吧！官家的工程自有工期，服役的期限早有規定。有誰能夠想來就來，想走就走！趕緊滾回去，跟大家一齊唱起號子盡力幹活！」

健卒昂起頭，激憤地說：「男兒寧願在戰場上作戰犧牲，怎能在這裏鬱鬱築城。」

長城蜿蜒曲折，長達三千里，邊城多為健壯的男子，家中多為獨居的女人。

太原卒想起新婚不久的妻子，不禁潸然淚下。他含淚寫信給妻子：「你呀，真是命苦，嫁給我這個征夫。我在這裏生死難卜，你趁着年輕趕快改嫁吧。你要善待新公婆，只求你不要忘了原先的丈夫。」

妻子回信寄往邊地：「夫君啊，你把我看成甚麼人了，竟然說出這樣的話！妾身即便生不能與你同室，死後也要與你同穴。」

太原卒看了來信傷心欲絕，又寫了封信給妻子：「我已處於禍難中，自身尚且難保全，為甚麼還要拖累你，讓你苦守空房中？以後你要是生了男孩，千萬不要將他撫養成人，免得他像我一樣，耽誤了人家女兒的青春；生了女兒要盡心撫養，等她長大了可以有個依靠。唉，你可知道長城下的慘相，征夫的屍骨一層壓着一層。」

妻子的回信終於又到：「妾身知道夫君在那裏受盡折磨，妾身在家也備受煎熬。這種日子不知何日是盡頭，妾身不知能活得了多久！」

這首詩以秦朝統治者驅使百姓修築長城的史實為背景，通過築城役卒與長城吏的對話、築城役卒與妻子的書信往來，揭露了當年無休止的徭役給人民帶來的深重災難。這首詩揭示了男女主人公的內心世界和他們彼此間深深的牽掛，讚美了築城役卒和他妻子生死不渝的高尚情操。

這首詩的作者是「建安七子」之一的陳琳，《飲馬長城窟行》是他的詩歌代表作，也是最早的文人擬作樂府詩作品之一。

悲憤詩（其一）

漢·蔡琰

　　漢季失權柄，董卓亂天常。志欲圖篡弒，先害諸賢良。逼迫遷舊邦，擁主以自強。海內興義師，欲共討不祥。卓眾來東下，金甲耀日光。平土人脆弱，來兵皆胡羌。獵野圍城邑，所向悉破亡。斬截無孑遺，屍骸相撐拒。馬邊懸男頭，馬後載婦女。長驅西入關，迴路險且阻。還顧邈冥冥，肝脾為爛腐。所略有萬計，不得令屯聚。或有骨肉俱，欲言不敢語。失意幾微間，輒言斃降虜：「要當以亭刃，我曹不活汝！」豈敢惜性命，不堪其詈罵。或便加棰杖，毒痛參並下。旦則號泣行，夜則悲吟坐。欲死不能得，欲生無一可。彼蒼者何辜？乃遭此厄禍。

　　邊荒與華異，人俗少義理。處所多霜雪，胡風春夏起。翩翩吹我衣，肅肅入我耳。感時念父母，哀歎無窮已。有客從外來，聞之常歡喜。迎問其消息，輒復非鄉里。邂逅徼時願，骨肉來迎己。己得自解免，當復棄兒子。天屬綴人心，念別無會期。存亡永乖隔，不忍與之辭。兒前抱我頸，問母欲何之？「人言母當去，豈復有還時？阿母常仁惻，今何更不慈？我尚未成人，奈何不顧思！」見此崩五內，恍惚生狂痴。號泣手撫摩，當發復回疑。兼有同時輩，相送告離別。慕我獨得歸，哀叫聲摧裂。馬為立踟躕，車為不轉轍。觀者皆歔欷，行路亦嗚咽。

　　去去割情戀，遄征日遐邁。悠悠三千里，何時復交會？念我出腹子，胸臆為摧敗。既至家人盡，又復無中外。城郭為山林，庭宇生荊艾。白骨不知誰，縱橫莫覆

> 蓋。出門無人聲，豺狼號且吠。煢煢對孤景，怛咤糜肝肺。登高遠眺望，魂神忽飛逝。奄若壽命盡，旁人相寬大。為復強視息，雖生何聊賴？託命於新人，竭心自勗屬。流離成鄙賤，常恐復捐廢。人生幾何時，懷憂終年歲。

　　蔡琰（字文姬）、卓文君、上官婉兒、李清照，被後人稱為中國古代四大才女。這四個人都經過種種磨難，可謂紅顏薄命。蔡文姬的悲慘命運，道來令人唏噓。

　　東漢末年，宦官與外戚之間的矛盾日越加劇，雙方為了爭奪朝權，達到水火不相容的境地。

　　公元189年，昏君漢靈帝去世，漢少帝劉辯繼位，外戚何進掌握了大權。為了消除宦官勢力，何進與袁紹合謀，打算誅殺以張讓為首的宦官。為增強自己的力量，何進私調涼州（治所在今甘肅武威）軍閥董卓入京。

　　不料策劃不周，消息走漏，張讓等人豈能坐以待斃，決心拚個魚死網破。他們搶先下手，設計伏擊何進。袁紹、曹操聞報何進被殺，恨得直跺腳，立即點起兵馬殺進皇宮，看到一個宦官便殺一個，幾乎將宦官殺光。張讓知道自己若是被袁紹逮住了會死得很慘，咬咬牙跳河自盡，落了個全屍。

　　董卓早已野心勃勃，只是沒有藉口入京。現在何進相召，大喜過望，立即率領兵馬開赴京城。董卓進京以後，收編了何進的人馬；時隔不久，唆使呂布殺死并州（治所在今山西太原）刺史丁原，吞併了他的部眾。從此以後，董卓的勢力強盛。他廢黜少帝，殺死何太后，然後立劉協為帝（漢獻帝）。

　　一時間，京城人心惶惶。為了穩定人心，董卓起用士大夫，企圖籠絡人心。首先被董卓相中的，是名滿京華的著名文學家蔡邕。董

卓對待他非同一般，一日將他連升三級，三日周歷三台（漢時對尚書台、御史台、謁者台的總稱），拜他為中郎將，封高陽侯。董卓的所作所為，引起各地方勢力的反對。董卓不願善罷甘休，一怒之下火燒洛陽，遷都長安。後來董卓被呂布所殺，蔡邕最終也難免一死。

蔡文姬是蔡邕的掌上明珠，當年遠嫁河東衛家。她的丈夫衛仲道是個有名的才子，夫婦二人舉案齊眉、夫唱婦隨。可惜好景不長，成親不到一年，衛仲道便咯血而死。因為膝下無子，蔡文姬遭到衛家嫌棄。心高氣傲的蔡文姬，不願在衛家待下去，不顧父親的反對，憤而回到娘家。

董卓被殺以後，他的部將李傕領兵攻佔長安，隨後發生了軍閥混戰。匈奴人乘機進犯中原，到處燒殺擄掠。蔡文姬與許多被擄來的婦女，一齊被帶到南匈奴。

二十三歲的蔡文姬離開故土，嫁給了虎背熊腰的匈奴左賢王。在異鄉異俗中她飽受磨難，備受煎熬。這一去就是十二年，為左賢王生下兩個兒子。聰明絕頂的蔡文姬學會了吹奏「胡笳」，學會了異族的語言，卻仍然時時思念着故鄉。

那時候，曹操基本掃平北方羣雄，把漢獻帝由長安迎到許昌，後來又遷到洛陽。曹操得知蔡邕的女兒被擄掠到南匈奴後，立即派出使者，攜帶黃金千兩，白璧一雙，要把她贖回來。

當年被匈奴兵擄掠，是蔡文姬一段錐心刺骨的往事。十二年過去了，現在左賢王對她恩愛有加，她還有兩個天真無邪的兒子，突然要離開他們，蔡文姬不知道是喜還是悲。一時間，她肝腸寸斷，淚如雨下。在漢朝使者催促下，她恍恍惚惚登車離開。

回到中原以後，她寫下了《悲憤詩》。這是一首五言古詩，可以分為三部分：第一部分從「漢季失權柄」到「乃遭此厄禍」，敍述遭禍被虜的原由和被虜入關途中的苦楚。第二部分從「邊荒與華異」到「行路亦嗚咽」，敍述在南匈奴的生活、聽到被贖消息悲喜交集以及和

「胡子」分別時的慘痛。第三部分從「去去割情戀」到「懷憂終年歲」，敍述歸途和到家後所見所感。這首詩字字是血，句句是淚，真實而生動地描繪了詩人在漢末大動亂中的悲慘遭遇，也寫出了被掠人民的血和淚，是漢末社會動亂和人民苦難生活的真實紀錄，是東漢末年那段時期的史詩。

　　這首詩熔個人的痛苦、人民的苦難、異域的生活感受、母子分離的悲痛於一爐，「悲憤」之情貫穿全詩。這首詩是我國文人創作的第一首自傳體長篇敍事詩，在文學史上也有着重要地位。

塘上行

三國·魏·甄宓

原文

蒲生我池中，其葉何離離。
傍能行仁義，莫若妾自知。
眾口鑠黃金，使君生別離。
念君去我時，獨愁常苦悲。
想見君顏色，感結傷心脾。
念君常苦悲，夜夜不能寐。
莫以豪賢故，棄捐素所愛。
莫以魚肉賤，棄捐葱與薤。
莫以麻枲賤，棄捐菅與蒯。
出亦復何苦，入亦復何愁。
邊地多悲風，樹木何修修！
從君致獨樂，延年壽千秋。

《塘上行》是樂府舊題，可以配樂演唱。這首《塘上行》堪稱樂府詩歌的典範，作者是三國時魏文帝曹丕的妻子甄宓。

這首詩是閨怨詩，表現了甄氏對丈夫的思念，表達了她被冷落的悲哀和對現狀的不滿。甄氏此時哭天天不應，叫地地不靈。可憐甄后，寫下了這樣一首詩給曹丕，最後等來的卻是一紙賜死令。甄氏死後，曹丕下令對她的屍身「以髮覆面、以糠塞口」。這樣做的目的，是讓她死後無臉見人，無法申冤。

甄宓，字嫦娥，中山無極（今河北無極）人，上蔡（今河南上蔡）令甄逸的女兒。她有三位哥哥和四位姐姐，她是排行最小的五妹。甄宓自幼喜歡讀書寫字，能吟詩作文，她的哥哥常常跟她說笑，笑她將來要當「女博士」。

年及及笄，甄宓出落得貌美如花，如同芙蓉出水。袁紹聽說甄逸的小女兒不僅有傾國傾城之貌，而且才華出眾，連忙請人給自己的兒子袁熙求親。媒人前去一說即成，甄宓便成了袁家佳婦。袁紹打敗公孫瓚後，令袁熙為幽州（治所在今天津薊縣）刺史。袁熙將甄宓留在鄴都（今河北臨漳），侍奉家母。

當年，曹操最大的對手是袁紹。經官渡一戰，曹操將袁紹擊潰。公元204年，曹操舉兵攻下鄴都。曹丕早就聽說袁熙的老婆十分美貌，連忙領兵到袁府。來到大廳，只見堂上坐着一位老婦人，一位年輕少婦哆哆嗦嗦伏在老婦的膝頭。曹丕來到少婦身邊，抬起她的臉看，不看則已，一看驚得差點魂兒出竅，以前只知道甄宓美若天仙，沒料想果然是月中嫦娥。曹丕連忙傳命，說丞相（曹操）有命，保護袁家婦女。曹操知道了這件事，明白曹丕的心事，答應將甄宓許配給曹丕為妻。結婚以後，兩人卿卿我我，如膠似漆。婚後不久，甄宓生下了兒子曹叡。

公元220年，曹丕登基為帝，準備冊立皇后。這時候，能夠與甄宓爭奪后位的只有郭女王。郭女王是荊州南郡太守郭永之女，年輕漂

亮，只是沒有生兒子。郭女王為了誣陷甄宓，說曹叡不足月而生，不是曹家親骨肉，是甄宓帶來的袁家野種。

曹丕寵愛新歡郭女王，本來已對甄宓十分不滿，聽到這樣的挑撥，不禁怒火中燒，斥責甄宓有損曹氏門風。甄宓的這首《塘上行》，是深情妻子對丈夫一往無悔的泣訴，沒料想曹丕卻賜甄宓自盡。郭氏除掉了甄宓，如願以償地被立為皇后。

曹植得知甄宓遭讒冤死的消息後，非常悲痛。他本來鍾情於甄宓，無奈曹操將她嫁給曹丕，只能作單相思。曹植朝見天子時經過洛水，藉神女的傳說寫成《洛神賦》。賦中所謂洛神，就是甄宓，可見甄宓在他心中的地位。

公元 226 年，魏文帝病死，曹叡即位（魏明帝）。曹叡為他的生母平冤昭雪，追諡她為「文昭皇后」。

七步詩

三國・魏・曹植

原文

煮豆持作羹，漉菽以為汁。
萁在釜下燃，豆在釜中泣。
本自同根生，相煎何太急？

我國山水詩這一重要流派的開山鼻祖、南朝詩人謝靈運曾經說：「天下的才能如果有一石，曹子建一個人便獨佔八斗，我佔有一斗，自古至今的學子一共才佔有一斗。」能得到謝靈運如此讚譽，這個曹

子建決非浪得虛名。

曹子建，就是三國時的曹植。他極具才氣，跟他的父親曹操、哥哥曹丕並稱「三曹」。曹植跟曹丕雖然是一母所生親兄弟，可是成年以後，兩人水火不相容。尤其是哥哥曹丕，總想着要將弟弟曹植置於死地而後快。

曹植自幼聰慧，深得父親曹操的歡心。曹植十幾歲的時候，便能寫得一手好文章，曹操看了有點兒懷疑，問道：「這些文字是你自己寫的呢，還是請人代筆？」曹植說道：「孩兒下筆成章，何必請人代勞！父親不信，可以當面一試。」曹操出了題目讓他當面寫來，待他寫好之後拿過來一看，果然字字珠璣。

從此以後，曹操對他寵愛有加，甚至想立他為世子，讓他繼承自己的事業。他把這個想法跟謀士們一說，許多謀士表示反對，認為這樣做一來有違「立長不立幼」的封建成法，二來曹植生性隨便，行事不穩，不堪承擔重任。

沒有不透風的牆，曹丕很快知道了這件事。他對弟弟曹植恨之入骨，可是又無可奈何。擁戴曹丕的謀士一再在曹操面前說曹丕的好話，曹操有些心動；曹植自己也不爭氣，幾次違反禁令，遭到曹操的處罰。曹操最終下了決心，立曹丕為世子。

公元 220 年，曹操病逝，曹丕繼位為漢相。就在同一年，曹丕迫不及待地玩起了「禪讓」的把戲，逼迫漢獻帝退位，自己登上皇帝寶座，建立了魏王朝，他就是魏文帝。

曹丕稱帝後，對過去的事耿耿於懷，一心要殺掉曹植。他藉口曹植在父喪期間行為不檢點，把他拿下治罪。這個罪名可不輕，要是罪名成立，曹植就要被處死。

審問曹植的時候，曹丕氣勢洶洶地說：「你恃才傲物，蔑視禮法，膽子不小。父親在世的時候，常常誇獎你，說你詩文寫得好。這些詩文是不是你自己寫的，我一直心存疑惑。現在我倒要考考你，看

你是不是欺世盜名，限你在七步之內寫成一首詩，寫不成我就馬上殺了你。」

曹植應了一聲，含着眼淚往前走，他一邊走，一邊吟詠詩句，一首新詩吟完，正好只走了七步。

這首詩用同根生的豆萁和豆子比喻親兄弟，用豆萁煮豆子比喻哥哥殘害弟弟，表達了自己的憤激之情。

曹丕聽了曹植吟的詩，也覺得自己對親弟弟下手太急太狠，未免有些慚愧；再則，現在殺了曹植，一定會被世人恥笑。他略一思索，下令免去曹植的死罪，將他軟禁起來。

曹丕病逝，曹叡繼位，他就是魏明帝。曹叡對曹植仍然嚴加防範，曹植的處境並未好轉。最終，他在抑鬱中英年早逝，享年四十一歲。

《七步詩》還有一個版本，作「煮豆燃豆萁，豆在釜中泣。本是同根生，相煎何太急」。文字雖有不同，意思還是一樣的。

詠懷詩（其一）

三國·魏·阮籍

原文

夜中不能寐，起坐彈鳴琴。

薄帷鑒明月，清風吹我襟。

孤鴻號外野，翔鳥鳴北林。

徘徊將何見，憂思獨傷心。

　　阮籍，字嗣宗，三國時魏國文學家。他出生於書香門第，父親阮瑀是漢末「建安七子」之一，寫章表書記很出色，名作有《為曹公作書與孫權》。

　　阮籍是建安以來第一個全力創作五言詩的人，他的《詠懷詩》有八十二首，塑造了一個悲憤詩人的藝術形象。這些詩多以比興、寄託和象徵手法，隱晦曲折地抒發內心的苦悶，抨擊社會黑暗，揭露封建禮法的虛偽，描寫自己的理想，開創了中國文學史上政治抒情組詩的先河，對後世產生了重大影響。另外，這些詩奠定了五言詩基礎，在中國詩歌發展史上有着重要地位。

　　阮籍生活的時代，魏明帝曹叡已經去世，曹爽、司馬懿奉遺詔輔佐曹芳。曹爽、司馬懿二人明爭暗鬥，最終曹爽被司馬懿所殺，司馬氏獨專朝權。

　　司馬氏殺戮異己，被株連者很多。阮氏家族本來在政治上傾向曹魏皇室，對司馬氏懷有不滿，但因世事不可為，阮籍便明哲保身，或閉門讀書，或登山臨水，或酣醉不醒，從不談論世事。

　　鍾會是司馬氏的心腹，多次向阮籍探問對時事的看法，阮籍都藉機喝得酩酊大醉，口不臧否人物，終於得以避禍。

　　司馬昭當初想為兒子司馬炎娶阮籍的女兒為妻，哪知阮籍整整沉

醉六十日不醒，沒法跟他提起婚事。

有時候阮籍駕車外出，不順着大路任意而行，到了路的盡頭無路可走，便大哭一場返回，被後人稱為「窮途之哭」。

阮籍善做「青白眼」，「青眼」為眼睛正視、眼球居中，表示對人喜愛或尊重；「白眼」為眼睛斜視、露出眼白，表示對人輕視或憎惡。他的母親去世時，嵇喜前來憑弔，阮籍對他白眼相向，嵇喜很不高興地離開了；他的弟弟嵇康前來憑弔，阮籍非常高興，對他青眼相加，盛情接待。

阮籍迫於司馬氏的淫威，也不得不應酬敷衍。他接受司馬氏授予的官職，先後做過司馬氏父子三人的從事中郎，擔任過散騎常侍、步兵校尉等官職。他還被迫為司馬昭寫過「勸進文」，因此，司馬氏對他採取容忍態度，使他得以終其天年。

這首詩是詠懷組詩的第一首，開宗明義，奠定了整個組詩的基調。詩中描寫了他的行動：醒而起，起而坐，坐而彈琴，看月聽鳥，再到徘徊，通過寫孤鴻、翔鳥，把政治環境景物化。全詩籠罩着一層深秋悲霧，表現出強烈的憂傷之情和孤寂之感，表明了他內心的悲憤和痛苦。

悼亡詩（其一）

晉·潘安

荏苒冬春謝，寒暑忽流易。

之子歸窮泉，重壤永幽隔。

私懷誰克從，淹留亦何益。

黽俛恭朝命，迴心反初役。

望廬思其人，入室想所歷。

幃屏無髣髴，翰墨有餘跡。

流芳未及歇，遺掛猶在壁。

悵恍如或存，周遑忡驚惕。

如彼翰林鳥，雙棲一朝隻。

如彼游川魚，比目中路析。

春風緣隙來，晨霤承檐滴。

寢息何時忘，沉憂日盈積。

庶幾有時衰，莊缶猶可擊。

　　晉代的潘安，就是文學家潘岳。人們讚譽男子美貌，最常用的成語就是「貌如潘安」；誇人文才好，常說「陸海潘江」，陸指陸機，潘指潘岳，也就是潘安。潘安既有文才，又有堂堂儀表，怪不得眾多婦女對他十分傾慕了。

　　據說潘安年輕的時候，喜歡坐車到洛陽城外遊玩，女孩子們見了他，立時手拉着手把他圍在中央；即便是老婦人見了他，也要向他擲水果。當潘安回家時，車上總是裝滿了水果，這就是「擲果盈車」的來歷。

　　你可千萬不要以為潘安是招蜂引蝶的紈絝子弟，潘安對待愛情真

正是忠貞不二。

潘安十二歲時，便由父母做主，與十歲的楊氏定了娃娃親。婚後兩人共同生活二十多年，舉案齊眉，伉儷情深。潘安五十二歲時，妻子不幸去世，潘安對她念念不忘，以後未曾再娶。

妻子去世後，潘安寫下著名的《悼亡詩》，用來懷念亡妻，開創了悼亡詩的先河。

這首詩開頭，寫他在妻子去世一年之後，行將到京城赴任，臨行前睹物思人的情景。接着，又從時間的角度來表現喪妻之痛，最後，希望自己能像莊子那樣從感情的重壓下解脫出來。

詩中「如彼翰林鳥，雙棲一朝隻。如彼游川魚，比目中路析」四句，寫得尤為感人，廣為熱戀中的男女引用。

潘安的赤誠之心不僅表現在對妻子忠貞不二，更表現在對母親竭盡孝心。他的父親去世以後，潘安就把母親接到任所侍奉。他喜歡種植花木，天長日久，他種的桃李竟成林。每到桃花、李花盛開時節，潘安總是和妻子攙扶母親到林中來賞花。

有一年，母親染病思歸故里，潘岳隨即辭官奉母回鄉。上司再三挽留，他說：「我要是貪戀榮華富貴，不按母親的意願行事，那算甚麼兒子呢？」上司被他的孝心感動，答應了他的辭官請求。回到家鄉以後，他的母親事事舒心，很快就痊癒了。

由於家中貧窮，他就親自種菜上街叫賣，再用賣菜所得，買回母親愛吃的食物。為了給母親增加營養，他和妻子還餵了一羣羊，每天擠奶給母親喝。在夫妻倆精心護理下，母親得以安度晚年。

「二十四孝」中的「棄官奉親」，說的就是潘安辭官奉母這件事，是中華民族傳統孝道的典範之一。

啄木詩

晉 · 左棻

原文

南山有鳥，自名啄木。
飢則啄木，暮則巢宿。
無干於人，惟志所欲。
性清者榮，性濁者辱。

左棻（芬）是晉代著名文學家左思的妹妹。左思能夠寫成《三都賦》，跟左棻有着密切的關係。

左思其貌不揚，不好交遊，常常一個人待在家裏讀書。公元272年，左棻被選入宮，先被封為修儀，後來被封為貴嬪。全家人託她的福，遷居首都洛陽。

不久，左思被任命為著作郎，與當代名士漸漸有了來往。從那個時候起，左思開始創作《三都賦》，經過十年不懈努力，左思終於把《三都賦》寫成。由於這篇《三都賦》寫得實在好，大家紛紛爭着買紙傳抄，洛陽的紙張頓時緊缺，以致「洛陽紙貴」。

左棻年幼時就勤奮好學，能詩善文。晉武帝司馬炎久聞其名，於公元272年將左棻召入宮中。因為她姿容醜陋，得不到寵愛，卻因才德受到禮遇。司馬炎每次漫遊，都要將左棻帶在身邊，跟她談論文墨。凡遇外地有所進貢，就讓她賦頌。大凡皇家需要記錄的婚喪嫁娶，也要她作賦寫誄。左棻一生寫了大量的詩賦，多數亡佚。今存賦五篇，誄、頌各兩篇，贊十三篇，古詩兩首，大都是應詔之作。

左棻進宮以後，左思非常想念妹妹，寫了兩首《悼離左棻贈妹詩》給她。所謂「悼離」，指女子被詔進入後宮，咫尺便是天涯，生離如同死別。左棻讀了哥哥的詩，寫了一首《答兄感離詩》，抒發了入

宮後骨肉分離的悲痛、自己的孤獨和哀愁，語言質樸，感情真摯，讀了令人潸然淚下。

左棻有她獨立的思想，為一些婦女樹碑立傳，如《狂接輿妻贊》《齊杞梁妻贊》《孟軻母贊》《班婕妤贊》等，歌頌了她們高潔和忠貞，表現了她對傳統「男尊女卑」觀念的否定。

左棻稟性嫻靜敦厚，而爾虞我詐、互相傾軋的宮廷生活，使她養成在夾縫中求生存的本能和與人無爭的性格。《啄木詩》是左棻的一首狀物言志詩，集中反映了她的處世態度和對人生的追求，是她淡泊自律的生活寫照。正因為如此，她才能在晉宮內部激烈的鬥爭中，度過二十八個春秋。

蘭亭詩（其三）

晉・王羲之

> 三春啟羣品，寄暢在所因。
> 仰望碧天際，俯磐綠水濱。
> 寥朗無厓觀，寓目理自陳。
> 大矣造化功，萬殊莫不均。
> 羣籟雖參差，適我無非新。

王羲之，字逸少，因曾做過右軍將軍，後人又稱他「王右軍」。他是東晉著名的書法家、文學家，世稱「書聖」。

他從小就跟叔叔王廙學習寫字，以後又在衛夫人的指導下苦練書

法，衞夫人見他習字勤奮，天賦又高，曾經讚歎道：「這孩子很有出息，將來在書法上的造詣一定會超過我。」

成年後，他遊歷了許多名山大川，見到許多大書法家留下的手跡。他悉心臨摹，博採眾長，自成一家。他留下的一些墨跡，成為我國書法藝術的瑰寶。

王羲之的書法能有這樣高的造詣，是和他勤學苦練分不開的。據說，他幼年時刻苦練字，常在屋旁的池塘裏洗筆洗硯，時間長了，一池碧清見底的水被染得烏黑。後人在那裏建造了一座精巧的亭子，裏面掛着「墨華亭」的橫匾，稱這個池塘為「洗硯池」或「墨池」。無論在何處，他都堅持不懈地練字，因而留下的「墨池」遺跡有多處，天台山華頂上有，江西新城山有，浙江温州也有。

有時候，為了練好一個筆畫，寫好一個字，王羲之總要練上好多張紙。晚上睡在牀上，就用手指在自己的肚子上畫。一次，他練得入了神，竟在熟睡的妻子的肚子上畫來畫去。他的妻子被弄醒了，問他甚麼事，他不好意思地笑了笑說：「我在練字呢。」

有一次，王羲之到一個門生家裏去做客。門生見老師來了，興沖沖地去買酒買菜，王羲之一個人坐在客堂裏。他見客堂中有一張新做的長几，平滑如紙，一時興起，操起筆，蘸飽墨，就在長几上寫了起來。他先用正楷把諸葛亮的《梁甫吟》寫了一遍，看看長几上空的地方還不少，又用草書寫了一遍。

他的門生回來見到几上的字，大喜過望。那字寫得筆力雄健，氣勢奔放，氣度超逸。門生不住地觀賞，連連讚歎，王羲之也覺得今天寫得手順，在一旁拈鬚微笑。

過了幾天，那個門生出去辦事，他的父親見新做的長几上塗滿了字，覺得可惜，準備用濕抹布把字擦掉，誰知擦了一遍又一遍，就是擦不掉，只好用刀來刮。老漢使勁地刮了一遍又一遍，好不容易才將几面上的字刮去。他長長舒了口氣說：「唉，今天可把我累壞了。

我把几面刮薄了三分，才把字刮掉。」那學生回來一看，几上的字竟然被父親刮掉了，急得直跺腳。後人用「入木三分」稱讚別人字寫得好，遒勁有力，就是源於這個故事。

有個老道士，很想請王羲之抄寫一本《黃庭經》，只因地位懸殊，無法相求。他知道王羲之愛鵝成癖，就精心飼養了一羣善於鳴叫的鵝，經常讓牠們在溪流中追逐。有一天，王羲之乘船到郊外遊玩，見了這羣精心餵養的好鵝，讚不絕口，要隨從下船尋找鵝主人，買幾隻帶回去。不一會兒，隨從帶着一個老道來了。王羲之要買他的鵝，老道就是不賣。王羲之百般央求，老道總算鬆了口，說：「我養的鵝從來不賣，既然大人要，用大人的字來換倒行。」王羲之忙問怎麼個換法，老道說：「只要大人賜我一本手書的《黃庭經》，這羣鵝就全部送給大人。」王羲之高高興興答應下來，隨着老道來到道觀，一絲不苟地寫了本《黃庭經》。老道達到了目的，喜不自勝，連忙把所有的鵝都裝進籠子裏，派小道士送到王羲之的府中。

公元 353 年三月初三那天，王羲之和四十一位文人學士在會稽西南蘭亭聚會，玩起「曲水流觴」的遊戲。侍從們把盛了酒的羽觴放到曲曲彎彎的溪流中，溪流旁有許多小机凳，大家分坐在机凳旁，羽觴漂流過來，停在誰的面前，誰就要飲完裏面的酒，並且賦詩一首。要是吟不出詩，就要罰酒。

這次聚會，大家一共寫了三十七首詩。其中有王羲之的詩作六首，一首為四言詩，五首為五言詩。這首詩是王羲之五言詩裏其中一首，它抒發了遊賞山水之樂，表現山水審美的情趣，並由山水的描寫抒發玄理。

詩的開頭兩句「三春啟羣品，寄暢在所因」，「寄暢」二字是全詩的詩眼，表示要以蘭亭山水來擺脫世務俗趣，獲得身心的輕鬆愉悅。下面兩句寫景，一為仰視，一為俯視。「寓目理自陳」是全詩的過渡句，「寓目」的是景，「自陳」的是玄理。「大矣造化功」以下四句便是

詩人所悟之理。這首詩描寫山水別開生面，標誌着東晉詩人已經開始留意山水的描繪，山水詩即將興起。

在蘭亭聚會上，有人提議把這些詩匯編成《蘭亭集》，由王羲之作序。王羲之的興致很高，欣然同意。他略一思索，提起筆來一揮而就，這就是流傳千古的《蘭亭集序》。《蘭亭集序》不僅文筆流暢，情文並茂，也是絕妙的書法作品。原序共二十八行，三百二十四字，相同的字寫法都不同。尤其是二十個「之」字，更是變化多端，寫法各異，令人拍案叫絕。

贈友人

晉‧鳩摩羅什

原文

> 心山育明德，流薰萬由延。
> 哀鸞孤桐上，清音徹九天。

說起鳩摩羅什，當時無人不知。他的祖父曾為天竺國相，門庭顯赫。他的父親即將襲居要職時突然出家，東行到龜茲。龜茲王慕名相迎，並將妹妹嫁給他，生下了鳩摩羅什。鳩摩羅什七歲時，他的母親也出家為尼。

東晉末年，鳩摩羅什來到後涼；姚興擊敗後涼，派使者將鳩摩羅什接到長安，尊稱他為國師。他宣講佛經深入淺出，深受國人歡迎。每逢節日鳩摩羅什都在逍遙園講經說法，園門張燈結綵，禪房香煙繚繞，那情那景，如同過節一般。

　　佛經自漢代傳入中原，經卷譯本眾多。有的從梵文（古印度文）翻譯過來，有的從巴利文（古尼泊爾文）翻譯過來，有的從吐火羅文（一種古中亞西亞文）等中介文字翻譯過來；有的直譯，有的意譯；有的與老莊之學相混。姚興和鳩摩羅什商量多時，決定重新翻譯佛經。鳩摩羅什和他的弟子八百餘人，歷時十二年，辨析經義，切磋字句，翻譯了《大品般若》《小品般若》《法華》《金剛》等經和《中》《百》《大智度》等論，共七十四部，三百八十四卷。他的譯筆忠於原文，圓通流暢，糾正了四百年來他人譯經之誤，成為後世流傳最廣的佛教經典。

　　公元 413 年，一代高僧鳩摩羅什與世長辭，終年六十九歲。傳說感知大限即近的鳩摩羅什，曾對眾人起誓：「假如我所傳的經典沒有錯誤，在我焚身之後，這個舌頭不會被燒壞！」不久，鳩摩羅什圓寂，在逍遙宮依照佛制焚身。火滅後僧眾發現，他的屍骨已化，惟獨他的舌頭完好無損。傳說中的「三寸不爛之舌」，顯證了鳩摩羅什之誓。

　　鳩摩羅什的這首《贈友人》，表現了他以高山一樣的胸懷，弘揚佛法。雖然自己曾經在逆境、責難中孤獨度日，但他希望佛法的妙音最終響徹宇宙之間。這首詩可以說是鳩摩羅什心態的表白，也是他一生完整的寫照。

登山

晉・謝道韞

原文

峨峨東嶽高，秀極沖青天。

巖中間虛宇，寂寞幽以玄。

非工復非匠，雲構發自然。

氣象爾何物？遂令我屢遷。

逝將宅斯宇，可以盡天年。

東晉的王謝兩家，是當時最有聲望的豪門世族，而才女謝道韞，就是他們兩家的人：她是謝家安西將軍謝奕的女兒，是書聖王羲之的兒媳。她的丈夫是王羲之的二子王凝之，可謂才子配佳人。這一對小夫妻一雙兩好，門當戶對，把當時的青年男女羨慕煞。

謝道韞自幼聰慧，能言善辯。有一天，叔叔謝安問她：「你認為《詩經》中甚麼句子寫得好？」謝道韞回答道：「吉甫作頌，穆如清風。仲山甫永懷，以慰其心。」這詩句出自《詩經・大雅・烝民》，表達的是周朝舊臣憂心國祚之詠歎。謝安聽了非常高興，稱讚她有「雅人深致（為人高雅，情趣深遠）」。

某一冬日，謝安把兒女子姪叫到一起講論文義，正好遇上天降大雪，謝安忽發雅興，問小輩：「白雪紛紛何所似？」

他的一個姪子謝朗想也不想就脫口而出：「撒鹽空中差可擬。」這個比喻有點兒不倫不類，那些沉甸甸的鹽粒，把它撒向天空，能夠隨風飛舞？姪女謝道韞不慌不忙回答道：「未若柳絮因風起。」柳絮隨風飄揚，與雪花隨風飛舞極為相似，這個比喻十分妥貼。謝安聽罷，十分欣慰，「哈哈」大笑起來。

謝道韞嫁到王家以後，相夫教子，平平淡淡地過了幾十年。那時

候，東晉王朝已經日薄西山，各地發生動亂。

公元 99 年，孫恩兵起。身為會稽內史的王凝之，這時已經迷戀上了道教，雖然手握軍政大權，卻不積極備戰，而是閉門祈禱道祖保佑一郡百姓平安。延誤作戰時機帶來滅頂之災，孫恩攻進會稽，王凝之及其子女都被亂兵所殺。謝道韞毫無懼色，抱着只有三歲的外孫劉濤，孫恩以為這孩子也是王家後代，舉起刀來要結果劉濤的性命，謝道韞厲聲說道：「這些都是大人們的事，跟孩子無關，你要殺他，就先殺我！」孫恩吃驚不小，朝着謝道韞看了一會兒，隨即便將刀放下。他敬佩謝道韞的為人，放過了謝道韞和劉濤。孫恩之亂平定後，她一直寡居在會稽（今浙江紹興），一直到去世。

遺憾的是，這樣有才的女子，留傳下來的詩作不多，只有《登山》等幾首。《登山》這首詩，謝道韞藉登山觀景，充分感受大自然給人類的呵護，讀者能夠看出謝道韞不畏艱險，勇於攀登的精神，更可以體會她的俠骨柔腸。

歸園田居（其一）

晉 · 陶淵明

原文

少無適俗韻，性本愛丘山。
誤落塵網中，一去三十年。
羈鳥戀舊林，池魚思故淵。
開荒南野際，守拙歸園田。
方宅十餘畝，草屋八九間。
榆柳蔭後簷，桃李羅堂前。
曖曖遠人村，依依墟里煙。
狗吠深巷中，雞鳴桑樹巔。
戶庭無塵雜，虛室有餘閒。
久在樊籠裏，復得返自然。

　　彭澤（今江西湖口）令陶淵明一邊在縣衙後院踱着方步，一邊微微地晃着腦袋吟詠新作。一名衙役急急跑了進來，匆匆稟告：「大人，督郵前來巡視，即將來到縣衙，請大人速速做好準備，前去相迎。」

　　陶淵明的雅興被破壞，皺了皺眉頭說：「知道了，我馬上就去。」一想到那個滿臉橫肉、動不動就訓斥下屬的傢伙，他就一肚子不舒服。

　　督郵是郡守的屬吏，掌管監督下屬官員。各縣的縣令見了他，就像老鼠見了貓一般，拍馬惟恐不及，哪敢得罪他。

　　陶淵明歎了口氣，正了正衣冠，邁步向大堂走去。衙役連忙拉住他，悄聲說道：「大人，按規矩不能穿便服去見督郵，要穿官服，不然的話就失禮了。」

陶淵明有些冒火：「哪來這麼多麻煩事，誰規定的這樣俗禮！」

衙役低着頭回道：「歷來如此，請大人隨俗。——再有耽擱，督郵等久了，只怕要生氣。」

一想到要向那狐假虎威、自以為是的傢伙打躬作揖，陶淵明的心裏很不是滋味。他昂起頭，毅然決然地說：「我豈能為五斗米的俸祿，受這些俗禮約束，去向那仗勢欺人的傢伙討好！」

他轉身回屋，捧出官服和印綬，走進大堂。他把這些放在案上，對隨他進來的衙役說：「你去回稟督郵，說我陶淵明決不為五斗米折腰，已經棄官而去。」衙役想說甚麼，陶淵明擺擺手將他攔住了。

說起陶淵明，當時很有些名氣。他性格耿介，為人正直，不與達官貴人同流合污，只願清清白白做人。

陶淵明的家庭，也算得上是世家。他的曾祖陶侃，是東晉的開國元勛，官至大司馬，被朝廷封為長沙郡公。他的祖父也是不小的官，曾經做過長沙太守。他的父親也曾為官，做過一任安城（治所在今浙江安吉遞鋪鎮）太守。可是到了他這一代，家境已經衰落。

他二十七歲時，家中已是捉襟見肘，入不敷出，日漸困頓。他祖父、父親的老友看不過，推薦他做了江州（治所在今江西九江）祭酒。哪知陶淵明看不慣官場的腐敗，又自在慣了，沒過多久就辭官不幹了，返回故里潯陽柴桑（今江西九江西南）。以後，他又做過幾次官，由於他為人正直，與魚肉百姓的官吏們格格不入，官都沒當長，最終都是辭官而去。

公元 405 年八月，年過四十的陶淵明做了彭澤令。縣令的官位雖然不高，但有公田奉養，可以免除衣食之憂，加以彭澤縣尚屬太平，公務不多，倒也過得清閒自在。

誰知好景不長，十一月督郵來巡視，他又棄官回到鄉里。這是他最後一次擔任官職，只當了八十多天的彭澤令。打這以後，他就躬耕自食，走上了歸隱的道路。

他那流傳千古的《歸園田居》（其一）的開頭四句，述說自己本性是與丘山（大自然）相通的，自己陸陸續續做了三十年的小官，是為生活所迫而「誤落塵網」。在塵網中的官場生涯，如同「羈鳥」「池魚」一般，依照牠們的本性回歸「舊林」「故淵」，為理所當然。接下來描述了回歸田園的村居生活和愉快的心情，表現了擺脫樊籠的歡快。

現存陶淵明的作品，有詩一百二十四首，文十一篇，是我國珍貴的文學遺產。尤其是他的詩歌，表現田園生活的居多，風格平淡自然，開創了田園詩派一代新風。

擬詠懷（十一）

北朝·庾信

搖落秋為氣，淒涼多怨情。
啼枯湘水竹，哭壞杞梁城。
天亡遭憤戰，日蹙值愁兵。
直虹朝映壘，長星夜落營。
楚歌饒恨曲，南風多死聲。
眼前一杯酒，誰論身後名。

南朝的庾信，被認為是南北朝文學的集大成者。

庾信是南朝梁代宮廷近臣，早年曾陪同太子蕭綱（梁簡文帝）寫一些豔詩。後來又與徐陵一起擔任東宮學士，寫了不少奉和陪駕之作，他們的這些香軟詩作，被世人稱為「徐庾體」。

　　梁武帝末年，侯景發動叛亂。當時庾信為建康（今江蘇南京）令，率兵禦敵，建康失陷以後，他逃亡江陵（今湖北荊州），投奔了梁元帝蕭繹。當時梁州（今陝西漢中一帶）、益州（今四川一帶）、襄陽（今湖北襄陽）都在西魏控制之中，江陵形勢孤立，情勢危急。

　　公元554年，庾信奉命出使西魏。抵達長安不久，西魏攻克江陵，蕭繹被俘遭殺。由於庾信久負盛名，被西魏扣留在長安，官至車騎大將軍、開府儀同三司，故又稱「庾開府」。

　　公元557年，陳朝代梁，北周滅魏，庾信無家可歸，只得繼續在北周為官。不久，陳與北周通好，南北流離之士紛紛回國，只有庾信和王褒二人，不許返回南方。

　　庾信被強留長安，再見江南無望，內心十分痛苦。顛沛流離的生活，使他的思想、創作發生了深刻的變化。他寫有《擬詠懷》組詩二十七首，內容多為追懷故國、感歎身世、抒發鄉思和羈留敵國的苦悶。《擬詠懷（十一）》是他的代表作之一，悲悼梁的覆滅。

　　首句「搖落秋為氣」，是借宋玉《九辯》中的句子來寫景，奠定了全詩悲怨的基調。「啼枯湘水竹」，用舜去世時兩個妃子為他哭泣，淚灑竹上盡成斑點的典故；「哭壞杞梁城」是用春秋時齊國大夫杞梁死於莒國城下，其妻號哭過於哀痛，城牆為之崩塌的典故。作者用此兩典，暗示梁朝最終滅亡的結果。「天亡遭憤戰」以下六句，借典故轉入對梁亡的反思。「天亡」引用項羽的典故：項羽兵敗時對烏江亭長說：「這是老天爺要是我滅亡，我又何必渡江呢？」然後自刎。「日蹙」指梁的國土一天比一天在縮減。「直虹朝映壘，長星夜落營」兩句，借天文之象暗喻梁早已顯出敗亡之象。「楚歌」用項羽兵困垓下，夜聞漢軍四面楚歌之典，「南風」用「南風不競」典：春秋時晉、楚對陣，南音微弱，暗喻楚軍不能戰勝晉軍。以上六句都是引用典故，暗寓梁朝必亡。結尾「眼前一杯酒，誰論身後名」兩句，寫眼前自己只是苟且偷生，至於身後之名就不去想了。

作者運用成熟的文學技巧，將典故多方組合，營造了彌漫天地的悽慘亡國慘相，抒發了詩人亡國後的無盡感慨與憂憤。杜甫在《戲為六絕句》中寫道：「庾信文章老更成，凌雲健筆意縱橫。」

庾信在辭賦方面的成就並不亞於詩歌，他的抒情小賦，如《枯樹賦》《竹杖賦》《小園賦》和《傷心賦》等，都是傳世名作。最著名的辭賦作品是《哀江南賦》，全篇以駢文寫成，多用典故來暗喻時世，表達自己悲苦欲絕的隱衷。

庾信後期的創作雖謂「老成」，但早年的風格仍有留存。他同北朝顯貴唱和的詩，依然不失雍容華貴，亦多豔情。

玉樹後庭花

南朝・陳叔寶

麗宇芳林對高閣，新裝豔質本傾城。
映戶凝嬌乍不進，出帷含態笑相迎。
妖姬臉似花含露，玉樹流光照後庭。
花開花落不長久，落紅滿地歸寂中。

「商女不知亡國恨，隔江猶唱後庭花。」是唐代詩人杜牧《泊秦淮》中的著名詩句，「後庭花」指陳叔寶所作《玉樹後庭花》，後人一直將它視為「亡國之音」。

陳叔寶，南朝陳最後一位國君，人稱「陳後主」。他的父親是陳宣帝陳頊。

　　陳叔寶繼位後嫌後宮居所簡陋，便在臨光殿的前面造了臨春、結綺、望仙三座樓閣。樓閣高達數十丈，閣下積石為山，引進水流為池。後主自己居住在臨春閣，妃子張麗華住在結綺閣，龔、孔二貴嬪住在望仙閣，另有王、季兩位美人，張、薛兩位淑媛，袁昭儀，何婕妤，江修容等七人，輪流召幸。陳叔寶得意洋洋，自詡道：即便天上神仙，莫勝於此。

　　熱衷詩文的陳叔寶，聚集起一批朝廷命官、文人，整天一起飲酒賦詩。陳叔寶讓十幾個才色兼備的宮女為「女學士」，才有餘而色不及的為「女校書」，每逢宴會，妃嬪羣集，女學士、女校書與命官、學士聯吟贈答。陳樹寶自己也寫些豔麗的詩詞，讓樂師譜上新曲，令宮女們學習新聲，學成後演唱。其中，最著名便是《玉樹後庭花》。

　　公元 588 年十月，隋文帝楊堅派晉王楊廣、秦王楊俊、清河公楊素為行軍大元帥，率領五十二萬大軍，向江南小王朝撲去。

　　陳叔寶根本不把隋軍南下當作一回事，對左右侍從說：「天子之氣在建康，何懼之有！過去北齊三次渡江，北周兩次南下，全部被擊潰；現在隋軍南下，必定無功而返！」

　　元旦那天，陳叔寶照樣舉行盛大的元旦朝會，接受文武百官朝賀。說來也怪，天空突然濃霧彌漫，霎時間天昏地暗，陳叔寶忽然頭暈，一下子昏了過去，直到下午，他才漸漸甦醒。

　　隋朝吳州（州治位於今江蘇揚州）總管賀若弼，趁陳朝元旦朝會時率領大軍渡江，陳朝守軍竟然沒有發覺。同一天，盧州（州治在今安徽合肥）總管韓擒虎率領五百勇士趁夜在橫江（今安徽和縣長江渡口）渡江，在采石磯登陸，陳朝官兵過年宴飲，一個個酩酊大醉，隋軍不費吹灰之力便奪下了城池。

　　隋軍迅速逼近，文武大臣已經逃散，只有尚書僕射袁憲還在陳叔寶身邊。陳叔寶感歎道：「我一向對你不怎麼好，現在卻只有你留在這裏，這可真叫我慚愧。」突然間，外面亂了起來，陳叔寶驚慌失

措，想要找個地方躲藏。袁憲嚴肅地說：「事已如此，又能躲到哪裏去！陛下應當穿戴得整整齊齊，顯示出帝王的尊嚴，像當年梁武帝接見侯景那樣，接見攻進皇宮的北軍。」陳叔寶哪有這個膽子，忙說：「刀口之下，不可冒險。我得找到地方，把自己藏起來。」一邊說，一邊向後宮直奔過去。

他帶着十多個宮人，跑到景陽殿的一口深井旁，準備躲到井裏去。袁憲苦苦相勸，後閣舍人夏侯公韻用身體擋住井口，陳叔寶竭力相爭，爭了很久才和張麗華、孔貴嬪躲進深井。

隋朝官兵進入後宮搜索，費了好大的力氣才把他們拉上來。

這一年的三月，陳叔寶和王公大臣被押往長安。隋文帝免他們一死，將陳叔寶軟禁起來。從此以後，陳叔寶整天以酒解愁，經常喝得人事不知。公元 604 年，陳叔寶在長安病死，終年五十二歲。這位生活奢侈、不理朝政的昏君，除了留下《玉樹後庭花》等豔詞，再也沒有留下甚麼東西。

《玉樹後庭花》的開頭兩句「麗宇芳林對高閣，新裝豔質本傾城」，以宮中華麗的環境來映襯妃嬪的美麗；中間四句寫妃嬪應召見駕時的情態和美人們傾國傾城之貌；最後兩句筆鋒一轉，驀然點出「花開花落不長久，落紅滿地歸寂中」，帶有一片哀愁。

這首詩在藝術上很有特點：着意於從側面、動態的角度去描寫，力求捨形而求其神；全詩結構緊湊，情景與人物相互映襯，意象美不勝收。從藝術上說，這是一首佳作。

破鏡詩

南朝・徐德言

原文

> 鏡與人俱去，鏡歸人不歸。
> 無復嫦娥影，空留明月輝。

大家都知道，「破鏡重圓」比喻夫妻失散或離異後重新團聚；有的人不一定知道，這個成語源自徐德言和樂昌公主悲歡離合的故事。

南朝陳的太子舍人徐德言，娶樂昌公主（陳後主陳叔寶的大妹妹）為妻。小夫妻情投意合，相敬如賓。

那時候，朝廷腐敗，國勢岌岌可危。徐德言預料國家將要滅亡，心裏非常擔憂。常言道：樹大招風，妻子身為當今皇上的妹妹，恐怕難以逃脫這場劫難。

有一天，他對樂昌公主說：「大難就在眼前，我們也要做好準備。國破必定家亡，屆時我們必將離散，假如我們情緣未斷，以後一定還會有重見的機會，現在先留下件東西，作為我們以後相見的憑證。」

樂昌公主認為丈夫說得對，流着眼淚問丈夫應當怎麼辦。徐德言拿來一面銅鏡，當即把它劈為兩半，兩人肝腸寸斷，各拿一半藏在懷中。他倆做出約定：倘若日後失散，每月十五就讓人拿着這半面鏡子在市場上叫賣，以後相認，就以這破鏡為憑證。

時隔不久，隋朝大軍果然攻陷建康（今江蘇南京），陳朝滅亡。樂昌公主被隋軍擄走。徐德言在建康無處藏身，被迫亡命在外。

時局漸漸安定下來，徐德言四處打聽妻子的下落，後來隱隱聽到別人說，樂昌公主已進入越公楊素府中。他便千辛萬苦趕到大興（今陝西西安）尋找妻子，每月十五那天，他都要趕到市場，看看是不是

有人賣半面鏡子。幾個月過去了，沒有一點音信。徐德言於心不甘，依然在大興打探消息。十五那天又到了，徐德言照例來到市場，轉了一會兒，忽然聽到有人高聲叫賣鏡子，急急忙忙走過去一看，原來是個年老的僕人在叫賣，有人問他價錢，報的價高得出奇。

徐德言的心「怦怦」亂跳，走近細細一看，正是妻子的半面鏡子！他把老人請回家細細相問，才知道是樂昌公主請他賣鏡尋夫。他便拿出自己的半面鏡子，與老人手中的半面鏡子一比，合在一起嚴絲合縫。徐德言寫了一首詩，請老人帶回去。

樂昌公主讀了老人帶回來的詩，泣不成聲。那首詩寫道：「鏡與人俱去，鏡歸人不歸。無復嫦娥影，空留明月輝。」

自從她被擄掠到北方以後，便被賞給楊素為妾。楊素對她百般寵愛，可是她卻念念不忘結髮丈夫。如今得到了丈夫的音信，令她心如刀絞，萬分悲痛。

後來楊素知道了真情，動了惻隱之心，便讓樂昌公主回到徐德言身邊。經過這場磨難，夫妻倆更加恩愛。

木蘭詩

北朝民歌

原文

唧唧復唧唧，木蘭當戶織。不聞機杼聲，惟聞女歎息。問女何所思，問女何所憶。女亦無所思，女亦無所憶。昨夜見軍帖，可汗大點兵。軍書十二卷，卷卷有爺名。阿爺無大兒，木蘭無長兄。願為市鞍馬，從此替爺征。

東市買駿馬，西市買鞍韉，南市買轡頭，北市買長鞭。旦辭爺娘去，暮宿黃河邊。不聞爺娘喚女聲，但聞黃河流水鳴濺濺。旦辭黃河去，暮宿黑山頭。不聞爺娘喚女聲，但聞燕山胡騎聲啾啾。

萬里赴戎機，關山度若飛。朔氣傳金柝，寒光照鐵衣。將軍百戰死，壯士十年歸。歸來見天子，天子坐明堂。策勛十二轉，賞賜百千彊。可汗問所欲，木蘭不用尚書郎，願借明駝千里足，送兒還故鄉。

爺娘聞女來，出郭相扶將；阿姊聞妹來，當戶理紅妝；小弟聞姊來，磨刀霍霍向豬羊。開我東閣門，坐我西閣牀。脫我戰時袍，着我舊時裳。當窗理雲鬢，對鏡帖花黃。出門看火伴，火伴皆驚惶。同行十二年，不知木蘭是女郎。

雄兔腳撲朔，雌兔眼迷離；兩兔傍地走，安能辨我是雄雌？

每天花家門裏，都傳出「唧唧」的織布聲，那是花木蘭的織機織布時發出的聲音。今天這是怎麼啦，門裏沒有織布的聲音，只傳出花

木蘭的一聲聲歎息？

　　原來昨天夜裏她看見軍中的文告，知道皇上正在大規模地徵兵，徵兵的名冊有很多卷，每一卷都有父親的名字。木蘭沒有長兄，父親沒有長大成人的兒子，木蘭下定決心要代替父親從軍出征。

　　木蘭來到市集，購買了駿馬和各種馬具，便辭別家人不遠萬里奔赴戰場。北方的寒氣傳送着打更的聲音，寒冷的月光映照着戰士們的鐵甲鎧袍。木蘭和戰士們一起英勇作戰，其間許多將士為國捐軀，木蘭和一些戰友得以凱旋。

　　勝利歸來朝見天子，天子坐在殿堂上論功行賞。朝廷給花木蘭記下了大功，賞賜給她很多財物。天子問木蘭有甚麼要求，木蘭說不願在朝廷做官，只希望儘快返回自己的故鄉。

　　父母聽說女兒回來了，互相攙扶着到城外來迎接她；姐姐聽說妹妹回來了，忙對着窗戶梳妝打扮，準備迎接她；弟弟聽說姐姐回來了，忙着磨刀準備殺豬宰羊，準備好好款待她。

　　木蘭回到自己家中，每個房間都打開門進去看看。她脫去打仗時穿的戰袍，穿上以前女孩子的衣裳，在窗前梳理秀美的長髮，對着鏡子在額上貼上飾物。走出去看望過去一起行軍打仗的伙伴，伙伴們一個個非常驚訝。他們悄悄說道：我們同行這麼多年，竟然不知道木蘭是個女郎。

　　花木蘭女扮男裝代父從軍的故事，一直在民間流傳。《木蘭詩》在長期流傳過程中，有後代文人潤色加工的痕跡，但基本上還是保存了民歌的特色。它與漢代古樂府民歌《孔雀東南飛》一起，被譽為樂府民歌中的「雙璧」。

泛龍舟

隋·楊廣

舳艫千里泛歸舟，言旋舊鎮下揚州。
借問揚州在何處，淮南江北海西頭。
六轡聊停御百丈，暫罷開山歌棹謳。
詎似江東掌間地，獨自稱言鑒裏遊。

公元 605 年秋季，在一條寬闊的河面上，行駛着一艘上下共四層，裝飾得華麗無比的龍舟。最上層的正殿中央端坐着隋煬帝，太監、宮女凝神屏氣地侍立在兩旁。河的兩岸，有殿腳（船夫）一千零八十人在挽舟。後面跟着的是皇后的座船，它的殿腳有九百人。隨行的妃嬪、大臣、僧尼、道士分乘幾千艘大船，挽舟的殿腳共有八萬！

這支浩浩蕩蕩的船隊前後相接，綿延長達二百餘里。兩岸旌旗飄舞，護衛騎兵緩緩而行。船隊正駛向江都（今江蘇揚州），隋煬帝要到那裏去觀賞瓊花。

這條河，就是聞名於世的大運河。

隋朝統一中國後，社會漸漸安定，生產隨之發展起來。由於經濟的發展，當時的水道已經不能滿足運輸的需要。隋文帝楊堅在世時，就已經動工開挖運河；隋煬帝即位後，徵調一百多萬民工，大規模地進行開挖工程。

首先開挖的是從洛陽到山陽（今江蘇淮安）的一段，挖成後與邗渠接通，抵達長江。這段運河被命名為通濟渠，全長兩千多公里，當年秋天便挖成。剛一通航，隋煬帝就迫不及待地乘坐龍舟南下了。

這個隋煬帝，功過難說。一般認為，他的政績除了開通運河以外，主要還有修建東都洛陽、西巡張掖、開創科舉、開發西域等。不

過，隋煬帝不關心人民疾苦，使廣大人民群眾生活在水深火熱之中。就拿開挖通濟渠來說，徵調的民工一百萬，死去的多達三分之二。隋朝末年的農民起義，對隋朝統治的反抗，就是對隋煬帝功過是非的最好評說。

隋煬帝的《泛龍舟》，後世一直對它進行稱讚。明末清初的王夫之評論《泛龍舟》：「神采天成，此雷塘（地名，在江蘇揚州城北，隋煬帝死後葬於此）骨少年猶有英氣。」

隋煬帝能詩善文，他的詩歌創作能在百年陳梁靡靡詩音之後，恢復漢民族詩歌的風骨，起到承上啟下的作用，為「盛唐之音」的輝煌大氣之發軔，在中國詩歌史上佔有重要地位。

過舊宅（其一）

唐·李世民

原文

> 新豐停翠輦，譙邑駐鳴笳。
> 園荒一徑新，苔古半階斜。
> 前池消舊水，昔樹發今花。
> 一朝辭此地，四海遂為家。

唐太宗李世民，是唐高祖李淵與竇皇后的次子，公元 599 年出生於陝西武功別館（今陝西楊凌建子溝恩義寺）。詩題《過舊宅》的「舊宅」，就是「武功別館」。

隋朝末年，天下大亂，群雄競起。身為太原留守的李淵，陷入了

兩難之中。想要忠於朝廷，就必須鎮壓起義軍，可是他知道，農民起義軍自己根本鎮壓不了；不去鎮壓起義軍，日後心狠手辣的隋煬帝楊廣一定饒不了自己。

公元 617 年，在兒子李世民的慫恿下，李淵終於下定決心，起兵爭奪天下。這時候，瓦崗軍在李密領導下，與困守洛陽的王世充激戰方酣，李淵乘隙進取關中，攻克長安，在關中站穩了腳跟。隨後，李淵立隋煬帝的孫子代王楊侑為天子，他就是隋恭帝。李淵自任大丞相，晉封唐王。第二年三月，宇文化及等在江都煽動軍士發起兵變，將隋煬帝殺死。五月，隋恭帝楊侑將帝位禪讓給李淵，李淵稱帝，改國號為「唐」，定都長安。

李世民在唐王朝建立的過程中，建立了赫赫功勛，因為他是李淵的次子，無法繼承皇位；太子李建成深知弟弟李世民是自己的重大威脅，聯合四弟齊王李元吉，竭力排擠李世民。

公元 626 年，突厥進犯邊境。李建成向李淵建議，由李元吉為元帥征討突厥。他企圖藉此掌握李世民的兵馬，並準備在昆明池設伏殺死李世民。李世民得到消息後，率領長孫無忌、尉遲恭、房玄齡等人入朝，並在玄武門埋下伏兵。李建成、李元吉二人不知底細，一起入朝，騎馬奔向玄武門。李世民和他的部屬立即動手，殺死李建成和李元吉，這就是歷史上所說的「玄武門之變」。

李淵被迫接受這一事實，為消除日後復仇的根源，他下令將李建成、李元吉的子女全部殺死。三天之後，李世民被立為皇太子。兩個月後，李淵退位，李世民登基，他就是唐太宗。

貞觀六年（公元 632 年），李世民重臨他的出生地「武功別館」。他回顧往事，歷歷在目，撫今追昔，感慨頗深，於是寫下了《過舊宅》二首，這裏選的是第一首。

首聯「新豐停翠輦，譙邑駐鳴笳」點題。「翠輦」「鳴笳」都是皇帝外出巡幸時的車馬儀仗；新豐是漢代縣名，劉邦稱帝後，他的父親

思歸故里，劉邦在關中仿照老家街巷另築一城，讓故舊遷居到那裏，為了讓他的老父親高興，後更名為新豐；譙邑，李淵早年在隋朝為官，曾任譙州（今安徽亳州）刺史。這裏用「新豐」「譙邑」借指武功舊宅，蘊含着君王榮歸故里之意。中間兩聯描寫舊宅眼前景色，表明舊宅雖然閒置無人居住，但因有人看護修葺，宅園裏一片欣欣向榮的景象。尾聯氣魄宏大，情懷豪邁，歷來被人們稱讚。

《過舊宅》（其一）雖然還不是格律嚴謹的五律，但卻已呈現出初唐律詩的特徵。這首詩撫今追昔，抒發感慨，是李世民的代表作之一。

嘲長孫無忌

唐·歐陽詢

原文

索頭連背暖，漫襠畏肚寒。
只因心渾渾，所以面團團。

形容一個人的臉又圓又胖，就說他「面團團」。「面團團」這個詞不是現在才有，唐代便已傳遍朝野。

有一次，唐太宗設宴招待身邊的大臣，君臣在一起飲酒作樂。由於酒喝多了，未免失態，大臣們互相戲謔嘲笑。長孫無忌作詩一首，譏笑歐陽詢長得瘦削：「聳髆成山字，埋肩不出頭。誰家麟閣上，畫此一獮猴。」歐陽詢被他取笑為猴子，當然不肯相讓，馬上回敬他一首：「索頭連背暖，漫襠畏肚寒。只因心渾渾，所以面團團。」嘲笑

長孫無忌胖得滾圓。

唐太宗聽了「哈哈」大笑，說：「歐陽詢，你的膽子也太大了！你這樣嘲笑長孫無忌，小心長孫皇后聽到；要是長孫皇后知道了，非得扒了你的皮！」

別以為歐陽詢跟長孫無忌是冤家對頭，他們兩個是好朋友。歐陽詢是唐太宗得力大臣，這個「面團團」更了不得，是唐朝初年叱咤風雲的人物。

當初李淵在太原起兵，任長孫無忌為渭北行軍典簽，自此長孫無忌便輔佐李世民。他是唐朝的開國功臣，封齊國公，後改封為趙國公。公元626年，長孫無忌參與發動玄武門之變，幫助李世民奪取帝位。唐太宗即位後，長孫無忌歷任尚書僕射、司空、司徒，在一些重大事務上發揮了重要的作用。另外，就親疏關係而言，他是長孫皇后的親哥哥，唐太宗的大舅子。因此，在唐太宗時期，長孫無忌權重無比、恩寵無匹。

唐高宗李治能登上帝位，也離不開親舅舅長孫無忌的幫助。

按照常理，繼承大位的怎麼也輪不上唐高宗李治。他是唐太宗的第九個兒子，在他前面有兩個親哥哥，太子李承乾和魏王李泰。他和李承乾、李泰都是長孫皇后所生，是同胞兄弟。

唐太宗按照封建禮法制度，立長子李承乾為太子。太子自幼聰明伶俐，太宗也很喜歡他。但他自幼養尊處優，沾染了不少壞習慣，成年後喜好聲色，生活日益荒唐頹廢。太宗對太子越來越不滿意，開始屬意第四子、李承乾的胞弟魏王李泰。

四子魏王李泰才華橫溢，唐太宗對他寵愛有加。太子李承乾憂慮重重：前朝太子李建成就是被自己的親弟弟殺死，他的兒子也都全部被殺，殷鑒不遠，不可不做防備。

公元643年，太子李承乾與漢王李元昌、侯君集、李安儼、杜荷、趙節等密謀造反，被人告密而未成。唐太宗大怒，將他逮捕入

獄，貶為庶人，徙往黔州（治所在今四川彭水），兩年後死在那裏。

太子李承乾和魏王李泰爭鬥時，李治置身事外。沒料想鷸蚌相爭，漁翁得利，唐太宗為防止身後再發生兄弟仇殺的悲劇，聽從了長孫無忌的意見，改封李泰為順陽王，徙居均州鄖鄉縣，改立第九子晉王李治為太子。

唐太宗去世後，李治即位，他就是唐高宗。武則天本為唐太宗的才人，唐太宗去世後削髮為尼，唐高宗把她接進皇宮，封她為「昭儀」。武則天對此並不滿足，想要做皇后。當時後宮有王皇后，更何況李世民在世時非常喜歡這個兒媳婦，稱李治、王氏為「佳兒佳婦」。再說，廢立皇后是國家大事，必須與大臣們商量，要得到大臣們的同意。

唐高宗李治把廢王皇后、立武則天為皇后的打算說給長孫無忌等大臣聽，立即遭到激烈反對。在武則天的逼迫下，唐高宗不顧臣子們的反對，斷然頒佈詔書，將王皇后貶為庶人並加以囚禁，她的父母、兄弟等也被削爵免官，流放嶺南。七天以後，唐高宗再次下詔，將武則天立為皇后。

公元 659 年，在武則天的授意下，許敬宗等人費盡心機，對長孫無忌進行惡毒誣陷。事已至此，唐高宗只好下詔削去了長孫無忌的太尉官職和封邑，流徙黔州（治所在今四川彭水）。三個月後，長孫無忌被迫自殺。這個原本風光無限的「面團團」，自己也沒有想到，最終會是這樣的下場。

汾陰行

唐·李嶠

君不見昔日西京全盛時，汾陰后土親祭祀。

齋宮宿寢設儲供，撞鐘鳴鼓樹羽旄。

漢家五葉才且雄，賓延萬靈朝九戎。

柏梁賦詩高宴罷，詔書法駕幸河東。

河東太守親掃除，奉迎至尊導鑾輿。

五營夾道列容衛，三河縱觀空里閭。

回旌駐蹕降靈場，焚香奠醑邀百祥。

金鼎發色正焜煌，靈祇煒燁攄景光。

埋玉陳牲禮神畢，舉麾上馬乘輿出。

彼汾之曲嘉可遊，木蘭為楫桂為舟。

櫂歌微吟彩鷁浮，簫鼓哀鳴白雲秋。

歡娛宴洽賜羣后，家家復除戶牛酒。

聲明動天樂無有，千秋萬歲南山壽。

自從天子向秦關，玉輦金車不復還。

珠簾羽扇長寂寞，鼎湖龍髯安可攀。

千齡人事一朝空，四海為家此路窮。

豪雄意氣今何在，壇場宮館盡蒿蓬。

路逢故老長歎息，世事回環不可測。

昔時青樓對歌舞，今日黃埃聚荊棘。

山川滿目淚沾衣，富貴榮華能幾時。

不見只今汾水上，惟有年年秋雁飛。

　　李隆基是唐睿宗的第三個兒子，因剷除韋后、擁立父親復位立下了大功，被立為太子。睿宗也是個沒有用的皇帝，對野心勃勃的太平公主處處忍讓。兩年以後，睿宗實在不願意生活在風尖浪口上，便將皇帝的寶座讓給了太子李隆基。

　　太平公主不是省油的燈，她要像自己的母親武則天一樣做女皇。李隆基知道她的野心，為此深深不安，姑姪之間的矛盾不可調和，日益加深。

　　公元 713 年七月，唐玄宗李隆基突然起事，首先殺了太平公主安插在自己身邊的奸細，然後派兵追捕太平公主。太平公主驚恐萬狀，惶惶如喪家之犬逃入南山寺。三天以後，太平公主打起精神返回家中，被李隆基賜死。

　　從此以後，李氏皇權得到鞏固。這一年，唐玄宗改年號為「開元」，表明他發奮圖強、勵精圖治的決心。他慧眼識人，知人善任，先後提拔任用了姚崇、宋璟、張九齡等一大批賢才，使他們成為歷史上的賢明宰相。在這些名臣的協助下，唐玄宗把國家治理得井井有條，開創了中國歷史上繁榮富強、被後人津津樂道的「開元盛世」。

　　開元八年（公元 720 年），唐玄宗建成勤政樓，用來處理朝政、舉行國家重大典禮。那時的「勤政樓」名副其實，是他勤政務本之處。

　　朝廷承平日久，文恬武嬉。到了天寶末年，唐玄宗專寵楊貴妃，不理朝政，楊貴妃的哥哥楊國忠乘機弄權，朝廷日趨腐敗。那時的勤政樓，成了唐玄宗和楊貴妃的風月場所。

　　唐玄宗命宮女數百人為梨園弟子，全都住在宜春北院，經常在勤政樓大張聲樂。有一天，唐玄宗命梨園弟子歌唱樂府，當他聽到「山川滿目淚沾衣，富貴榮華能幾時。不見只今汾水上，惟有年年秋雁飛」時，深受感動，問道：「這是誰寫的詩？」梨園弟子告訴他，這是李嶠所作《汾陰行》。

　　梨園子弟的回答勾起了唐玄宗心事，他不禁潸然淚下。這首《汾

陰行》是七言歌行，以樂府歌行裏常見的「君不見」三字領起。以下基本上以四句一頓，層次分明地進行敍事、議論。全詩可分為兩部分。從開頭到「千秋萬歲南山壽」是第一部分，主要是記敍漢武帝巡幸河東的史事；從「自從天子向秦關」到篇末為第二部分，主要抒發今昔盛衰無常的慨歎。尤其是最後四句，充滿了世事變遷的滄桑感，引起了唐玄宗的共鳴。過了好一會，唐玄宗歎了口氣，說：「這個李嶠，是個真才子！」

公元 755 年，安史之亂起，唐玄宗逃離長安，向蜀地進發。經過白衞嶺，久久眺望，命人再唱李嶠《汾陰行》，聽完之後喃喃自語：「這個李嶠，是個真才子！」他唏噓不止，不勝感歎。

這時感歎為時已晚，唐朝已經由盛轉衰，走上了下坡路。

正月十五夜

唐 · 蘇味道

火樹銀花合，星橋鐵鎖開。
暗塵隨馬去，明月逐人來。
遊伎皆穠李，行歌盡落梅。
金吾不禁夜，玉漏莫相催。

說起蘇味道，很多人會覺得很陌生。不過，常用的成語「模棱兩可」，大家總會知道吧，這個成語就出自蘇味道的典故；成語「火樹銀花」，大家也知道吧，這個成語就出自蘇味道的詩作；三蘇 —— 蘇

洵、蘇軾、蘇轍，大家都知道吧，他們是蘇味道的後人。說了這些，大家一定會說：蘇味道是個了不起的人！

蘇味道自小聰穎過人，九歲時便能題詩屬辭，少年時便和同鄉李嶠以文辭著名，時稱「蘇李」。唐高宗乾封年間，蘇味道剛剛二十歲，便去參加科考，考中了進士及第，金榜題名，光耀門庭。

「金無足赤，人無完人」，蘇味道官越做越大，膽子卻越來越小，遇上甚麼事，既不說贊成，也不說反對，含含糊糊，不置可否。武則天當政時期，他曾三度拜相，居相位七年，卻無所建樹。他的一句話道破其中天機：「處事不宜明白，但模棱持兩端可矣。」因此人們送給他一個外號「蘇模棱」。這便是「模棱兩可」的來歷。

蘇味道的詩寫得很好，神龍年間，武則天令羣臣作詩賦上元節盛況，蘇味道寫下的《正月十五夜》，被推為絕唱。他的這首詩，千百年來為人們傳頌。

起首兩句「火樹銀花合，星橋鐵鎖開」，是寫正月十五之夜京城的街道、護城河的橋上點綴着無數的明燈，解除宵禁自由通行。下面具體寫出正月十五夜遊人如織的場景。花枝招展的歌伎們打扮得分外美麗，她們一邊走一邊唱着《梅花落》。最後「金吾不禁夜」二句，用人們的普遍心理結束全篇。

由於蘇味道與張易之兄弟交好，中宗復位後被貶為眉州（治所在今四川眉山）刺史，不久又貶為益州（治所在今四川成都）大都督府長史，沒有成行便病逝，終年五十八歲。這樣大家就會明白，怪不得蘇洵父子是蜀地人呢，原來他們的老祖宗蘇味道死在那裏，他的家人便流落蜀地。

龍門應制

唐・宋之問

宿雨霽氛埃，流雲度城闕。

河堤柳新翠，苑樹花先發。

洛陽花柳此時濃，山水樓台映幾重。

羣公拂霧朝翔鳳，天子乘春幸鑿龍。

鑿龍近出王城外，羽從琳琅擁軒蓋。

雲罕才臨御水橋，天衣已入香山會。

山壁嶄巖斷復連，清流澄澈俯伊川。

雁塔遙遙綠波上，星龕奕奕翠微邊。

層巒舊長千尋木，遠壑初飛百丈泉。

彩仗蜺旌繞香閣，下輦登高望河洛。

東城宮闕擬昭回，南陌溝塍殊綺錯。

林下天香七寶台，山中春酒萬年杯。

微風一起祥花落，仙樂初鳴瑞鳥來。

鳥來花落紛無已，稱觴獻壽煙霞裏。

歌舞淹留景欲斜，石關猶駐五雲車。

鳥旗翼翼留芳草，龍旗駸駸映晚花。

千乘萬騎鑾輿出，水靜山空嚴警蹕。

郊外喧喧引看人，傾城南望屬車塵。

囂聲引颭聞黃道，佳氣周迴入紫宸。

先王定鼎山河固，寶命乘周萬物新。

吾皇不事瑤池樂，時雨來觀農扈春。

　　武則天是中國歷史上惟一一位女皇。她本是唐太宗李世民的才人，後來做了唐高宗李治的皇后。

　　高宗李治去世以後，中宗李顯繼位，武則天就以皇太后名義臨朝稱制。中宗是武則天的三子，兩個月後武則天廢掉中宗，立四子李旦為帝，這就是睿宗。做皇太后哪有做皇帝過癮，公元960年，武則天將他的小兒子李旦踢下皇帝的寶座，自己做了皇帝，改國號為「周」，實現了自己幾十年的夙願。這時候，她已經是個六十七歲的老婆子，是中國歷史上作為皇帝登基時年紀最大的一位。

　　憑着她的機智和非凡的才能，武則天倒也把國家治理得井然有序。她為帝十多年，邊防得以鞏固，生產得到發展，人口有所增加。從這方面來說，武則天確實是個了不起的女人。不過，她重用酷吏，濫殺無辜，不少大臣蒙受不白之冤；她好大喜功，生活奢靡，浪費了大量的人力和物力。武則天在位期間，功過參半。

　　為了突顯自己的「文治」，武則天曾在春遊香山寺時主持了一次「龍門詩會」。別以為武則天只是附庸風雅，實際上武則天的詩寫得很好，比如人們熟知的《如意娘》：「看朱成碧思紛紛，憔悴支離為憶君。不信比來長下淚，開箱驗取石榴裙。」就寫得相當不錯。

　　詩會開始前，武則天告喻參加詩會的大臣，寫得又快又好的賜予錦袍一件。能在這次詩會上得到錦袍，這是莫大的榮幸。羣臣傾盡才華，各不相讓。左史東方虬首先將詩寫成，呈給武則天御覽。武則天看過以後覺得他文思敏捷，詩也寫得不錯，當場讓上官婉兒把錦袍賜給了他。東方虬將錦袍捧在手中，受寵若驚。

　　其他大臣相繼成詩，一個個當眾誦讀，大家一致認為，宋之問的詩更在東方虬之上。這可難為了武則天，如果換成別的皇帝，大概也就再賞宋之問一件便是，可是武則天認為第一不可有兩個，便要上官婉兒把錦袍從東方虬手中奪回，賞給了宋之問。

　　這首詩是一首七言歌行，開頭四句五言，以下都是七言。詩中記

敘了武則天率領文武百官遊龍門山、香山寺的盛況，描寫了皇城、龍門山、伊水風光，並竭盡阿諛奉承之能事。詩人將誇張的描寫詩句，連接成近於敘述的形式，顯得更加繁複、華美。從內容上看，這首詩為歌功頌德之作；記敘、描寫亦不乏佳句。

明河篇

唐·宋之問

八月涼風天氣晶，萬里無雲河漢明。
昏見南樓清且淺，曉落西山縱復橫。
洛陽城闕天中起，長河夜夜千門里。
復道連甍共蔽虧，畫堂瓊戶特相宜。
雲母帳前初氾濫，水精簾外轉逶迤。
倬彼昭回如練白，復出東城接南陌。
南陌征人去不歸，誰家今夜擣寒衣。
鴛鴦機上疏螢度，烏鵲橋邊一雁飛。
雁飛螢度愁難歇，坐見明河漸微沒。
已能舒捲任浮雲，不惜光輝讓流月。
明河可望不可親，願得乘槎一問津。
更將織女支機石，還訪成都賣卜人。

　　歷朝歷代，不乏德才兼備的文人，也有有才無德的小人。唐代的宋之問，就是有才無德的典型。

　　說他有才，是因為他寫過不少好詩，他長於五律，對唐代律詩形成和發展有所貢獻。說他無德，只要說一件事就可說明。他的外甥劉希夷寫了一首《代悲白頭翁》，內有「年年歲歲花相似，歲歲年年人不同」之句，宋之問讀了以後覺得不錯，便想據為己有，可是劉希夷不答應。宋之問惱羞成怒，派人把劉希夷抓起來，用裝上土的袋子將他活活壓死。

　　武則天掌握朝政之時，勵精圖治，不拘一格選拔人才，宋之問因有才名被召分直內文學館，不久便入崇文館任學士。武則天稱帝，改國號為「周」，從此以後宋之問越加受寵。

　　隨着時間流逝，宋之問不再那麼受重用。有一次，宋之問想謀求北門學士之職，沒料想武則天不答應。宋之問無可奈何，寫了《明河篇》抒發自己的心情。

　　這首詩的開頭四句以描寫景物落筆，其中用了「南樓」「西山」兩個典故。「南樓」是晉代庾亮與屬下吟詠談笑的典故，「西山」是晉代王徽之「拄笏看山」的典故，他借用這兩個典故，抒發自己想像魏晉名士那樣縱情山水的心願，寄寓着對美好事物的追求。以下八句，描繪在洛陽城中觀看明河的情景。接下來八句，想像在銀河的映照下，思婦對於征人的思念，也抒發了自己的感慨。詩的最後四句有兩個典故故事：乘槎（木筏）和支機石。

　　傳說天河與大海相通，有人乘木筏從大海到達天河，遇到牛郎和織女。那人問牛郎和織女：「這裏是甚麼地方？」牛郎和織女對他說：「你回到蜀郡，問一問嚴君平就能知道。」後來那人來到蜀地，找到了嚴君平，嚴君平對他說：「某年某月某日，有人到過牛郎星。」那一天，正是那人到天河之日。

　　相傳漢代張騫奉命出使西域，在黃河乘木筏逆流而上，從月亮那兒經過，直達天河。到了一座城市，看到有個女子在室內織布，又見一個男子牽着牛在河邊飲水，他們原來就是牛郎、織女。織女送給他

一塊支機石，張騫將它帶回人間。

　　宋之問引用這兩個典故，是想表達「欲達天河卻成空（求取官爵而不可得）」的意思，這可瞞不了冰雪聰明的武則天。有一天，武則天對近臣崔融說：「我不是不知道宋之問有才華，只不過北門學士要經常待在我身邊，他有『口過』，所以沒讓他任這一職位。」武則天推託宋之問有牙病，常有口臭，所以沒有答應他的要求。看來此時武則天已經看出他阿諛奉承、求取高官厚祿的臭毛病，所以才這麼說。

　　宋之問的結局很慘。唐睿宗即位後，認為宋之問曾經依附奸佞張易之、張昌宗兄弟，以後又依附逆賊武三思，將他流放到欽州（治所在今廣西欽州東北），不久又將他流放到桂州（治所在今廣西桂林），他只好在邊地苦苦度日。唐玄宗李隆基更是對他恨之入骨，登基後不久，便將宋之問賜死了。

登幽州台歌

唐・陳子昂

原文

　　　　　前不見古人，後不見來者。
　　　　念天地之悠悠，獨愴然而涕下。

　　《登幽州台歌》這首短詩，被人們視為陳子昂的壓卷之作，初唐詩歌之絕唱。

　　公元 696 年，契丹李盡忠、孫萬榮反叛朝廷，攻陷了營州（治所在今遼寧朝陽）。武則天派她的姪子、建安王武攸宜率軍征討，陳子

昂在武攸宜幕府擔任參謀，隨同出征。武攸宜出身親貴，全然不曉軍事，行事輕率，毫無謀略，致使前軍陷沒。朝廷聞報，上下震驚。

陳子昂直言進諫，請求分兵萬人以為前驅，這個建議未被武攸宜採納。過了幾天，陳子昂再次進諫，惹惱了武攸宜，武攸宜不但不採納他的建議，反而把他貶為軍曹。在這種情況下，陳子昂寫下了《登幽州台歌》。

幽州台又稱燕台，相傳為燕昭王為招納賢才所築黃金台。

戰國時，燕國發生內亂，齊國乘機發動進攻，把燕國軍隊打得大敗，奪取了燕國的大片土地。燕昭王繼承王位以後，決心招納賢才，振興國家。有一天，他親自登門拜訪郭隗，向他請教招納人才的辦法。郭隗沒有直接說出自己的意見，先給燕昭王講了個故事。

從前有個國王，想用千金買一匹千里馬，過了好幾年，始終沒有買到。國王因為這件事，常常悶悶不樂。他的一個臣子為了完成國王的心願，自告奮勇要求擔當這一任務，國王讓他帶上千金，去尋找、購買千里馬。那個臣子到處打聽，費了三個月的工夫，終於聽說某地有一匹千里馬。等他興沖沖地趕到時，不巧那匹千里馬已經死去。他花重金買下那匹馬的骨頭，趕回京城向國王報告。國王一聽大發雷霆，說：「我要買的是活馬，不是死馬，你說說，買匹死馬回來有甚麼用？何況還白白地浪費了那麼多黃金！」那位臣子不慌不忙向國王解釋道：「買這匹死馬都花了五百金，不要說活馬了。這個消息很快就會傳出去，天下人都知道大王願意出大價錢購買千里馬，真有千里馬的人聽到這個消息，一定會自動把千里馬送上門來。」國王聽了他的話，覺得有些道理，氣也慢慢消了。果然，不到一年，國王就得到三匹千里馬。

講完故事，郭隗接着說：「要是大王真想招納賢才，就以先任用我郭隗開始。像我這樣的人都被重用，比我有才能的人一定會自己跑到大王這裏來。」

燕昭王果真重用了郭隗。各國的有才之士聽說了這件事，紛紛跑到燕國來。燕昭王依靠這些賢才，發奮圖強，勵精圖治，終於打敗了齊國，收復了失地，振興了國家。

這首詩深刻地表現了詩人懷才不遇的遺憾和對燕昭王築黃金台求取賢士的無限嚮往。

這首詩的語言蒼勁奔放，前後句長短不齊，音節抑揚變化，互相配合，增強了藝術感染力，是千古傳誦的名篇。

綠珠篇

唐·喬知之

石家金谷重新聲，明珠十斛買娉婷。
此日可憐君自許，此時可喜得人情。
君家閨閣不曾難，常將歌舞借人看。
意氣雄豪非分理，驕奢勢力橫相干。
辭君去君終不忍，徒勞掩袂傷鉛粉。
百年離別在高樓，一旦紅顏為君盡。

《晉書·石崇傳》記載了這樣一件事：

石崇有個寵姬，名字叫綠珠。她生得沉魚落雁，並且精通音律，笛子吹得非常動聽。石崇非常寵愛她，經常將她帶在身邊。

趙王司馬倫起兵反叛，自己做起了皇帝。凡是幫助他篡位的人，都得到越級提拔，就連他身邊的差役、僕人都得到了爵位。

司馬倫雖然為帝，但他一向平庸愚昧，大權操縱在心腹孫秀手中。孫秀早就聽說綠珠美貌絕倫，想把她奪為己有。他派人前往金谷園，向石崇索要美姬。石崇讓數十個打扮得花枝招展的姬妾出來，任憑孫秀的使者挑選，使者說：「誰是綠珠，向前走出一步，我們大人點名要的是綠珠。」

石崇為一世梟雄，當年與王愷爭豪，是何等霸氣！就是皇親國戚，也得讓他幾分。今日讓幾十個姬妾給使者挑選，已經給足了孫秀面子，他竟然指名道姓要綠珠，真是欺人太甚！

石崇怒道：「綠珠為我最愛，怎能送給他人！」

使者說：「孫大人要的是綠珠，帶別人回去我實在無法交差，還望石大人三思。」

無論來人怎麼說，石崇就是不答應。使者只得悻悻而歸，並且加油添醋地向孫秀稟報，說了石崇許多壞話。

孫秀沒能要到綠珠，心懷嫉恨，便誣陷石崇參與淮南王司馬允作亂，矯詔搜捕石崇。

當時，石崇與綠珠正在鳳鳴閣上相對而坐，捉拿石崇的武士剛到門口，石崇就對綠珠說：「我為你而得罪孫秀，難逃眼下災禍。」綠珠哭道：「賤妾心裏明白，我當在你面前效死！」說完，從樓上一躍而下，當即香消玉殞。

石崇沒能逃過此劫，與其母、兄、妻、子十五人一同被斬。

時過數百年，相似的一幕降臨在唐代喬知之身上。

公元960年，武則天稱帝。他的姪子武承嗣頓時身價百倍，成為朝中炙手可熱的人物。

吏部左司郎中喬知之有個婢女，名叫窈娘。窈娘年方二八，清雅脫俗，如同芙蓉出水一般；歌喉宛轉，舞姿飄逸，家中來了賓客，窈娘的表演總能豔驚四座。

喬知之有這麼一個美婢，羨慕煞眾多達官貴人。消息不脛而走，傳

到了勢焰熏天的武承嗣的耳中。好色的武承嗣橫刀奪愛，硬將窈娘搶入府中。

　　窈娘被搶走以後，喬知之終日茶不思，飯不想，夜不能寐。他寫下了《綠珠篇》這首詩，買通了武府的僕人，將這首詩交給了窈娘。

　　窈娘讀了喬知之寫的詩，五內俱焚。她終於下定了決心——以死殉情！她將寫有詩句的羅帕繫在裙帶上，縱身跳入水井，即刻魂歸西天。武承嗣看到繫在窈娘裙帶上的這首詩，勃然大怒，立即派人把喬知之抓起來，關進了大牢。那一年的八月，喬知之被斬，一代才俊含冤而死。

　　這首詩共十二句，可分為三章，每四句一層意思。首四句敍述綠珠初進石家並倍受石崇憐愛；次四句寫出綠珠悲劇命運的原因——孫秀橫刀奪愛；最後四句敍寫綠珠的慘死。這首詩全寫石崇、綠珠之事，無一句關涉自己和窈娘，但又字字句句影射己事，似用血淚寫就。難怪窈娘讀完全詩，跳井殉情。

　　喬知之另有一篇《折楊柳》：「可憐濯濯春楊柳，攀折將來就纖手。妾容與此同盛衰，何必君恩獨能久。」這首詩從另一個角度表達了窈娘被搶走後自己的悲憤。

回波詞

唐·中宗朝優

原文

回波爾時栲栳，怕婦也是大好。
外邊只有裴談，內裏無過李老。

　　「回波詞」為樂府曲名，是六言古詩，第一句開頭用「回波爾時」四字，所以叫「回波詞」。現在一般認為，回波詞是最早的詞調，一、二、四句句尾押韻。作者「中宗朝優」，指唐中宗時宮中的演員。

　　這首詩的內容是嘲笑「李老」（唐中宗李顯）懼內，順帶扯上了朝中大臣裴談。

　　武則天稱帝以後，中宗李顯先後被軟禁在均州（治所在今湖北均縣）、房州（治所在今湖北房縣），共計十四年。那期間，身邊只有結髮妻子韋氏陪伴。他們倆相依為命，備嘗艱辛。中宗是個無能之輩，每當聽說他的母親武則天派使臣前來，就嚇得要死。總是韋氏安慰他，鼓勵他，才使他堅持活了下來。

　　武則天去世後，中宗復位。他甚麼也做不了主，一切都聽韋后的。此時的韋后已經不是落難中的韋后，她野心勃勃，希望自己能跟婆婆武則天一樣，坐上皇帝寶座。

　　韋后為了實現自己的夢想，重用武則天的姪子武三思。那個武三思，人長得魁梧，天生的豹子膽，最善阿諛奉承，把韋后哄得舒舒坦坦。韋后覺得武三思比皇上強多了，竟然跟他勾搭成奸。這事宮中無人不知，只是瞞住了中宗李顯一個人。

　　朝中御史大夫裴談信佛，非常怕老婆，曾經對人說：「妻子可畏者有三：年輕美貌時，視之如生菩薩；兒女滿堂時，視之如九子魔母，等到五六十歲時，看上去簡直就是鳩槃荼。」他信佛也就罷了，

沒想到他將怕老婆跟佛事牽扯到一塊兒，說甚麼老婆猶如菩薩、九子魔母（據說她生下五百兒女，民間將她當作送子娘娘供奉）、鳩槃荼（梵語，佛教稱食人精氣鬼）。

有一天，宮中舉行宴會，韋后一時興起，要優伶唱曲子助興。領頭人跟大夥說了句「唱那首《回波詞》」，於是歌聲如潺潺流水緩緩淌出。當伶人唱到「外邊只有裴談，內裏無過李老」時，眾人轟然叫「好」，那個傻皇帝，竟然也跟着開懷大笑。韋后聽了非常得意，說聲「有賞」，立即將束帛賞給優伶。

後來韋后竟然不顧幾十年的夫妻情，下毒藥將中宗毒死。韋后自己也沒有得到甚麼好下場，被唐玄宗李隆基所殺。

歸燕詩

唐·張九齡

原文

> 海燕雖微渺，乘春亦暫來。
> 豈知泥滓賤，只見玉堂開。
> 繡戶時雙入，華堂日幾回。
> 無心與物競，鷹隼莫相猜。

張九齡，著名詩人，唐代大臣，曾任宰相。他的仕途很不平坦，經歷了三起三落。

張九齡年少時聰慧能文，唐中宗景龍初年參加科舉考試，擢進士第二，授校書郎。玄宗即位後於東宮舉文學士，張九齡名列前茅，被

授予左拾遺的官職。

他曾上書給唐玄宗，提出要重視地方官員的選拔。因與主政者意見不合，被迫辭官返回家鄉。這是他在仕途上遇上的第一次波折。

開元六年（公元718年），張九齡返回京城，宰相張說看重他的文才，稱他為「後出詞人之冠」。開元十一年（公元723年）被任為中書舍人。張說罷相以後，他因受權力鬥爭風波牽連，被調往外地任官。這是他在仕途上遇上的第二次波折。

開元十九年（公元731年），唐玄宗召他回京，任祕書少監、集賢院學士。唐玄宗對他的才華十分讚賞，任命他為中書侍郎、同中書門下平章事（丞相），主理朝政。

張九齡主政期間，針對當時的社會弊端，提出以「王道」替代「霸道」，反對窮兵黷武；主張薄徵徭役，扶持農桑；堅持革新吏治，選賢擇能，以德才兼備之士擔任地方官吏。他的施政方針，緩解了社會矛盾，對鞏固中央集權、維護「開元盛世」起到重要的作用。

他敢於直言向唐玄宗進諫，多次規勸唐玄宗居安思危，整頓朝綱。玄宗的寵妃武惠妃，打算廢太子李瑛、立自己的兒子為太子，張九齡據理力爭，平息了宮廷內亂，穩定了政局。對安祿山等奸佞的所作所為，張九齡竭力挫敗他們的陰謀。

那時候，奸佞李林甫百般經營，討得唐玄宗歡心。唐玄宗打算拜李林甫為相，曾和張九齡商量這件事。張九齡對此竭力反對，說：「朝廷的宰相，關係國家安危，陛下拜李林甫為相，只怕種下禍根。」

張九齡在朝廷中有很高的威望，李林甫本來就對他十分嫉恨，聽說了這件事，更是對張九齡恨之入骨。時隔不久，李林甫擔任了宰相，便想盡了各種辦法排擠張九齡，要拔掉這顆眼中釘。

唐玄宗越來越怠於朝政，也越來越倚重李林甫。李林甫不斷惡語中傷張九齡，唐玄宗也漸漸與張九齡疏遠。

此時大權已經落在李林甫手中，張九齡知道以後不可能有所作

為，於是寫了首《歸燕詩》給李林甫，表明自己的心跡。

　　從表面上看，這是一首詠物詩，吟詠的是將要歸去的燕子。首聯說海燕「微渺」，隱寓自己出身微賤；「乘春亦暫來」句，表示自己如同燕子春來秋去，不會在朝廷久留。中間兩聯以「繡戶」「華堂」「玉堂」喻朝堂，表示過去自己在朝廷為相，是為國家經營。尾聯告訴李林甫：我就要退隱了，請你不要猜忌、中傷我；詩中以「鷹隼」喻李林甫，李林甫看了自然更加惱羞成怒。

　　事有湊巧，唐玄宗打算以范陽（治所在今北京）節度使張守圭為相，以朔方（治所在今寧夏靈武南）節度使牛仙客為尚書，張九齡都表示反對。唐玄宗對此非常不高興，李林甫乘此機會再次對張九齡造謠中傷，唐玄宗終於下定決心讓張九齡罷知政事。罷相後不久，又因他薦舉的監察御史周子諒彈劾牛仙客，觸怒唐玄宗，治他舉人不當的罪名，將他貶為荊州長史。這是他的三起三落。

　　公元 740 年，張九齡因病與世長辭。十五年之後，曾經被他斷言「必反」的安祿山果然發動了「安史之亂」，導致唐王朝迅速走向沒落。唐玄宗在逃往蜀地的途中，因追思張九齡而痛悔不已，派遣使者到曲江（位於今陝西西安城區東南）祭奠張九齡。

罷相作

唐 · 李適之

原文

避賢初罷相，樂聖且銜杯。
為問門前客，今朝幾個來？

　　唐代開元末年，提起宰相李適之，沒有人不翹起大拇指。論出身，他是正宗皇室成員，唐太宗的長子李承乾是他爺爺；論才華，不僅能詩善文，還是個「以強幹見稱」的朝廷幹員；論人品，公私分明，待人隨和，與清流名臣交往，口碑甚佳；更有一項過人之處：極善飲酒，喝下一斗不在話下。他夜晚飲酒作樂，白天一點也不誤事。杜甫在《飲中八仙歌》中寫道，李適之飲酒時「飲如長鯨吸百川」。當時的李白、賀知章、李適之、李璡、崔宗之、蘇晉、張旭、焦遂八人俱善飲，人稱「酒中八仙人」。杜甫將李適之與李白等人相提並論，可見李適之在杜甫心目中的地位。

　　那時候，天下承平日久，唐玄宗疏於朝政，重用「口有蜜，腹有劍」的奸臣李林甫。李林甫為人奸詐，當面說得好聽，背後捅刀子，正是憑着這樣的權術，深得唐玄宗的信任。

　　李林甫覺得同僚李適之礙手礙腳，想設法把他除掉。有一天，他故意對李適之說：「華山有金礦，可惜陛下不知，要是把那裏的黃金開採出來，能夠增加國家的財富。」

　　忠心耿耿的李適之不知是計，便將此事上奏給唐玄宗。有一天，唐玄宗向李林甫問起這件事，李林甫道：「華山有金礦的事，臣下早就知道。華山是塊風水寶地，不能破壞那裏的風水。假如有人勸陛下在那裏採金，一定是不懷好意。」唐玄宗聽信了李林甫這番說話，漸漸疏遠了李適之。

　　忠臣大多鬥不過奸佞，幾年下來，李適之身心俱疲、心灰意冷，向唐玄宗請求辭職。唐玄宗已不喜歡他，又有李林甫在一旁搧陰風、點鬼火，唐玄宗便順水推舟，免去了他的宰相職務，讓他改任太子少保這一清職。

　　辭去了宰相職務，李適之覺得渾身輕鬆，每天呼朋引類，開懷暢飲。有一天，酒喝多了一時高興，寫下了這首《罷相作》。

　　這是一首諷刺詩。前兩句說明設宴慶賀罷相的理由，後兩句用疑問句詢問親故來赴宴的情況。作者運用隱喻，把自己的心意曲折地表達出來：把懼奸說成「避賢」，將誤國說成「樂聖」，反話正說，曲折雙關；後兩句故意設問，寫自己苦中作樂。

　　李林甫聽說了這件事，認為李適之故意諷刺自己，恨得牙癢癢的。他暗暗想道：李適之是唐太宗長子之孫，當今皇上都對他禮貌有加，太子少保雖然沒有實權，但是地位顯赫，難保他不結黨營私跟自己作對。他便不斷在唐玄宗耳邊進讒言，李適之終被貶為袁州（治所在今江西宜春）太守。

　　李適之知道，若是李林甫要加害於某人，那人是沒辦法逃脫的。他終於將一切看穿，飲藥自盡。

袍中詩

唐 · 開元宮人

原文

沙場征戍客，寒苦若為眠。
戰袍經手作，知落阿誰邊。
蓄意多添線，含情更着綿。
今生已過也，結取後生緣。

　　俗話說，皇上有三宮六院七十二妃，後宮佳麗三千人。實際上，歷代後宮的宮女人數遠遠超過了這個數目。據《隋書》記載，隋煬帝時，宮女人數達十萬之眾。唐朝初年，唐高祖李淵為了節省開支，安撫人心，曾下詔放出部分宮女，一次就放出宮女三千多。

　　唐代有嚴格的後宮制度，宮女大致可以分為兩類：一類是有品級的宮中女官，另一類則是沒有品級的普通宮女。有品級的宮女有一品四夫人：貴妃、淑妃、德妃、賢妃；二品九嬪：昭儀、昭容、昭媛、修儀、修容、修媛、充儀、充容、充媛；三品婕妤九人；四品美人九人；五品才人九人；六品寶林二十七人；七品御女二十七人；八品彩女二十七人。終唐一代，後宮的等級制度雖然屢有改變，但大體如此。

　　沒有品級的宮女多從事繁重的體力勞動。她們很少有機會接觸等級較高的妃嬪，更無緣和皇帝見面，待到青春逝去，嬌顏佳麗變成雞皮鶴髮的老婦以後，有的在尼姑庵中與古卷青燈共度餘生，有的被發配到帝王陵寢侍奉先王，了此殘生。

　　古代有很多「宮怨詩」，班婕妤的《怨歌行》，是現存最早的宮怨詩。後世的宮怨詩滿坑滿谷，多得不可勝數。唐代孟棨《本事詩 · 情感》載有《袍中詩》，並記載了有關這首詩的故事。

　　唐玄宗李隆基登基後，果斷地除去太平公主，鞏固了皇帝的權力，把年號改為「開元」，表明了自己勵精圖治，再創偉業的決心。他知人善任，賞罰分明，辦事幹練果斷，使朝廷面貌煥然一新。

　　為了重新統一北方，唐玄宗改革了兵制，提高了部隊的戰鬥力。唐朝軍隊逐步把營州（治所在今遼寧朝陽）等地收復，回紇等族也重新歸附唐朝。隨後，唐玄宗發動大軍攻打西域，逐漸恢復西域地區政權，西域各國也重新歸附。

　　西北地區氣候寒冷，條件艱苦。為保證軍需供應，唐玄宗讓宮女們為在冰天雪地中作戰的將士製作棉衣。一位宮女便把一首詩寫在帛上，縫在棉衣中。詩中哀歎了自己在宮中生活的不幸，希望自己在來世能得到幸福：「蓄意多添線，含情更着綿。今生已過也，結取後生緣。」

　　製好的棉衣運到前線，分發給將士。一名戰士發現了衣服裏面的這首詩，非常驚訝。他不敢有絲毫隱瞞，連忙把這件事向長官報告；長官不敢怠慢，立即向大帥稟告；大帥不敢懈怠，迅速上奏朝廷。

　　給邊塞的將士縫製棉衣，竟然弄出這等風流事，實在太荒唐！唐玄宗下令進行徹查，一定要查個水落石出。

　　原本以為很難查出結果，沒料想一下子就有人承認了。一位宮女口稱「萬死」，說這首詩是她寫的，也是她縫製到棉衣中去的。

　　看着面不改色的宮女，唐玄宗忽然動起了憐香惜玉之心。他暗暗想道：若是成全了這位宮女，倒可以作為千古佳話流傳下去，自己也可由此博得美名。

　　唐玄宗下詔免除這位宮女的死罪，並把她嫁給得到這首詩的士兵，說：「朕讓你實現自己的願望，嫁給這位有緣的前方戰士！」臣子們聽到唐玄宗的話，齊聲高呼「萬歲」。

幸蜀西至劍門

唐·李隆基

原文

> 劍閣橫雲峻，鑾輿出狩回。
> 翠屏千仞合，丹嶂五丁開。
> 灌木縈旗轉，仙雲拂馬來。
> 乘時方在德，嗟爾勒銘才。

　　唐玄宗登基之初慧眼識人，知人善任，先後提拔任用了姚崇、宋璟、張九齡等一大批賢才，使他們成為歷史上的賢明宰相，在這些名臣的協助下，唐玄宗把國家治理得井井有條，開創了中國歷史上繁榮富強、被後人津津樂道的「開元盛世」。

　　開創了盛世之後，唐玄宗逐漸開始追求享樂，沉溺於聲色犬馬之中。正直的宰相張九齡等人先後被罷官，小人李林甫爬上了相位。從此以後，朝政一天天昏暗。

　　天寶十四年十一月初九（公元 755 年十二月十六日），身兼范陽、平盧、河東三節度使的安祿山趁唐朝內部空虛腐敗，聯合同羅、奚、契丹、室韋、突厥等民族組成共十五萬人的軍隊，以「憂國之危」、奉密詔討伐楊國忠為藉口，在范陽起兵發動叛亂。

　　唐代承平日久，民不知戰，當地縣令有的聞風而逃，有的向叛軍投降。天寶十五年（公元 756 年），叛軍佔領洛陽。

　　唐玄宗得知了安祿山反叛的消息，大吃一驚，立即組織軍隊防守。開始，哥舒翰還派人到長安告急；後來，告急的文書中斷；最後，烽火台上的「平安火」消失。到了這個時候，唐玄宗感到形勢危急，要楊國忠想辦法。

　　楊國忠把文武百官召集起來商量，可是誰也想不出一個好辦法。楊國忠知道留在長安絕無生路，勸玄宗逃到蜀地去。六月十三日凌晨，唐玄宗、楊國忠帶着楊貴妃和一批皇子皇孫，在將軍陳玄禮和禁衛軍護送下，悄悄地打開宮門，逃出了長安。到了馬嵬坡（今陝西興平西北），又累又餓的將士不肯進發，請殺楊國忠父子和楊貴妃。結果，楊國忠被亂刀砍死，楊貴妃被高力士縊殺。

　　此時的唐玄宗李隆基權力喪失殆盡，太子李亨率領一部分軍隊北上，在靈州（今寧夏吳忠市境內）自行登基，他就是唐肅宗。唐玄宗率領一部分軍隊如同喪家狗一般逃往蜀地，到達成都之時，扈從官吏軍士才一千三百餘人，宮女僅二十四人。

　　唐肅宗封郭子儀為朔方節度使，奉詔討伐叛軍。第二年郭子儀上表推薦李光弼擔任河東節度使，兩軍在常山（今河北正定）會師，擊敗安祿山部將史思明，收復河北一帶。唐肅宗又借用回紇兵，乘機反攻，先後收復西京長安、東京洛陽。

　　平定了叛亂，唐肅宗迎回避亂出逃的父親唐玄宗。車駕行至劍門，唐玄宗寫下了《幸蜀西至劍門》。這首詩的大意是：劍門山高聳入雲險峻無比，我避亂到蜀今日得以回京。翠色屏風的山峯高有千仞，紅色的石壁由五位大力士開出路徑。灌木叢生好似纏繞旌旗，白雲如飛拂拭着馬匹。治理國家應該順應時勢施行仁德，大臣們平定叛亂是國家的棟樑之才。

　　這首詩首先描寫劍閣之高險，筆法高峻，然後筆鋒突轉，由寫景色轉為議論，透露出帝位轉換的複雜心理。總體說來，這首詩雖然寫於亂中，但仍然不失盛唐氣象。

詠史

唐·高適

> 尚有綈袍贈，應憐范叔寒。
> 不知天下士，猶作布衣看。

　　這首詩是一首詠史詩，詠史詩以歷史人物或歷史事件為客體，來抒寫作者的主體情志，往往用來借古諷今。

　　這首詩的大意是：像須賈這樣的小人尚且有贈送綈袍的舉動，就更應該同情范雎的貧寒了。現在人不知道有范雎這樣的治世賢才，只把他當成普通人看待。

　　詩中提到了兩個人，一個是須賈，一個是范雎（范叔），他們倆有個著名典故，那就是「范叔袍」，比喻困窘時接受別人的資助。

　　戰國時，魏國的范雎很有才華，但是他出身低微，家中貧困，只好在魏國大夫須賈門下當差。

　　有一次，須賈出使齊國，帶着范雎一同前往。一連幾個月過去了，須賈都沒見到齊王。齊王卻仰慕范雎的才能，給他送去不少禮物，范雎不敢接受齊王的禮物，堅決推辭。須賈知道了這件事，懷疑范雎跟齊王有私下交易。他越想越惱火，認定范雎暗中搞了鬼。

　　回國以後，須賈把這件事報告給國相魏齊。魏齊聽了火冒三丈，不問青紅皂白，讓手下狠狠拷打范雎。手下打斷了范雎的肋骨，敲掉他的牙齒，還是不肯住手。范雎實在忍受不住，只得裝死。魏齊聞報范雎死了，說：「死了？太便宜了他！」他命人用草蓆把范雎裹起來，扔到廁所裏。當時，魏齊家裏有很多賓客，賓客喝醉了都往他身上撒尿，說是懲罰奸細，儆戒他人。

　　好心的看守知道他還沒有死，向魏齊提出請求：「讓我把草蓆裏

的死屍抬出去扔了吧，省得放在那裏讓人噁心。」魏齊答應了他的請求，范雎這才保得性命。後來，他在好友鄭安平的幫助下，改名張祿，逃到了秦國。

改了名的范雎給秦昭王寫了一封信，請求秦王接見他。在秦王的宮殿裏，范雎針對秦國當時的實際情況，說了自己的治國方略。他的這些意見深深打動了秦王，秦王任用了他，隨後又讓他當相國。

過了幾年，魏國聽說秦國即將攻打韓國、魏國，連忙派須賈出使秦國。到了秦國以後，卻沒法見到相國。

范雎聽說了這件事，故意穿着破破爛爛的衣裳去見須賈。須賈看到范雎，說：「唉，幾年未見，沒有想到你貧寒到如此地步。」他招待范雎吃喝，吃完以後還送給他一件綈袍禦寒。范雎說自己的主人跟張祿很熟，自己能帶領須賈去見秦相張祿。

范雎出去趕來一輛駟馬大車，讓須賈上車入座，自己給須賈駕車。到了相府門口，范雎說進去通報，徑直走了進去。須賈左等右等不見范雎出來，便走上前去問看門人：「范雎進去了許久，怎麼還不出來？」看門人聽了一頭霧水，說：「相府裏沒有范雎這個人呀。」須賈忙問：「剛才進去的是誰？」看門人說：「你不知道？他就是相國張君。」

須賈大驚，以為大禍臨頭了，連忙脫了衣裳跪着前行，讓看門人帶着他去謝罪。見到了范雎，范雎問道：「你到底有多少罪？」須賈連忙說道：「拔光我的頭髮來數我的罪，都還不夠用。」——這便是成語「擢髮難數」的出處。

因為須賈招待范雎吃喝，還因為憐憫他送給他一件綈袍，所以范雎認為須賈天良未泯，也就饒恕了他。

這首詩的作者高適是唐代著名的邊塞詩人，也是一位很有才幹的政治家。這首詩敘事和議論結合，充滿情感。上兩句的「尚有」「應憐」，寫出須賈贈送綈袍，認為須賈還心存憐憫；下兩句的「不知」「猶作」，則表現了對心高氣傲、不識人才者的深惡痛絕。

終南別業

唐 · 王維

中歲頗好道，晚家南山陲。
興來每獨往，勝事空自知。
行到水窮處，坐看雲起時。
偶然值林叟，談笑無還期。

　　唐代大詩人王維，字摩詰，他的名字取自佛門維摩詰居士。開元九年（公元721年），王維考中進士，後來官至尚書右丞，世稱「王右丞」。

　　王維精通音樂，擅長書法、繪畫，他的詩歌創作，有全面的藝術修養為基礎。蘇軾評論王維的詩：「味摩詰之詩，詩中有畫，觀摩詰之畫，畫中有詩。」

　　王維自幼聰慧，九歲能詩，那首膾炙人口的《九月九日憶山東兄弟》，是王維十七歲時寫成的。他的《送元二使安西》，當年就有人為它譜曲，稱《陽關三疊》，成為廣為流傳的送別歌。

　　開元末年，奸臣李林甫得勢，把兢兢業業治理國家的宰相張九齡排擠出京城。王維為了逃避可能發生的意外，開始過一種半隱半仕的生活。這個時期，正是佛教禪宗蓬勃發展的時期。王維對禪宗的哲理有深刻的理解，他的詩歌風格也隨之發生變化，寫就許多融合詩情、畫意和禪理的山水詩。他這類山水詩小詩的成就極高，可謂前無古人，後無來者，《終南別業》是其中一首。

　　《終南別業》的首聯，是說他中年以後厭倦塵俗喧囂而信奉佛教，晚年安家定居在南山別墅。頷聯「興來每獨往，勝事空自知」，「獨往」寫出詩人興致勃勃，「自知」寫出詩人欣賞美景時心中領會的

樂趣。妙就妙在「空」字上，這個「空」字，便是佛家所言了無雜念，意為只有了無雜念，心中才能領會這裏的勝景。頸聯「行到水窮處，坐看雲起時」，走着走着溪流不見了，就索性坐下來欣賞嶺上的雲彩。通過這一行、一到、一坐、一看的描寫，將詩人閒適的心境明明白白揭示出來，寫出了隱居終南山的隨遇而安的怡樂。尾聯「偶然值林叟，談笑無還期」，正是這種無心相遇，寫出了作者超然物外的風采，以至於任意談笑，忘記了回去。

後人對詩中的「空」字讚賞有加。王維運用「空」字的詩句還有《鹿柴》「空山不見人，但聞人語響」，《桃源行》「峽裏誰知有人事，世中遙望空雲山」，《鳥鳴澗》「人閒桂花落，夜靜春山空」，《過香積寺》「薄暮空潭曲，安禪制毒龍」，等等。一個「空」字，透露出來的是詩人閒情的意境，充滿了禪趣，可謂雖空而意豐。

息夫人

唐·王維

原文

> 莫以今時寵，能忘舊日恩。
> 看花滿眼淚，不共楚王言。

唐代偉大詩人王維的《息夫人》詩聞名於世，唐代著名詩人杜牧也有一首《息夫人》詩：「細腰宮裏露桃新，脈脈無言幾度春。畢竟息亡緣底事？可憐金谷墜樓人。」息夫人究竟是怎樣的苦命婦人，讓後人如此惦念、吟詠她呢？

春秋時期，陳宣公媯杵臼的兩個女兒，都生得如花似玉。尤其是小女兒，脣紅齒白，眼如秋水，身材苗條，婀娜多姿，真是人見人愛的妙人兒。陳宣公雖然對女兒百般疼愛，等她們長成後也只能將她們風風光光嫁出去。大女兒嫁給了蔡國國君，小女兒嫁給息國國君。

息國的臣民見國君夫人生得面如桃花，待人和藹可親、行止彬彬有禮，稱她為「桃花夫人」，因為她娘家姓媯，又稱她「息媯」。

有一年，息夫人回娘家探親，順道到蔡國去探望多年未見的姐姐。蔡侯初次見到息夫人，竟然乘隙調戲她。息夫人又羞又怒，憤而離開蔡國。她返回以後向丈夫哭訴這件事，痛罵蔡侯是個禽獸不如的東西。

息侯聽了妻子的哭訴，如何嚥得下這口氣？可是，要打，打不過蔡國；說理，跟這種人有甚麼理可說？息侯思前想後，想出了一條借刀殺人之計。

他派人到楚國，對楚王說：「蔡國國君依仗有中原各國撐腰，不肯向楚國納貢，已顯二心。不如趁早將蔡國滅了，剷除大王的後顧之憂。」楚王覺得息侯說得有理，立即派兵向蔡國發起進攻。蔡國軍隊哪是楚國軍隊的對手，被打得落花流水。蔡侯沒能逃脫，被楚國軍隊生俘，押往楚國首都。

蔡侯知道中了息侯暗算，恨得直咬牙。他暗中尋找報仇的機會。有一天，他故意對楚王說：「天下美女，沒有哪一個比得上儀態萬方的息夫人。唉，我為息夫人亡國，也算是死在石榴裙下，沒有甚麼可後悔的。」

一席話把楚王給聽呆了，他暗暗想道：只有賽過天仙的美女，才能使蔡侯寧願亡國也要拜倒在石榴裙下；既有此等美女，為何不把她搶到自己手中？時隔不久，楚王假借巡遊的名義來到息國，乘機將息侯俘獲，把息夫人搶了回去。

搶到息夫人，楚王大喜。這女人果然生得沉魚落雁，勝過蓬萊

仙女。楚王對她寵愛有加，將其他妃嬪置於腦後。時過三年，息夫人
為楚王生了兩個孩子。雖說如此，息夫人卻從來不跟楚王說話。有一
天，息夫人被楚王再三迫問，歎了口氣說：「我是一個弱女子，卻嫁
了兩個男人，縱然至今沒有死，還有甚麼臉面跟你說話！」

　　知道了這個故事，可以對王維的這首詩有初步了解，不過，王維
寫這首詩並非只是惋歎息夫人命苦，其中另有一段情由。

　　唐代武則天退位後，先有「中宗復辟」，後有「睿宗復辟」。李隆
基是睿宗的第三個兒子，因為幫助父親復位立下大功。他的大哥李憲
頗有自知之明，不敢與李隆基爭奪太子之位，最終李隆基被立為太
子。李隆基即位後，封李憲為寧王。

　　寧王府宅旁邊，有一家炊餅店。一日李憲回府，無意間瞥見賣炊
餅者的妻子。見到這位婦人，李憲似乎掉了魂，她皮膚白皙，面容姣
好，一雙黑黑的大眼睛透着嫵媚，別有一種嬌柔之態。寧王府中有寵
妾數十人，可是沒有哪一個有她這樣可人。

　　但凡被李憲看上的女子，誰能夠逃脫！他讓僕人送些錢給賣炊餅
的，將那婦人帶回府中。賣炊餅的哪敢說個「不」字，眼睜睜地看着
寧王府的人將自己的妻子帶走。李憲如獲至寶，喜不自勝，將百般寵
愛集於她一身。

　　過了一年，寧王宴請朝中高官，身為監察御史的王維也在座。酒
過三巡，寧王讓賣炊餅的美人把盞，為眾賓客一一敬酒。酒酣耳熱之
際，寧王用炫耀的口吻問大家：「你們說說，這位婦人漂亮不漂亮？」
眾人當然捧場，轟然叫妙。

　　寧王問婦人：「妙人，你還想不想那個賣炊餅的？」聽到這句
話，婦人立即低下頭，眼睛裏噙着淚花，默默不語。

　　事情弄成這樣，為寧王所料未及。寧王不愧為隨機應變的老手，
「哈哈」笑了幾聲，派人把賣炊餅的找來，讓他與妻子相見。婦人見
到自己的丈夫，再也控制不住，淚水「刷刷」直往下流。寧王對賓客

們說：「此情此景甚為感人，請各位大人賦詩一首。」

王維應命首先將詩賦成，題為《息夫人》，眾人閱後讚賞不已。寧王催促其他人趕緊再寫，可是再也沒有一個人寫成——不是眾人不會寫，只是沒人敢捋虎鬚。

這首詩的「莫以今時寵，能忘舊日恩」兩句，表面上是寫息夫人永遠忘不了自己與息侯的恩愛，實際上暗指賣餅者妻不忘與丈夫的深情；「看花滿眼淚，不共楚王言」兩句，表面上是寫息夫人內心的痛苦與無言抗爭，實際上是指責寧王強搶平民妻子的罪惡行徑。

清人王士禎《帶經堂詩話》卷二有這樣的評論：「王摩詰『看花滿眼淚，不共楚王言』，更不着判斷一語，此盛唐所以為高。」這個評價十分中肯。

夢遊天姥吟留別

唐・李白

原文

海客談瀛洲，煙濤微茫信難求。
越人語天姥，雲霓明滅或可睹。
天姥連天向天橫，勢拔五嶽掩赤城。
天台四萬八千丈，對此欲倒東南傾。
我欲因之夢吳越，一夜飛渡鏡湖月。
湖月照我影，送我至剡溪。
謝公宿處今尚在，淥水蕩漾清猿啼。
腳着謝公屐，身登青雲梯。

半壁見海日，空中聞天雞。

千巖萬轉路不定，迷花倚石忽已暝。

熊咆龍吟殷巖泉，慄深林兮驚層巔。

雲青青兮欲雨，水澹澹兮生煙。

列缺霹靂，丘巒崩摧。

洞天石扉，訇然中開。

青冥浩蕩不見底，日月照耀金銀台。

霓為衣兮風為馬，雲之君兮紛紛而來下。

虎鼓瑟兮鸞回車，仙之人兮列如麻。

忽魂悸以魄動，恍驚起而長嗟。

惟覺時之枕席，失向來之煙霞。

世間行樂亦如此，古來萬事東流水。

別君去兮何時還？且放白鹿青崖間，

須行即騎訪名山。

安能摧眉折腰事權貴，使我不得開心顏？

　　李白是繼屈原之後最偉大的浪漫主義詩人，是人人皆知的「詩仙」。李白家境富有，二十歲隻身出川，到全國各地漫遊。他領略各地的美好風光，開闊自己的視野，並且廣交朋友，謁見名流，希望能夠得到他們的引薦。

　　那時候，他就充分展示了自己的文學才華，人們給予他很高評價。隨着時間的流逝，他越來越顯示出自己的才智，作品越來越成熟，風格越來越明顯，人們越來越重視他。沒過多久，李白名揚中原，詩作被廣泛傳頌。

　　年輕時的李白曾經有過遠大抱負，希望能為國效力，建立赫赫功

勛。可是多年漫遊，一事無成。

公元 742 年，李白在會稽（今浙江紹興）一帶漫遊，突然接到皇上的詔令，命他立即動身赴京。他喜出望外，進京城，見皇上，治天下，建功業，正是他多年理想。現在理想就要實現了，怎能叫他不興奮！

到了京城，李白拜見了在京為官的著名詩人賀知章。賀知章讀了他的新作，大為讚賞，驚歎道：「哎呀，你可真是下凡的仙人啊，寫出來的詩氣勢磅礴，氣度非凡！」所以，後人又稱李白為「李謫仙」。

由於賀知章的竭力推薦，唐玄宗很快就召見了李白。唐玄宗見他對答如流，才華出眾，非常高興，設宴招待他。席間，唐玄宗發現宴席上的湯太燙，親自拿起湯匙為他調涼。這是何等的榮幸，「御手調羹」成為歷代文人引以為榮的佳話。

時隔不久，唐玄宗讓他在翰林院任「供奉」。「供奉」是一種清職，平日無事，偶爾被皇上召去陪同遊山玩水，寫些歌舞昇平的作品，如《清平調》《宮中行樂詞》之類，供皇帝公卿欣賞、解悶。

然而，這種生活遠不像李白原先想像的那樣可以一展宏圖，自己只不過是侍宴助樂的人物。他陷入了深深的苦悶之中，在無可奈何之際，常常借酒消愁。

李白不僅厭倦了這種無聊的生活，而且蔑視那些碌碌無為、誤國誤民的權貴。當時有個宦官叫高力士，深得唐玄宗與楊貴妃的寵愛。有一天，李白喝得酩酊大醉，正巧唐玄宗派人召他到宮裏去。太監見他醉倒了，拿涼水灑在他的臉上，好不容易才把他弄醒。到了宮中，唐玄宗要他為樂工新譜的曲子填詞。李白覺得穿着靴子不舒服，把腳伸向高力士，說道：「給我脫靴！」高力士見皇上不吭聲，只得在眾目睽睽之下，紅着臉、彎下腰，給李白把靴子脫下來。

脫下靴子，李白略一思索，大筆一揮，文不加點地寫下三首《清平樂》的歌詞。唐玄宗讀了這字字珠璣的歌詞，連連點頭，立即叫歌

女們演唱。

高力士當着眾人的面受到羞辱，不由得懷恨在心，下決心報仇。他煽動楊貴妃在唐玄宗耳邊說李白的壞話，日子一久，唐玄宗對李白漸漸冷淡了。

李白知道圍在唐玄宗身邊的都是些小人，自己留在朝廷中無所作為，於是上了一道奏章，請求辭去官職。這時唐玄宗也不像從前那樣喜歡李白了，便批准了他的請求。

李白離開長安後，開始了為期十年的南北漫遊，他在開始吳越之遊時，寫下了著名的《夢遊天姥吟留別》。這是一首遊仙詩（記敍夢境的詩），寫的是夢遊天姥山的夢境。這首詩可以分為三層：第一層從「海客談瀛洲」到「對此欲倒東南傾」，寫夢遊的緣起；第二層從「我欲因之夢吳越」到「失向來之煙霞」，寫夢遊天姥山的歷程；第三層從「世間行樂亦如此」到「使我不得開心顏」，寫夢醒後的感歎。

一般認為，描寫天姥山實際上有所影射。寫天姥山的美麗壯闊，表現自己進入朝廷初期受到重用，對朝廷寄予期望。「忽已暝」三字，表示自己已被表象迷惑，看不清真實情景。忽然間「熊咆龍吟」，暗示他已經開始得罪權貴。後來「列缺霹靂，丘巒崩摧」，則影射自己失寵。自己醒悟以後，「忽魂悸以魄動，恍驚起而長嗟」，發現這一切不過是一場春夢。詩中「安能摧眉折腰事權貴，使我不得開心顏」兩句，是李白發自心底的呼喚！

這首詩描寫夢境，不受時間空間拘束，一任想像馳騁。想像新奇，感情強烈，意境奇偉瑰麗，語言清新明快，形成豪放、超邁的藝術風格，極具浪漫主義色彩。

妾薄命

唐・李白

原文

漢帝寵阿嬌，貯之黃金屋。

咳唾落九天，隨風生珠玉。

寵極愛還歇，妒深情卻疏。

長門一步地，不肯暫回車。

雨落不上天，水覆難再收。

君情與妾意，各自東西流。

昔日芙蓉花，今成斷根草。

以色事他人，能得幾時好？

「金屋藏嬌」這個成語，很多人都知道，它出自漢武帝跟陳皇后阿嬌的故事。

漢景帝只有一個同母的姐姐，那就是館陶長公主劉嫖。

有一天，館陶長公主讓漢景帝妃嬪王美人的兒子劉徹坐在自己的膝頭，笑瞇瞇地跟他說笑：「兒呀，你想不想娶老婆？」年幼的劉徹說：「當然想了。」長公主指着一位漂亮的宮女問他：「讓她給你做老婆好不好？」劉徹搖搖頭說：「我可不要。」長公主把那裏的宮女一個個問遍，劉徹全都不要。長公主想了想，忽然指着阿嬌問道：「讓阿嬌姐姐給你做老婆好不好？」劉徹居然拍着小手說：「當然好嘍，要是阿嬌姐姐給我做老婆，我就造間黃金屋給她住。」

長公主非常高興，把這件事說給王美人聽。王美人冰雪聰明，一點就透，立即答應了這門親事。從此以後，兩個女人更加齊心，她們倆使了各種計謀，用出各種辦法，終於讓漢景帝廢黜了太子。不久，王美人如願以償被封為皇后，劉徹被立為太子。

漢景帝去世後，太子劉徹即位，他就是漢武帝。館陶長公主的女兒阿嬌，理所當然地被封為皇后。起初，漢武帝對阿嬌寵愛有加，阿嬌仗着皇后的地位，氣焰甚盛。

說來也怪，其他嬪妃有了身孕，受到寵愛的阿嬌卻始終沒有一點兒動靜。一則阿嬌盛氣凌人，不如嬌滴滴的温柔女人討人喜歡；二則阿嬌沒有子息，沒能給漢武帝生下龍種，漢武帝漸漸喜歡上了別的女人，阿嬌被冷落在一旁。最終阿嬌步上了薄皇后的後塵，成了長門宮中的廢皇后。

傳說阿嬌不甘心終老冷宮，曾用百金請司馬相如寫了《長門賦》，希望以此打動漢武帝。漢武帝對這篇賦讚不絕口，但沒有再去見阿嬌，阿嬌的希望落了空。

廢后阿嬌何時死於長門宮，史書沒有記載，可見最終她淪落到何等凄涼的地步！

《妾薄命》為樂府古題。李白的這首詩「依題立義」，通過對陳皇后阿嬌由得寵到失寵的描寫，揭示了封建社會中婦女以色事人，色衰而愛弛的悲劇命運。

全詩十六句，每四句為一個層次。詩的前四句，先寫阿嬌的受寵，用「咳唾落九天，隨風生珠玉」極度誇張的詩句，描繪出阿嬌受寵時的氣焰之盛。從「寵極愛還歇」以下四句，筆鋒一轉，描寫阿嬌的失寵，以致「長門一步地」，皇上都「不肯暫回車」。「雨落不上天」以下四句，用形象的比喻，極言讓皇上回心轉意已經不可能。最後四句寫道：「昔日芙蓉花，今成斷根草。以色事他人，能得幾時好？」這是全篇的警策，李白用比喻來說理，勝似說理；用比興來議論，勝於議論，充分發揮了形象思維的特點和比興手法的作用。

宣州謝朓樓餞別校書叔雲

唐·李白

棄我去者，昨日之日不可留，
亂我心者，今日之日多煩憂。
長風萬里送秋雁，對此可以酣高樓。
蓬萊文章建安骨，中間小謝又清發。
俱懷逸興壯思飛，欲上青天攬明月。
抽刀斷水水更流，舉杯消愁愁更愁。
人生在世不稱意，明朝散髮弄扁舟。

　　「抽刀斷水水更流，舉杯消愁愁更愁」這兩句詩，人們太熟悉了，它出自李白的《宣州謝朓樓餞別校書叔雲》。

　　詩題中的「宣州」，州治在今安徽宣城；「謝朓樓」，又名「謝公樓」「北樓」，是南朝齊著名詩人謝朓任宣城太守時所建造；校書，即「校書郎」，是李雲的官職；這首詩是李白於天寶年間在宣城餞別祕書省校書郎李雲所作。

　　這首詩開頭「棄我去者，昨日之日不可留，亂我心者，今日之日多煩憂」，便與一般餞別詩迥異，它直抒胸臆，把心中鬱結傾吐出來。下面筆鋒一轉，另出境界：「長風萬里送秋雁，對此可以酣高樓。」酒仙李白，面對此情此景，暢飲便成了他最好的行為方式。「蓬萊文章建安骨，中間小謝又清發」兩句，「蓬萊」借指李雲，「小謝」用以自指，上句讚美李雲的文章風格剛健，下句說自己的詩歌具有清新秀發的風格。下面兩句「俱懷逸興壯思飛，欲上青天攬明月」，用一個「俱」字把兩人綰在一起，說雙方不僅有不同一般的文才，而且有崇高的理想和遠大的抱負。面對理想和現實之間的矛盾，作者發出

「抽刀斷水水更流，舉杯消愁愁更愁」的感歎。理想與現實的矛盾是無法解決的，因此作者總是陷於「不稱意」的苦悶中，只能找到「散髮弄扁舟」這樣一條擺脫苦悶的出路。

這首詩的內容，跟謝朓有着密切關係。

謝朓，是東晉縉紳大戶謝家的後代，算算他們家的先輩，謝衡、謝褒、謝尚、謝弈、謝安、謝玄、謝石等，哪一個不是響噹噹的人物！他的高祖謝據，為謝安之兄；父親謝緯，官為散騎侍郎；母親是南朝宋文帝之女長城公主。

公元 491 年春，謝朓作為隨郡王蕭子隆的文學（官名），隨同蕭子隆赴荊州，留下了不少描寫山水的詩篇，在文壇上嶄露頭角。南朝齊武帝永明年間，擔任過一些無關緊要的官職，過着無憂無慮的貴族生活。齊明帝時，官至吏部尚書郎。

齊明帝去世後，蕭寶卷繼位，他就是東昏侯。南朝皇帝多奢侈腐糜，蕭寶卷尤甚。他曾讓工匠造金蓮貼地，讓潘妃行走其上，稱之為「步步生蓮花」。

他為人兇悍，宰輔大臣稍不如意，立即誅殺，弄得文官紛紛告退，武將起來造反，京城幾度岌岌可危。

江祐等人打算擁立始安王蕭遙光為帝，謝朓並未參加預謀，但是由於害怕災禍延及自身，把這事告訴了東昏侯的近臣。始安王蕭遙光知道了這件事，誣陷謝朓圖謀不軌，令謝朓死於獄中。

謝朓秉承家風，少而好學，《南齊書》稱他「有美名，文章清麗」。他與南朝宋的謝靈運並以山水詩見長，世稱謝靈運為「大謝」，謝朓為「小謝」，後人將他倆視為山水詩的鼻祖。

謝朓在文學上主張「好詩圓美流轉如彈丸」。要達到「圓美流轉」，聲律是一個重要因素。謝朓把平仄四聲運用於詩歌創作中，故而他的詩歌音調和諧，讀起來琅琅上口。謝朓的五言詩，善於抓住自然景色中最動人的瞬間，以清麗的詩句，率直地道破自然之美。梁武

帝蕭衍稱帝後對謝朓追慕不已，說謝朓的詩「三日不讀，便覺口臭」。

謝朓關於聲律對仗和寫景狀物的技巧，對於唐代詩壇有着深刻的影響。杜甫在《寄岑嘉州》寫道：「謝朓每詩篇堪誦。」李白對謝朓十分敬佩，在詩作中經常提起他。

沙丘城下寄杜甫

唐·李白

> 我來竟何事？高臥沙丘城。
> 城邊有古樹，日夕連秋聲。
> 魯酒不可醉，齊歌空復情。
> 思君若汶水，浩蕩寄南征。

一個是詩仙，一個是詩聖，中國古代這兩位最偉大的詩人——李白和杜甫，他們之間的友誼非同尋常。

李白和杜甫生活的時代，是唐代由盛轉衰的時代。他們都有顛沛流離的生活，都有坎坷的遭遇。高尚的品德、類似的際遇，使他們有了共同的語言，結下了情同手足的友誼。

天寶三年（公元 744 年）的夏天，李白到了洛陽。久聞李白大名的杜甫，終於和李白相識。當時，李白已經名滿天下，卻空懷報國壯志；杜甫風華正茂，卻蹭蹬洛陽城。

李白比杜甫大十一歲，卻沒有因年歲大或名聲響而自傲。他以平等的身分，和杜甫建立了深厚的友誼。兩人先是共遊梁（今河南開

封）、宋（今河南商丘），次年他們又結伴遊歷了齊魯（今山東一帶），寫下了許多抒發友情的詩篇。

在山東汶水之畔的沙丘城，李白送別杜甫。沙丘城，是李白在魯中的寄寓之地，詩人獨自一人回去以後，感到十分孤寂，倍覺友誼的可貴，寫下了《沙丘城下寄杜甫》這首詩。詩中寫道，由於杜甫離開了，「齊歌」引不起他的興趣，「魯酒」也提不起他的酒興；結尾處道出「思君」二字，將思友之情寄情於流水，照應了詩題，點明了主旨。

他倆親身交往的時間不算長，以後，他們的友誼都是用詩歌來維繫。杜甫至今的詩歌，跟李白有關的共有十五首，如《贈李白》（五古）《贈李白》（七絕）《與李十二白同尋范十隱居》《八仙歌》《冬日有懷李白》《春日憶李白》《夢李白》二首、《天末懷李白》《寄李十二白二十韻》等，多數作品敍述了他們的友誼，充滿了對李白的思念和對李白詩歌藝術的讚頌。李白流傳至今的詩歌，跟杜甫有關的有四首：《沙丘城下寄杜甫》《秋日魯郡堯祠亭上宴別杜補闕、范侍御》《魯郡東石門送杜二甫》《戲贈杜甫》。

「安史之亂」後，李白因永王李璘之事獲罪入獄，杜甫聞訊後非常悲傷，寫下了情真意切的《不見》詩：「不見李生久，佯狂真可哀。世人皆欲殺，吾意獨憐才。敏捷詩千首，飄零酒一杯。匡山讀書處，頭白好歸來。」這首詩的結尾表達了渴望與李白相見的願望，與開頭「不見李生久」相呼應，全詩渾然一體。這首詩用質樸的語言，表現了對摯友的深情。

李白和杜甫之間深厚、真摯的友誼，不因時間的流逝而消逝。一千多年過去了，他倆之間的真情，仍然被人們傳頌，仍然是人們談論的佳話。

奉試明堂火珠

唐・崔曙

原文

正位開重屋，凌空出火珠。

夜來雙月滿，曙後一星孤。

天淨光難滅，雲生望欲無。

遙知太平代，國寶在名都。

魏晉以來，實行「九品中正制」，官員大多從世家豪門子弟中選拔，許多才華出眾但出身低微的讀書人很難擔任官職，形成了士族對政治權力的壟斷，造成「上品無寒門，下品無士族」的局面，引起了庶族對士族統治的強烈不滿。

為了改變這種弊端，公元587年，隋文帝下令實行新的選拔官員的制度。朝廷設立秀才、明經兩科，用分科考試的辦法選拔官員。隋文帝的這項改革措施，動搖了士族對政治權力的壟斷，引起士族的強烈不滿。隋煬帝即位後繼續推行這項政策，正式設置進士科，按照考試成績選拔人才，中國的科舉考試制度由此開始。

隋朝滅亡後，唐朝承襲隋朝遺留下來的人才選拔制度，並做了進一步的完善。考試的科目分常科和制科兩類。每年都舉行的考試稱常科，由皇帝下詔臨時舉行的考試稱制科。常科的科目有很多種，明經、進士兩科是常科的主要科目。明經科主要考經義與時務策，進士科主要考時務策和詩賦、文章。

貞觀年間，每年參加進士科考試的舉子達千人，而錄取率僅為百分之一二，進士的第一名稱為狀元。有一次，唐太宗李世民微服私訪至端門，看到許多新近考取的進士魚貫而出，興高采烈地說：「天下有才能的人，全都被我網羅來了（入吾彀中）！」

武則天也大力提倡科舉，曾將應試舉子集中在洛陽宮殿裏，她親自出題，主持面試，開創了殿試之先河。

進士及第享有很高的榮譽，時稱「登龍門」。新科進士不僅要在長安的曲江參加國宴，還要在大雁塔下題名留念。能考取進士的士子們當然異常興奮，孟郊考取進士後曾寫《登科後》詩：「昔日齷齪不足誇，今朝放蕩思無涯。春風得意馬蹄疾，一日看盡長安花。」

唐代詩人崔曙自小孤貧，讀書異常刻苦。唐玄宗開元二十六年（公元738年），崔曙參加科考，那一科的主考官是禮部侍郎姚奕，試題為《擬孔融薦禰衡表》《明堂火珠》詩。

明堂是古代帝王宣明政教、舉行大典的地方，開元年間，明堂改為聽政殿，它的頂上有金火珠。參加考試的舉子，寫下的詩歌多為歌功頌德之作，全無新意。崔曙的《奉試明堂火珠》詩獨出心裁，不落窠臼，先描寫明堂的夜景，最後落在「遙知太平代，國寶在名都」上。詩中「夜來雙月（火珠、月亮）滿，曙後一星孤」兩句，描寫生動，別具匠心。唐玄宗對這首詩非常欣賞，將崔曙點為狀元。

那一年錄取的進士不多，僅有二十三人，能考取進士已是令人豔羨，考得狀元更是榮耀無比。可是，誰也沒有想到，這位狀元郎「文齊壽不齊」，第二年便因病去世，留下一個名叫星星的女兒。

人們於悲傷之餘，不禁想到了他的《奉試明堂火珠》詩，紛紛說：「夜來雙月滿，曙後一星孤」這句詩明明是說他崔曙發達以後，要留下星星這個遺孤，這首詩是讖語！議論的人越來越多，說法越來越離奇，似乎狀元郎崔曙命當如此。後來竟然有了「曙後星孤」這個成語，用於比喻「遺孤」「孤女」。

遊龍門奉先寺

唐·杜甫

已從招提遊，更宿招提境。

陰壑生虛籟，月林散清影。

天闕象緯逼，雲臥衣裳冷。

欲覺聞晨鐘，令人發深省。

洶湧的河水從河南洛陽城南十二公里處的兩山間缺口處湧出。這裏就是伊闕，舉世聞名的龍門石窟所在地。

伊水兩側的山壁上，到處都有石窟、雕像，最集中之處是西首的龍門山。這裏的石窟密密麻麻，人們統稱這些石窟為「龍門石窟」。

龍門石窟於北魏時開始建造，以後，東魏、西魏、北齊、隋、唐等朝代都曾在這裏繼續營建，成為我國最大的石窟羣體之一。有人曾經做過統計，這裏現存雕像十萬餘座，碑刻題記三千六百餘塊，石窟一千三百多個，窟龕兩千三百餘座，佛塔五十餘座。看了這些數字，簡直令人驚歎。令人驚歎的不止這些，有些更令人咋舌，北魏的宣武帝曾經動用了八十萬工人，花費了十八年的時間，僅僅建造了一個賓陽中洞！

中國的石窟藝術和佛教密切相關。佛教從漢代傳入我國，在魏晉南北朝時期得到進一步發展。北魏孝文帝在位時，全國有佛寺六千多座，僧、尼七萬七千多人。那時候，佛教盛行，禮佛成為一種社會風氣。

北魏孝文帝拓跋宏，是個銳意改革的少數民族的政治家和改革家。他登上帝位之後勵精圖治，大膽地實行漢化運動。公元 493 年，北魏孝文帝下令將都城從平城（今山西大同）遷往洛陽，第二年，孝

文帝為其祖母馮太后營造功德窟 —— 古陽洞。

公元 499 年，孝文帝去世，他的兒子宣武帝繼位。宣武帝為了紀念他的父親，命令宦官白整開鑿兩個窟頂離地面三百一十尺的巨大石窟。

白整領命以後，徵調了大量民工開鑿，忙了五六年，還沒有完成工程的十分之一。宣武帝為此大發雷霆，撤掉白整的職務，委派王質接替這項工作。

王質領命後心裏直發怵，窟頂離地三百一十尺，這可怎麼施工呀！按照當時的技術條件，窟頂最多只能離地一百尺。他壯着膽子向宣武帝提出申請，將高度由三百一十尺改為一百尺。宣武帝想了又想，見工程實在艱難，勉強同意了他的請求。

五年時間又過去了，兩個石窟離建成還早着呢！宣武帝再也忍不住了，又朝臣子發了一通火，隨即將王質撤職查辦，改由宦官劉騰接手開鑿工作。

劉騰受命以後，坐立不安，夜不能寐。他思來想去，決定建議再為皇上建造一個洞，讓後世紀念他的豐功偉績。宣武帝聽了大喜，當即同意了他的建議。這樣，就由建造兩洞改為建造三洞，造成三洞一體的石窟羣。

儘管劉騰想方設法徵調民工，監督民工開鑿石窟，但是一直到公元 515 年宣武帝去世，一個洞也沒有建成。

宣武帝去世以後，發生了一系列宮廷政變，開鑿石窟的工程無人問津，到了公元 522 年，宦官劉騰去世，這項工程也就停了下來。

劉騰去世時，只鑿成一個洞 —— 賓陽中洞。賓陽南洞和賓陽北洞沒能建成。當時北魏已經衰落下去，無力進行這項浩大工程。一直到唐代，才將這兩個洞的建造工程繼續下去，最終得以完成。

賓陽中洞的佛像雕刻藝術風格已經漢化，釋迦牟尼的衣着不再是過去的袒露右肩的樣式，而是寬袍大帶的華夏服飾。

賓陽中洞藝術價值最高的是洞口內壁的四座浮雕。令人痛惜的是，孝文帝禮佛圖浮雕和文昭太后禮佛圖浮雕被人硬生生鑿下來，盜運到國外。現在，孝文帝禮佛圖浮雕在美國紐約藝術博物館，文昭太后禮佛圖浮雕在大洋彼岸的堪薩斯城納爾遜藝術博物館。

龍門石窟著名的洞窟很多，奉先寺是龍門唐代石窟中最大的一個石窟。據史料記載，奉先寺開鑿於唐高宗李治和武則天在位時期，於公元 675 年建成。它南北寬約三十四米，東西深約三十六米，建於九米寬的三道台階之上。奉先寺本尊為盧舍那佛坐像，兩側為迦葉、阿難，其外側為二菩薩，左右兩壁為神王及金剛各一對。

石窟正中的佛坐像為龍門石窟最大佛像，頭高四米，耳朵長約一點九米，身高十四點一四米。它與早期洞窟的佛像有着明顯不同：面形豐肥，兩耳下垂，形態圓滿、安詳，體現了唐代佛像藝術特點。這座佛像造型豐滿，衣紋流暢，是一件精美絕倫的藝術傑作。

杜甫這首詩中的「招提」為梵語，「四方」之意，「四方之僧」為「招提僧」，這裏指寺僧。這首詩是五言古詩，平仄不論。開頭兩句「已從招提遊，更宿招提境」是說：白天跟從寺僧遊覽，晚上又住在寺裏；三、四兩句「陰壑生虛籟，月林散清影」，是俯視奉先寺周圍的幽景。五、六兩句「天闕象緯逼，雲臥衣裳冷」，是仰視龍門的天空。最後兩句「欲覺聞晨鐘，令人發深省」，是說剛醒來時聽到晨鐘，啟發人深刻思考有所醒悟。

這首詩是杜甫的早期之作，寫作於開元天寶年間，其間杜甫兩次來到洛陽，第一次來洛陽是二十四歲時，舉進士不第；第二次是三十餘歲到來東都，為二姑服喪。杜甫早年與僧人有所交往，偶有厭世高蹈思想；再者因為龍門的秀麗風景吸引了他，故而寫了這首詩。

石壕吏

唐·杜甫

暮投石壕村，有吏夜捉人。

老翁逾牆走，老婦出門看。

吏呼一何怒，婦啼一何苦！

聽婦前致詞：三男鄴城戍。

一男附書至，二男新戰死。

存者且偷生，死者長已矣。

室中更無人，惟有乳下孫。

有孫母未去，出入無完裙。

老嫗力雖衰，請從吏夜歸。

急應河陽役，猶得備晨炊。

夜久語聲絕，如聞泣幽咽。

天明登前途，獨與老翁別。

公元 755 年發生的一件事情，像一聲炸雷在朝廷上空響起，震得滿朝上下直搖晃：身兼三鎮節度使，手握十幾萬精兵的安祿山造反了！當時國家承平日久，朝廷軍隊不知所戰，叛軍氣勢洶洶殺來，河北州縣迅速土崩瓦解。只消一個月的工夫，叛軍就攻下了洛陽。

潼關失守以後，唐玄宗惶惶如喪家之犬，帶着楊貴妃和皇子們往蜀地逃竄。到了馬嵬坡（今陝西興平西北），六軍不發，龍武大將軍陳玄禮請殺楊國忠和楊貴妃。唐玄宗為了保命，只得答應。將士們一擁而上，楊國忠被亂刀剁為肉泥；楊貴妃被高力士縊死，算是落了個全屍。

連皇上都跑了，京都哪能不亂？唐代最偉大的現實主義詩人杜甫，當時也在長安，他只得隨着驚慌失措的逃難人流，歷盡千辛萬苦來到西蜀。

公元759年春，郭子儀等九節度使率領六十萬大軍將叛軍首領安慶緒包圍在鄴城（今河南安陽）。由於指揮不統一，朝廷軍隊被史思明的援兵打得落花流水。唐軍為了補充兵力，便在潼關、鄴城一帶強行徵兵。這下子老百姓就更慘了，深深陷入水深火熱之中。

那時候，杜甫正由洛陽經過潼關，趕回華州（今陝西華縣）任所。一天晚上，杜甫到了石壕村，打算到一戶農家投宿。當家人老翁爽快地答應下來，杜甫連聲道謝。

杜甫剛剛入睡，忽然間聽到外面人聲嘈雜，雞鳴狗吠。老翁驚呼一聲：「不好，抓丁的來了，我得趕快跑！」話音未落，外面的人將門捶得山響，老翁急急忙忙翻牆逃走，老婦人走出去應付官人。

「老婆子，怎麼這麼久才開門？」領頭的官員看到杜甫，歪着腦袋問道：「你是誰？」

杜甫連忙回答：「在下前往華州任所，今天在這裏投宿。」

那官員在屋裏轉了一圈，沒有找到成年男子，不禁大怒，惡狠狠地問：「老婆子，家裏的男人呢？」

老婦人傷心地哭着，慢慢走上前，哽咽訴說道：「我的三個兒子都去參軍了，在鄴城參加戰鬥。有個兒子讓人帶信回來，說是他的兩個兄弟在最近的戰鬥中命喪黃泉。我怎麼這麼命苦啊！」

那官員不耐煩地喝道：「家裏其他人呢？」

老婦人哭道：「家裏再也沒有成年男子了，只有還在吃奶的小孫孫。因為孫兒還小，所以兒媳婦沒有離開這個家。家裏窮得叮噹響，可憐的兒媳婦連套完整的衣服都沒有，真是苦了她了。」官員從鼻子裏哼了一聲。

老婦人知道躲不過去了，不抓個人去當差，那個當官的不會離

開。於是嗚咽着說：「老婆子雖然年衰體弱，不過多少還能幹點兒活。就讓我連夜跟你走吧，趕到河陽（今河南洛陽吉利區）還來得及做早飯。」

夜已深，四周歸於平靜。遠處低低的哭泣聲，隱隱約約傳至杜甫的耳際。

天亮以後，杜甫起身趕路。剛一出門，看到剛剛逃回的老翁。相視片刻，滿心酸楚，杜甫與老翁含淚作別。

時隔不久，杜甫將那晚在石壕村的所見所聞寫成《石壕吏》，它和《新安吏》《潼關吏》合稱《三吏》，是杜甫的代表作之一。

新婚別

唐·杜甫

兔絲附蓬麻，引蔓故不長。
嫁女與征夫，不如棄路旁。
結髮為君妻，席不暖君牀。
暮婚晨告別，無乃太匆忙！
君行雖不遠，守邊赴河陽。
妾身未分明，何以拜姑嫜？
父母養我時，日夜令我藏。
生女有所歸，雞狗亦得將。
君今往死地，沉痛迫中腸。
誓欲隨君去，形勢反蒼黃。

勿為新婚念，努力事戎行！

婦人在軍中，兵氣恐不揚。

自嗟貧家女，久致羅襦裳。

羅襦不復施，對君洗紅妝。

仰視百鳥飛，大小必雙翔。

人事多錯迕，與君永相望！

　　新婚燕爾，新郎新娘一定沉浸在甜甜的幸福之中。你可曾聽說過，頭天晚上才結婚，第二天天不亮新郎就匆匆起身，離別心愛的新婚妻子，應徵入伍走上戰場？這樣的事在兵荒馬亂年代裏，未必真的發生過，唐代的大詩人杜甫運用自己的想像，虛構了這個故事。但是，這個故事虛構得合情合理，人們讀了深受感動。

　　安史之亂時，唐朝朝廷六十萬大軍敗於鄴城，國家形勢十分危急。為了迅速補充朝廷軍的兵力，統治者強行徵夫，連新郎官也不能倖免。新娘在丈夫臨行前哭訴道：「兔絲依附蓬麻而生，藤蔓當然長不長。一個女人嫁給了應徵的男子，如同丟棄在道路旁。我和你結為夫妻，連牀被窩都沒能睡暖。我們傍晚才結婚，一大清早你就要奔赴戰場。你戍守的地方雖然不遠，就在附近的河陽。我的媳婦的身分還沒有確定，叫我如何拜見你的爹娘？當初我爹我娘將我撫養，寶貝般將我珍藏。女兒長大理當嫁人，不管嫁給誰都是夫妻一場。現在你就要奔赴戰場，我的心情如同斷腸！我希望跟着你一同前往，只怕對軍心有影響。郎君啊，你不要以新婚妻子為念，要做奮勇殺敵的好兒郎。女人要是跟隨在隊伍中，只怕軍威要受影響。我是個貧家女，好不容易置辦好嫁妝。這件新婚禮服今後我不會再穿了，我當着你的面卸下了粉妝。抬頭看飛鳥，大小必成雙，人間事多有不順心，我和你

永遠互相守望。」

　　杜甫不可能有這樣的生活經歷：在新婚小夫妻話別時去偷聽他們的私房話。但是，作者在這首詩裏，給新娘子傾注了理想的色彩，塑造出一個深明大義的少婦形象，鼓勵丈夫不要以新婚妻子為念，要在戰場上奮勇殺敵。如此寫來，人們在閱讀這首詩時，不僅感到悲傷、淒涼，也被新娘的高貴品德感動。由於詩歌娓娓道來，新娘的情感在敍述中逐漸變化，表達得極其自然。

　　這首詩是杜甫著名的《三別》中的一首，在語言運用上跟《垂老別》《無家別》有所不同。《垂老別》《無家別》換韻，這首詩一韻到底，一氣呵成，這既便於主人公訴說，也便於讀者傾聽。

蜀相

唐・杜甫

丞相祠堂何處尋，錦官城外柏森森。
映階碧草自春色，隔葉黃鸝空好音。
三顧頻煩天下計，兩朝開濟老臣心。
出師未捷身先死，長使英雄淚滿襟。

　　公元 221 年，劉備在諸葛亮的輔佐下於成都稱帝，國號為「蜀」，任命諸葛亮為丞相。杜甫的《蜀相》是首詠史詩，吟詠的就是蜀國丞相諸葛亮。

　　漢朝末年，爆發了黃巾軍起義，從此以後，羣雄並起，天下大

亂。劉備的軍隊由於缺少有才能的軍師出謀劃策，常常打敗仗，劉備
為此非常苦惱。後來聽說諸葛亮既有才學，又有謀略，就和關羽、張
飛帶着禮物到諸葛亮家，請他出山幫助自己。

他們到了諸葛亮家，恰巧諸葛亮在這天早上出去了，問問他家裏
的人諸葛亮甚麼時候回來，家裏人說不知道。劉備十分失望，只得快
快而歸。

過了不久，劉備又和關羽、張飛冒着大風大雪前去相請。到了他
家一問，諸葛亮和朋友出去雲遊了，不知哪一天才會回來。張飛本來
就不願意來，見諸葛亮還是不在家，急着要回去。劉備只好留下一封
信，表達自己對諸葛亮的敬仰之情，並且希望他幫助自己，使自己擺
脫困境。

過了些日子，劉備吃了三天素，沐浴更衣，準備再去請諸葛亮。
關羽不大願意去，說諸葛亮也許只有空名，不一定有真才實學；張飛
說只要他一個人去就行了，要是他不肯來，用根繩子把他捆來。劉備
把張飛責備了一通，三個人第三次前往諸葛亮家。到了那裏一問，諸
葛亮剛好在家，正在睡午覺。劉備不願驚動他，恭恭敬敬地站在台階
上等，一直等到諸葛亮醒來，才走進去向他問候。

交談了一會兒，諸葛亮覺得劉備很有雄心，又是如此誠心誠意地
請求自己幫助他，於是把天下的形勢分析給劉備聽，並且給劉備制定
了先奪取荊州，然後佔領四川，聯結東吳，共同對付曹操的策略。諸
葛亮在劉備的再三邀請下答應出山，和他們一起到軍中。

諸葛亮剛到軍中，就遇上曹操派大將夏侯惇前來進犯。當時劉備
的人馬很少，情況非常危急。諸葛亮利用夏侯惇輕敵的弱點，誘敵深
入，採用火攻的辦法，一舉擊潰曹操的十萬大軍，這便是諸葛亮的
「初出茅廬第一功」。

劉備在世時，諸葛亮盡心竭力輔佐他；劉備去世後，諸葛亮又不
遺餘力輔佐劉備的兒子劉禪。

公元 234 年，經過一番精心準備之後，深感體力不支的諸葛亮，希望在有生之年打敗魏軍，消滅魏國，於是親自率領十萬大軍，六出祁山向北征伐。

由於長期操勞，諸葛亮終於支撐不住，患上了重病。最終，諸葛亮在五丈原的軍營中病逝，享年五十四歲。

杜甫這首詩的首聯自問自答，「柏森森」三個字渲染了丞相祠堂安謐、肅穆的氣氛。頷聯由遠及近，從外部到內部，寫出了丞相祠堂的景色。頸聯既生動表達了諸葛亮的雄才大略、生平業績，也生動地表現出他鞠躬盡瘁，死而後已的精神品格；同時鄭重地說出詩人景仰諸葛亮的緣由。尾聯表現出詩人對諸葛亮獻身精神的景仰和對他未竟事業的痛惜。

詠懷古跡五首（其三） 唐・杜甫

原文

群山萬壑赴荊門，生長明妃尚有村。
一去紫台連朔漠，獨留青塚向黃昏。
畫圖省識春風面，環珮空歸月夜魂。
千載琵琶作胡語，分明怨恨曲中論。

公元 766 年，杜甫流落夔州。相傳王昭君的故鄉就在夔州以北的秭歸附近，於是寫下了這首吟詠王昭君的詩篇。這首詩在抒寫王昭君的「怨恨」的同時，也寄寓作者自己的身世之慨。

　　民間流傳故事中的王昭君，是個美貌、正直的姑娘，她入宮時不肯給畫師毛延壽送禮，毛延壽懷恨在心，在給姑娘們畫像時，故意把王昭君的相貌畫得很平庸，以致皇上挑選妃子時沒有把她選上。

　　後來毛延壽逃往匈奴，把王昭君的美貌細細說給匈奴單于聽，唆使匈奴單于屢屢發兵騷擾邊境，並且放出話給漢元帝，必須將王昭君嫁給他，否則決不會善罷甘休。漢元帝百般無奈，只得答應匈奴單于的蠻橫要求。

　　在送別王昭君的盛大宴會上，漢元帝第一次見到王昭君，這才發現她是宮中最漂亮的一個姑娘。漢元帝對此非常後悔，但是此時木已成舟，無法挽回。王昭君飽含眼淚，迎着瑟瑟秋風，懷抱琵琶出塞，遠嫁給匈奴單于。

　　現在人們提起王昭君，往往把她看成是一朵被摧殘的鮮花，為她灑下同情淚。許多人痛恨畫師毛延壽，為甚麼把王昭君畫醜，使這朵鮮花枯萎在塞外！不過，這個故事的很多成分是虛構的，故事畢竟不是歷史的真實。

　　據史書記載，公元前58年，匈奴內部發生分裂。五個單于你攻我，我打你，爭奪統治權力。經過數年打鬥，呼韓邪單于被他哥哥郅支單于擊敗，率領部眾往南退卻。為了鞏固自己的政權，他派兒子入漢，請求對漢稱臣，希望借助漢朝的力量保全自己。

　　公元前51年，呼韓邪單于在甘泉宮朝見漢宣帝，漢宣帝頒給他一顆「匈奴單于璽」，承認他是匈奴的最高首領，呼韓邪跪接了這顆金印，承認了漢朝與匈奴的君臣關係。數年後，郅支單于西遷，呼韓邪單于率部重歸漠北。

　　公元前33年，呼韓邪單于再次朝漢，為了加強兩國的關係，提出「和親」請求。漢元帝為保障北部邊境的安全，答應了他的請求。

　　過去漢朝與鄰國「和親」，一般都是把公主或皇族的女兒嫁出去，這一次，漢元帝決定選一名宮女嫁給他。

　　後宮的宮女都是從民間選來的，一進宮就像關進樊籠裏的鳥兒，於百般無聊中虛度自己的青春，她們都希望即刻飛出皇宮，去過自由自在的生活。可是現在要她們遠嫁到遙遠的塞外，卻沒有一個願意前往。正當管事的太監急得團團轉的時候，來了個應募的人，她就是王昭君。

　　王昭君名嬙，昭君是她的字，出生在山清水秀的南郡秭歸（今湖北省宜昌興山）的一戶民家。她的父親王穰老來得女，將她視為掌上明珠。王昭君天生麗質，聰慧異常，琴棋書畫，無所不精。公元前36年，漢元帝昭示天下遍選秀女，王昭君為南郡首選。到達京城長安後，為掖庭待詔，入宮幾年，從來沒有見過皇帝。宮中的無聊生活，使這位剛強的姑娘感到厭倦。現在有了這個機會，既可以跳出樊籠，又可以為國效力，她不願意與這個機會失之交臂。經過再三考慮，她毅然報名應募。管事的太監見她願意去，把她看作是救星。他立即上報漢元帝，漢元帝下旨應允。

　　王昭君出行的那一天，漢元帝第一次見到王昭君。元帝大吃一驚，宮中有這等美若天仙的宮女，自己竟然會不知道！皇上很想把她留下來，可是又不能失信於呼韓邪單于，只得讓她成行。

　　長安街道張燈結綵，熱鬧非凡。街道兩旁擠滿了人羣，大小官員都來給她送行。王昭君在車隊的簇擁下，肩負着和親重任，出潼關、渡黃河、過雁門，歷時一年多，於第二年初夏到達漠北。

　　呼韓邪單于欣喜萬分：既娶到年輕美麗的妻子，又加強了與漢朝的關係，於是封王昭君為「寧胡閼氏」，意思是給匈奴帶來安寧的皇后。她跟呼韓邪單于生有一個兒子，名叫伊屠智伢師。

　　王昭君出塞兩年半，呼韓邪單于病故。看着年幼的兒子，王昭君悲痛萬分。可是，按照匈奴的收繼婚（父王死後新單于收其後母為妻）的習俗，昭君應該再嫁新君復株累單于。這種婚嫁制度與漢族倫理觀念相左，昭君不能接受這種習俗。她上書給漢成帝（當時元帝已

經去世），請求歸漢。

漢成帝接到昭君求歸的上書後，令她按照匈奴人的習俗行事。昭君從大局出發，忍受委屈，打消了歸漢的念頭。後來她跟復株累單于生了兩個女兒，長女名須卜居次，次女名當於居次。

王昭君遠離自己的故鄉以後，再也沒有回來過。去世以後，她被就地安葬，人們把她的墓稱作「青塚」。

這首詩的首聯，點出昭君村所在之處；頷聯寫王昭君本人，用簡短、雄渾詩句寫盡昭君一生；頸聯進一步寫昭君的身世家國之情，說明造成了昭君葬身塞外的原因；尾聯藉千載作胡音的琵琶曲調，點明全詩「怨恨」的主題。

相思怨

唐・李冶

> 人道海水深，不抵相思半。
> 海水尚有涯，相思渺無畔。
> 攜琴上高樓，樓虛月華滿。
> 彈着相思曲，弦腸一時斷。

李冶，字季蘭，烏程（今浙江吳興）人，中唐著名女詩人。她的容貌俊美豔麗，文學天賦極高，幼小時便顯露出不凡的詩才，往往語出驚人。

相傳她六歲那年，父親帶她在庭院中散步，指着院子裏的薔薇

花說：「你可吟薔薇為詩。」李冶脫口吟道：「經時未架卻，心緒亂縱橫。」她的父親聽了吃驚不小，暗暗想道：「罷了！罷了！女兒小小年紀，怎麼吟出這樣的詩句！」這兩句詩的意思是：這時節薔薇的架子還沒搭好，但是枝葉、花朵卻已縱橫散亂了。由於「架卻」與「嫁卻」諧音，所以她的父親認為這兩句詩是不詳之語。

生活在唐朝的李冶，免不了要受到當時社會風氣的薰陶。唐朝自高祖李淵以來，認為老子李耳是他們的祖先，所以道教盛行，備受尊崇。皇室公主、達官貴人的妻女也有人遁入道門，這種風氣逐漸流傳到民間。李冶長大後神情風雅，行為瀟灑，也隨着這股潮流出家做女道士。當時的婦女不戴冠，女道士頭戴道冠，所以人們把她們稱為「女冠」。

李冶專心翰墨，尤擅寫詩，李冶詩擅長五言，多為酬贈遣懷之作。陸羽、釋皎然與她志同道合，著名詩人劉長卿也與她交往密切。她的《寄朱放》《送閻二十六赴剡縣》等詩，一掃女性作家羞澀之態，坦然與男性交往。雖然她終身未嫁，但她寫的《相思怨》令人動容：「人道海水深，不抵相思半。海水尚有涯，相思渺無畔。」這詩句唱出了多少戀人的心聲！

可惜的是，她的「女冠」身分決定了她只能是男人生活中的點綴，沒有任何一個男人願意為她拋開世俗偏見，將她迎娶。她只能孤燈一盞，黃經一卷，孤獨度日。

隨着年華流逝，李冶的容顏逐漸衰老。唐德宗常常聽到有人讚揚她的才華，便宣召她入宮。當時李冶在廣陵（今江蘇揚州），只得應命北上。德宗見到遠道而來的李冶，大失所望——本以為她是個年輕標致的「女冠」，沒料想來的是個雞皮鶴髮的老太太。德宗見了李冶，自我解嘲道：「哎呀，她原來是個老太太啊。」皇上頓時沒了興趣，只是略略詢問了幾句，就讓她返回。

時隔不久，發生了「涇師之變」，唐德宗倉皇出逃到奉天（今陝

西乾縣），李唐王朝的郡王、王子、王孫七十七人被殺。涇原（今甘肅、寧夏的六盤山以東，浦河以西地區）兵馬擁立朱泚為帝，改國號為「大秦」（後改為漢）。李冶被叛軍俘獲，受逼迫給朱泚寫詩歌功頌德。

　　第二年，德宗擊敗叛軍回到長安。李冶曾經給朱泚獻詩，這是反叛的罪名。德宗下令將她「杖殺」（用亂棍打死）。這位極有才華的女詩人，以她羸弱的身軀，遭受如此之酷刑，悽悽慘慘死於杖下！

章台柳

唐・韓翃

> 章台柳，章台柳，往日依依今在否？
> 縱使長條似舊垂，也應攀折他人手。

　　唐代許堯佐著有傳奇《柳氏傳》，它通過發生在動亂歲月中的悲歡離合的故事，歌頌堅貞的愛情，從一個側面反映了安史之亂以後蕃將的飛揚跋扈給人民帶來的痛苦和災難。這個故事的原型，就是唐代詩人韓翃和柳氏。

　　韓翃與柳氏琴瑟和諧，相敬如賓。在柳氏的照料下，韓翃得以安心讀書，知識精進。第二年，韓翃果真考中了進士。

　　韓翃的名氣越來越大，淄青平盧節度使侯希逸聘請韓翃到幕府中擔任從事。因為時局動亂，韓翃不敢帶家眷相隨。韓翃跟柳氏約定，待到他安下身來，便接柳氏到任所。

　　人算不如天算，誰也沒能料到時事瞬變。安史之亂突然爆發，兩京迅速淪陷。一時間，狼煙四起，百姓陷入水火之中。為了躲避兵禍，柳氏寄居法靈寺，終日與青燈黃卷相伴。

　　待到肅宗收復長安，韓翊派人帶着銀兩和寫下的《章台柳》，祕密尋訪柳氏。柳氏見到來人，讀了韓翊寫的詩，泣不成聲。「章台」本是戰國時所建宮殿，以宮內有章台而得名。詩中以「章台柳」暗喻長安柳氏。「往日依依今在否」，表現了他對柳氏安危的牽掛，同時也表現了他的擔憂；「也應攀折他人手」，值此兵荒馬亂之際，恐怕她為強人劫奪霸佔。

　　真是應了「好事多磨」這句老話，番將沙吒利聽說柳氏才色俱佳，把她搶入自己的府第，寵之專房。等到韓翊隨同侯希逸入京，方才知道這件事。沙吒利本是唐室寵將，韓翊哪敢與他相爭！

　　韓翊思慮再三，拜託侯希逸向皇帝說情。侯希逸是一方藩鎮，皇上不能得罪，沙吒利是唐室悍將，皇上也不能不給面子。皇上再三思量，把柳氏判給韓翊；又怕沙吒利不高興，賜給他二百萬錢予以安撫。經過這番周折，韓翊、柳氏終於破鏡重圓。

同夫遊秦

唐‧王韞秀

> **原文**
>
> 路掃飢寒跡，天哀志氣人。
> 休零離別淚，攜手入西秦。

　　王韞秀，是唐代名將、河西節度使王忠嗣之女。她自幼熟讀詩書，受到三綱五常的教育，被人們視為名媛淑女。

　　王忠嗣的擇婿標準不同於一般人，他看重的是「才」，不重門第。小伙子元載滿腹詩書，一表人才，王忠嗣便將愛女王韞秀嫁給了他。

　　王忠嗣疼愛王韞秀小夫妻，可把家裏的其他人妒忌壞了。尤其是出身名門的小女婿，時不時陰一句、陽一句地對元載冷嘲熱諷，讓元載難以忍受。

　　有一天，王韞秀的妹夫在元載面前唸起了李白的名句：「長風破浪會有時，直掛雲帆濟滄海。」元載一下子臉紅了，卻不能發作——妹夫唸李白的詩句沒錯呀，誰叫自己待在丈人家吃閒飯！

　　元載不願再這樣待下去，要出去闖蕩有所作為，於是寫下了《別妻王韞秀》這首詩跟妻子作別：「年來誰不厭龍鍾（潦倒），雖在侯門似不容。看取海山寒翠樹，苦遭霜霰到秦封。」表示決心離開她家，到長安求取功名。

　　王韞秀看了這首詩，認為丈夫有志氣，也決心離開娘家，跟元載一起到長安闖蕩。她情願放棄眼下的安逸生活，與丈夫一起共挽鹿車，開創自己的一片天地。她寫下了這首著名的《同夫遊秦》，表達了自己的決心。

　　元載夫妻攜手入秦以後，於天寶初年考取進士。後因才學超羣，很快得到皇帝的重用。在妻子的鼓勵下，元載不負所望，在肅宗、代

宗兩朝為宰相。王韞秀於丈夫入相後，寫了首詩寄給家中親戚，一吐心中怨氣：「相國已隨麟閣貴，家風第一右丞詩。笄年解笑鳴機婦，恥見蘇秦富貴時。」

隨着地位不斷提高，元載逐漸驕奢起來，賓客前來求見，多被阻攔於門外。王韞秀認為這樣做不好，寫了首詩勸諫丈夫：「楚竹燕歌動畫樑，春蘭重換舞衣裳。公孫開閣招嘉客，知道浮榮不久長。」

元載不知悔改，漸漸貪贓納賄，生活越來越奢侈。後來東窗事發，被代宗賜死。他的兒子伯和、仲武等沒能逃脫，全都被殺。

按照唐律，元載的妻子王韞秀為侯門之女，可以不處斬，投入宮中做奴役。王韞秀不願苟且偷生，說：「妾身為太原節度使女，十六年宰相妻，死亦幸矣，堅不從命！」

這句話頗有大丈夫氣概，卻惹惱了主審官。主審官一聲令下，將王韞秀活活杖殺。

移家別湖上亭

唐·戎昱

原文

好是春風湖上亭，柳條藤蔓繫離情。
黃鶯久住渾相識，欲別頻啼四五聲。

戎昱，是中唐著名詩人，他的一些詩作，在當時有很大影響。晚唐范攄《雲溪友議》載：唐憲宗召集大臣廷議邊塞政策，大臣們大多持和親之論，於是唐憲宗背誦了戎昱《詠史》：「漢家青史上，計拙是

和親。社稷依明主，安危託婦人。豈能將玉貌，便擬靜胡塵。地下千年骨，誰為輔佐臣。」這首詩表面上說漢朝和親政策的弊端，實際上說和親政策是唐代最為拙劣的政策，把國家的安危託付給手無寸鐵的婦女，勸諷朝廷做出英明決策，任用賢臣，保衛邊疆。大臣們領會唐憲宗的意圖，不再提和親之事。從這則記載可以看出，戎昱的詩歌在中唐有很大的影響。

戎昱曾任虔州（治所在今江西贛州）刺史，受浙西節度使韓滉管轄。有位歌妓色藝俱佳，與戎昱情投意合。掌管樂籍的官吏為了討好韓滉，召那位歌妓到浙西。

戎昱聽說韓滉相召，不敢抗拒，只好與歌妓在湖上餞別，並為她寫了《移家別湖上亭》詩，對她說：「到了韓大帥那裏，如果讓你唱歌，你第一曲就唱我給你寫的這首詩。」

《移家別湖上亭》這首詩，詩人採用擬人化的手法，抒寫了「移家（搬家）」時的依依別情：他不忍心與柳條、藤蔓作別，柳條、藤蔓也像他一樣難捨難分。尤其是「黃鶯久住渾相識，欲別頻啼四五聲」兩句，以黃鶯委婉的鳴叫聲敍寫別情，感人至深。

有一天，韓滉舉辦宴會，讓新來的歌妓歌唱。歌妓應命，隨即唱起戎昱的那首詩。一曲唱完，韓滉問道：「戎昱是你的相好？」歌妓聽了大吃一驚，站起來含淚答道：「是。」韓滉略一思索，命她換衣待命。滿座之人不知將要發生甚麼事，個個為她擔憂。

韓滉喚來掌管樂籍的官吏，責備道：「戎昱是天下名士，你怎能將與他交好的歌妓召來，讓我被天下士子責罵！來人，將他拿下，痛打二十大板！」

歌妓換好衣服出來，韓滉和顏悅色地對她說：「我給你些盤纏，你還是回到戎昱身邊吧。」

歌妓怎也沒有想到會是這個結果，連忙拜謝，嗚咽着說：「大人，您真是我的再生父母！您的大恩大德，我一定永誌不忘。」

寄內詩

唐・河北士人

原文

握筆題詩易，荷戈征戍難。

慣從鴛被暖，怯向雁門寒。

瘦盡寬衣帶，啼多漬枕檀。

試留青黛着，回日畫眉看。

公元 755 年十二月十六日，中國歷史上發生了一件大事，邊鎮兵力達十多萬的安祿山造反了！安祿山有名悍將，名叫朱滔。安祿山得勢的時候，他隨同叛軍作亂；安祿山死後，朱滔見叛軍大勢已去，便向朝廷投降了。

雖說是投降了，可是唐王朝根本管不了這些擁兵一方的藩鎮。這些藩鎮為了擴大自己的勢力，不斷擴充自己的軍隊。

朱滔下手比別人狠，男子年滿十五歲的，不管是甚麼人，一概抓來當兵，結果弄得各家各戶都沒了男人。一時間，城裏沒人幹活，農村沒人種地，到處一片荒寂。

新兵徵集來了，就要對他們進行訓練。有一天，朱滔帶領隨從，前呼後擁來到訓練場。只見那些新兵，隨着軍官的號令，時而前行，時而後退，時而刺殺，時而防禦。朱滔發現一名新兵，身形單薄，皮膚白淨，長矛也舉不平，步子也走不穩，像是一陣風就能把他吹倒似的。

朱滔命人把他叫到跟前，問道：「當兵以前你是幹甚麼的？」那人小聲答道：「小的是個讀書人。」

朱滔瞪着眼看了他一會兒，瞪得那人直打哆嗦。朱滔又問：「既然是讀書人，就一定會寫詩了。」男人顫抖着答道：「會。」朱滔又問：「你娶妻沒有？」那人答道：「已經娶妻。」朱滔說：「那你就寫

首詩給你妻子，寫好了拿給我看。」

　　筆墨拿來以後，那個書生趴在地上一揮而就。朱滔粗通文墨，讀了以後覺得書生寫得不錯，說道：「『握筆題詩易，荷戈征戍難』，說的倒也不錯。」朱滔接着又說：「你再寫首詩，就算是替你妻子寫給你的。」那書生趴在地上，很快又寫了一首：「蓬鬢荊釵世所稀，布裙猶是嫁時衣。胡麻好種無人種，合是歸時底不歸？」

　　朱滔想了一會說：「咳，你這小子，詩還寫得挺快。你也不用當兵了，回家去幫你老婆種胡麻去吧。」

　　朱滔這個殺人不眨眼的魔頭，不知道怎麼會突然發了善心，放了這個書生一條生路。俗話說：「人有萬惡，終有一善。」朱滔的這番舉止，大概也是應了這句老話。

　　這首詩作者沒留下名字，《全唐詩》中稱這位作者為「河北士人」。

竹窗聞風早發寄司空曙　　　唐・李益

原文

微風驚暮坐，臨牖思悠哉。
開門復動竹，疑是故人來。
時滴枝上露，稍沾階下苔。
幸當一入幌，為拂綠琴埃。

　　李益，字君虞，中唐詩人。這首詩是李益某日傍晚於窗邊獨坐時，出於想念好友司空曙而作的。

《竹窗聞風早發寄司空曙》的首聯交代了事件發生的時間和詩人當時的活動：在一天傍晚，詩人在窗邊獨坐冥想，突然被微風的聲響驚動。

頷聯「開門復動竹，疑是故人來」，這兩句詩的意境很美：微風吹開院門，竹叢輕輕拂動；聲響那樣熟悉，彷彿是故人前來。前一句是實，後一句是虛，一實一虛，相得益彰。

頸聯「時滴枝上露，稍沾階下苔」，描寫詩人眼前的景色，枝葉上的露珠不時滴下來，潤澤了石階下的青苔。

尾聯「幸當一入幌，為拂綠琴埃」，寫出詩人對故友的懷念之情。

題木蘭院二首

唐・王播

之一
三十年前此院遊，木蘭花發院新修。
如今再到經行處，樹老無花僧白頭。
之二
上堂已了各西東，慚愧闍黎飯後鐘。
三十年來塵撲面，如今始得碧紗籠。

這個故事的主人公是唐朝宰相王播；地點在有名的寺院木蘭院，也就是揚州的惠照寺；這個故事還留下一個著名的典故「飯後鐘」，比喻貧窮落魄，遭受冷遇。

　　王播祖籍山西太原，他的父親王恕曾任揚州倉曹參軍，因此全家遷居揚州。王播幼年時，父親不幸病故，家道由此中落。

　　王播自幼勤奮好學，胸懷大志，卻因家裏貧困，吃了上頓沒下頓，常常餓肚子。他家住在木蘭院附近，便常常到木蘭院蹭飯。雖說出家人「普濟眾生」，那眼光依然免不了勢利，來了有錢的施主，好茶好飯款待；見了沒錢的窮人，理也不肯理睬。王播經常來寺院混飯吃，為眾僧所厭惡，和尚想出個點子，要着實捉弄王播一番。

　　和尚吃飯有規矩，鐘聲響起開飯。這一天，眾僧吃過了飯，敲鐘的和尚才把鐘敲響。和尚們見到餓着肚子匆匆趕來的王播，一個個掩口而笑；王播發現鍋底已經朝天，眾僧早已吃完，這才知道僧人在捉弄自己。他頓時滿臉通紅，羞愧難當，於激憤之餘便在寺院的牆上題詩兩句：「上堂已了各西東，慚愧闍黎（指僧人）飯後鐘。」

　　公元 791 年，三十二歲的王播考中進士；同年，他又以優異的成績順利通過吏部的考試，被授予周至（今陝西周至）縣尉。王播步入官場以後，幾經宦海沉浮，曾兩度出任宰相之職，掌握朝廷大權。時隔三十年，王播調任淮南節度使，治所在今江蘇揚州。

　　木蘭院的長老得到消息，嚇得不知所措。怪只怪當年那些和尚狗眼看人低，得罪了眼下的大貴人。王播寫在牆上的詩句塗又不能塗，放在那裏又太扎眼，思量再三，長老命人把王播寫下的詩句用碧紗精心罩住。

　　有一天，王播到木蘭寺故地重遊。前面有儀仗鳴鑼開道，身邊隨從眾多，現在的淮南節度使與三十年前的一介寒儒，簡直不可同日而語。

　　王播帶着隨從在寺內轉了一圈，風景依舊；只是當年的小樹已經合抱（形容樹幹粗大），年輕僧人已經白髮蒼蒼；再去看自己三十年前寫下的詩句，已經被碧紗精心掩蓋，真是「三十年來塵撲面，如今始得碧紗籠」。他頓覺人間冷暖，不禁感慨萬分。感慨之餘，寫下了著名的《題木蘭院》詩兩首。

從軍詞（其五）

唐·令狐楚

原文

暮雪連青海，陰霞覆白山。
可憐班定遠，生入玉門關。

　　令狐楚，中唐政治家、文學家、詩人。這首詩的內容，是歌詠漢代投筆從戎的班超，班超被朝廷封為定遠侯，所以又稱「班定遠」。「投筆從戎」的典故，千百年來激勵着有心從軍報國的愛國文人。

　　東漢初年，著名史學家班彪生了兩個兒子和一個女兒。俗話說：龍生九種，種種各別。長子班固潛心史學，專意著史，寫成《漢書》，名留青史。二兒子班超投筆從戎，平定西域，建功邊陲，流芳百世。女兒班昭巾幗不讓鬚眉，守寡後續完《漢書》未成部分 ——《百官公卿表》和《天文志》，傳為千古佳話。

　　班超自幼心懷壯志，從來不計較小事。公元 62 年，因為哥哥班固被徵召為校書郎，一家人隨同班固到了洛陽。由於家庭貧窮，班超常為官府抄書，掙些錢補貼家用。這種庸庸碌碌的生活，與他的遠大志向完全不符。有一天，他停下的手中的活，把筆一扔，感慨地說：「大丈夫理當報國，怎能老死在書房裏！」旁邊的人聽了都暗笑，認為他是一個不知天高地厚、志大才疏的年輕人。他毅然放下案頭的工作，投奔大將軍竇固。

　　那時候，西北邊疆很不安全。自從王莽篡政以後，便斷絕了和西域各國的來往，匈奴人乘機而入，控制了西域一帶，對西域各國實行奴隸制統治。東漢政權建立以後，西域各國不堪忍受匈奴的殘暴統治，盼望能夠得到漢朝的保護。鄯善（今且末、若羌、羅布泊一帶）等十八個國家，曾經派遣使者到洛陽，請求東漢政府在西域設置都護

府，對西域一帶進行管轄。當時東漢政府百廢待興，騰不出手來對付匈奴，無法答應他們的要求。

經過一段時間休養生息，漢朝的生產逐漸得到恢復和發展。為了保障國家的安全，重新打通通往西域的商路，漢明帝決心出兵攻打匈奴，平定邊患。

公元 73 年，漢明帝派竇固從酒泉出發，攻打經常騷擾邊境的匈奴軍，班超隨軍出征。部隊到達敦煌，竇固提拔班超為假司馬，命他領兵數千，繞道前行，配合主力部隊攻打敵人。他在戰鬥中屢立戰功，深得竇固信任。

為擴大戰果，鞏固邊防，東漢政府決定重新設立西漢時創立的西域都護府。竇固派班超和一名文官，率領三十六名士兵前往西域。

到了鄯善國，鄯善國王對漢朝的使者十分尊敬。沒過幾天，鄯善王的態度突然變得冷漠起來，這不禁讓班超起了疑心。班超對情況作了一番分析，斷定是匈奴的使者也到了那裏，鄯善王現在一定是忙於招待匈奴使者，將自己冷落在一旁。

班超決定將匈奴人殺了，以堅定鄯善王與漢朝友好的決心。敵人有一百多，自己只有三十餘人，硬拚肯定無法取勝，必須想個計策才能殲滅敵人。

班超將大家召集在一起，把自己想好的計謀說給士兵們聽，士兵們異口同聲地說：「一切由大人決定，我們一定奮勇殺敵。」班超激勵大家：「不進老虎洞，怎能捕獲小老虎？今夜我們用火攻的辦法對敵人進行突襲，將匈奴使者及一百餘名匈奴士兵全部殺死。只有這樣，才能斷絕鄯善王討好匈奴的念頭，我們才能擺脫險境。」──「不入虎穴，焉得虎子」的出處就在這裏。

三更時分，班超率領士兵來到匈奴使者的住處。他命令十名士兵見到火光就擊鼓，擾亂敵人軍心；其他人埋伏在營門兩旁，敵人跑出來就截住殺死，不讓一個漏網。一切安排妥當以後，他便開始放火。

匈奴人被突然響起的戰鼓聲驚醒，看到火光四起，嚇得不知所措；匈奴使者帶着三十名士兵往外跑，班超身先士卒，衝向敵人，士兵們跟了上來，奮力向敵人殺去。匈奴人被嚇破了膽，早已喪失了鬥志，班超親手殺死三個敵人，其他的匈奴人都被漢軍士兵殺死。許多匈奴士兵見大門被封鎖，不敢衝出來，與營寨一道化為灰燼。

第二天一早，班超派人去請鄯善王。鄯善王已經得到報告，知道匈奴使者及帶來的一百多名士兵已被漢軍全部殲滅，來到班超的住處一看，漢軍無一傷亡。鄯善王對班超十分敬佩，當即表示，一定與漢朝友好，並把兒子送往漢朝做人質。

班超立下如此大功，竇固立即派人向漢明帝報告，並請求正式派使者到西域其他國家去。漢明帝很快做出答覆，任命班超為司馬，由他代表朝廷前往其他國家。

班超又率領那三十六名士兵出發，先到了于闐國（今新疆和田一帶），憑藉漢朝的威勢和自己的機智勇敢，使它歸附漢朝。以後他又到了疏勒（今新疆疏勒一帶），智擒在疏勒為王的龜茲人兜題，另立原疏勒王的姪子為疏勒王。這件事震動了西域，附近的小國紛紛與漢朝建立了友好關係。班超又發動這些國家的兵馬攻打仇視漢朝的國家，取得一個又一個的勝利。朝廷得知後，晉升班超為西域都護，負責西域一帶的事務。以後他又率領軍隊東征西戰，將與漢朝為敵的國家一一征服。

班超率領部下經過二十二年出生入死拚戰，終於將西域一帶平定，那裏的五十多個國家全都跟漢朝建立了友好關係。朝廷為了嘉獎他的非凡功績，封他為「定遠侯」。

公元 100 年，班超已經七十歲了。他擔心自己一死，西域沒有人鎮守，弄不好會發生動亂，請求朝廷派人接替自己。朝廷最終同意了班超的請求，派人接替他，調他回朝。

第二年，班超回到了闊別三十一年的京城。一個月之後，他便因

病去世。為保衛國家的安全，為促進漢朝與西域各國的友好往來，為中華民族逐步趨向統一，班超貢獻出自己畢生的精力。

令狐楚的《從軍詞》（其五），歌頌了東漢班超投筆從戎，在西域奮戰三十多年，立下不世之功，晚年才得還朝的光輝事跡。開頭「暮雪連青海，陰霞覆白山」兩句，寫出西域地區的苦寒景象：紛紛暮雪彌漫於西域荒原，重重陰霾覆蓋着座座雪山。「可憐班定遠，生入玉門關」兩句，充滿了詩人的感慨。「生入玉門關」，是班超在西域奮戰三十多年，年邁想返回到家鄉的願望，這裏的「可憐」二字，既有同情，又有感動。

贈王樞密

唐・王建

三朝行坐鎮相隨，今上春宮見小時。
脫下御衣先賜着，進來龍馬每教騎。
長承密旨歸家少，獨奏邊機出殿遲。
自是姓同親向說，九重爭得外人知。

唐代詩人王建，出生於貧苦家庭。他自幼生活在下層社會，了解百姓疾苦。他在詩歌方面最突出的成就是描寫百姓生活的樂府詩，這些詩歌多為七言歌行，語言通俗凝練，富有民謠色彩，用韻平仄相間，節奏短促有力，形成了他所特有的藝術風格。他和張籍齊名，世稱「張王樂府」。

　　王建的《宮詞》，被人稱道。以前的「宮詞」，多寫爭寵、失寵，主題多為「宮怨」。王建的《宮詞》百首，突破前人窠臼，另闢蹊徑，主要描繪了宮禁中的早朝儀式、節日風光、宮闕樓台、君王行樂、歌伎樂工歌舞彈唱、宮女的日常生活及各種宮禁瑣事，是研究唐代宮廷生活的重要材料。

　　王建於大曆年間考取進士，從此踏上仕途。王建做渭南尉的時候，認識了太監王樞密。因為兩人都姓王，談得又很投機，接觸多了，兩人便認為本家。

　　相處日久，難免有時意見相左。有一天，王建跟王樞密一起宴飲，酒酣耳熱時，王建談起桓帝、靈帝時的舊事。王建一時失言，說先帝過於信任太監，引起了黨錮之禍。

　　王樞密聽了這話，越想越不是滋味。自己也是太監呀，王建是不是藉機諷刺自己？他想了想對王建說：「兄台所作宮詞，天下人都在傳誦。皇宮戒備森嚴，不知你怎麼會知道這些事？」

　　這個問題提得太尖銳了，王建一時語塞，沒有辦法回答。事後他非常後悔，悔不該跟王樞密說這些話，要是王樞密羅織罪名，自己真是百口莫辯。

　　王建思前想後，終於想出了辦法。他寫下一首《贈王樞密》，送給樞密大人。這首詩的意思是：前朝皇帝不論是行還是坐，你總是隨侍在左右；當今的皇帝幼小時，你就在他的身邊。皇帝脫換下來的御衣，只有你能穿；外面進貢來的駿馬，只有你能騎。你常常因為接受密令，回家的時間很少；有時被留在殿中獨自報告邊塞軍情，以致離開大殿的時候已經很晚。如果不是你這位本家老哥對我講這些事，宮禁裏的事情外邊人哪能得知？

　　這首詩一下子把王樞密套了進去。王樞密看了這首詩，只得苦笑幾聲，以後再也不提「宮詞」之事。是啊，萬一要是追查起來，王樞密豈能脫得了關係？如果不是他告訴王建的，王建如何能夠得知宮中之事？

寄蜀中薛濤校書

唐・王建

原文

萬里橋邊女校書，枇杷花裏閉門居。

掃眉才子於今少，管領春風總不如。

相傳，薛濤八九歲時，她的父親薛鄖指着院子裏的梧桐樹，先吟誦了「庭除一梧桐，聳幹入雲中」兩句，叫她再吟誦兩句完成這首詩。薛濤隨口唸道：「枝迎南北鳥，葉送往來風。」這首詩的前兩句寫樹身、樹幹，特點是「古」和「高」，寫出了梧桐樹的古樸蒼勁，很有氣勢；後兩句寫樹枝、樹葉，特點是「迎」和「送」，聯想生動活潑，對仗十分工整。前兩句和後兩句充分反映了父女倆在年齡、性格和氣質上的不同，但合起來時卻又是那麼和諧生動，相映成趣。

薛濤的父親薛鄖，因為在蜀地為官，帶着妻女入蜀，可惜天不假年，正當壯年就撒手人寰。薛鄖去世以後，妻女倆無依無靠，無法回到故鄉長安，流落蜀中。薛濤為生活所迫，十六歲就在樂坊賣唱，由於她姿容美豔，通曉音律，一時聲名大噪。

德宗貞元年間，韋皋任劍南西川節度使，將她召到府中侍宴賦詩，韋皋對薛濤的才華十分讚賞，以後就讓她幫助自己處理一些文書。韋皋曾經打算奏請朝廷將祕書省校書郎的官銜授給薛濤，但是受到舊例的限制未能實現。人們知道了這件事，便稱薛濤為「女校書」，唐代詩人王建的《寄蜀中薛濤校書》，詩題中的「校書」就是指薛濤。後世稱歌伎為「校書」，就是從薛濤開始的。

薛濤和當時著名詩人元稹、白居易、張籍、王建、劉禹錫、杜牧、張祜等人都有唱酬交往，和她關係較深的是王建和元稹。王建寫下了傳誦千古的《寄蜀中薛濤校書》，但深深愛着她的王建最終沒

能納她為妾；她和元稹有過一段刻骨銘心的愛情，但元稹對她始亂終棄。薛濤晚年難逃紅顏薄命的結局，一身道士裝束，在清幽悽苦的生活中度過餘生。

王建的《寄蜀中薛濤校書》，首句點明薛濤居所的地理位置，說明當時薛濤居住在萬里橋西的浣花溪畔。次句描寫女詩人隱居處環境的幽美：她的居所在枇杷花的蔭蔽中。「掃眉才子於今少」，「掃眉」指婦女畫眉毛，「掃眉才子」指有才華的女子，這一句的意思是，有才華的女子現在不多。「管領春風總不如」，這一句以春日盛開的枇杷花獨冠羣芳為喻，誇讚薛濤集才情姿貌於一身。後世用「掃眉才子」比喻有才華的女子，這裏是它的出處。

節婦吟

唐・張籍

> 君知妾有夫，贈妾雙明珠。
> 感君纏綿意，繫在紅羅襦。
> 妾家高樓連苑起，良人執戟明光裏。
> 知君用心如日月，事夫誓擬同生死。
> 還君明珠雙淚垂，恨不相逢未嫁時。

藩鎮，本為封建朝廷為保衛自身安全設立的軍鎮。唐玄宗為保邊疆安全，大量擴充防戍軍鎮，設立了九個節度使和一個經略使。當時，安祿山很得唐玄宗的信任，一人身兼范陽、平盧、河東三鎮節度

使，手握重兵，伺機發動叛亂。

「安史之亂」以後，唐朝走上了下坡路。河北、山東、河南、湖北、山西一帶的藩鎮，表面上尊奉朝廷，實際上他們掌握着軍政大權，形成地方割據勢力，常與朝廷相抗衡，後代史家把這種局面稱為「藩鎮割據」。藩鎮用各種手段勾結、拉攏中央官員和知名文人，擴大自己的勢力和影響，而一些官員和不得意的文人，也往往依附他們，希望得到他們的扶持。

當時，李師道為平盧淄青節度使（唐朝在今山東地區設置的節度使），又冠以檢校司空、同中書門下平章事（宰相）的頭銜，手握重權，勢力非同一般。他看中了大詩人張籍，打算拉攏他，藉他的名望為自己揚威。

當時，張籍的名頭不小，他的樂府詩與王建齊名，時人稱「張王樂府」。張籍在政治上有堅定的立場，支持中央集權，反對藩鎮分裂，於是寫下了這首詩，拒絕李師道的拉攏。

這首詩為樂府體，題為《節婦吟》，用以明志。作者運用比興手法，表明了自己的態度。

開頭兩句說，你明知我是有夫之婦，還要送定情物給我。不過我還是為你情意所感，忍不住將明珠繫在紅羅襦上。這裏的「君」指李師道，「妾」為自比，語氣中帶有微辭。繼而語義一轉，說自家的富貴氣象：良人是明光殿的衛士，身屬當今皇上。緊着的兩句，前一句感謝對方，後一句用以申志，語氣決絕，沒有一點含糊。最後以情語作結，流淚還珠，意志堅決。

事實證明，張籍的決斷是完全正確的。後來，李師道終於露出反骨，發動叛亂，被部將所殺。

寄文茂

唐・晁采

原文

花箋製葉寄郎邊，的的尋魚為妾傳。
並蒂已看靈鵲報，倩郎早覓買花船。

　　晁采，唐代女詩人，《全唐詩》有她的詩歌二十二首。雖然她的詩作在表現手法上比不上李冶、薛濤、魚玄機等女詩人，但她直抒胸臆的詩風，仍然感動了世人。她的名句「並蒂已看靈鵲報，倩郎早覓買花船」，為人們熟知。明代文人根據她的故事編成《晁采外傳》，在民間廣泛流傳。

　　唐代大曆年間，江南吳郡有戶晁氏人家，世代書香，詩禮傳家。女主人帶着女兒居住，將女兒晁采視為掌上明珠，對她倍加呵護。晁采自幼聰慧，在母親的悉心教育下知書達理，出口成章，母親心裏十分欣慰。

　　晁家有戶文姓鄰居，有個孩子叫文茂，年紀跟晁采相彷彿。兩人自幼在一起玩耍，可謂青梅竹馬。隨着年齡的增長，兩人漸漸知道男女之別，心中時時惦念着對方，見面時卻又有幾分羞澀，再也不像少年時的那般兩小無猜。兩家父母為了避嫌，也漸漸將他們阻隔開來，斷絕了兩人的來往。但是他倆依靠晁采的侍女小雲，常常私下裏有書信往來。

　　除詩詞書畫外，晁采還喜歡看雲。一有閒暇，她就仰頭凝視着天際，看那朵朵浮雲。她給自己的居室取名為「窺雲室」，書房取名「期雲館」，侍女取名「小雲」。

　　有一天，晁采看着窗外被雨水打得凌亂不堪的花朵，感歎韶光易逝，年華難再。為了排遣心中抑鬱，她拿起一張素箋，寫成一首七

絕：「晚來扶病鏡台前，無力梳頭任鬢偏。消瘦渾如江上柳，東風日日起還眠。」寫成以後，她讓小雲把詩箋偷偷送給文茂。

此時文茂也正心中惆悵，對晁采的愁情深有同感，於是提筆以詩作答：「旭日瞳瞳破曉霞，遙知妝罷下芳階。那能化作桐花鳳，一嗅佳人白玉釵。」

晁采讀了文茂的詩，春心萌動，冒着大雨來到池塘邊，摘下蓮蓬上的十顆蓮子；又用紙片寫上一句話：我愛蓮子，想讓你知道我的苦心！然後用錦帕把蓮子和紙片包好，讓小雲送給文茂。

文茂細細咀嚼着蓮子，品味着蓮子的滋味，忽然間，他明白過來：「蓮子」就是要自己去「憐愛」她，自己怎麼這樣傻呀！他激動地站了起來，不小心將一顆蓮子碰落到盛水的盆中。

過了幾天，盆中竟然長出了一枝蓮荷。又過了日子，蓮荷開出一株並蒂蓮。見到此情此景，文茂非常高興，連忙寫信告訴晁采。

晁采見到來信，喜不自勝。她暗想道：並蒂蓮開，這一定是好兆頭。她又寫下一首《寄文茂》詩，讓小雲送給文茂。詩中「並蒂已看靈鵲報，倩郎早覓買花船」兩句，是讓文茂趕緊請一個媒人來她家裏做媒，早日成就兩人好事。

日月如梭，光陰似箭，酷暑漸盡，轉眼已到秋天。這天晁母要到親戚家去，隔天才能回來，將晁采和小雲留在家中看守門戶。這真是一個天賜良機！想到這裏，晁采的心「怦怦」亂跳，紅暈霎時浮上臉頰。她暗暗下定決心，一定要趁這個機會跟文茂定下終身大事。她派小雲到文茂那裏，把母親不在家的消息傳給文茂。

待到夜深人靜，文茂翻牆來到晁家院中。他躡手躡腳來到「窺雲室」，晁采正在門前等他。兩人相見，情意綿綿。到了分別時，晁采從頭上剪下一束青絲送給文茂。

婚姻大事，應當遵從父母之命、媒妁之言。晁采日日愁思，夜夜不眠，最終憂鬱成疾。晁母察覺出女兒的病有些蹊蹺，找來侍女小雲

嚴加詢問，小雲知道瞞下去無益，便將事情的來龍去脈和盤托出。

晁母歎息道：「才子佳人，本應成雙；自古以來多有斬斷兒女情思的父母，我卻一定要成全他們。」

晁母深知心病還需心藥醫，於是她讓女兒帶話給文茂，要他的父母前來提親。文家父母得到消息自然是欣喜不已，託媒人說合兒女的婚事。這才真正是「並蒂已看靈鵲報，倩郎早覓買花船」！雙方擇定良辰吉日，結為百年之好。

銜命還國作

唐·晁衡

> 銜命將辭國，非才忝侍臣。
> 天中戀明主，海外憶慈親。
> 伏奏違金闕，騑驂去玉津。
> 蓬萊鄉路遠，若木故園林。
> 西望懷恩日，東歸感義辰。
> 平生一寶劍，留贈結交人。

晁衡，日本著名遣唐留學生，本名阿倍仲麻呂，入唐後改名晁衡，是中日文化交流傑出的使者。

公元 698 年，晁衡出生在日本的一個貴族家庭。他天資聰穎，勤奮好學，酷愛漢文化。

公元 716 年，日本政府決定派遣由五百五十七人組成的第九次遣

唐船，十九歲的仲麻呂作為遣唐留學生也在其間。第二年三月，遣唐船從難波（今日本大阪）起航，駛向中國大陸。經過近半年的海上航行顛簸，上岸後又經過長途跋涉，終於在當年九月底到達了文化古都長安。

到達長安不久，仲麻呂就進入了國子監學習。在這裏，他系統學習了儒家經典，畢業以後，參加科舉考試。作為一個外國人，仲麻呂一舉考中進士，讓所有的人都對他刮目相看。為了能在中國長期生活、學習，他更改了國籍，改名晁衡。

晁衡的才華得到朝廷賞識，他被任命為左春坊司經局校書，職掌校理刊正圖書，輔佐太子李瑛研習學問。公元 731 年，他被提拔為門下省左補闕，使他有了接觸唐玄宗的機會。

公元 733 年，晁衡因雙親年邁，請求返回日本。玄宗皇帝極力挽留，晁衡未能成行。公元 752 年，日本第十一次遣唐使到達長安，副使吉備真備是他同時入唐留學的好友，久別重逢，不勝感慨，也勾起了晁衡的思歸之念。

第二年，遣唐使準備返回，晁衡再次請求返回日本。晁衡入唐已經三十七年，這時已是五十六歲的老人。唐玄宗念他家有高堂，同意了他的請求，並任命他為唐朝回聘日本使節。任命外國人為中國使節，這在歷史上是罕見的，說明晁衡得到朝廷非同一般的器重和信任。

晁衡獲准回國的消息傳出以後，長安朝野人士紛紛給他送行。王維給他寫了送行詩《送祕書晁監還日本國》：「積水不可極，安知滄海東。九州何處遠，萬里若乘空。向國惟看日，歸帆但信風。鰲身映天黑，魚眼射波紅。鄉樹扶桑外，主人孤島中。別離方異域，音信若為通。」晁衡也懷着激動的心情寫了《銜命還國作》贈答友人。這首詩抒發了他留戀中國、惜別故人和對唐玄宗的感戴心情，意境深遠，感人至深。它是歌頌中日兩國人民傳統友誼的史詩，千百年來為兩國人民所傳誦。

　　那一年六月，晁衡一行辭別長安，到揚州延光寺邀請鑒真和尚東渡日本。十月十五日，他們分乘四艘大船從蘇州起航。

　　天有不測之風雲，晁衡所乘的那一艘船觸礁，與其他三艘船失去了聯繫。失去控制的船隻，被風暴吹到越南的海岸。哪知屋漏偏遭連陰雨，登陸後又遭土匪襲擊，全船一百七十餘人多被殺害，只有晁衡等十餘人僥倖脫險。

　　傳聞他在海上遇難，長安的友人悲憤難當，李白揮淚寫下了《哭晁卿衡》：「日本晁卿辭帝都，征帆一片繞蓬壺。明月不歸沉碧海，白雲愁色滿蒼梧。」這首詩感情充沛，深刻表達了兩人的誠摯友誼，是中日友誼史上傳誦千年的不朽名作。

　　公元 755 年六月，晁衡一行歷盡艱險，再次來到長安。朋友們見到晁衡，喜出望外。晁衡見到李白的詩，百感交集，當即寫下了《望鄉》：「卅年長安住，歸不到蓬壺。一片望鄉情，盡付水天處。魂兮歸來了，感君痛苦吾。我更為君哭，不得長安住。」

　　誰能料想，才脫虎口，又遭兵燹（因戰亂所造成的災害）。那一年十一月，安祿山發起叛亂，唐玄宗逃往四川，晁衡沒有家人，只得跟隨唐玄宗避難。直至公元 757 年末，玄宗自蜀返回長安，晁衡也跟隨返還。這一年，晁衡已經六十一歲。

　　以後，晁衡再度在朝廷擔任官職，歷任左散騎常侍兼安南都護、安南節度使。公元 770 年，晁衡在長安逝世，終年七十三歲。唐代宗為了表彰晁衡的功績，追贈他為從二品潞州（治所在今山西長治）大都督。

近試上張水部

唐·朱慶餘

> 洞房昨夜停紅燭，待曉堂前拜舅姑。
> 妝罷低聲問夫婿，畫眉深淺入時無？

如果讀者不知道這首詩的寫作背景，會以為這是一首描寫新婚夫妻閨房情趣的詩作。這首詩的大意是：昨夜洞房裏舉行了婚禮，拂曉時分要去拜見公婆。打扮好了輕聲問郎君：我眉毛的濃淡畫得時興不時興？

「低聲問」「入時無」，把新娘子的羞答答的嬌態描寫得淋漓盡致，將她的嫵媚形象推到了讀者眼前。

這首詩的題目是《近試上張水部》，分明是考試前獻給老師的詩，怎麼會寫這樣的內容？

原來，從楚辭開始，就出現了以男女關係比喻君臣、朋友、師生等關係的手法，這首詩也是如此。朱慶餘以新婦自比，以公婆比喻主考官，這首詩用來徵求張籍的意見，問自己寫的詩文是否合乎主考大人的口味。

唐代科舉的禮部考試不糊名（把名字遮蓋起來），主考官除閱卷外，可以參考舉子平日的才能決定去留。當時，有名望的人以及與主考官關係密切的人，都可以推薦人才，參與決定名單名次，稱之為「通榜」。因而，應試舉人為了增加及第的可能和爭取名次，多將自己平日詩文寫成卷軸，在考試前送呈給高官以求推薦，當時稱之為「行卷」。

朱慶餘曾得到張籍的賞識，張籍又樂於推薦後輩，因而詩人在臨考前寫了這首詩獻給他，藉以徵求意見。

張籍讀了這首詩以後，立即寫了一首《酬朱慶餘》回覆：「越女新妝出鏡心，自知明豔更沉吟。齊紈未是人間貴，一曲菱歌敵萬金。」這首詩的大意是：你像剛剛妝扮好的越地美女對着鏡子照自己（朱慶餘是越地人），自己知道明媚豔麗還有點猶豫不定。穿着齊地細絹的姑娘其品質並不見得珍貴，越女歌喉宛轉風韻天然才價值連城。由此可見，張籍對朱慶餘的才華十分讚賞。

此後，張籍又向朱慶餘索要新舊詩作二十六首，經常向人推薦讚揚，人們紛紛傳抄誦吟，朱慶餘的名聲迅速傳揚開來。唐敬宗寶曆二年（公元 826 年），朱慶餘果然考取進士。

在唐代，「行卷」的風氣盛行，較著名的還有白居易向顧況「行卷」的故事。

白居易來到京城參加科舉考試，還是個毛頭小伙子。他希望得到前輩的提攜，便帶着自己的詩作去謁見前輩顧況。

看了詩卷上的名字，顧況朝着白居易看了一會兒，說：「長安米貴，居大不易。」意思是，你的名字不是白居易嗎，我可告訴你，長安的物價很貴，居住在這裏很不容易。顧況說這句話多有調侃之意。說完這句話，顧況便讀起白居易寫的詩，當讀到「野火燒不盡，春風吹又生」時，他感歎道：「能夠寫出這樣的好詩句，居住在何處都不難。剛才我是說着玩的，你可千萬別當真。」

顧況沒有說錯，白居易果然是詩壇奇才，以後成為我國詩歌史上有重要地位的詩人。

西塞山懷古

唐·劉禹錫

王濬樓船下益州，金陵王氣黯然收。
千尋鐵鎖沉江底，一片降幡出石頭。
人世幾回傷往事，山形依舊枕寒流。
今逢四海為家日，故壘蕭蕭蘆荻秋。

劉禹錫，中唐著名的文學家、政治家。他的文章獨樹一幟，可與柳宗元相媲美，人們將他與柳宗元並稱「劉柳」。他的《陋室銘》，就是一篇膾炙人口、傳誦千古的佳作。他的詩歌與白居易齊名，人們將他倆並稱「劉白」。例如他的《竹枝詞》：「楊柳青青江水平，聞郎岸上唱歌聲。東邊日出西邊雨，道是無晴卻有晴。」這首詩有着民歌清新爽朗的情調和響亮和諧的節奏，用比興、諧音、雙關等手法，使人感到表達的感情真摯、含蓄。

劉禹錫的懷古詩旨趣雋永，發人深省具有代表性的便是《西塞山懷古》。這首詩從眾多的史事中單選西晉滅吳一事，闡發了一個深刻的思想：「興廢由人事，山川空地形。」為了表達這一主題，他選擇了「王濬樓船下益州」這一歷史典故。

曹魏末年，司馬懿殺死了與他爭權的曹爽，將大權獨攬。司馬懿去世以後，他的兒子司馬師、司馬昭先後繼續掌管朝廷大權，為篡魏打下了堅實的基礎。公元 263 年，司馬昭派兵消滅了蜀國，只剩下吳國與魏對峙。公元 265 年，司馬昭的兒子司馬炎廢了魏帝曹奐，自立為皇帝，建立了晉朝。

那時候，吳國日趨衰落，統一已經成為大勢所趨。公元 297 年冬，晉軍向吳軍發起了總攻。司馬炎命司馬伷領兵攻打塗中（今江蘇

六合），王渾領兵攻打江西（今安徽和縣），胡奮領兵攻打夏口（今湖北武昌），杜預領兵攻打江陵（今湖北荊州），王濬率領大軍從巴蜀（今四川一帶）沿江東下。各路大軍二十餘萬人，浩浩蕩蕩同時向東吳發起攻擊。

王濬領軍順流而下，摧枯拉朽，所向披靡，迅速向前推進，不料卻被吳軍設置在長江中的鐵錐、鐵鏈阻斷了去路。那裏的江面狹窄，江中有許多礁石，一塊塊礁石上連着黑糊糊的鐵鏈，把水道攔腰截斷；水道中還隱隱現出鐵錐尖銳的錐尖，強行航行的船隻將被它開膛破肚！

江中的鐵錐安置得十分牢固，沒法用人力拔除，江面上的鐵鏈有手臂那麼粗，刀斧砍不斷。這些障礙物擋住王濬的戰船，船隊無法通過。王濬苦思冥想，終於想出了對策。

王濬命令晉軍官兵砍伐樹木，編紮了幾十個百餘步見方的大木筏，命精通水性的官兵乘坐木筏在前面開路。飛駛的木筏觸上鐵錐，略略一頓，又被洶湧的江水沖着順流而下。鐵錐一根根扎進木筏，被連根拔起，木筏帶着鐵錐流向下游，沉沒在江水深處。

王濬又讓晉兵趕製了巨大的火炬，裏面灌滿了麻油，安放在船隻前面。船隻遇上鐵鏈受阻，兵士們便點燃火炬，然後跳入水中泅水上岸。火炬的熊熊烈火把鐵鏈燒得紅裏發白，沒過多久鐵鏈便被燒斷，落入江中。

吳軍辛辛苦苦設置的障礙一下子被清除，王濬率領船隊順利來到了西陵城下。西陵守軍早已喪失了鬥志，一見晉軍，便紛紛逃命。西陵督留憲喝止不住，只好率領殘軍迎敵。晉軍潮水般湧來，留憲哪裏抵抗得住，結果被晉軍亂刀砍死。攻克西陵以後，王濬乘勝前進，順利攻克了荊門（今湖北宜昌東）、宜道（今湖北宜都），斬殺宜道監陸晏。

與此同時，杜預施計生擒吳軍都督孫歆，攻佔了江陵；胡奮也一路殺來，佔領了江安（今湖北公安）。

　　幾路人馬會師以後，杜預召集了軍事會議，與各路人馬共商進軍大計。會議上，有人主張暫作休整，等過了冬季再打。王濬慷慨陳詞，力主乘勝追擊。鎮南大將軍杜預完全贊同王濬的意見，說：「眼下攻打吳國，如同劈開竹子一般，劈開了頭上幾節，下面的就順着刀刃分開了。」會上當下做出決定，水陸並進，合力平吳。──這便是成語「勢如破竹」「迎刃而解」的出處。

　　王濬的水軍立即行動，起錨揚帆向東駛去。這些巨大的樓船，嚇壞了東吳的水軍。晉國的戰船兩艘並排相連，約有一百二十步見方；樓船有幾層樓高，遠遠望去，就像行駛在江中的城堡。吳軍的戰船在它的面前，就像巨人腳下的矮子，別說是交鋒，樓船撞上去也要把吳軍的戰船撞翻。

　　正當晉軍的水軍浩浩蕩蕩東進、取得節節勝利時，東路的晉軍在王渾的率領下攻至橫江（今安徽和縣東南）。要是這路晉軍渡過長江沿江而下，只需幾天就可攻至吳都建業（今江蘇南京）。吳國國君孫皓急壞了，連忙派宰相張悌領兵三萬前去禦敵。

　　張悌率領艦船逆流而上，行駛到牛渚（今安徽當塗采石磯），拋錨暫停。部將沈瑩對張悌說：「有長江天險作屏障，江北的晉軍不足為慮，倒是王濬的水軍，需要小心防備。王濬的水軍訓練有素，上游的將領多已陣亡。我們應當在這裏養精蓄銳，等王濬的水軍到來決一死戰，如果僥倖獲勝，北岸的敵軍自會退兵。如果渡江與王渾的大軍決戰，不幸失利就無法挽回了。」

　　張悌正色道：「吳國即將滅亡，這情勢無人不曉。在這裏駐守的時間長了，軍心便會動搖，敵軍來到面前，士卒們將會一哄而散。不如現在渡江，與敵人決一死戰。再說吳國名為江東大國，國難當頭卻無人願意為國捐軀，這豈不是國家的恥辱！我決心渡江作戰，如果僥倖取得勝利，士氣就會高漲起來，然後再揮軍西上，在長江中游阻截晉軍。如果失敗了，我死而無憾！」他毅然帶領大軍渡過長江，與王

渾指揮的晉軍作戰。

兩軍相遇，張悌命令吳軍衝上去與晉軍廝殺。可是吳軍軍心渙散，抵擋不住晉軍的進攻，沒過多久，吳軍便被擊潰。部將勸張悌趕快逃生，張悌揮淚道：「我身為宰相，常常擔心不能死得其所，今日拒敵而死，正好了卻我的心願。」他手持佩刀，朝晉軍衝過去。他像一頭被圍困的猛獸，勇猛地與敵人拚殺。張悌究竟寡不敵眾，晉軍將他團團包圍，你砍一刀，我戳一槍，結果了他的性命。

王濬聞報張悌身亡，知道東吳亡國在即，命令水軍日夜兼程，直向建業逼去。三月十五日，樓船駛抵三山（今江蘇南京西），被吳將張象率領的一萬水軍攔住了去路。王濬正要下令發起攻擊，忽然間狂風颳起，樓船雖然在風浪中顛簸，卻沒有覆舟之危；吳軍的戰船卻像江面上的羽毛，一會兒騰上浪尖，一會兒落入浪谷，完全失去了控制。張象嚇得魂飛魄散，連忙豎起降旗。

狂風過後，一艘小船直向王濬的樓船駛去，送去東路統帥王渾的書信。原來，王渾殲滅了張悌率領的吳軍之後，惟恐東吳派重兵扼守長江天險，遲遲不敢渡江。聞知王濬率領水軍直向建業逼去，王渾生怕他得了頭功，於是打算派人攔住王濬，要他到自己的大營議事。

王濬對此毫不理會，只是對來人寒暄了一番，藉口「風大水急，無法拋錨」，催促大軍繼續前進。王渾聞報後氣白了臉，眼睜睜地望着王濬的船隊浩浩蕩蕩向建業駛去。

當天，王濬的八萬精兵登岸後向石頭城發起進攻，只見遍地都是晉兵，直聽戰鼓擂得山響。孫皓嚇壞了，不敢繼續抵抗，脫去上身的衣服，雙手綁在背後，讓人抬着棺材，到王濬的大營前投降。王濬為孫皓鬆了綁，焚燒了棺材，請他到大營相見，吳國就此滅亡。

至此，三國鼎立的局面便宣告結束，晉王朝終於統一了全國。

《西塞山懷古》的首聯「王濬樓船下益州，金陵王氣黯然收」，是對當年歷史的回顧：王濬率領樓船從益州出發，很快就攻破金陵，東

吳將要滅亡。頷聯「千尋鐵鎖沉江底，一片降幡出石頭」，指晉軍攻破吳軍在長江險要處的設防，最終迫使吳主孫皓投降。頸聯「人世幾回傷往事，山形依舊枕寒流」，是詩人觸景生情，對歷史興亡發出慨歎。尾聯「今逢四海為家日，故壘蕭蕭蘆荻秋」，是全詩的主旨，傷往事是次，憂當世是主。

　　這首詩敍說的是歷史上的事實，狀摹的是眼前的實景，感歎的是詩人胸中的真情。詩人把史、景、情糅合在一起，營造出一種含蓄的蒼涼意境，給人以沉鬱頓挫的感受。

懷妓（其一）

唐・劉禹錫

玉釵重合兩無緣，魚在深潭鶴在天。
得意紫鸞休舞鏡，能言青鳥罷銜牋。
金盆已覆難收水，玉軫長拋不續絃。
若向麓蕪山下過，遙將紅淚灑窮泉。

　　劉禹錫於貞元九年（公元 903 年）考中進士，登博學鴻詞科，曾任監察御史。監察御史品秩不高，八品小官；權限很大，監察百官，為朝廷官員所忌憚。

　　只要手握實權，就不怕監察御史。劉禹錫雖為監察御史，太尉李逢吉就敢明目張膽地欺負他。小小的監察御史算個甚麼，又能奈得太尉何！

　　劉禹錫家中有個歌妓，長得很漂亮，歌唱得柔美，劉禹錫對她寵愛有加。每逢宴請賓客，劉禹錫必定要她出來唱曲助興，賓客們一致認為，她是劉禹錫的寵姬。

　　一傳十，十傳百，劉禹錫家中的歌妓便名聲在外了。李逢吉聽說了這件事，派人到劉禹錫府上，接那位歌妓到他府中唱曲。劉禹錫雖說心中不快，但是不敢不依，只得讓來人把歌妓接走。

　　李逢吉一見這位歌妓，立即看傻了。待到她亮開嗓子，李逢吉的靈魂都飛出了竅——這麼美妙的歌喉，唱出來的簡直就是天籟之音。這麼美的女人，這麼美的歌喉，怎不讓人心旌搖搖！

　　唱了一曲又一曲，夜色已深。歌妓要求回去，李逢吉笑了笑說：「我看你今天不要回去了，就在我這裏歇息。」話音剛落，李逢吉便大聲說道：「來人，把她送到暖閣裏去。」歌妓知道，今夜沒法離開了。

　　劉禹錫整夜沒有合眼，等自己心愛的歌妓回來。左等右等，劉禹錫急得像熱鍋上的螞蟻，一直等到天亮，不見她的人影。劉禹錫心裏明白，她已經落入了虎口。

　　劉禹錫心中十分惱怒，可又不能向李逢吉發泄：難道為了一個歌妓跟太尉翻臉？要是換了別人，拍馬屁還來不及呢，說不定早就把歌妓送給了太尉！劉禹錫思前想後，寫了首《懷妓》詩送給李逢吉。《懷妓》（其一）的前三聯用比喻的手法說明自己與歌妓已經被迫分離；最後一聯說出自己心中的痛苦。李太尉讀了這首詩，連聲說：「好詩，好詩！」對歌妓的事他卻隻字不提。劉禹錫沒有辦法，只得怏怏而歸。

　　從此以後，李逢吉便將那位歌妓佔為己有。劉禹錫有冤無處訴，沒處講理，只得窩着一肚子氣，就此作罷。

琵琶行

唐·白居易

原文

元和十年，予左遷九江郡司馬。明年秋，送客湓浦口，聞舟中夜彈琵琶者，聽其音，錚錚然有京都聲；問其人，本長安倡女，嘗學琵琶於穆、曹二善才。年長色衰，委身為賈人婦。遂命酒，使快彈數曲，曲罷憫然。自敘少小時歡樂事，今漂淪憔悴，轉徙於江湖間。予出官二年，恬然自安，感斯人言，是夕始覺有遷謫意，因為長句，歌以贈之，凡六百一十六言，命曰《琵琶行》。

潯陽江頭夜送客，楓葉荻花秋瑟瑟。

主人下馬客在船，舉酒欲飲無管絃。

醉不成歡慘將別，別時茫茫江浸月。

忽聞水上琵琶聲，主人忘歸客不發。

尋聲闇問彈者誰？琵琶聲停欲語遲。

移船相近邀相見，添酒回燈重開宴。

千呼萬喚始出來，猶抱琵琶半遮面。

轉軸撥弦三兩聲，未成曲調先有情。

絃絃掩抑聲聲思，似訴平生不得志。

低眉信手續續彈，說盡心中無限事。

輕攏慢撚抹復挑，初為《霓裳》後《六幺》。

大絃嘈嘈如急雨，小絃切切如私語。

嘈嘈切切錯雜彈，大珠小珠落玉盤。

間關鶯語花底滑，幽咽泉流水下灘。

水泉冷澀絃凝絕，凝絕不通聲漸歇。

別有幽愁闇恨生，此時無聲勝有聲。

銀瓶乍破水漿迸，鐵騎突出刀槍鳴。

曲終收撥當心畫，四絃一聲如裂帛。

東船西舫悄無言，惟見江心秋月白。

沉吟放撥插絃中，整頓衣裳起斂容。

自言本是京城女，家在蝦蟆陵下住。

十三學得琵琶成，名屬教坊第一部。

曲罷長教善才服，妝成每被秋娘妒。

五陵年少爭纏頭，一曲紅綃不知數。

鈿頭銀篦擊節碎，血色羅裙翻酒污。

今年歡笑復明年，秋月春風等閒度。

弟走從軍阿姨死，暮去朝來顏色故。

門前冷落鞍馬稀，老大嫁作商人婦。

商人重利輕別離，前月浮梁買茶去。

去來江口守空船，繞船月明江水寒。

夜深忽夢少年事，夢啼妝淚紅闌干。

我聞琵琶已歎息，又聞此語重唧唧。

同是天涯淪落人，相逢何必曾相識！

我從去年辭帝京，謫居臥病潯陽城。

潯陽地僻無音樂，終歲不聞絲竹聲。

住近溢江地低濕，黃蘆苦竹繞宅生。

其間旦暮聞何物？杜鵑啼血猿哀鳴。

春江花朝秋月夜，往往取酒還獨傾。

豈無山歌與村笛，嘔啞嘲哳難為聽。

今夜聞君琵琶語，如聽仙樂耳暫明。

莫辭更坐彈一曲，為君翻作《琵琶行》。

感我此言良久立，卻坐促絃絃轉急。

淒淒不似向前聲，滿座重聞皆掩泣。

座中泣下誰最多？江州司馬青衫濕。

「千呼萬喚始出來，猶抱琵琶半遮面」「嘈嘈切切錯雜彈，大珠小珠落玉盤」「座中泣下誰最多？江州司馬青衫濕」這些千古流傳的佳句，幾乎無人不知。它們均出自唐代詩人白居易的《琵琶行》。

白居易，字樂天，號香山居士。他和好友元稹積極倡導新樂府運動，強調繼承、發揚《詩經》的優良傳統和杜甫的現實主義創作精神，反對無病呻吟的「嘲風月、弄花草」。他的詩歌淺顯通俗，連老婆婆也聽得懂。

唐憲宗元和年間，白居易曾任翰林學士、左拾遺等職，官位不算低。元和六年（公元 811 年），他因母親去世還家守孝，服喪期滿，應詔回京任職。元和十年（公元 815 年），宰相武元衡被平盧節度使李師道派來的刺客殺死，白居易仗義執言，率先上書要求抓捕兇手。這下子捅了馬蜂窩，那些掌權者非但不褒獎他熱心國事，反而說他搶在諫官之前議論朝政，是一種僭越行為。白居易因此被貶官，悽悽惶惶到江州（今江西九江）擔任司馬一職。

江州地處偏僻，司馬又是個不管事的閒職，白居易待在那裏，如同關在囚籠裏一般。那期間，有朋友路過那裏，總會回去看看他，給他排遣愁情。

一天晚上，白居易送客來到潯陽江口碼頭。他和客人一同下馬，來到了船上，命人擺開酒宴，給朋友餞行。唉，這酒喝得真不暢快：岸上楓葉紅，江邊荻花白，江頭秋風瑟瑟，這情這景，怎不令人傷懷；更無管弦助興，兩人喝得索然無味。悶酒最易醉人，幾杯酒下肚便有了醉意。這時候，茫茫的江水裏浸着明月，在這悽苦的氣氛中，兩人打算就此道別。

忽然間，傳來一陣天籟般的琵琶聲，兩人頓時聽呆了，主人忘記了返回，客人也不肯行船出發。白居易讓船家循聲駛去，問道：「彈琵琶的是哪一位？」琵琶聲頓時停住了，彈琵琶的似乎想說話，卻遲遲沒有開聲。

　　白居易命船家駛近那船，請求彈琵琶的人出來相見；同時讓人撤下殘席，挑燈重開酒宴。白居易呼喚再三，彈琵琶的女子才羞答答地抱着琵琶走了出來。

　　那女子坐下以後，轉動琴軸、撥動弦絲調音。這琵琶彈得果然不同凡響，還沒有彈成曲調，琵琶聲便已經充滿了情感。撥動的每一根弦都像是在歎息，彈出的每一個樂音都像是在沉思。弦上流淌出的樂音，如同一串驪珠，在訴說着淒涼的身世、無盡的傷心事。她彈奏的手法極其高妙，那樂音一會兒像花底的黃鶯叫得那樣流利，一會兒像冰下的泉水艱澀難行。樂聲漸漸停住了，頓時生發幽愁暗恨，這時候雖然沒有聲音，卻遠遠勝過有樂聲。突然間樂聲驟起，如同驟然殺出一隊鐵騎，發出刀槍的撞擊聲。樂曲彈完以後，她在收回撥子時將撥子從琴弦中劃過，四根琴弦發出的聲音，好像把錦帛撕裂一般。如此精妙的琵琶獨奏，讓江邊所有船上人全聽呆了，靜悄悄地沒人說話，只見一輪彎月沉在江心，閃耀粼粼波光。

　　彈完曲子，琵琶女遲疑不決地放下撥子，隨後又插到弦中。她整頓一下服飾，面容嚴肅地站起來說道：「我本來是京城裏的姑娘，家住蝦蟆陵附近。十三歲就學會了彈琵琶，名字登記在教坊的第一部。那時候，每當我彈罷一曲，都能贏得樂師的讚揚；每當我梳妝打扮停當（妥當），都會引起姐妹們的嫉妒。紈綺子弟都到我這裏捧場，爭先恐後地贈送禮品，彈完一首曲子，便可得到無數綾羅綢緞。打拍子時敲碎了鈿頭銀箆，飲美酒時潑污了血色羅裙。一年又一年尋歡作樂，隨隨便便消磨了青春年華。後來兄弟去從軍，隨着時光的流逝，我的容顏漸漸衰老。人老珠黃，到我這裏來的客人越來越少。既然到了這個地步，只好嫁人好有個依靠。我就嫁了個商人，跟他來到了這裏。商人看重的是銀兩，不在乎跟妻子別離，前些日子他到浮梁去做茶葉生意，我只得在江口守着空船。唉，明月繞船，月光灑在江面上，不禁使人產生寒意。有時夢見年輕時的往事，淚流滿面令人

斷腸。」

　　白居易聽了她彈的琵琶，便已讚歎不已；聽了她的訴說，越加發出慨歎：「我和你都是淪落在天涯海角的人，相逢又哪裏在乎過去是否相識！我自從去年離開京城，貶官在潯陽經常臥病在牀。這裏地處荒涼，一年到頭也聽不到樂器聲。這裏早晚能夠聽到甚麼？盡是杜鵑、猿猴的哀鳴聲。難道這裏就沒有山歌和村笛？只是那音調嘶啞粗澀太難聽。今晚聽到你彈奏的琵琶樂曲，就像聽到了仙樂一般。請你不要推辭，坐下來再彈一首曲子，我給你寫上一首新詩《琵琶行》。」

　　琵琶女被白居易的一席話感動，呆呆地站在那裏，過了一會兒似乎醒悟過來，坐下來重新彈奏。這一曲節奏更快，意境更悲，跟剛才曲調的意境完全不同，滿座的聽眾忍不住發出悲泣。在座的人誰流下的眼淚最多？江州司馬的淚水打濕了青衫！

　　這首詩題目為《琵琶行》，說明這首詩是歌行體，「歌行」源於漢魏樂府，是樂府曲名之一，後來成為古代詩歌中的一種體裁。

　　白居易的《琵琶行》，記敍了作者秋夜到潯陽江口送客，邂逅琵琶女的動人故事。它通過作者親身見聞，敍寫了「老大嫁作商人婦」的琵琶女的命運，並由此聯繫到自己的被貶遭際，發為「同是天涯淪落人」的深沉感慨。

　　這首詩敍事完整，結構縝密，情節生動，跌宕起伏，熔寫景、敍事、議論為一爐，是唐詩中不可多得的佳作。

新豐折臂翁

唐・白居易

原文

新豐老翁八十八，頭鬢眉鬚皆似雪。
玄孫扶向店前行，左臂憑肩右臂折。
問翁臂折來幾年，兼問致折何因緣。
翁云貫屬新豐縣，生逢聖代無征戰。
慣聽梨園歌管聲，不識旗槍與弓箭。
無何天寶大徵兵，戶有三丁點一丁。
點得驅將何處去，五月萬里雲南行。
聞道雲南有瀘水，椒花落時瘴煙起。
大軍徒涉水如湯，未過十人二三死。
村南村北哭聲哀，兒別爺娘夫別妻。
皆云前後征蠻者，千萬人行無一回。
是時翁年二十四，兵部牒中有名字。
夜深不敢使人知，偷將大石捶折臂。
張弓簸旗俱不堪，從茲始免征雲南。
骨碎筋傷非不苦，且圖揀退歸鄉土。
此臂折來六十年，一肢雖廢一身全。
至今風雨陰寒夜，直到天明痛不眠。
痛不眠，終不悔，且喜老身今獨在。
不然當時瀘水頭，身死魂孤骨不收。
應作雲南望鄉鬼，萬人塚上哭呦呦。
老人言，君聽取。
君不聞開元宰相宋開府，不賞邊功防黷武。
又不聞天寶宰相楊國忠，欲求恩幸立邊功。
邊功未立生人怨，請問新豐折臂翁。

很多人看過金庸先生的《天龍八部》，由此知道了南詔國。有人以為南詔國是杜撰的國名，那可不是，在歷史上我國西南還真有這麼一個邊陲小國。

南詔，是在雲南大理一帶建立的白族少數民族政權。公元738年，唐玄宗封南詔王閣邏鳳為雲南王。公元750年，閣邏鳳路過雲南，姚州（治所在今雲南姚安西北舊城）太守張虔陀侮辱與閣邏鳳同行的婦女，並且向他索要賄賂。張虔陀如此狂妄，閣邏鳳極為憤怒，起兵擊敗唐軍，殺死張虔陀。

劍南節度使鮮于仲通聞報南詔反叛，率兵攻打南詔，結果被南詔擊敗，唐軍六萬官兵被殺。楊國忠當政以後，派李宓繼續用兵，又全軍覆沒。唐王朝征討南詔，前後死傷二十餘萬人，國力大傷。安祿山乘機發動叛亂，從此唐王朝走向衰敗。白居易有感於此，寫下了這首《新豐折臂翁》。

有一天，白居易在新豐街上行走，迎面走來個鬚髮俱白的老翁，他的右臂已經斷了，只得將左臂搭在他玄孫的肩上行走。

白居易問他：「老人家，請問您高壽幾何？」老人回答道：「老朽今年八十八。」白居易又問：「敢問老人家，您的手臂折斷有多少年了？」老人歎了口氣說：「二十四歲那年手臂折斷，至今已有六十四年了。」老人頓了頓，說起了當年傷心事：「我自小生長在新豐縣，那時候正是太平盛世，我和家人過着幸福的日子，沒有見過軍中的武器。哪裏想得到呢，不久就趕上了天寶年間朝廷的大徵兵，家中有三個成年男子的，就要抽取一個去當兵。」

白居易輕聲問道：「那是為甚麼呀？」

老人接着說下去：「那年頭南詔起兵造反，朝廷軍死了幾十萬。為了遠征萬里之外的雲南，只得在全國徵兵。聽說雲南有一條河叫瀘水，五月裏就會煙瘴彌漫，河水熱得像開水一般。大軍徒步渡河，十個人就會死掉二三個。村里裏兒子告別爹娘、丈夫告別妻子，到處都是一片哀哭聲。人們都說，前前後後遠征雲南的士卒千千萬萬，卻沒

有一個能活着回來！那年我二十四歲，名字也在徵兵的名冊中。」

「老人家是在戰場受的傷？」白居易問道。

老人搖搖頭，說：「當年要是去了雲南，早就死在那裏了。唉，一言難盡哪！」過了片刻，老人繼續說下去：「那天夜裏，我趁着夜深人靜，來到山坡上，找到一塊大石頭，狠狠地向我的手臂砸去，一下子把手臂砸斷了。這樣反倒好了，我既不能拉弓也不能搖旗，沒有被徵兵到雲南。」

白居易不禁打了個哆嗦，問：「硬生生砸斷自己的手臂，這痛苦吃得消嗎？」

老人說：「這哪能不痛啊！傷筋碎骨雖然痛苦，但是沒被徵去當兵，得以保全性命。如今每逢颳風下雨，我這條斷臂都疼得令人徹夜難眠。這條胳膊雖然已經折斷，可是我多活了六十年。否則我也會死在瀘水旁，連屍骨都沒人收，跟那些身死雲南的望鄉鬼一樣，只能在萬人坑裏哭號。」

這個老人的這番話，你一定要認真地聽一聽。你難道沒聽說過，開元年間的宰相宋璟，為了避免邊疆窮兵黷武，不去獎賞官兵的戰功？你難道也沒聽說過，天寶年間的宰相楊國忠，為了得到皇帝的恩寵，大肆徵兵四處征戰？等不到他建立戰功，百姓就會怨恨四起，你要是不相信我的話，就去問問新豐的折臂老人吧。

《新豐折臂翁》是首新樂府，所謂新樂府，是跟古樂府相對而言，指用新題寫時事的樂府詩，不再以是否入樂作標準。

白居易的這首詩，為《新樂府》五十首中的第九首。他在《序》中說：「其事核而實，使採之者傳信也。」我們由此得知，這個故事不是杜撰的，是真人真事。《序》中還說明寫作目的：「總而言之，為君、為臣、為民、為物、為事而作，不為文而作也。」

詩中這位命運悲慘的老人，不以折斷手臂為悲，卻以欣喜口吻表示慶幸，讓人讀來更覺得悲哀。詩人寫這首詩不僅在於記敍一樁往事，而是反映出戰爭帶給廣大人民的無窮苦難。

題謝公東山障子

唐・白居易

原文

賢愚共在浮生內，貴賤同趨蠢動間。
多見忙時已衰病，少聞健日肯休閒。
鷹飢受絆從難退，鶴老乘軒亦不還。
惟有風流謝安石，拂衣攜妓入東山。

　　謝安，字安石，他最著名的典故是「東山高臥」。這個成語比喻隱居山林，生活閒適自在。別以為謝安一生優哉游哉，過着飫甘饜肥的生活，他是晉朝的一代名相，於閒適中藏鋒芒，於嬉戲中巧謀劃，曾經指揮大軍取得淝水之戰的輝煌勝利。

　　謝安出身東晉的名門世家，年輕時才華橫溢，名噪江南。丞相王導非常欣賞他的才識，對他非常器重。朝廷屢屢召他，他都以有病為由婉言辭謝。揚州刺史庾冰仰慕謝安的名聲，屢屢命郡縣官吏催逼，謝安實在推託不掉，勉強前去赴任，僅僅過了一個月，他便辭官回到會稽（今浙江紹興）。

　　謝安隱居東山，經常與好友王羲之、許詢等一起遊山玩水、寫詩論文，過着閒雲野鶴一般的生活。這跟做官受到種種拘束相比，好不清閒自在。

　　雖然謝安不想做官，可是大家寄予他厚望，甚至有人說：「謝安不肯出來做官，將如何面對天下蒼生啊。」

　　謝安四十歲時，弟弟謝萬因屢戰屢敗被罷免。一則為了挽回謝家日趨衰微的地位和名聲，一則為了建功立業，謝安這才產生了入仕的意願。這時候，正巧征西大將軍桓溫派人請他出任大司馬，他便應邀前往。

　　謝安出發那天，許多人給他送行。中丞高崧跟他開玩笑：「足下

屢次違背朝廷旨意，高臥東山。現在足下終於出山了，看看老百姓將要求你怎麼做吧！」聽了高崧的調侃，謝安不禁面紅耳赤，沒有甚麼話好回答，只得一笑作罷。後來朝廷召他入京，擔任侍中、吏部尚書、中護軍等重要官職。

公元 383 年，前秦國國王苻堅不顧羣臣諫阻，徵調百萬大軍，南下攻晉。他誇下海口：「現在朕有百萬大軍，大家把馬鞭投進長江，就足以截斷長江水流，長江天險何懼之有！」南下的前秦大軍前後連綿千里，旌旗相望。

東晉朝廷忙命謝安為征討大都督，指揮全軍抵抗敵軍；命謝玄為前鋒都督，領兵八萬抗擊秦軍。

敵軍有百萬之眾，謝玄只有八萬人馬，兵力過於懸殊，要想取勝，必須施展計謀。謝玄知道叔叔謝安很有韜略，打算前去請教錦囊妙計。

到了大都督府，謝安正在閉目養神。謝玄問安之後，向叔叔討教退敵之計。哪知謝安只是微微睜開眼睛，悠悠地說了句：「退敵之事我已做好安排。」說完，便又閉上眼睛。謝玄見叔叔不再開口，不敢再問，只好告退。

謝玄回去之後，越想心裏越不踏實，便託好友張玄去拜訪謝安，趁便探問底細。

謝安見了張玄，十分高興，拉着他的手問長問短，隨後又邀張玄到郊外別墅去，與親朋好友歡聚。去別墅的途中，他讓車夫將車簾捲起來，一路上跟張玄說古道今，時時發出爽朗的笑聲。

當時，京城裏人心惶惶。路人見征討大都督的神情這樣自如，頓時將恐慌之心消去。謝安出遊的消息很快傳揚開來，京城的秩序一下子得以安定。

當天夜裏，他把將領全部召來，進行軍事部署。他一樁樁、一件件仔細交代，明確各人的職責和任務。將領們見他運籌帷幄，佈置得

如此周密，一個個精神振奮，增強了必勝的信心。

在他的指揮下，晉軍終於擊敗了十倍於自己的前秦軍。謝玄萬分興奮，連忙寫好捷報，派人火速送往建康（今江蘇南京），向叔叔謝安報喜。

捷報送到時，謝安正和張玄下棋。他接過信函拆開看過，若無其事地將信隨手放到一旁。張玄時時牽掛着前方戰事，急忙問道：「前線情況如何？」謝安淡淡地說了一句：「孩子們把秦軍打敗了。」張玄興奮萬分，馬上跑出去把這個消息告訴大家，不消半天工夫，勝利的消息傳遍了全城。

張玄離開以後，謝安拿過信函，又將內容仔細看一遍。他抑制不住內心的激動，向內房走去時跨門檻沒留神，折斷了木屐上的齒。

後來因為他立下的戰功太大，被皇帝猜忌，謝安便前往廣陵（今江蘇揚州）避禍。他在廣陵着手建造船隻，準備從海路返回會稽。沒過多久，謝安染上了重病，只得返回建康治療。回到建康只有幾天，他就溘然病逝。

謝安的一生，不僅功業有成，活得也瀟灑。他的生活方式，讓後世文人十分羨慕。習性奔放的李白寫下十多首懷念謝安的詩，表現了對謝安建功立業、自由生活的神往，如《憶東山》：「我今攜謝妓，長嘯絕人羣。欲報東山客，開關掃白雲。」《送裴十八圖南歸嵩山》：「謝公終一起，相與濟蒼生。」

「障子」，就是畫屏，說明這首詩為題畫詩，畫屏所畫內容為謝安攜妓遊東山。這首題畫詩與眾不同，所寫內容不是介紹、品評畫作，而是寫出了他的人生感悟。如名句「多見忙時已衰病，少聞健日肯休閒」，常被後人引用。這首詩點睛之筆為「惟有風流謝安石，拂衣攜妓入東山。」這兩句不僅寫出對謝安的景仰，也表現了他類似的人生價值取向：既要建功立業，又要風流快活。白居易的生活軌跡，也充分表現了這一點。

沐浴

唐・白居易

> 經年不沐浴，塵垢滿肌膚。
>
> 今朝一澡濯，衰瘦頗有餘。
>
> 老色頭鬢白，病形支體虛。
>
> 衣寬有剩帶，髮少不勝梳。
>
> 自問今年幾，春秋四十初。
>
> 四十已如此，七十復何如？

　　白居易留傳下的詩歌，從數量上看，林林總總，有三千餘首，在唐代詩人中首屈一指。他的詩作成就最高、影響最大的為《新樂府》五十首、《秦中吟》十首和《長恨歌》《琵琶行》。《新樂府》《秦中吟》等針砭時弊，反映人民疾苦，深刻地揭露社會矛盾；歌行體《長恨歌》《琵琶行》等，描寫細膩，生動感人。他在文學上主張「文章合為時而著，歌詩合為事而作」，寫下了不少感歎時世、反映人民疾苦的作品，是中國文學史上負有盛名且影響深遠的詩人。

　　白居易也曾給自己的詩歌分類，分為諷諭詩、閒適詩、感傷詩、雜律詩四類，他的這首《沐浴》，是一首閒適詩。詩歌寫了詩人自己沐浴後的狀態，感歎中年體衰，抒發了真實的感情。

夢遊

唐·元稹

> 夢君兄弟曲江頭，也向慈恩院裏遊。
> 驛吏喚人排馬去，忽驚身在古梁州。

元稹，中唐著名詩人，他和好友白居易積極倡導新樂府運動。元稹的詩歌創作，最具特色的是豔詩和悼亡詩。另外，他還開創了「次韻相酬」的詩歌形式。

他的一些豔詩，寫男女愛情，描述細緻生動，真摯感人；他的悼亡詩，是為紀念亡妻韋叢而作，寫得情真意切，催人淚下。所謂「次韻相酬」，就是用別人詩歌的韻腳和用韻順序另外寫成新詩（和詩），如《酬翰林白學士〈代書一百韻〉》《酬樂天〈東南行詩一百韻〉》等，都是用白居易詩作的原韻寫成，即所謂「次韻」。

他的傳奇《鶯鶯傳》（又名《會真記》），敍述了張生與崔鶯鶯的愛情悲劇故事，為唐人傳奇中之名篇。後世戲曲作者以此為基礎，創作出許多戲曲著作，如金代董解元《西廂記諸宮調》、元代王實甫《西廂記》等。

他和白居易是令人稱頌的好朋友。白居易在《贈元稹》一詩中寫道：「自我從宦遊，七年在長安。所得惟元君，乃知定交難。」可見白居易對他和元稹友情的看重。

白居易和元稹的交往，可謂心心相印。元稹曾經擔任過御史，到梓潼（今四川梓潼）辦案，那時候，白居易在京城任職。

有一天，白居易與朋友遊覽長安慈恩寺，在林木深處小酌，忽然想起了好友元稹，便寫下一首詩寄給他：「花時同醉破春愁，醉折花枝當酒籌。忽憶故人天際去，計程今日到梁州（治所在陝西漢中）。」

　　不出白居易所料，按照正常行程，那一天元稹果然到了梁州。按照過去的老例，這時節元稹當和白居易等遊覽慈恩寺，元稹於是寫下了這首《夢遊》詩。元稹居然連白居易遊慈恩寺也夢到了，真是朋友神交，息息相通。

　　更能說明他們之間深摯友誼的是元稹的《聞樂天授江州司馬》：「殘燈無焰影幢幢，此夕聞君謫九江。垂死病中驚坐起，暗風吹雨入寒窗。」元稹貶謫他鄉，又身患重病，心境本來就不佳。忽然得到摯友也蒙冤被貶的消息，內心極度震驚，萬般愁思一齊湧上心頭，以致一切景物也都變得陰沉昏暗了。尤其是「垂死病中驚坐起」一語，是全詩的傳神之筆。既為「垂死病中」，那麼「坐起」是十分困難的，現在作者卻驚得「坐起」了，表明作者知道好友被貶後極度震驚和悲涼。元、白二人友誼之深，於此可鑒。

離思（其四）

唐・元稹

曾經滄海難為水，除卻巫山不是雲。
取次花叢懶回顧，半緣修道半緣君。

　　不知你知道不知道，「曾經滄海難為水，除卻巫山不是雲」，是元稹為悼念亡妻的詩句。這兩句詩的大意是：經歷過大海的波瀾壯闊，就不會再被別處的水所吸引；陶醉過巫山的雲雨的夢幻，別處的風景就不稱之為雲雨勝景。

　　這首詩的第一句「曾經滄海難為水」，是從《孟子‧盡心上》「觀於海者難為水」演化而來；第二句「除卻巫山不是雲」，是從宋玉《高唐賦》中的「巫山雲雨」的典故化出。這兩句巧用曲折比喻，淋漓盡致地表達了對已經失去的心上人的深深戀情。第三句用花比人：自己信步經過「花叢」，卻再也無心眷顧，表示自己對其他女色已無眷戀之心。最後一句「半緣修道半緣君」，無論是「半緣修道」也好，無論是「半緣君」也罷，都表達了詩人思念亡妻的鬱鬱心情。

　　元稹的悼亡詩，歷來被人稱道。元稹的原配妻子韋叢是太子少保韋夏卿的小女兒，結婚時她二十歲。結婚以後，他倆的生活比較貧困，但韋叢毫無怨言，夫妻琴瑟和諧，舉案齊眉。過了七年，元稹任監察御史時，韋叢生病去世，年僅二十七歲。元稹悲痛萬分，寫了不少悼亡詩，其中最有名的就是《離思》。

　　不過，後人對元稹微詞甚多。元和四年（公元 809 年）三月，元稹授監察御史，出使東川。這一年他年方三十，妻子韋氏尚未去世。元稹到了東川，便與著名女詩人薛濤一見鍾情，卿卿我我走到一處。七月份，元稹便移務洛陽，他與薛濤的交往，僅四個月而已。

　　元稹去揚州後，曾寫了一首《寄贈薛濤》，表達思念之情：「錦江滑膩蛾眉秀，幻出文君與薛濤。言語巧偷鸚鵡舌，文章分得鳳凰毛。紛紛詞客多停筆，個個公卿欲夢刀。別後相思隔煙水，菖蒲花發五雲高。」他對薛濤的始亂終棄，一直被後人詬病。另外，韋氏去世當年，元稹便在江陵府納妾，不少人認為他口是心非。

　　不過，很多人認為，元稹雖然逢場作戲之事常有，但對妻子韋氏的感情是真實的。再者，唐代文人蓄妓成習，不宜過多指責。

　　元稹悼念亡妻的詩歌很多，除了這首之外，還有《譴悲懷三首》《六年春遣懷八首》《雜憶五首》《妻滿月日相唁》等等，每一篇都寫得感人至深。

　　元稹在文學方面取得了很大的成就，他不僅寫出大量優秀的詩歌

作品，在散文方面也有一定成就，他首創以古文制誥，格高詞美，為人仿效。

黃明府詩

唐・元稹

少年曾痛飲，黃令苦飛觥。
席上當時走，馬前今日迎。
依稀迷姓氏，積漸識平生。
故友身皆遠，他鄉眼暫明。
便邀連榻坐，兼共榜船行。
酒思臨風亂，霜棱掃地平。
不堪深淺酌，貪愴古今情。
邐迤七盤路，坡陀數丈城。
花疑褒女笑，棧想武侯征。
一種埋幽石，老閒千載名。

元稹可謂少年得志，十五歲科舉考試及第，二十一歲授祕書省校書郎，二十八歲參加皇帝為選拔人才而設置的「制舉」，列「才識兼茂明於體用科」第一名，授左拾遺。

由於元稹常常和達官貴人交往，免不了酒宴應酬。那時候，元稹正當少年，年輕氣盛，喜歡熱鬧場面，飲酒時常行酒令渲染氣氛。參加宴飲的多為年輕才俊，許多人樂此不疲。

有一天，元稹和一幫好友在解縣竇少府家宴飲，元稹自告奮勇做酒令紀錄。有一個客人晚到，主人對他說：「黃兄，你到哪裏去了？我們等你多時，該當如何？」那人只得說：「既然讓諸位久等，當罰，當罰。」主人說：「既然認罰，理當金谷酒數。」那人不得推辭，當即飲下三大杯。

不知是飲酒太猛還是天生遲鈍，那位黃兄屢犯酒令。俗話說，酒令大如山，賴是賴不掉的，被眾人灌了一杯又一杯。不消多時，他的舌頭變大了，說話吐字不清，似乎不勝酒力。

大家鬧騰了一會兒，再找黃兄，卻不見他的蹤影。問問僕人，僕人回答說：「黃老爺已經出門。」大家「哈哈」笑道：「黃兄逃席了，下次一定饒不了他。」

元稹那天也喝得酩酊大醉，酒醒後問主人：「逃席的那人是誰？」主人告訴他：「是黃縣丞。」

公元 809 年，元稹年方三十，被授予監察御史的官職，出使東川，三月十六日到達褒城望驛。那裏有一大湖，亭台樓榭頗為壯觀。元稹一時有了遊興，便在那裏遊覽。

突然隨從向他報告：當地縣令前來相迎。元稹整理了一下衣衫，和黃縣令相見。看看黃縣令的相貌，好像在哪裏見過。元稹問他曾在哪裏任過官職，這才知道他就是解縣逃酒的黃縣丞。元稹提起了舊事，黃知縣恍然大悟。

既是舊相識，兩人便親近起來。黃縣令邀請元稹載酒泛舟而遊，元稹欣然同意。一路遊來，既有優美風景，又有名勝古跡。黃縣令告訴元稹，附近的古跡不少：褒女所奔走城在東，諸葛亮所征之路在西。元稹感今懷古，寫下《贈黃明府（唐代稱縣令為明府）》這首詩，也由此留下了一段佳話。

題李凝幽居

唐・賈島

原文

> 閒居少鄰並，草徑入荒園。
> 鳥宿池邊樹，僧敲月下門。
> 過橋分野色，移石動雲根。
> 暫去還來此，幽期不負言。

賈島，唐代詩人。年少時因為家貧，落髮為僧。他寫詩不惜耗費心血煉字，是苦吟派代表詩人。

有一天，他興沖沖地去探訪好朋友李凝，恰巧李凝不在家，真是乘興而來，掃興而歸。第二天，他寫了一首《題李凝幽居》，記敍這件事情。

寫好以後，賈島總覺得有甚麼地方寫得不夠妥當。這件事一直縈繞在他的心頭，時不時就想起這首詩。

有一天，賈島出門辦事，人騎在毛驢上，心思仍然掛念在那首詩上。突然，他覺得「鳥宿池邊樹，僧推月下門」這一句的「推」字，應當改用「敲」字；回過頭來一想，又覺得還是用「推」字好。吟哦多遍，仍然拿不定主意。賈島騎在驢上，一會兒作推的模樣，一會兒作敲的模樣，全然不顧路人詫異的目光。

這時候，在京城做官的韓愈過來了。前面的儀仗在前面開道，賈島渾然不知，依然做他的「推」「敲」姿態，不知不覺竟然闖入了韓愈的儀仗隊裏。衙役一陣吆喝，將賈島拿下，擁到韓愈面前。

韓愈問賈島為甚麼闖進自己的儀仗，賈島便把自己做的那首詩唸給韓愈聽，並把那一句是用「推」好還是用「敲」好的疑問說了出來。韓愈聽完之後仔細想了一會兒，對賈島說：「我看還是用『敲』好，即

使友人家的門虛掩着，還是應當敲門，敲門是應有的禮貌。再說，夜靜更深之時，用了『敲』字可以用聲響反襯那裏的清冷幽寂。」賈島聽了韓愈的話，打心底裏佩服，連連點頭稱讚。

這個故事成為千古美談，從此以後，「推敲」也就成了比喻做文章或做事時，反覆琢磨，反覆斟酌的常用詞語。

題興化寺園亭

唐·賈島

> 破卻千家作一池，不栽桃李種薔薇。
> 薔薇花落秋風起，荊棘滿庭君始知。

蘇軾《祭柳子玉文》中說：「郊寒島瘦」。「郊」指唐代詩人孟郊，「島」指唐代詩人賈島；「寒」指詩風清寒枯槁，「瘦」指詩風孤峭瘦硬。孟郊、賈島兩人詩歌風格相近，清奇悲淒，幽峭枯寂，苦吟推敲，錘字煉句，給人以寒瘦、局逼感。

兩人的經歷也有些相似，一生大部分時間頻頻參加科考，都沒有擔任過像樣的官職。孟郊五十歲時得以考中進士，也算了卻「雁塔題名」夢，大概可以略略感到欣慰。賈島比他更慘，科考屢屢不中，一生未得功名。

賈島早年家境貧困，文場失意，便出家當和尚，法號無本。他在洛陽為僧時，當局規定僧人午後不得出寺。賈島難以忍受，慨歎道：「不如牛與羊，猶得日暮歸。」是啊，牛羊晚上還能歸圈，做了和尚

連寺門都不許離開一步！

元和五年（公元 810 年）冬，賈島來到長安，拜見張籍。第二年春天，又去謁韓愈。韓愈讀了他的詩作，大加賞識。在韓愈的勸說下，賈島還俗應舉，從此走上了苦苦科考路。

賈島自元和七年（公元 812 年）定居長安，開始應舉求仕，科場拼搏二十五載，卻蹭蹬一生，其間生活極其貧困，有時米也買不起，更不要說菜蔬。張籍在《贈賈島》詩中寫道：「拄杖傍田尋野菜，封書乞米趁時炊。」

儘管如此，賈島依然幻想一朝成功，幻想雁塔題名。屢經磨難之後，他的心中難免產生激憤之情。

有一年，賈島剛剛科舉落第，從裴度庭院經過，回去之後寫成《題興化寺園亭》詩，對裴度進行嘲弄：為了「作一池」就要「破卻千家」，造一座園亭又該有多大？又該「破卻」多少家！院子裏不種桃李，卻要種甚麼無用的薔薇；現在如此奢侈，最後的結果一定是「荊棘滿庭」。

他的這首詩引起許多人對他白眼相向。當時裴度很有名望，很多人視裴度為當代名相，他平定叛亂有功，被封為晉國公。在大家看來，白衣書生賈島嘲弄賢相裴度，妒嫉心實在太重！不過，現在看來，這首詩確實反映了中唐「富者兼地萬畝，貧者無容足之居」的社會現實。

賈島垂老之年，才出任長江縣主簿。實際上，朝廷是將這位不討人喜歡的老書生請出京城，送他到邊遠之地，讓他少生事端。三年之後，賈島遷任普州（今四川安岳縣）司倉參軍，後因病卒於任上。

題路左佛堂

唐·吳武陵

原文

> 雀兒來逐颶風高，下視鷹鸇意氣豪。
> 自謂能生千里翼，黃昏依舊入蓬蒿。

吳武陵，元和二年（公元807年）舉進士，年輕時胸懷大志，倜儻不羣。吳元濟叛唐，吳武陵給他寫了封長信，曉之以理，動之以勢，元濟卻毫不悔悟。宰相裴度討伐吳元濟，吳武陵通過韓愈屢獻良策，為裴度所賞識。

後因得罪當權者李吉甫，吳武陵被流放永州（今湖南永州），與貶為永州司馬的柳宗元相遇。兩人都是性情中人，一見如故。閒來無事，兩人同遊永州山水，欣賞那裏的大好河山。在吳武陵的開導下，柳宗元重新振奮起來，寫出了一系列遊記、詩歌，抒發心中的憤懣。吳武陵和柳宗元在永州相聚四年之久，情同手足。元和七年（公元812年），吳武陵遇赦北還，而柳宗元不在赦免之列，兩人依依惜別。

回到長安後，吳武陵向宰相裴度陳述柳宗元的不幸，希望將柳宗元從邊地調回。事情稍有眉目，柳宗元不幸在柳州病逝，這便成為吳武陵終身遺憾。

柳宗元的詩文，涉及吳武陵的有《同吳武陵送杜留後詩序》《同吳武陵贈李睦州詩序》《小石潭記》《答吳武陵論〈非國語〉書》等六篇文章，《初秋夜坐贈吳武陵》《零陵贈李卿元侍御簡吳武陵》兩首詩。柳宗元在詩中抒發了對吳武陵的思念，感情真摯，讀來催人淚下。

回到長安以後，吳武陵曾經主持北方邊境鹽務。太和初年，擔任太學博士，不久出任韶州（治所在今廣東韶關）刺史，後因遭到權貴誣陷，貶為潘州（治所在今廣東茂名）司戶參軍。

唐代孟棨的《本事詩》記載了他的一則故事。

吳武陵雖具才華，但性情暴躁，很多人對他有所畏懼。唐文宗大和年間，吳武陵出任韶州（今廣東韶關）刺史，遭到權貴陷害，說他貪污受賄，弄得官場腐敗成風。皇帝的使者發出命令，要廣州幕吏對吳武陵進行嚴查。

哪知這個小吏少不更事，自恃是科舉出身，沒把吳武陵看在眼裏，追查時絲毫不留情面。吳武陵非常氣憤，於是在路邊的佛堂題了這首《題路左佛堂》詩。這首詩的意思是：小麻雀（比喻小吏）憑藉上司的颶風高飛，竟在鷹鸇（吳武陵自喻）面前賣弄豪氣；小麻雀自以為長出了遠飛千里的翅膀，但黃昏時分仍要棲息於蓬蒿之中。這首詩對自以為是、狐假虎威的小吏進行了辛辣嘲諷。

贈婢

唐·崔郊

原文

> 公子王孫逐後塵，綠珠垂淚滴羅巾。
> 侯門一入深似海，從此蕭郎是路人。

「侯門似海」這個成語，大家都很熟悉，指王公貴族的門庭像大海那樣深邃。過去形容豪門貴族、官府的門禁森嚴，一般人不能輕易進入。現多用以比喻舊時相識的人（多指男女），後因身分、地位懸殊而不能相見。

這個成語出自唐朝崔郊的《贈婢》詩，其中還有一段故事。

　　唐朝詩人崔郊，是元和年間的秀才。他姑母家有個婢女春紅，性情溫柔，長得如花似玉。一個才子，一個佳人，一雙兩好，兩人暗中相戀。只是因為身分差異——一個是主子，一個是奴婢，崔郊沒能跟父母說明。

　　日子久了，崔郊的姑媽察覺姪子跟婢女私下裏相好，為了杜絕兩人往來，姑媽打算將春紅賣掉。正好權貴于頓要買小妾，聽說春紅年輕貌美，便將她買了回去。崔郊知道了這件事，如同萬箭鑽心，卻也無可奈何。

　　春季裏的一天，崔郊到郊外踏青，遠遠看見一位窈窕姑娘，正依偎在于頓身邊。崔郊定睛一看，這佳人不是春紅又是誰！他一下子呆住了，好一會才緩過神。

　　那邊的春紅遠遠看到一位年輕書生走來，哎呀，他就是心上人崔郊！春紅愣了愣又穩住神，繼續依偎在于頓身旁。

　　崔郊頓時覺得五內俱焚，歎了口氣緩步離開。回家以後他越想越傷心，寫下了這首《贈婢》詩，並設法讓人帶給春紅。春紅讀了這首詩，暗暗落淚。

　　這首詩「公子王孫逐後塵」一句，運用了側面烘托的手法，通過「公子王孫」爭相追逐美女的描寫，突出婢女春紅的美貌。「綠珠垂淚滴羅巾」一句，運用了綠珠的典故：綠珠是西晉富豪石崇的寵姜，趙王倫專權時，孫秀倚仗權勢指名向石崇索要綠珠，遭到石崇拒絕；石崇因此被捕下獄，綠珠也墜樓殉情死去。這個典故的運用，以綠珠的悲慘遭遇暗示出春紅被權貴強行買走的不幸命運。這兩句透露出詩人對公子王孫的不滿，對弱女子的愛憐與同情。「侯門一入深如海，從此蕭郎是路人」兩句，「侯門」指權貴勢要之家，「蕭郎」泛指女子所愛戀的男子，此處是崔郊自稱。這兩句表面上是說女子一進侯門便視自己為陌路之人了，但因有了上面的鋪墊，更表現出女子這樣做確屬無奈，突出它含蓄蘊藉的特點。詩人突破了個人悲歡離合的局限，反

映了封建社會由於門第懸殊所造成的愛情悲劇，寓意含而不露，怨而不怒，委婉曲折。

後來于頓看到了這首詩，大概是害怕輿論影響自己的清譽，便讓崔郊把春紅領回去，給自己留下了美名。

井欄砂宿遇夜客

唐·李涉

原文

暮雨瀟瀟江上村，綠林豪客夜知聞。
他時不用逃名姓，世上如今半是君。

風颳個不停，雨下個不住。夜，黑漆漆的，伸手不見五指。船快要到達皖口（皖水入長江的渡口，在今安徽安慶）了，到了那個繁華的埠頭，船家才能放得下心。這裏一片荒涼，前不着村，後不着店，若是遇到強盜，叫天天不應，叫地地不靈，只得聽天由命了。船家暗暗祈禱：菩薩保佑，菩薩保佑，離開皖口不遠了，千萬不要在這裏遇上強盜！

船上的客官姓李名涉，自號清溪子，河南洛陽人氏。早年客居梁園（今河南商丘梁園），恰逢兵亂，便與弟弟李渤一起隱居在廬山香爐峯下。

時間久了，李涉漸漸阮囊羞澀。坐吃山空總不行，李涉只得出山為官。唐憲宗時，曾任太子通事舍人。因為不願與當權者同流合污，不久被貶為峽州（治所在今湖北宜昌）司倉參軍。在那裏蹭蹬十載，

總算放還。後被朝廷任命為國子博士，世稱「李博士」。

公元 822 年，李涉前往九江（治所在今江西九江），看望任江州刺史的弟弟李渤。九江在長江邊上，李涉便買舟前往。他哪裏知道路途的艱險，正手持書卷在燈下夜讀。

忽然一聲呼哨，幾條快船圍了上來，將客船團團圍住。一羣打家劫舍的強盜喝令停船，船家只得把船停下。幾十名強盜手持刀槍，「嗖、嗖、嗖」地躍上客船。船家嚇得不敢動，抱着腦袋蹲下。

為首的一人走進船艙，看到李涉氣定神閒，依然在讀書，不禁大怒，高聲喝道：「大膽，還不快快下跪，等待老子處置。」

李涉心平氣和地答道：「在下上跪蒼天，下跪父母，為何要向你下跪？」

強盜一時語塞，愣了愣問道：「你是何人？」

李涉微微一笑，沒有立即作答。船家急忙答道：「這位客官，是鼎鼎大名的李涉博士。」

強盜首領一聽是李涉，命令部下停止搶劫，說：「不知是李博士。多有得罪。」他略一沉思，向李涉施禮，說：「我等早就聽說您的大名，沒想到今日能夠相遇，還望大人給個面子，為我們寫一首詩，讓世人知道盜亦有道。」

李涉道：「這有何難，我給你等賦一首詩便是。」

船家連忙取來文房四寶，李涉一揮而就，寫下了這首絕句。那首領拿起寫好的詩，道了聲謝，隨即率領部下離開客船。

後來這首詩廣為流傳，不單純因為這件事情的發展出人意料，更因為這首詩於即興詼諧幽默中賦有嚴肅的內容和現實感慨。特別是最後一句「世上如今半是君」，說明當時的「強盜」多半跟他們一樣，被官府所迫走上這條道路，他們良知未泯，不會濫殺無辜。他們「盜亦有道」，比朝廷官軍好得多。

高軒過

唐·李賀

韓員外愈、皇甫侍御湜見過，因而命作。

華裾織翠青如葱，金環壓轡搖玲瓏。

馬蹄隱耳聲隆隆，入門下馬氣如虹。

云是東京才子，文章鉅公。

二十八宿羅心胸，元精耿耿貫當中。

殿前作賦聲摩空，筆補造化天無功。

龐眉書客感秋蓬，誰知死草生華風。

我今垂翅附冥鴻，他日不羞蛇作龍。

　　李賀，中唐詩人，字長吉。他自幼便能吟詩作文，十幾歲時便已名揚文壇。李賀寫詩與別人不同，不是先擬題，然後寫詩，而是先挖掘素材，然後作詩。

　　他每次外出，總是騎着一匹瘦馬，帶着一名小童，背着一個古舊錦囊，一邊行走，一邊思索，吟得佳句，立即用紙記下，投入錦囊中。每天傍晚回家後，母親將錦囊裏的紙卷倒出來察看，如果見他寫得多，就心疼地說：「你這個孩子，難道要把心血都吐出來才肯罷休啊。」李賀吃完晚飯，便把一天寫下的詩句整理好，投入另外一個錦囊之中，以備寫作時取用 —— 這便是「嘔心瀝血」的出處。

　　李賀的遠祖是唐高祖李淵的叔父大鄭王李亮，由於不是皇室嫡系，加之武則天時大量殺戮高祖子孫，到李賀父親李晉肅時，已經家道中落，全家淪落在昌谷（今河南宜陽西）。

　　雖說他是皇上的遠房本家，卻沒有沾上皇家的光，反倒因為父親

的名字，惹出意想不到的麻煩。他的父親叫李晉肅，偏偏「晉肅」與「進士」諧音（古音相諧），就是這個原因，李賀不能參加科舉考試。試想，他要是考中了進士，豈不是犯了父親的名諱？

公元 808 年，李賀再赴長安尋求出路，途經東都洛陽。韓愈和皇甫湜二人支持李賀應試，韓愈更作《諱辯》為他辯護。但是事與願違，李賀依然沒能參加考試。韓愈和皇甫湜前去造訪，慰藉遭讒落第的李賀。李賀感激之餘，寫下了《高軒過》一詩。

「高軒」，指高官乘坐的車。當時，韓愈為禮部尚書，皇甫湜為工部郎中，兩位大師虛懷若谷，提攜後進，親自登門看望李賀，確實讓他感動。

這首詩可以分為兩部分，全詩前十句頌揚韓愈、皇甫湜：由眼前所見着筆，寫兩位前輩的服飾、坐騎和他們不凡的氣概，再讚頌他們學識淵博，文學才華卓著，頌揚了這兩位前來安慰他的前輩。後四句寫自己，表達感激之情：自己有如枯草逢華風，頓時增強了信心；「附冥鴻」「蛇作龍」等詞，含有感激兩位提攜之意，答謝之情表現得淋漓盡致。

李賀是中唐的浪漫主義詩人，又是中唐到晚唐詩風轉變期的一個代表者。他的詩歌風格獨特，別開生面，以虛幻荒誕、幽峭冷豔為特色。在遣詞造句上，多用「鬼」「泣」「冷」「夢」「病」「死」等詞語；又因他二十七歲便早早離開了人世，被人們稱為「詩鬼」。

宮詞（其一）

唐 · 張祜

原文

故國三千里，深宮二十年。
一聲《何滿子》，雙淚落君前。

　　宮詞，是中國古代詩歌的一個特殊命題，專門描寫后妃、宮女的生活。唐代著名詩人張祜的《宮詞》，歷來被人們稱道。

　　才人，是中國古代宮廷女官的一種，兼為嬪御。唐武宗時有個孟才人，因為歌藝雙絕而被武宗寵幸。武宗病危，自知不久於人世，於是吩咐太監，把孟才人召到跟前。孟才人來到病榻前，唐武宗含情脈脈地向她凝視良久，問道：「我死了之後，你打算怎麼辦？」

　　孟才人在宮中地位不高，除了有皇后，還有四夫人、九嬪、九婕妤、九美人，地位都在她之上。皇上活着時她受寵愛，皇上去世以後她又如何自處？聽了皇上的問話，孟才人心如刀絞，抱着笙囊傷心哭泣。過了一會兒，她抽抽搭搭回答道：「萬一陛下乘鶴西去（唐武宗信奉道教），妾身將自縊以追隨陛下。」

　　武宗聽了十分感動，含着淚水看着孟才人。孟才人要求再為皇上唱一曲，武宗點頭答應了。她高歌張祜的《宮詞》，唱到「一聲何滿子」時，突然昏倒在唐武宗的病榻前。

　　武宗急召太醫前來診治，太醫號完脈說：「孟才人雖然身體還溫熱，但是肝腸已經寸斷，無法救治。」不消片刻，孟才人便香消玉殞，走在了唐武宗的前頭。

　　時隔不久，唐武宗駕崩。入殮之後，要將棺木遷走。眾人抬棺槨時，發現棺槨非常沉重，好多人也抬不動。大家議論紛紛，有人說武宗是在等孟才人，孟才人來了才肯動身。大家便將孟才人的棺槨抬

來，煞是怪事，武宗的棺槨似乎變輕了，眾人這才將唐武宗、孟才人的棺槨一起抬走。

張祜知道了這件事，唏噓不已。他對孟才人的遭遇非常同情，寫下了《孟才人歎》：「偶因歌態詠嬌顰，傳唱宮中十二春。卻為一聲何滿子，下泉須弔孟才人。」張祜也因曾經寫下了《宮詞》（其一），聲名更盛。

《宮詞》（其一）確實是一首不可多得的好詩。首句「故國三千里」，是從空間着眼，寫去家距離遙遠；次句「深宮二十年」，是從時間下筆，寫入宮時間之久。後面兩句轉入抒寫怨情，以「一聲」悲歌、「雙淚」齊落的事實，寫出了埋藏極深、蓄積已久的怨情。另外，這四句詩以「三千里」表明距離，以「二十年」表明時間，以「一聲」寫歌唱，以「雙淚」寫泣下，句句都用數字，把事情表達得更準確、更清晰，給讀者以更深刻的印象，也使詩句更加精煉。

張祜，字承吉，唐代著名詩人。他出生在清河張氏望族，家世顯赫，人稱張公子。張祜早年寓居蘇州，常常往來於揚州、杭州等城市。他在這一帶模山範水，題詠名寺。他曾寫下《題潤州金山寺》詩：「一宿金山寺，超然離世羣。僧歸夜船月，龍出曉堂雲。樹色中流見，鐘聲兩岸聞。翻思在朝市，終日醉醺醺。」這首詩引起了強烈的反響，並給他贏得更大的聲譽。

然而，張祜性情狷介，不肯趨炎附勢。他多次被節度使召至幕府，但一直淪為下僚，鬱鬱不得志。張祜晚年，在丹陽築室種植，與村鄰鄉老聊天、賞竹、品茗、飲酒，過起世外桃源般的隱居生活。

張祜是一個才子詩人，青年時豪俠遊歷，中年時宦海沉浮，晚年隱居鄉里，這些都給他的詩歌創作提供了很好的素材。杜牧曾於《登九峯樓寄張祜》詩中說：「誰人得似張公子，千首詩輕萬戶侯。」

張祜的詩歌各體兼備，尤以五言詩的成就最高。無論在內容還是風格上，他都有獨特的造詣，在中晚唐詩壇上獨樹一幟。

題都城南莊

唐・崔護

去年今日此門中，人面桃花相映紅。
人面不知何處去，桃花依舊笑春風。

　　唐朝有個詩人，名叫崔護。唐德宗貞元年間，他收拾好琴劍書箱，赴京城長安應舉。一天，閒來無事，趁着風和日麗到郊外踏青。

　　城南一帶的風景果然秀麗，桃紅柳綠，草長鶯飛。觀賞着大好春光，崔護覺得心曠神怡。

　　一路走來，漸漸覺得有些口渴，想找戶農家討些水喝。放眼望去，一座農舍掩映於桃花盛開的桃林之間。走到門前，他敲了敲門，一聲鶯啼燕囀的應答聲傳了出來，門「吱呀」一聲打開了，一位面如桃花的姑娘走出門外。見到年輕書生崔護，她不禁有些羞澀，臉一下子紅了。崔護見到這麼漂亮的姑娘，只覺得心「怦怦」亂跳。他連忙穩住自己，向姑娘施了一禮，說道：「小可口渴難忍，前來討口水喝。」

　　姑娘返身進門，端了碗水出來，遞給了崔護，隨後便倚着花朵盛開的桃樹，等他喝水。崔護一邊喝水，一邊偷眼看那姑娘，姑娘在桃花的映襯下，面容顯得更加嬌豔。崔護喝完水，向姑娘道聲謝，把碗遞給姑娘。姑娘接過碗，返身回到屋裏，再也沒有走出來。

　　回城以後，崔護對那姑娘久久不能忘懷。只是因為雜事繁忙，沒有再到那裏去。第二年春天，崔護不禁又想起了那位姑娘。他向城南那座農舍走去，還想見見自己心儀的人兒。沒想到來到門前一看，門上一把大鎖，四周空無一人，只是門前那棵桃樹花兒依然盛開，依舊像去年那般豔麗。

崔護悵然若失，看着滿樹的桃花，久久沒有回過神來。呆呆地看了好一會兒，他歎了口氣，在門上題了這首詩，悵然離去。

好詩經得起時間的考驗，時隔千年，「人面桃花相映紅」這一千古佳句，仍然廣為傳誦。

記夢

唐·許渾

原文

曉入瑤台露氣清，座中惟有許飛瓊。
塵心未盡俗緣在，十里下山空月明。

許渾是晚唐重要的詩人，前人評論他的作品：「許渾千首濕，杜甫一生愁。」意思是，許渾的詩作大多描寫水景，杜甫一生窮困潦倒。由於許渾善寫律詩，與杜甫的特點有些相似，故有此語。許渾能和杜甫並提，說明他的詩作確有過人之處。比如，大家熟知名句「山雨欲來風滿樓」，就是出自他的《咸陽城東樓》詩。

許渾的《記夢》，寫的是他杜撰的一個神話故事。

有一天，許渾來到一座山的山腳下，抬頭一看，半山間白雲繚繞，山頭隱隱約約有座宮殿。

許渾決定上山看個究竟，爬了兩三個時辰，費了九牛二虎之力，方才爬上峯頂。迎着習習涼風定睛一看，不遠處果然有座宮殿，裏面影影綽綽有些身影。許渾不禁驚呆了，這裏有座這麼壯麗的宮殿，自己居然一無所知！

許渾走進大殿，看到幾個人正在飲酒。他們看到許渾，非常高興，紛紛說道：「這不是才子許渾麼，快快入席同飲。」

許渾聽到他們叫自己的名字，鬧不清是怎麼回事，問道：「這裏是甚麼地方？諸位又是何人？」

一位相貌端莊的中年人拉他坐下，和顏悅色地對他說：「這裏是崑崙山，我叫許飛瓊，跟你是本家。來來來，今天你既然來了，就跟我們一起痛飲幾杯。」說完，給許渾斟滿一杯酒。

一陣酒香從杯中飄出，許渾情不自禁地將這杯酒一飲而盡。這酒真是瓊漿玉液，許渾跟他們喝了個盡興。

許飛瓊送他出門，一陣清風吹來，許渾不禁打了個冷顫。他突然醒來，剛才的情景原來是南柯一夢。許渾隨後寫了一首詩，記載了這個美夢。

過了幾天，許渾夢見自己回到前日的夢境中。許飛瓊見了他很不高興，責怪他道：「喝酒本來是件高興事，你怎能把我的名字傳播到人世間去了？真叫人掃興！」

許渾當即向許飛瓊道歉，說：「不才沒有想到這一點。好辦好辦，我將『座中惟有許飛瓊』改成『天風吹下步虛聲』便可。」

沒料想這首詩已經傳揚出去，再改已經晚了，流傳於世的這一句，仍然是「座中惟有許飛瓊」。

贈項斯

唐·楊敬之

原文

幾度見詩詩總好，及觀標格過於詩。
平生不解藏人善，到處逢人說項斯。

　　人們常說：「文人相輕。」實際上，文人不一定相輕，有很多賢明之士以提拔、掖引他人為樂事。

　　楊敬之，唐代文學家。他曾把自己的得意之作《華山賦》拿給韓愈看，韓愈讀完之後大為歎賞，並且向許多人推薦。一時間，楊敬之聲名遠播。

　　楊敬之也因讚揚、推薦別人而揚名於世。他對項斯的詩作非常欣賞，寫下了《贈項斯》這首詩。這首詩不僅讓大家了解項斯，也讓他流芳百世，並且留下「逢人說項」這一成語。

　　項斯，字子遷，浙江仙居人。他曾築草廬於朝陽峯前，枕石飲泉，讀書吟詩，長達三十年。項斯聽說楊敬之最喜提攜後輩，便帶着自己的詩作前去拜謁這位前輩。楊敬之讀了他的詩大加讚賞，寫下了《贈項斯》詩。第二年項斯參加科考，登進士第，授潤州丹徒（今江蘇鎮江）尉。

　　隨着時間的推移，項斯漸漸淡泊名利。他在《贛州再贈詩》中寫道：「此別重逢又何時，贈君此是第三詩。眾人皆醉從教酒，獨我無爭且看棋。凡事誰能隨物競，此心只要有天知。自知自有天知得，切莫逢人說項斯。」這首詩表現了他看破紅塵、超然物外的心境。從楊敬之「到處逢人說項斯」時項斯的喜悅，到項斯「切莫逢人說項斯」的迴避，可以感受到項斯心態的巨大轉變，造成轉變的原因之一是仕途的失意，是對世事的心灰意冷。

項斯的好友顧非熊考場拼搏三十年，終於考中了進士，項斯在《送顧非熊及第歸茅山》中寫道：「吟詩三十載，成此一名難。自有恩門入，全無帝里歡。湖光愁裏碧，巖景夢中寒。到後松杉月，何人共曉看。」細細品味這首詩，項斯對自己為之奮鬥的科舉制度有了冷眼旁觀的審視，詩中抒發了苦讀成名的感慨，哪裏還有登科後的歡快！

牡丹

唐・張又新

> 牡丹一朵直千金，將謂從來色最深。
> 今日滿闌開似雪，一生辜負看花心。

「書中自有黃金屋，書中自有顏如玉。」在千年的科舉中，士子們夢寐以求的就是金榜題名。至於「連中三元」，那是想都不敢想的事。從唐代至清代，「連中三元」（指在鄉試、會試、殿試連續考中第一名）者僅十七人而已。

唐代的張又新，詩文不算絕佳，但他在科場的名頭可大着呢。他於唐憲宗元和年間初應「宏辭」第一，又為京兆解頭，公元814年狀元及第，時號為張三頭，是科舉時代「連中三元」的第一人。

「張三頭」有三件流傳千古的佳話，一是「連中三元」；二是諳於茶道，寫成《煎茶水記》一卷，它是繼陸羽《茶經》之後我國又一部重要的研究茶道的著作，為文人雅士所看重；三是寫就《牡丹》詩，成為青樓美談。

　　張又新因投靠權臣李逢吉，與政見不同的李紳有嫌隙。李紳為淮南節度史時，張又新在江南郡任上罷官。真是福無雙至，禍不單行，張又新乘船返鄉在荊溪遇風，他的兩個兒子都落水淹死。

　　當時李紳正得勢，張又新擔心李紳報復自己，便寫了封長信向李紳謝罪。李紳看了信很憐憫他，回信說：「過去政見不同，言辭多有相悖，但我從未放在心上。現在你痛失愛子，我深表同情。」

　　見面以後，李紳熱情接待，張又新十分感激。李紳某日與張又新飲宴，陪酒的歌妓是張又新任廣陵（今江蘇揚州）從事時的舊相識，兩人曾經彼此有意，但終未成雙，至今時隔二十年，見了面各自唏噓。

　　李紳起身方便，張又新便用酒在盤上寫了這首《牡丹》詩。李紳回席，見張又新悶悶不樂的樣子，命歌妓唱歌勸酒，歌妓隨即唱了這首張又新剛剛寫就的《牡丹》詩。席間，張又新左一杯、右一杯，喝得酩酊大醉。李紳悄悄問歌妓，剛才發生了甚麼事；歌妓告訴李紳，方才唱的《牡丹》詩，是張又新的新詩。李紳一下子明白張又新的心事，當晚便將這個歌妓送到張又新的住處。

　　以後，在這位歌妓的幫助下，張又新擺脫了往昔的苦痛，重新恢復了生趣。張又新跟她結為連理，相敬如賓，成為一段青樓佳話。李紳這位月老，也因促成一段善緣，倍受人們誇讚。

贈成都僧

唐・李章武

南宗尚許通方便，何處心中更有經。
好去苾芻雲水畔，何山松柏不青青。

在唐代，想當和尚沒那麼容易。當和尚要有身分證明——度牒。怎麼才能得到度牒呢？有兩條路可走。一是參加考試，考試及格以後由政府發給度牒；要是考不及格，即使是廟裏的僧尼，也要勒令還俗。另一條道路是購買度牒，政府為了增加收入，將度牒變賣，買到度牒的人，即可成為僧人。

甚麼人會買度牒呢？當然是有錢人。有了度牒就算是出家人，就不必服兵役、勞役，也不必出丁錢，無需繳納苛捐雜稅。如此說來，出家倒也好處多多。

唐文宗太和末年，蜀地又要對僧尼進行考試，考試的內容為佛家經典。這下子急壞了許多僧尼，他們手無縛雞之力，不做出家人哪裏去混飯吃！不少人「臨時抱佛腳」，捧起了經書一味苦讀，希望能夠通過這次考試。

成都少尹李章武，是個學貫古今的飽學之士。有一天，他正在書房看書，忽然衙役前來報告：有個僧人求見。

李章武知道僧人是為考試之事而來，但是不接見僧人也不好，就吩咐衙役，把求見的和尚帶進來。

僧人見了李章武，說話並不繞彎，開門見山地說：「貧僧在禪寺修行多年，未曾誦讀過經書，只求頓悟。如果參加考試，肯定過不了這一關。我要是還了俗，就把我多年的修行廢棄了。望大人開恩，網開一面，幫我一把。」

　　這倒是個難題，應該怎麼辦呢？李章武思索片刻，提起筆來寫了一首詩送給僧人，對僧人說：「屆時你將這首詩呈給考官便是。」

　　這首詩講的是禪理。唐代高僧慧能和尚──佛教禪宗六祖，開創了「南宗」，詩中第一句的「南宗」，就是指禪宗南宗，南宗主張不立文字，頓悟成佛。有了第一句，第二句就順理成章：「何處心中更有經。」既然「不立文字」，「頓悟成佛」，不誦經書也未嘗不可。第三句的「苾芻」是梵語，指佛家弟子。第四句以松柏為喻，說這些佛家弟子只要心中有佛，就能修成正果。

　　南宗修行講究「頓悟」，所以那位僧人說他未曾讀過經書。僧人雖然拿着李章武的詩作，還是心懷忐忑，不知他的這首詩有沒有用。

　　考試的時候，那個僧人把李章武的贈詩交給考官，考官讀了李章武的這首詩，看了看僧人，會意一笑，再也沒有說甚麼，將手一揮，就算他面試通過。

　　那個僧人再也沒有想到通過考試會這麼順利，便興高采烈地返回寺院，繼續當他的和尚。

贈終南蘭若僧

唐・杜牧

原文

> 北闕南山是故鄉，兩枝仙桂一時芳。
> 休公都不知名姓，始覺禪門氣味長。

　　杜牧，是晚唐著名詩人，與李商隱齊名，人稱「小李杜」，以別於盛唐時的李白、杜甫。

杜牧家世顯赫,祖父是唐代名相杜佑。他年少成名,詩作極佳,人們耳熟能詳的除《清明》外,還有《山行》《赤壁》《泊秦淮》《過華清宮》等。另外,他的詞賦、古文也寫得極佳,身列名家。

他二十六歲考中進士,接着又通過殿試登科,名振京師。可謂春風得意,少年得志。

有一天,他和幾個同科進士到終南山遊玩。一路行來,草長鶯飛,鳥語花香,四周美景應接不暇。來到文公寺,參拜如來,拜見菩薩。來到內院,看到一個和尚雙目微閉,披衣獨坐。

杜牧上前問道:「敢問上人法號?」老僧答道:「貧僧為世外之人,問它作甚!」和尚的回答出人意外。

杜牧想了想說:「上人置身紅塵外,逍遙自在。」

和尚道:「自在即不自在,不自在即自在。」

聽了老僧的回答,杜牧又是一愣,暗暗想道:今天遇到高人了,他正在跟我打機鋒!

老僧開口了:「敢問施主尊姓大名?」

同去的人忙着答道:「這位杜牧杜大人是杜佑宰相的孫子,今年科舉連考連捷,是個了不得的才子。」

沒料想老僧似乎一臉茫然,說:「呀,失敬了。不過,你們如此誇他,我怎麼從來沒聽說過杜牧這個人呢?」

杜牧先是覺得驚訝,隨即恍然大悟。自己近日頗為得意,未免飄飄然;老僧並非不知自己的身分,只是給自己當頭澆上一盆冷水,讓自己清醒過來。

他向老僧深深施禮道:「多謝老禪師,你的一席話真乃醍醐灌頂。」回去以後,他就寫下了這首《贈終南蘭若僧》。「蘭若」為梵語,泛指佛寺。「兩枝仙桂一時芳」,指杜牧一年內既在洛陽的進士考試中及第,又通過吏部考試登科,這是極為難得的事。後人用一句話概括這首詩的主旨:得意時節須謹慎。

從此以後，杜牧對自己有了正確的認識，學習更加虛心，創作更加認真，在許多方面都取得了一定的成就。

座上獻元相公

唐・趙嘏

> 寂寞堂前日又曛，陽台去作不歸雲。
> 從來聞說沙吒利，今日青娥屬使君。

「拋磚引玉」這個成語，出自唐代詩人趙嘏和常建的故事。

常建聽說趙嘏要來蘇州，心裏十分興奮。趙嘏的詩寫得非常好，常建對他非常敬佩。比如趙嘏《長安秋望》這首詩中「殘星幾點雁橫塞，長笛一聲人倚樓」兩句，當時被人們擊賞，人們稱他為「趙倚樓」。常建暗暗想道：趙嘏到蘇州來，這正是向他求教的好機會。可是自己跟趙嘏素不相識，如何才能得到趙嘏的指教？想來想去，他斷定趙嘏到了蘇州，一定會到名勝古跡去遊覽，蘇州的名勝古跡，要數靈巖寺最有名。

常建先在靈巖寺前寫了兩句詩，等候趙嘏來續完。不出常建所料，趙嘏看到這兩句詩，一時技癢，便在後面續了兩句，寫成一首絕句。常建聞訊前去一看，續寫的兩句果然比自己寫的好得多。後人便把這個故事演化為「拋磚引玉」，比喻用自己粗淺的、不成熟的東西引來別人高明的、成熟的內容。

年輕時，趙嘏住在浙西，與美妾情投意合。他打算帶上她一起

前往京城求取功名,遭到母親的反對。他跟愛妾商量好,一旦有了功名,便來接取她和母親到長安去。

世事真是難以預料。那年中元節,鶴林寺裏人山人海,善男信女們都來進香祈禱,希望自己的願望能夠實現。趙騏愛妾也來到鶴林寺,參加這場盛大的法會。

大家正在祈禱,浙帥騎着高頭大馬來到鶴林寺。他一眼便瞥見了趙騏愛妾,隨即吩咐手下兵士把她搶走。方丈見大帥搶人,不敢多嘴;香客更是戰戰兢兢,噤若寒蟬。

第二年,考取了進士的趙騏才得到消息。趙騏欲哭無淚:過去番將沙吒利搶走了韓翃的愛妾,如今這樣的不幸落到了自己的頭上,難道自己能夠跟浙帥較量一番?他思索再三,寫了一首《座上獻元相公》寄給浙帥。

浙帥讀了趙騏的來信,心中有些不安。浙帥派人將趙騏的小妾送還居住在長安的趙騏,並捎去一封信表示歉意。

當時趙騏正要出關辦事,在橫水驛與愛妾在途中邂逅。兩人突然相見,又悲又喜,抱頭痛哭不止。第二天凌晨,小妾一則勞累過度,一則痛徹肺腑,竟然香消玉殞。趙騏悲痛欲絕,把她安葬在橫水邊的山坡上。一場破鏡重圓的喜劇,最終以小妾突然去世的悲劇告終。

題紅葉

唐・宮人韓氏

原文

> 水流何太急，深宮盡日閒。
> 殷勤謝紅葉，好去到人間。

　　「紅葉題詩」的故事，自唐代以來傳為美談。直至如今，這個典故仍然經常被人們引用，比喻姻緣巧合。

　　唐僖宗時，儒生于佑傍晚時分在宮牆外散步。宮牆旁，御溝的流水緩緩流淌，他蹲下身子，在御溝中洗手。當時正值寒秋，悲風瑟瑟，樹葉紛紛落下，御溝不斷有紅葉流出。忽然，他發現其中一片較大的紅葉上似乎有墨跡，便隨手將紅葉從水裏撈起。仔細一看，紅葉上題有詩一首。

　　回家之後，于佑將紅葉藏在書箱中。他時時默唸那首詩，詩中表現的那種幽怨，使他難以釋懷。

　　幾天以後，他也找來一片紅葉，在上面題了兩句詩：「曾聞葉上題紅怨，葉上題詩寄阿誰？」他將這片紅葉置於御溝上游的流水中，看着它流入宮內。他又在流水邊徘徊許久，才悵然離去。

　　從此以後，他經常想到那位寫詩的宮女，漸漸寢食俱廢，日漸消瘦。一天，有朋友來看望他，見他清瘦如此，非常吃驚，問道：「多日不見，仁兄怎的如此消瘦？」

　　于佑並未隱瞞，將事情的經過如此這般敍說一番。友人聽了「哈哈」大笑道：「仁兄，宮中的這些女子，個個都是經過千挑萬選，選中了才送入宮內。即便是一般宮女，在民間也是絕色佳麗，你有此等妄想，真是又可笑又可氣！」

　　于佑笑着說：「仁兄不必恥笑，天從人願也未可知。」朋友見他

不可理喻，只好一笑置之。

以後，于佑屢次來到京城，屢次應試落第。他已倦於遊歷，便安下心來在河中貴人韓泳家教書。

一天，韓泳告訴他：「如今皇上開恩，要把三千宮人放出，讓她們各自尋找合適的人。有位宮女韓夫人，她跟我同姓，如今離開了皇宮，投奔到我這裏。現在先生尚未娶妻，韓夫人也未找到合適的人。她本是良家女，現今只有三十歲，我有心給你們搭橋，讓你們結為夫妻，不知先生可願意？」于佑喜出望外，立即答應了這門親事。結婚那一天，于佑見韓夫人貌若天仙，以為自己飛入仙境。

婚後，兩人恩恩愛愛，日子過得十分甜蜜。一天，韓氏無意間在竹箱裏看見于佑珍藏多年的紅葉，非常吃驚，脫口說道：「這是我當年寫的詩，怎麼會到你這裏？」

于佑一下子愣住了，過了好一會才清醒過來，便把當年發生的事告訴妻子韓氏。韓氏驚訝萬分，說：「當年我也曾在水中得到一片紅葉，不知哪一個在上面寫了詩句。」韓氏取出一片紅葉，上面的詩句正是當年于佑所書。

這件事很快就傳了出去，眾人無不驚歎。

夜雨寄北

唐 · 李商隱

> 君問歸期未有期，巴山夜雨漲秋池。
> 何當共剪西窗燭，卻話巴山夜雨時。

在唐代，缺乏門第背景的知識分子希望踏上仕途，主要有兩條道路：一條是參加科舉考試取得功名，一條是進入官僚幕府做幕僚取得資歷。到了唐朝中晚期，很多官員既有金榜題名的榮光，又有做大員幕僚的經歷。

李商隱十六歲時，寫出了《才論》《聖論》這兩篇優秀文章，獲得天平軍（治所在今山東東平西北）節度使令狐楚的賞識，令狐楚不僅經常給他講授寫作技巧，還資助他的家庭生活費用。在令狐楚的幫助下，李商隱的寫作水平提高很快。

公元837年，李商隱考取了進士。這一年的年末，令狐楚病逝。將令狐楚的喪事料理完，李商隱應涇原（治所在今甘肅涇川北）節度使王茂元之請，進入王茂元的幕府，做了王茂元的幕僚。王茂元對李商隱的才華非常欣賞，對他青眼有加，後來將自己的愛女王晏媄嫁給了他，李商隱成了王茂元的乘龍快婿。

從此以後，李商隱在黨爭中身陷尷尬處境。王茂元與李德裕交好，被視為「李黨」的成員；而令狐楚父子則屬於與「李黨」勢不兩立的「牛黨」。「牛黨」的人認為，李商隱娶王茂元的女兒為妻，是對剛剛去世的老師、恩人的背叛。這椿婚姻將他拖入了牛李黨爭的政治漩渦，李商隱為此付出了沉重的代價。

在唐代，考取了進士一般並不會立即授予官職，還需要再通過吏部考試。公元838年春，李商隱參加考試，在複審時被除名。雖然他

知道這是甚麼緣故，但他對娶王晏媄為妻毫不後悔。在李商隱看來，妻子王晏媄比朝廷官職重要得多。

第二年李商隱再次參加授官考試，方才得以通過，被授予祕書省校書郎的官職。時隔不久，他被調任弘農（今河南靈寶）縣尉。李商隱在弘農任職期間，做事很不順利，公元839年，李商隱辭去了弘農尉這一官職。以後，李商隱還擔任過一些職位不高的官職，但是時間都不長。

公元843年，李商隱的岳父王茂元在討伐藩鎮叛亂時病故。王茂元生前沒有利用自己的影響力幫助女婿升遷，他去世後使得李商隱的處境更加困難。

公元847年二月，李黨成員鄭亞出任桂林刺史，邀請李商隱做他的幕僚。一年之後，鄭亞被牛黨成員排擠，貶為循州（治所在今廣東佗城）刺史。李商隱失去了靠山，只得北上還家，那年秋季，到達巫山一帶。那時適逢秋雨綿綿，不得前行，李商隱寫下了這首感人至深的《夜雨寄北》。

首句「君問歸期未有期」點題，人們一看就知道這是一首以詩代信的詩。讀者由此可以得知，此前作者已收到妻子的來信，信中盼望丈夫早日回歸故里。他自然也希望能早日回家與妻子團聚，但秋雨連綿，交通阻隔，何時能回到家中，很難定下準日。首句流露出離別之苦，思念之切。

次句「巴山夜雨漲秋池」，是作者告訴妻子自己現在所處的環境和心情。在秋雨連綿的夜晚，面對漲滿水的池塘，詩人獨自在屋內凝思，回憶他們一起的美好生活，咀嚼着自己現在的孤獨。

前面兩句是實寫，後面兩句是虛寫。「何當共剪西窗燭，卻話巴山夜雨時」，這是對未來團聚時的想像。現在的滿腹思念，只有寄託在將來。作者回到故鄉以後，必定要和妻子共坐西屋窗下，剪去燭花，把今夜旅次巴山，面對夜雨秋池，思念妻兒的苦況告訴她，讓妻

子知道自己現在的心情。

讀了這首詩，你一定會羨慕李商隱與妻子王氏的伉儷情深。

南朝

唐·李商隱

地險悠悠天險長，金陵王氣應瑤光。
休誇此地分天下，只得徐妃半面妝。

李商隱的詩為詩壇奇葩，文為文苑異卉，章奏典麗工整，為四六文的模範。他的詠史詩委婉而意蘊深長，表達了詩人對國家的深切憂患，以及報國無門的落寞和惆悵。他的詠史詩還善於用典，借助恰當的類比，使主旨得到委婉表達。

這首《南朝》詩的大意是：南朝都城金陵（今江蘇南京）憑藉着長江天險，本可以「王氣」長存。下面筆鋒一轉，「休誇此地分天下，只得徐妃半面妝」兩句，窮形盡相地刻畫出南朝皇帝的窩囊相：半壁江山本來就不值得誇耀，堂堂天子只能得到半老徐娘的「半面妝」！

這首詩有個典故——「半面妝」。能夠知道這個典故，就能基本讀懂這首詩。

公元 517 年，天生麗質的徐昭佩應召入宮，被立為湘東王蕭繹的王妃。徐昭佩是梁朝侍中信武將軍徐琨的女兒，可謂名門之后；所嫁男兒是梁武帝的兒子蕭繹，是皇家龍種。在別人看來，這對新人門當戶對，一定是鳳凰于飛，琴瑟和諧。可是事實並非如此。

　　王府美女眾多，蕭繹從來沒有真正愛過徐昭佩。即使後來為他生下了王子蕭方等和女兒蕭含貞，徐昭佩依然得不到寵愛，常常獨守空房。

　　為了贏得丈夫的感情，徐昭佩費過不少心思。蕭繹喜歡和文人墨客談詩論畫，為了博得蕭繹的欣賞，徐昭佩卸下濃妝，輕畫娥眉淡掃臉，把自己打扮成窈窕淑女模樣，陪着蕭繹和文人雅士品評詩畫。徐昭佩自幼熟讀詩書，說出的見解常常得到文人雅士的贊同。多日以後徐昭佩發現，蕭繹非但沒有因此喜歡自己，反而對她的參與頗為反感。

　　徐昭佩為了遣散憂愁，經常狂飲買醉，希望從中取得解脫。蕭繹偶爾前來，喝醉了的徐昭佩不僅不盛情相迎，反而常常將穢物吐在蕭繹的衣服上。蕭繹對此非常厭惡，更是難得到徐昭佩的住處。

　　因為與徐昭佩一向不和，蕭繹稱帝以後不願立她為皇后，后位因此一直空缺。徐昭佩雖說是蕭繹原配妻子，也只是從王妃晉升為皇妃。對於這件事，徐昭佩一直耿耿於懷，更加加劇了兩人之間的矛盾。

　　梁元帝蕭繹患有眼疾，瞎了一隻眼，徐昭佩為了報復蕭繹，得知蕭繹要來臨幸，故意化「半面妝」：半邊臉打扮得美如天仙，另一半卻是素面朝天。蕭繹看到徐昭佩的半面妝，知道她在嘲笑自己是獨眼龍，不禁勃然大怒，拂袖而去。從此以後，兩人基本上不見面。

　　徐昭佩還有一個著名的典故，那就是「徐娘半老」。徐妃空房寂寞，竟然勾搭上了蕭繹的年輕侍從季江。有一次，季江輕輕歎息道：「徐娘雖老，猶尚多情。」後來，人們就用「徐娘半老」形容風韻尚存的中年婦女。

　　兩人的關係越來越僵，最終導致夫妻反目。梁元帝蕭繹知道徐昭佩帷薄不修，逼迫她自盡。徐昭佩不肯求饒，憤然投井。蕭繹餘恨未消，讓人把她的屍體打撈出來，送回她的娘家，聲言這是「出妻（休妻，把妻子趕回娘家）」。

　　如此荒唐的小朝廷，能夠長久得了麼！

蘇武廟

唐·温庭筠

原文

蘇武魂銷漢使前，古祠高樹兩茫然。
雲邊雁斷胡天月，隴上羊歸塞草煙。
迴日樓台非甲帳，去時冠劍是丁年。
茂陵不見封侯印，空向秋波哭逝川。

「蘇武牧羊」的故事人人皆知，温庭筠的《蘇武廟》，是作者瞻仰蘇武廟時所作，主要講述蘇武的事跡，表達了作者對蘇武的敬意，熱情地讚頌了蘇武的民族氣節，寄託着作者的愛國情懷。

漢朝初年，漢高祖劉邦為了消除北方的邊患，領兵與匈奴人作戰，結果遭遇「白登之圍」，自己差一點成為匈奴人的俘虜。從此以後，漢王朝無力北伐，只得採取「和親政策」，以此求取北方邊境的安寧。直到漢武帝時，漢王朝才取得反擊匈奴的勝利。

不過，匈奴人不甘心自己的失敗，時時騷擾漢朝邊境。雙方一會兒開戰，一會兒和談，多次互派使節暗中偵察。匈奴扣留了十餘批漢朝使者，漢朝也扣留匈奴的使節相抵。

公元前101年，且鞮侯成為單于，他害怕受到漢軍的襲擊，於是說：「漢朝皇帝是我的長輩，我理當尊重漢朝皇帝。」第二年，便將以前扣留的漢朝使者全部送還。

漢武帝對他的這種做法表示讚許，於是派遣蘇武以中郎將的身分出使匈奴，護送扣留在漢朝的匈奴使者回國，順便帶去送給單于的豐厚禮物，以答謝他的好意。

蘇武和副中郎將張勝以及臨時委派的使臣屬官常惠，率領招募來的士卒、偵察人員百多人一同前往。

　　完成使命後，單于正要派使者護送蘇武等人歸漢，卻遇上緱王與長水人虞常等人在匈奴內部謀反。緱王是昆邪王姐姐的兒子，過去曾經與昆邪王一起降漢，後來跟隨浞野侯趙破奴重新回到匈奴，受衛律管轄；現在，又暗中共同策劃綁架單于的母親閼氏歸附漢朝。

　　虞常在漢的時候，跟副使張勝有交往。他私下裏拜訪張勝，說：「聽說漢朝天子非常痛恨叛將衛律，我能為漢朝將衛律殺死。我的母親與弟弟都在漢朝，希望受到漢王朝的照顧。」

　　張勝以為這樣做能立下不世之功，就爽快地答應了他的要求，並把一些財物送給了虞常。

　　一個多月後，單于外出打獵，只有閼氏和單于的子弟留在家中。虞常等七十餘人將要起事，其中一人夜晚逃走，把他們的計劃向閼氏及其子弟告密。單于子弟先下手為強，率領大軍與他們交戰，緱王等人被殺死，虞常被活捉。

　　單于聞報怒火中燒，委派衛律審理這一案件。張勝聽到這個消息，擔心被揭發，便把事情經過告訴了蘇武。

　　蘇武聽完以後歎了口氣說：「事情已經到了如此地步，一定會牽連到我們。身為使節受侮而死，怎能對得起國家！」蘇武想拔刀自殺，張勝、常惠一起制止了他。

　　衛律審訊時用了重刑，虞常禁受不起，供出漢朝副使張勝是同謀。單于聞報大怒，召集貴族們前來，商議如何處理此事。單于想要殺掉漢朝使者，輔臣左伊秩訾說：「殺了他們不好，只怕跟漢朝結下怨仇。依臣下只見，還是讓他們投降為佳。」

　　單于同意了他的意見，派衛律召喚蘇武前來受審。蘇武對常惠說：「喪失了氣節、玷辱了使命，即使活在世上，還有甚麼臉面回到漢王朝呢！」說着，拔出佩刀自刎。

　　衛律大吃一驚，連忙將蘇武抱住，派人騎快馬去找醫生。醫生在地上挖一個坑，在坑中點燃微火，然後把蘇武臉朝下放在坑上，輕輕

地敲打他的背部，讓瘀血流出來。

蘇武本來已經斷了氣，這樣折騰了好半天才重新有了呼吸。常惠等人哭泣着，用車子把蘇武拉回營帳。單于欽佩蘇武的節操，早晚派人探望、詢問蘇武的情況，並將張勝逮捕。

經過一段時間休養，蘇武的傷勢逐漸好了起來。單于派使者通知蘇武，要他一起來審處虞常，想藉這個機會逼迫蘇武投降。

經過審判，事實俱在，虞常無從抵賴。劍斬虞常之後，衛律惡狠狠地說：「漢朝副使張勝，企圖謀殺單于親近大臣，理當處死；假如投降，可以赦免死罪。」他舉起利劍，做出要斬張勝的模樣。張勝嚇得面如土色，立即跪下請求投降。

衛律又對蘇武百般利誘，蘇武難忍心中的怒火，說：「你不顧廉恥，做了可恥的叛徒，這是不顧恩德義理，背叛皇上、拋棄親人！想要我跟你一樣做叛徒，根本不可能！」

衛律知道蘇武終究不會投降，只得向單于報告。單于聽了稟報，越發想要他投降。單于下令把蘇武扔在大地窖裏面，不給他喝的吃的。天下着大雪，蘇武躺在地窖裏，用雪和着氈毛一起吞下充飢。一連幾天過去，匈奴人看他還活着，以為他是神人。

單于思前想後，決定把蘇武遷到北海（今貝加爾湖）邊放牧公羊。單于派人對他說：等到公羊生了小羊，你才能回漢朝。這話的意思是：你蘇武不投降，這一輩子也別想回去啦！

蘇武遷移到北海後，經常斷糧，只能挖野鼠洞尋找老鼠儲藏的果實來吃。他拄着漢朝的符節牧羊，符節時刻不離身，以致繫在節上的犛牛尾毛全部脫盡。

過了五六年，單于的弟弟到北海上打獵。蘇武會編結打獵的網，矯正弓弩，於軒王知道他有德有才，非常器重他，供給他衣服、食品。三年多過後，單于的弟弟賜給蘇武一些馬匹、牲畜、瓦器、圓頂氈帳篷。單于的弟弟死後，他的部下也都離開了那裏。這年冬天，丁

令人盜走了蘇武的牛羊，蘇武又陷入困境。

單于一心要蘇武投降，又派漢朝降將李陵去北海勸降。李陵給蘇武安排了酒宴歌舞，趁機勸蘇武投降，遭到蘇武嚴詞拒絕。一連幾天下來，李陵見蘇武絲毫不動搖，慨然長歎道：「義士啊義士，我李陵與衞律的罪惡上能達天！」他淚如雨下，告別蘇武而去。

漢昭帝即位以後，匈奴和漢達成和議。漢朝尋求蘇武等人，匈奴謊稱蘇武已死。後來漢使者到了匈奴，常惠請求看守他的人同他一起去見漢朝使者。見到使者之後，常惠把這些年來的情況原原本本說給使者聽，要漢朝使者對單于說：「天子在上林苑中射獵，射得一隻大雁，腳上繫着帛書，上面說蘇武等人在北海。」

漢朝使者萬分高興，按照常惠所教的話去責問單于。單于聽了十分驚訝，向漢朝使者道歉說：「蘇武等人的確還活着，現在在北海那兒牧羊。」單于召集蘇武的部下，讓他們跟隨蘇武一同返回。除了以前已經投降和死亡的，跟隨蘇武回來的共九人。蘇武被扣在匈奴十九年，當初壯年出使，回來時鬍鬚頭髮全都白了。

溫庭筠的這首詩，吟詠的是蘇武威武不屈的事跡。首句「蘇武魂銷漢使前」，意思是蘇武突然見到漢朝來的使者，悲喜交加激動異常；次句「古祠高樹兩茫然」，寫蘇武廟中的建築與古樹不知道蘇武生前所歷盡的千辛萬苦，更不了解蘇武堅貞不屈的價值，寄寓了人心不古、世態炎涼的感歎。「雲邊雁斷胡天月，隴上羊歸塞草煙」兩句，追憶蘇武生前的苦節壯舉，懷念蘇武崇高的愛國精神。「迴日樓台非甲帳，去時冠劍是丁年」兩句，從時間的角度寫蘇武出使和歸國後的人事變換。結尾二句「茂陵不見封侯印，空向秋波哭逝川」，「茂陵」是漢武帝劉徹的陵墓，這兩句是說蘇武歸漢後，派他出使的漢武帝已經作古，不能親眼見他歸來，表彰他愛國赤心。

這首詩藉憑弔古跡而抒發感慨，紀念先賢，啟迪後人，感情極為真摯，是一首不可多得的詠史佳作。

官倉鼠

唐·曹鄴

官倉老鼠大如斗，見人開倉亦不走。
健兒無糧百姓饑，誰遣朝朝入君口？

　　這首詩的作者曹鄴，字鄴之，桂州陽朔縣人，晚唐重要詩人。他自小勤奮讀書，屢試不第，直到公元 850 年，他才考中進士，由此踏上仕途。

　　曹鄴的詩作反映了當時的社會現實，體恤百姓疾苦，揭露當時統治者對百姓的壓榨，語言通俗易懂。

　　《官倉鼠》這首詩如同白話一般：官府糧倉裏的老鼠真大呀，竟然有量米的大斗那麼大！老鼠的膽子真不小呀，有人開門進來了也不跑。前方的戰士沒有飯吃，老百姓餓得面黃肌瘦！你們這些大老鼠，是誰天天把糧食送進你們的口？這首詩用民間口語，妥貼的譬喻，入骨三分地諷刺了貪官污吏對百姓的盤剝，深刻地揭露了是非顛倒的黑暗社會。

　　「倉中鼠」這個典故，出自《史記·李斯列傳》。

　　李斯，戰國時楚國人。他出生於平民百姓人家，年輕時曾在郡裏當小吏，過着清貧的日子。

　　有一天，他去上廁所，看到一隻老鼠。那老鼠又瘦又小，看到有人進來，「哧溜」一下就逃得無影無蹤。又一天，李斯因公務到糧倉裏去辦事，在那裏見到的老鼠可不一樣了：老鼠又肥又大，看到人也不怎麼害怕，前去驅趕牠，牠也不跑遠。

　　李斯由鼠及人，不禁發出感慨：廁所裏的老鼠吃的是臭烘烘的髒東西，還常常受到人和狗的驚嚇，長得又瘦又小，太可憐了。糧倉裏

的老鼠住在大屋子裏，吃的是囤糧，不擔心人和狗的驚擾，長得又肥又大，值得人羨慕。他由此發出聯想：人何嘗不是如此？要想做人上人，就必須改變自己所處的環境，提高自己的地位。從此以後，李斯毅然地決定要做「倉中鼠」。

李斯先跟荀卿學帝王之術，學成後到了秦國，勸說秦王消滅各諸侯國，成就帝業。秦王採納了他的計謀，派謀士帶着金玉財寶游說關東六國，離間各國的關係。李斯的這些計謀，在秦王消滅六國的過程中起了重大作用。秦始皇統一天下後，李斯被任為丞相，居於一人之下、萬人之上。他終於如願以償，成為「倉中碩鼠」。

秦始皇去世以後，李斯失去了靠山。為了保住自己的權利和地位，李斯只得向趙高屈服，成為趙高的幫兇。可是他打錯了算盤，趙高為徹底排除異己，誣陷李斯和他兒子李由謀反。李斯受到嚴刑逼供，被迫承認罪行。最後他被腰斬於咸陽，夷滅三族，結束了他「倉中鼠」的可悲人生！

後世人們用「官倉鼠」或「倉中鼠」，比喻處境優越、不勞而獲的剝削者，多用以比喻貪官污吏。

謝劉相寄天柱茶

唐・薛能

兩串春團敵夜光，名題天柱印維揚。
偷嫌曼倩桃無味，搗覺嫦娥藥不香。
惜恐被分緣利市，盡應難覓為供堂。
粗官寄與真拋卻，賴有詩情合得嘗。

　　晚唐有位詩人，名叫薛能。他於公元 846 年考中進士，擔任過工部尚書、徐州節度使等要職。

　　這個薛能，真是夠狂妄的。甚麼李白、杜甫、白居易，在他的眼中全都不過爾爾。他在《寄符郎中》詩中寫道：「我生若在開元日，爭遣名為李翰林。」意思是：我要是生活在開元盛世的話，翰林學士可能是我薛能而不是李白了。他在《荔枝詩》序文中寫道：「杜工部老居兩蜀，不賦是詩，豈有意而不及歟？白尚書曾有是作，興旨卑泥，與無詩同。」意思是說：杜甫生活在四川多年，卻沒寫過與荔枝有關的詩，大概是想寫而能力不夠吧？白居易倒是寫過與荔枝有關的詩，但格調不高、水平低下，跟沒有寫是一回事。

　　連李白、杜甫、白居易這樣的大詩人都受其詬病，其他人的詩作在他眼裏更是一文不值。有個詩人叫劉得仁，把自己詩稿拿來請他「賜教」，沒料想薛能看了之後給他的批語是「千首加一首，卷初如卷終」，差點把劉得仁氣瘋。

　　薛能以天下第一詩人自居。他當上了大官，卻偏偏說當官不是他的本分，他最應做的事是寫詩。他在《謝劉相寄天柱茶》中，除了讚揚天柱茶外，另外寫道：「粗官寄與真拋卻，賴有詩情合得嘗。」意思是：節度使不過是粗官罷了，寫詩才是我最大的興趣愛好。《全唐

詩》有薛能的詩歌四卷，可惜沒有一首膾炙人口的傑作。

不過，當時也有人對他非常佩服。賈島的堂弟無可（賈島的法號為「無本」），在《送薛秀才遊河中兼投任郎中留後》一詩中寫道：「詩古賦縱橫，令人畏後生。」認為薛能這個後生小子非同一般，令人刮目相看。

後人對薛能的評價，一律予以貶斥。南宋文學家洪邁說他「格調不能高而妄自尊大」，《太平廣記》更是將薛能打入輕薄文人之列。

湘口送友人

唐·李頻

> 中流欲暮見湘煙，岸葦無窮接楚田。
> 去雁遠衝雲夢雪，離人獨上洞庭船。
> 風波盡日依山轉，星漢通宵向水懸。
> 零落梅花過殘臘，故園歸醉及新年。

唐宣宗時，壽昌（今浙江建德）縣令穆君突發遊興，帶着侍從去遊山，到了靈棲洞附近，穆大人吟起了詩：「一徑入雙崖，初疑有幾家。行窮人不見，坐久日空斜。」吟得四句，不能煞尾，一時愣在那裏，再也吟哦不出下面的句子。

侍從中有個年輕書生叫李頻，接着吟詠下去：「石上生靈筍，池中落異花。終須結茅屋，到此學餐霞。」穆君聽了大吃一驚：一個年輕人，竟然有如此深厚的學問功底！他對李頻的詩句讚賞不已，說李

頻絕非等閒之輩，日後必定鵬程萬里。

　　一天，好友方干告訴李頻，杭州刺史姚合不僅詩文寫得好，還樂意提攜後輩。李頻聽了這話動了心，便帶着自己的詩稿，從壽昌趕赴杭州，拜謁這位前輩。

　　姚合隨手翻閱李頻的詩稿，看到有一首詩題目是《湘口送友人》，知道這是一首送別詩。送別詩不容易寫好，極易落入窠臼，姚合便首先看起這首詩。看了一遍，他又看一遍，然後點點頭說：「嗯，這首詩寫得不錯。全詩共八句，倒有七句寫景，不見傷別字樣。湘江的暮靄，江岸的蘆葦、田野，雲夢的飛雪、大雁，渡口的孤舟、離人，洞庭的風波、星河，以及臘月的梅花，在詩中紛至沓來，令人目不暇接。把孤舟離人置於中心，將諸多景物串聯起來，景語皆成情語。妙！妙！」再仔細看看李頻，如同玉樹臨風一般，長得一表人才，不禁打心底喜歡上這位年輕人。

　　以後李頻就在杭州住下，經常登門向姚合請教。姚合見他孺子可教，對他進行悉心指點。日子久了，姚合越發喜歡他，便將女兒嫁給了這個有為的年輕人。

　　李頻沒有辜負姚合的期望，公元854年考中進士，從此步上仕途。李頻任武功令時，當地強暴之徒橫行。針對這一情況，李頻查明暴徒的罪行，堅決予以嚴懲。那一年，武功又遇上饑荒，李頻下令開倉賑濟饑民。他還帶領百姓進行水利建設，引水灌溉農田，使糧食得到豐收。由於政績突出，李頻被朝廷升為侍御史。

　　唐僖宗乾符年間，李頻上表毛遂自薦，請任建州（治所在今福建建甌）刺史。當時建州局勢相當混亂，盜賊四起，民不聊生。李頻下車伊始，嚴格執行朝廷各項規定，宣佈政教條例，大力懲辦盜賊，使得建州社會秩序迅速得以安定。

　　在建州任內，他寫下了《之任建安渌溪亭偶作》（其一）：「入境當春務，農蠶事正殷。逢溪難飲馬，度嶺更勞人。想取丞黎泰，無過賦

斂均。不知成政後，誰是得為鄰。」詩中表現了李頻對農業生產的重視和對農民疾苦的同情。

公元 876 年，李頻病死在建州任內，建州百姓舉城致哀。當地士紳念及李頻生前喜愛梨山風景，便在梨山建廟，用廟前大梨木刻成李頻像，立在廟殿中，以便祭拜。

不第後賦菊

唐·黃巢

待到秋來九月八，我花開後百花殺。
沖天香陣透長安，滿城盡帶黃金甲。

安史之亂以後，唐王朝走上了下坡路。到了唐朝末年，朝綱不整，社會一片黑暗。皇帝和貴族官僚們過着奢侈糜爛的生活，半數以上的農民不僅失去了土地，還要交納名目繁多的賦稅。生活在水深火熱中的農民再也活不下去了，只得奮起反抗，起來造反。

乾符元年（公元 874 年），關中一帶發生嚴重旱災，水道乾涸，田地龜裂，禾苗枯死，連樹木也捲起了葉子。

原以販賣私鹽過活的王仙芝，這時也難以維持生計，他和尚君長、尚讓兄弟暗中謀劃了一番，在長垣（今河南長垣）率領幾千農民起義。他發佈檄文，斥責奸臣當道，朝政腐敗，弄得民不聊生；號召民眾參加起義軍，與朝廷軍進行戰鬥。王仙芝自稱天補均平大將軍、海內諸豪都統，率領義軍攻下了曹州（今山東曹縣）、濮州（今山東東

濮縣）。義軍隊伍迅速壯大，發展到幾萬人。

第二年夏天，黃巢響應王仙芝的號召，在冤句（今山東菏澤西南）率領幾千人起義。黃巢本來也以販鹽為生，擅長騎射，孔武有力，除精通武藝外，還能詩善文。他曾到長安參加科舉考試，但沒考中。科場的失利使他看到了考場的黑暗和吏制的腐敗，使他對唐王朝的腐朽本質有了進一步的認識。科考不第後，他寫下了《不第後賦菊》，藉吟詠菊花來抒寫自己的情懷，透露出他有朝一日起兵造反，攻克長安的強烈願望。

為了壯大起義軍的力量，黃巢率領自己的起義軍歸附了王仙芝，兩軍合併一處，軍威大盛。義軍東攻西伐，從山東南部打到河南西部、湖北北部。鋒芒所指，貪官污吏、土豪劣紳望風而逃，窮苦百姓簞食壺漿夾道歡迎。

義軍攻克了汝州（今河南臨汝），生擒了汝州刺史王鐐。消息傳到洛陽，猶如一聲炸雷響徹天空，文武百官驚惶不已。富豪們紛紛帶着家小、錢財，爭先恐後逃往他地。

王仙芝又去攻打蘄州（今湖北蘄春），蘄州刺史裴偓領兵抵抗。這一仗打得異常激烈，義軍未能將蘄州攻克。王仙芝焦急萬分，生怕朝廷的援軍到來，要是敵人把自己包圍在當中，那就凶多吉少了。他突然間想起被俘的汝州刺史王鐐，便要他寫信勸說裴偓投降，王鐐不得不從，寫了封信給裴偓。

王鐐的堂兄是宰相王鐸，王鐸曾任主考官，裴偓是他的門生，現在恩師的堂弟被俘，裴偓怎能置之不顧？裴偓派人與王仙芝約和，並命令軍隊撤回城內。王仙芝接受了約和請求，罷兵休戰。

裴偓想為朝廷立功，反過來進行勸降活動。他答應上奏朝廷，為王仙芝求取官爵。隨後他打開城門，讓王仙芝、黃巢等三十餘人進城，設下盛大酒宴款待他們。席間，王仙芝與裴偓互相敬酒，裴偓見王仙芝心動，又拿出許多金銀財寶送給王仙芝和他的部下。黃巢不動

聲色，在一旁冷眼旁觀。

　　裴偓上書朝廷，希望朝廷招安王仙芝，並授予他官爵。朝廷接到裴偓的上書，大臣們議論紛紛，意見不一。唐僖宗最終聽從了王鐸的意見，任命王仙芝為左衝策軍押牙監察御史；並派宦官前往薊州，將委任狀授給他。

　　王仙芝接到委任狀，欣喜萬分，準備帶領義軍接受朝廷招安。黃巢再也抑制不住心頭的怒火，高聲斥責王仙芝：「起兵之初我和你立下誓言，率領義軍橫行天下；如今你卻貪圖富貴，接受了朝廷給你的官職！當初的誓言你是不是還記得？弟兄們該往哪裏去？」說完便衝上去，一把揪住王仙芝的衣襟，拳頭像雨點般落下。王仙芝疼痛難當，連聲求饒。看看眾將，一個個對他怒目相向。他知道眾怒難犯，沒敢接受朝廷的官職，將薊州城佔領。

　　王仙芝與黃巢結下了怨仇，兩人便分兵而行。王仙芝、尚君長、尚讓率領部分義軍攻打附近州縣，黃巢率領兩萬人北上。

　　王仙芝時時不忘詔安，曾先後七次向朝廷請求投降，都遭到朝廷的拒絕。乾符五年（公元878年）二月，唐將曾元裕將王仙芝軍擊潰，五萬多義軍官兵被殺死，王仙芝也被斬殺。尚讓率領餘部突圍，歸附了黃巢。

　　眾將公推黃巢為盟主，稱「沖天大將軍」，暗合《不第後賦菊》詩中「沖天香陣透長安」之意，改年號為「王霸」，建立了起義軍的政權。黃巢隨即渡江南下，橫掃虔州、吉州、饒州、信州、福州一帶（今江西、福建一帶）。義軍所到之處，焚官府、殺貪官、劫豪富，濟貧民，廣大羣眾無不拍手稱快。百姓紛紛參加義軍，義軍隊伍迅速擴大到幾十萬人。

　　朝廷雖然處處設防，但是阻擋不了義軍北進。廣明元年（公元880年）十二月，黃巢的先頭部隊進入長安。黃巢坐着用黃金裝飾的轎子，由手持利刃的隨從簇擁着進入京城。義軍官兵人強馬壯，一個

個威風凜凜，大隊人馬浩浩蕩蕩跟隨入京。正如《不第後賦菊》所言：「滿城盡帶黃金甲。」十二月十三日，黃巢在含元殿登基，改國號為「大齊」，改年號為「金統」。

黃巢稱帝後，以為發一紙公文便可使各地官吏歸附，所以幾個月都按兵不動，使得逃往成都的唐僖宗得以集結餘部，向長安發起反撲；加上尚讓等人進京以後耽於享樂，隨便殺人，引起一些人的強烈不滿，社會秩序漸漸混亂。

當初，義軍一路攻來，沒有建立自己的根據地，反撲的敵軍未經大戰，很快就將長安包圍。長安被圍日久，糧食漸漸耗盡。義軍難以在長安久駐，於中和元年（公元881年）四月初五離開長安向東撤退。

朝廷軍進入長安，大肆進行搶劫，一些地痞流氓也趁機殺人越貨，長安城陷入一片混亂。露宿在霸上的黃巢聞報官軍號令不整，又率領義軍向長安城發起進攻。朝廷軍士卒由於搶劫的財物太多，累得跑不動，十之八九被殺死。初十那天，黃巢重返長安城。

在以後的一段時間裏，朝廷軍與義軍多有交戰，互有勝負，戰事不斷地激烈進行。

中和二年（公元882年），王鐸率領朝廷軍主力逼近長安，一再向義軍施展壓力，義軍控制的範圍越來越小。九月間，義軍將領朱溫見形勢危急，向朝廷軍投降。這不僅削弱了義軍的力量，並且導致軍心渙散。

中和三年（公元883年），朝廷召來的沙陀首領李克用，打敗了黃巢起義軍，攻取長安。黃巢率領十八萬義軍轉移到淮河中下游地區，繼續與朝廷軍戰鬥。

中和四年（公元884年），殘存的義軍被朝廷軍擊潰，黃巢逃至泰山東南的虎狼谷。他覺得已經無力再戰，自殺身亡。

黃巢領導的唐末農民起義，最後雖然失敗了，卻從根本上動搖了唐王朝的統治。

宮詞

唐·薛逢

十二樓中盡曉妝，望仙樓上望君王。
鎖街金獸連環冷，水滴銅龍畫漏長。
雲髻罷梳還對鏡，羅衣欲換更添香。
遙窺正殿簾開處，袍袴宮人掃御牀。

薛逢少年得志，於公元841年考中進士，以後官場得意，飛黃騰達，官至尚書郎。薛逢晚年仕途坎坷，鬱鬱不得志。有一天，他騎着一匹瘦馬上朝，忽然前面傳來喝道聲，原來，新科進士列隊魚貫而出，一個個得意洋洋。此時此景，使薛逢頓生感慨，不禁想到自己年輕時考中進士的情景。誰又能想到，二十年後，自己落到這步田地。

薛逢正在胡思亂想，突然有人向他吼道：「閒雜人等讓開！」薛逢不禁吃了一驚，抬眼一看，原來是前導官在呼喝開道。他連忙讓到一旁，心裏暗暗想道：難道我也是「閒雜人等」？他騎的是瘦馬，穿着一身舊衣，前導官不知道他是原先的尚書郎。不然的話，就是再借給他一個膽子，他也不敢朝着薛逢亂嚷。

這且不去說他，那些新進士也是這般狗眼看人低，有的甚至向他翻起白眼。薛逢憤激之情油然而生，隨即寫下幾句話，讓隨從送到前導官那裏。他在紙上寫道：「報道莫貪相！阿婆三五少年時，也曾東塗西抹來。」意思是：你們不要如此小看人，阿婆十五六歲時，也曾東塗西抹打扮過。後來人們用「東塗西抹」比喻隨意下筆作文（多用作謙辭），就是出自薛逢的這個故事。

由於薛逢恃才傲物，屢屢忤觸權貴，晚年仕途頗不得意。楊收、王鐸是薛逢同年進士，相繼為相，薛逢自以為文才比他們好，非常鬱

悶，於是寫詩嘲諷他們。

　　楊收為相後，薛逢寫了首《賀楊收作相》：「闕下憧憧車馬塵，沉浮相次宦遊身。須知金印朝天客，同是沙堤避路人。威鳳偶時因瑞聖，應龍無水謾通神。立門不是趨時客，始向窮途學問津。」這首詩的大意是：朝廷門前車馬往來熙熙攘攘，官員們也是一批一批輪換浮沉；你應當知道你這位朝廷宰相，原本是見了皇上也要迴避的草民。如今你的威儀是借了皇上的聖威，如同鮫龍得勢是得到神助。我希望你能做個不趨炎附勢的人，無計可施時要虛心向別人求教。楊收看了這首詩，恨得牙癢癢的，不久找了個藉口，將他貶為蓬州（治所在今四川儀隴大寅鎮）刺史。

　　王鐸為相時，薛逢又有詩云：「昨日鴻毛萬鈞重，今朝山嶽一塵輕。」意思是：昨天還輕如鴻毛，一夜之間就重抵萬鈞；原本重如泰山的大唐江山，由此也變得輕如微塵了。王鐸讀後憤恨至極，怎會提攜他這位可惡的同年！

　　實際上，薛逢也想和士大夫唱和，只是因為他自視太高，言辭偏激，朝廷裏的官員大多不願跟他來往。

　　薛逢的詩佳作不多，前人對他詩作的評價是「淺俗」。不過，薛逢也並非全無好詩，他的《宮詞》就是一首佳作。首聯「十二樓中盡曉妝，望仙樓上望君王」點題，寫宮人盼望恩幸；頷聯「鎖銜金獸連環冷，水滴銅龍晝漏長」，通過對周圍環境的描寫，烘托宮人內心的清冷、寂寞；頸聯「雲髻罷梳還對鏡，羅衣欲換更添香」，通過宮妃的刻意裝飾打扮，進一步刻畫她百無聊賴的心理；尾聯「遙窺正殿簾開處，袍袴宮人掃御牀」，寫出宮人近乎絕望的哀怨。這首詩從望幸著筆，刻畫了宮妃企望君王恩幸而不可得的怨恨心理，描寫細膩、逼真，是其他宮詞難以企及的。

憶孟浩然

唐‧唐彥謙

郊外凌兢西復東，雪晴驢背興無窮。
句搜明月梨花內，趣入春風柳絮中。

孟浩然，盛唐山水田園詩人，與另一位山水田園詩人王維合稱「王孟」；由於他是襄陽人（今湖北襄陽），世稱「孟襄陽」。

據史料記載，孟浩然一生以漫遊隱逸為主，也曾兩次進京求仕。四十歲時他聽從友人勸說，到京城參加科舉考試，結果進士不第，只得返回襄陽。公元 734 年，韓朝宗帶他進京，打算把他舉薦給朝廷，屆時孟浩然竟然不知去向，舉薦之事就此落空。原來，孟浩然去和朋友歡聚宴飲，把這事忘得一乾二淨。

傳說王維曾私下請孟浩然到翰林院議詩論文，兩人談得津津有味。忽然有人來傳報：皇上駕到！孟浩然大驚失色，只好鑽到牀下去躲避。王維不敢對皇帝隱瞞，如實相告。

唐玄宗說：「我早就聽說過此人，就讓他出來見個面吧。」聽了這話，孟浩然只好從牀下爬出來。玄宗命他吟一首近作，他便吟頌了《歲暮歸南山》，當吟到「不才明主棄，多病故人疏」這兩句時，唐玄宗李隆基不高興了，說：「是你不求功名，不是我不要你，怎麼反倒怪起了我呢！」於是讓孟浩然回襄陽。

孟浩然在詩歌方面的貢獻是巨大的，他開創了盛唐山水田園詩派，杜甫對他的評價極高，稱讚他「清詩句句盡堪傳」。他的詩歌創作，對當時和後世都有巨大的影響。

《憶孟浩然》的作者是唐彥謙，他是晚唐著名詩人。唐懿宗咸通末年上京參加科舉考試，結果十餘年不中。唐彥謙博學多藝，能詩善

文，書、畫、音樂無一不精，是當時有名的才子。

唐彥謙對孟浩然十分景仰，這首詩主要通過「踏雪尋梅」的典故，勾勒出孟浩然灑脫不羈、熱愛大自然的形象。據說孟浩然居住在京城時，常常冒雪騎驢到灞橋附近尋找梅花，說：「我寫詩的靈感，全都在灞橋風雪中驢背上。」

西施

唐·羅隱

> 家國興亡自有時，吳人何苦怨西施。
> 西施若解傾吳國，越國亡來又是誰？

西施，名夷光，春秋晚期越國人，出生於浙江諸暨苧蘿山村。苧蘿山下是浣紗溪，水中有許多石頭，傳說西施常常在這裏浣紗，後世便將這些石頭為「浣紗石」，稱這裏為「西施灘」。

西施長得沉魚落雁，美若天仙。她經常心口疼，疼起來她就微微皺起眉頭，用手捂胸口。由於她長得漂亮，這副模樣更顯出她可人的嬌態。村上有個醜姑娘，聽到別人稱讚西施嬌美，心裏非常羨慕。為了得到別人誇獎，她便學起西施的模樣。她緊緊地皺起眉頭，使勁捂着胸口，在村子裏走來走去。由於她本來就長得醜，這樣一來就更加難看了，人們看見她就趕快跑開了。這就是「東施效顰」的典故。

關於西施的民間傳說，漢朝時開始定型。

春秋年間，吳王夫差擊敗越國，越王勾踐退守會稽山，在百般無

奈之下，只得向吳國求和。吳王夫差一心要報殺父之仇，拒絕了越國的求和請求。

越國大臣文種想盡了辦法，買通了吳國太宰伯嚭，請他幫着說情。伯嚭接受了文種送來的厚禮，一番花言巧語，終於使夫差接受了越國的投降條件。夫差把勾踐夫婦二人押回吳國，關在父親墓旁的石屋裏，要他們看守墳墓，飼養馬匹。

越王勾踐在那裏住了三年，處處小心謹慎，時時忍受恥辱。吳王夫差坐車出門，勾踐就給他駕車拉馬，伺候得非常周到。有一次，吳王夫差生了病，勾踐親自殷勤服侍，就像兒子服侍父親一般。夫差病好之後，放勾踐夫婦回國。

回國以後，勾踐艱苦奮鬥，決心報仇雪恨。他睡覺時連褥子都不用，就睡在柴草堆上，提醒自己不要忘了飼養馬匹時所過的苦難生活；他在住的地方掛着一枚苦膽，飯前或休息的時候都要嚐一嚐苦味，提醒自己不要忘了所受的痛苦和恥辱。

針對吳王「淫而好色」的弱點，他與范蠡設謀劃策，到處尋訪美女，終於在浣紗溪畔找到了西施這位絕代佳人。越王花費了三年時間，讓人對西施進行各個方面的訓練，使她成為人見人愛的嬌娃。

越王勾踐將美女西施獻給吳王夫差，吳王非常高興，在姑蘇（今江蘇蘇州）建造春宵宮，日夜與她沉湎於享樂之中。夫差從此不理朝政，最終亡國喪身。

自古以來，吟詠西施的詩歌滿坑滿谷，多得不可勝數。這些詩篇，都把吳國衰亡的根由歸咎於西施。晚唐詩人羅隱的這首詩別出機杼，一反過去「紅顏禍水」的謬論，閃耀出新的思想光輝，歷來被人們擊節稱賞。

這首史詩的開頭兩句寫道：「家國興亡自有時，吳人何苦怨西施。」意為吳國亡國自有各種各樣的主客觀因素，吳國人又怎能一味怨恨西施呢！下面提出反問：「西施若解傾吳國，越國亡來又是誰？」

假如西施憑藉美色使得吳國滅亡，越王並未沉湎於女色，不是同樣滅亡了嗎？這又要怪誰呢？

　　是啊，國君及其大臣們自己誤國，卻想要歸罪一個弱女子，真是太沒道理！

橡媼歎

唐·皮日休

秋深橡子熟，散落榛蕪岡。

傴僂黃髮媼，拾之踐晨霜。

移時始盈掬，盡日方滿筐。

幾曝復幾蒸，用作三冬糧。

山前有熟稻，紫穗襲人香。

細獲又精舂，粒粒如玉璫。

持之納於官，私室無倉箱。

如何一石餘，只作五斗量！

狡吏不畏刑，貪官不避贓。

農時作私債，農畢歸官倉。

自冬及於春，橡實誑飢腸。

吾聞田成子，詐仁猶自王。

吁嗟逢橡媼，不覺淚沾裳。

　　皮日休，晚唐著名詩人。他曾經居住在鹿門山，自號鹿門子，又號醉吟先生。他與陸龜蒙齊名，人們將他倆並稱「皮陸」。他的詩歌多為針砭時弊、同情人民疾苦之作，《橡媼歎》就是其中的代表作之一。

　　這首詩的前八句為第一段，寫老媼拾橡子的艱辛及橡子用途：老婦人孤獨悽楚上荒山拾橡實，為的是用它來做過冬的糧食。當中十四句為第二段，是老媼的自述，主要寫老媼被迫拾橡子的原因。她家的田間呈現出一派豐收景象，但是，今年的收成只夠向官府繳納賦稅，官府變本加厲地盤剝農民，使得老媼衣不蔽體、食不果腹，以致餓急了只好拿橡實來填飽自己的肚子。最後四句為第三段，着重寫詩人的憤慨，並對老媼表示深切同情。這首詩語言質樸剛健，敍事清楚，情發有據，形象生動。

　　公元866年，皮日休進京參加科舉考試，鎩羽而歸。但他毫不氣餒，繼續進行詩文創作，並編訂了自己的詩文集《皮子文藪》。

　　八年以後他又去參加科考，寫出的詩文令人擊節稱賞。主考官鄭愚有心結識青年才俊，發榜前派人叫皮日休前去會面。鄭愚本以為皮日休是個風流倜儻的才子，沒想到見到的卻是位醜陋不堪、瞎了一隻眼的粗漢。鄭愚見了他大失所望，有心戲弄他，說：「你的才學很好，怎麼名字裏只有一個『日』啊。」這分明是嘲笑皮日休瞎了一隻眼。皮日休忍受不了這樣的侮辱，憤然答道：「大人千萬不能因為我這一隻眼睛，而使自己兩隻眼睛喪失目力啊！」對主考大人竟敢如此出言不遜，當然不會有好結果，發榜的時候，皮日休名列榜末。

　　以後，皮日休曾在蘇州刺史崔璞幕下做郡從事，後來入京擔任著作佐郎、太常博士。公元875年，出任毗陵（今江蘇常州）副使。

　　黃巢起義時，皮日休被起義軍逮住，以後便參加了起義軍。黃巢在長安稱帝，皮日休擔任翰林學士。在封建社會，依附「叛逆」，就是失去了「大節」，是殺頭的罪名。因為這個原因，新、舊《唐書》都沒有為他立傳。

皮日休的結局如何，現在已經無法得知。

魯迅對他的評價很高，認為他是「一塌糊塗的泥塘裏的光輝的鋒芒」。很多學者認為，皮日休是一位憂國憂民的知識分子。

題崇慶寺壁

唐・温憲

十口溝隍待一身，半年千里絕音塵。
鬢毛如雪心如死，猶作長安下第人！

溫庭筠，晚唐著名詩人。他極有才華，據說每叉手一次便吟成一韻，叉八手即可完成詩稿，時人稱他「溫八叉」。他自中年開始應舉，直到五十五歲都沒能考中進士，從此便絕了這門心思，不再涉足考場。他恃才傲物，性喜譏刺權貴，又不肯接受羈束，縱酒放浪，以致終生潦倒。

有其父必有其子，他的兒子溫憲很有才華，為「咸通十哲」之一。溫憲跟他父親一樣，也喜歡寫些諷刺權勢、針砭時弊的詩文，掌權者對他非常嫉恨，在各方面對他進行擠壓。溫憲雖然多次參加科考，但始終未能如願。

溫憲揣着「春風得意馬蹄疾，一日看盡長安花」的好夢，連續多年參加科考。一次次美夢被擊得粉碎，他仍然一次次參加科舉考試，一直考到白髮爬上鬢角，依然是一介寒儒。

公元889年，溫憲年已半百，帶着最後一絲希望來到長安，參加

科舉考試。發榜之日，他帶着忐忑的心情去看榜，仔仔細細看了一遍又一遍，最後長長歎了口氣，喃喃自語道：這一次又是名落孫山！

他垂頭喪氣地回到暫時寄身的崇慶寺，借酒澆愁。喝到半酣，帶着酒意在高樓的粉牆上題寫了這首詩。這首詩的大意是：一家十口處於瀕臨餓死的困苦境地，正眼巴巴地等待我金榜題名後回去；離家已過半年，千里之外的親人沒有一點音信。鬢髮已經像雪一樣白，心如同死了一般；我依舊是個落第人，困在長安城。全詩情感悲哀，令人感傷。

老天爺似乎有意眷顧這位苦命的讀書人。第二天，當朝宰相鄭延昌攜帶夫人來到崇慶寺隨喜（參觀），進完香後夫妻倆便在寺中遊覽。鄭延昌不經意間一抬頭，看到了溫憲寫下的那首詩。讀完之後，鄭延昌問寺院住持：「這首詩是何人所寫？」住持答道：「是個老年書生，名叫溫憲。」鄭延昌聽了一愣，又問：「是不是溫助教的兒子溫憲？」住持答道：「正是此人。」

鄭延昌頓時起了憫才之心，回到京城以後，隨即向主考官趙崇推薦溫憲。有鄭延昌說情，溫憲總算考取了進士，圓了他幾十年的金榜題名夢。

此後不久，溫憲便當上了山南節度使從事，雖然生活有了改善，但家庭的生活仍然清苦。詞人李巨川寫了份奏章給皇上，說起溫憲的父親溫庭筠當年所受到的不公正待遇，認為現在理應得到平反。如今溫憲處境艱難，希望能夠幫助溫憲擺脫困境。

皇上讀了李巨川這篇章奏，對溫憲的處境很同情，朝中一些大臣也為溫憲說了一些好話，溫憲終於擔任了郎中這一職務，總算徹底改變了命運。

細柳營

唐·胡曾

原文

> 文帝鑾輿勞北征，條侯此地整嚴兵。
> 轅門不峻將軍令，今日爭知細柳營。

　　唐朝詩人胡曾，當初屢試不第，曾寫《下第》詩抱怨：「上林新桂年年發，不許平人折一枝。」咸通年間，終於金榜題名。胡曾在軍中任職多年，歷覽古代興廢陳跡，為此慷慨悲歌，寫有許多「詠史詩」。在中國的詩歌史上，胡曾以寫「詠史詩」著稱，為專事詠史第一人。

　　《細柳營》這首詠史詩，是胡曾的代表作之一，記敍了一代名將周亞夫在細柳營嚴格治軍的史實，表現了漢文帝、周亞夫君臣相知的動人一幕。後來，「細柳營」也就成為堅不可破的堡壘的代名詞。

　　公元前158年，北方匈奴人大舉入侵。他們大肆燒殺搶掠，肆意殘害百姓。邊境狼煙滾滾，告急烽火一直燃繞到京城長安。

　　漢文帝急忙調兵遣將，集結、部署軍隊迎戰匈奴。其中，將軍徐厲駐軍棘門（今陝西咸陽東北），劉禮駐軍灞上（今陝西西安東），周亞夫駐軍細柳（今陝西咸陽西南）。

　　不久，漢文帝為了鼓舞士氣，親自前往軍營慰問、犒勞將士。他先到灞上和棘門，兩處軍營都大開營門相迎，他的車駕和侍衛們都暢通無阻地直馳而入。軍營的將領們迎來送往，忙得不亦樂乎。

　　隨後，漢文帝前往細柳軍營。他的前衛軍來到軍營門前，大聲呼喝道：「趕快開門，皇上前來慰問將士！」門前守軍似乎沒有聽見，站在那裏一動不動。前衛軍想進入大營，卻被守軍硬生生擋在軍營外，不許他們進去。

前衛軍從未遭到如此對待，氣不打一處來，打算硬闖。守門軍士正色道：「若是沒有周將軍的命令，我等不可擅開營門。」無論前衛軍怎麼說，守門軍士就是不聽。前衛軍百般無奈，只得站立在營門外，在凜冽的寒風中等候漢文帝到來。

一會兒，漢文帝的車駕到了。皇家侍衛喝令守軍打開營門，守門的軍士依然巋然不動，朗聲答道：「沒有周將軍的命令，誰也不能擅自打開營門！」

漢文帝也無可奈何，只得與守門軍士商量：先派一名使節手持符節，入營通報周亞夫。朔風怒號，皇帝的隨從們都在營門外凍得瑟瑟發抖。過了一會兒，周亞夫接到符節，傳下命令：「把營門打開！」

營門終於打開了，文帝的侍衛們揚鞭策馬打算奔馳而入。守門軍士連忙將他們喝住，嚴厲地警告道：「周將軍有令，軍營之中，不許車馬奔馳！」侍衛們只得放鬆韁繩，讓車馬徐徐慢行。

來到軍中大帳前，只見周亞夫身佩長劍，挺胸而立。等漢文帝車馬駛近，他只作了一個揖，說：「亞夫鎧甲在身，不能跪拜，請以軍禮參見陛下。」

漢文帝進營之後，見營容整肅，號令嚴明，心中肅然起敬。他從車座上站立起來，向周亞夫注目答禮；又派人向周亞夫致意：「皇上由衷敬佩周將軍。」

慰勞儀式完畢，文帝一行又緩緩離開大營。

親隨中有許多人指責周亞夫倨傲無禮，漢文帝卻不住地讚歎：「這才是真正的良將啊！灞上和棘門的軍營，治軍簡直如同兒戲一般，完全可以用突襲的方法把那裏的將領活捉；周將軍不負朕的厚望，嚴格治軍，這樣的將軍，誰能輕易冒犯他！」

不久，匈奴兵退，漢朝撤軍。時隔不久，漢文帝將總管京城衛戍事務的重任交給了周亞夫。

寄李億員外

唐·魚玄機

原文

羞日遮羅袖，愁春懶起妝。
易求無價寶，難得有心郎。
枕上潛垂淚，花間暗斷腸。
自能窺宋玉，何必恨王昌。

人們說起魚玄機，總認為她是個「倚門賣笑的俏道姑」。細細說起她的身世，不免使人唏噓歎息。

晚唐著名女詩人魚玄機，本為長安（今陝西西安）倡家女。她原名魚幼微，字蕙蘭，生性穎慧，天姿國色，好讀書，喜屬文。大約十歲時，她便與經常出入花街柳巷的著名詩人溫庭筠相識。

魚幼微對溫庭筠的感情日趨親密，由敬重到依戀，由依戀到萌生了愛意。溫庭筠面貌奇醜，被人們戲稱為「溫鍾馗」，在美少女面前，溫庭筠自慚形穢，再加上年齡相差懸殊，他便將感情控制在亦師亦友的界限內。

唐懿宗咸通年間，溫庭筠的好友李億考取了狀元。為了能給她一條好出路，溫庭筠從中牽線，將十五歲的魚幼微嫁給風流倜儻的李億做小妾。他萬萬沒有想到，這是做下了一件大錯事！

李億的妻子出身名門，容不下這位倡家出身的小妾，對她百般虐待。魚幼微雖然出身寒門，自幼卻未吃過苦，這樣的生活她無法忍受，便離家出走，到咸宜觀出家為女道士。她給自己取了個道號，叫做「玄機」。

遭受到重大打擊的魚玄機再也不相信愛情，完全改變了自己。她既談詩論文，又倚門賣笑。要是花街柳巷出個「花魁」，人們往往不

以為意；咸宜觀有個風流俊俏的女道姑，倒是個新鮮事。一傳十，十傳百，「俏道姑」的名聲很快傳遍了長安城。

在花天酒地的日子裏，魚玄機仍然忘不了李億。她於夜深人靜、百無聊賴時，寫下了《寄李億員外》這首詩。這首詩的頸聯和尾聯值得注意。頸聯「易求無價寶，難得有心郎」，是她痛苦而又絕望的心聲：像她這樣的風塵女子，怎麼可能得到「有心郎」！尾聯「自能窺宋玉，何必恨王昌」用了兩個典故：宋玉是「登徒子好色賦」中的人物，「東鄰之子（東邊鄰家的女兒）」極美，「增之一分則太長，減之一分則太短；着粉則太白，施朱則太赤」，她趴在牆上窺視宋玉三年，而宋玉卻不肯與她交往。王昌是魏晉時人，風神俊美，才貌雙全，卻從不跟外面的女人發生甚麼風流韻事。魚玄機以「東鄰之子」自比，將李億比做王昌，表面上是說自己去追求意中人，實際上表現出她仍然念念不忘李億。

陷身於風塵的魚玄機再也不能自拔，成天沉溺於風花雪月、男歡女愛之中。後來因為爭風吃醋，一時失去理智，竟然把貼身丫鬟綠翹鞭打致死。案發以後，京兆尹溫璋審理了這宗命案。他為了博取自己的「清譽」，將已經聲名狼藉的魚玄機判處死刑。那一年，魚玄機只有二十六歲。

魚玄機的詩作現存五十首，多為豔詩，收於《全唐詩》內。

淮陰

唐·汪遵

原文

秦季賢愚混不分，只應漂母識王孫。
歸榮便累千金贈，為報當時一飯恩。

　　汪遵，晚唐詩人。他自幼好學，因為家貧，沒錢買書，只好向人借書閱讀。他晝夜苦讀，學業精進，得以為小吏。

　　他跟許棠是同鄉，彼此相熟。後來許棠到京師謀求出路，汪遵依然待在家鄉。時隔不久，在親友的勸說下，汪遵前往京城，參加科舉考試。

　　到了京城附近，與送客至此的許棠不期而遇。許棠問他何事來京，汪遵便實言相告：這次赴京，前來應舉。沒料想氣量狹小、為人自傲的許棠怒氣沖沖地說：「你也不想想，你能跟我平起平坐嗎？居然也要進京應舉！」說話的語氣十分狂妄。沒料想咸通七年（公元866年），汪遵考取了進士，許棠卻沒有考取。從此許棠成了瘟頭雞，再也打不起精氣神。直到六年以後，許棠也考取了進士，才得以抬起頭來。

　　汪遵的詩作絕大部分是懷古詩，有的歌頌歷史上的英雄人物，有的借古諷今，這些詩都有一定的思想意義，寄託了作者對現實生活的深沉感慨。《淮陰》是他的代表作，歌頌了淮陰侯「一飯千金」、有恩必報的優秀品質。

　　秦末漢初，有位叱咤風雲的人物，他就是幫助漢高祖劉邦打下天下的韓信。說起韓信，人們不禁想起他的英雄膽略、足智多謀，可是他年輕的時候，也曾是個遊手好閒的小混混。

　　韓信少年喪父，家境貧困，可是他既不肯種田幹活，又不會做買賣賺錢，成天在外面遊蕩。好在母親疼愛他，情願自己餓肚子，也要

省給他吃，他也就這麼混日子。

母親撒手人寰以後，韓信便沒了管束，他一天到晚東遊西蕩，肚子餓了就到處混飯吃。

當地的亭長和他有過來往，他便經常到亭長家蹭飯。亭長的家人對他十分嫌棄，可是韓信還是厚着臉皮到他家混吃混喝。

有一天，快要吃飯的時候，韓信又來到亭長家。亭長已經跟妻子說好，讓妻子早早吃好飯，自己故意躲出去，等會兒韓信來了，看他怎麼辦！

韓信進了門，有一句沒一句地跟亭長的妻子搭話，亭長的妻子不但不理睬他，還時不時地指桑罵槐說些難聽話。過了很長時間，不見亭長回來，也不見亭長家人開飯。他突然明白過來，人家是討厭自己呀，故意讓自己餓肚子，自己還傻乎乎地待在這裏乾等！韓信憤憤地離開了，發誓再也不進亭長的家門。

韓信無處可去，只好到淮水邊釣魚。可是他不會釣魚，幾天下來一條也沒釣到。韓信給餓壞了，臉色蒼白，渾身乏力。有個老婆婆，以洗紗為生。看到韓信可憐的樣子，她就把自己的飯分一半給韓信吃，一連幾天都是如此，韓信對她十分感激。

有一天，韓信吃完飯，對婆婆說道：「婆婆這麼關心我，我一定銘記於心。等我發達以後，一定好好報答您。」

婆婆不領他的情，教訓他道：「你連飯都混不上，算甚麼男子漢！我是看你可憐才給你飯吃，哪裏指望你來報答。」

韓信聽了羞愧萬分，決心洗心革面，發奮努力，一定要成就一番事業，出人頭地。

不久，他到起義軍首領項梁那裏從軍，項梁死後便跟隨項羽，最後他投靠了劉邦，為劉邦奪取天下立下赫赫戰功。

韓信被封為楚王以後，不忘婆婆的恩德。他找到了婆婆，賞給婆婆千金作為報答。

一葉落

後唐・李存勖

原文

一葉落，褰珠箔，此時景物正蕭索。

畫樓月影寒，西風吹羅幕。吹羅幕，往事思量着。

《一葉落》是首悲秋之詞。詞的大意是：透過珠簾，看到窗外枯葉飄零，一片蕭條的景象。月光照到畫樓上，使人感到寒意；秋風吹起了簾幕，不能不勾起對往事的回憶。

從字面上看，這首詞似乎是一位文縐縐的公子哥兒觸景傷懷所作，很少有人知道，這首詞的作者是孔武有力的後唐莊宗李存勖。

後唐莊宗李存勖，是一個傳奇式的人物。他興旺時，打遍天下無敵手，建樹了莫大功業；等到他衰亡時，於一夜之間垮台，身死國滅，被天下人恥笑。

李存勖是沙陀人李克用的兒子。李克用自幼瞎了一隻眼，人稱「獨眼龍」。這個「獨眼龍」李克用可不是等閒之輩，十五歲就隨父出征，因鎮壓戍卒起義有功，被唐朝朝廷授予官職。李克用臨終前把兒子李存勖叫到身邊，將三枝箭交到兒子手上，叮囑他說：「梁王朱全忠，是我的仇敵；燕王劉仁恭，是我把他扶持起來的，後來他竟然背叛了我；契丹首領原本跟我結拜為兄弟，後來居然不顧兄弟之情，跟梁通好。這三件事，是我的遺恨。現在我給你三枝箭，每一枝箭都代表我的一件恨事，希望你能報仇雪恨，完成為父的遺願。」

李克用去世以後，李存勖繼承了晉王的爵位，開始了實現父親遺願的征途。將門出虎子，李存勖的勇敢善戰更勝其父。每次出征前，他都要派人到太廟裏去取出那三枝箭，作戰時用錦囊將箭經常背在身上，等到凱旋而歸，再將那三枝箭放回太廟。

公元908年五月，李存勖率領大將周德威等從太原南下，直向潞州（今山西長治）撲去。梁軍還在睡夢之中，被如從天而降的晉軍打得暈頭轉向、落荒而逃。敗軍逃回幽州（今北京）城，連朱全忠也不得不對李存勖刮目相看，說：「生子當如李亞子（李存勖的小名），李克用可以瞑目了。」

公元910年，梁晉爆發了「柏鄉大戰」，晉軍又將梁軍擊潰。經此一戰，李存勖軍威大振，後梁在河北的勢力不得不退至魏博（今河北大名、山東聊城地區）以南。

公元912年，李存勖派大將周德威從晉陽（今山西太原）出發，聯合王鎔、王處直，直逼幽州。晉軍長驅直入，獲得節節勝利，燕境大部分被晉軍佔領。劉仁恭的兒子劉守光見守城無望，向晉軍乞降。晉軍立志報仇，對他的乞降要求置之不理。晉軍攻破了幽州城，將劉仁恭、劉守光父子生擒。晉軍將劉仁恭父子押回晉陽以後，李存勖把仇人父子獻於太廟，告慰先父在天之靈。

公元921年，契丹主耶律阿保機南侵長驅南下，攻取涿州（今河北涿縣），然後包圍了定州（今河北定州）。李存勖聞警後親自率領五千精兵前去營救，第二年正月，大敗契丹軍，契丹撤至塞外。

公元923年，李存勖領兵攻破大梁（今河南開封），梁末帝朱友貞（朱全忠之子）拿起劍想自刎，可是幾次把劍揚了起來，都下不了手。這時候，正好皇甫麟跑了過來，朱友貞把劍遞給皇甫麟，命令他立即把自己殺了。皇甫麟稍稍猶豫了片刻，猛地把劍刺進了朱友貞的心窩，朱友貞倒地身亡。皇甫麟跪在他的屍體旁拜了幾拜，隨後舉劍自刎。

李存勖攻進皇宮，看到朱友貞和皇甫麟的屍體，恨得直跺腳。他將朱友貞和皇甫麟的腦袋砍下來，裝在匣子裏帶回去，供在太廟裏告慰先父。

滅梁以後，北方統一。公元923年四月，李存勖在魏州（今河北

大名西）稱帝，國號為「唐」（史稱後唐），不久遷都洛陽。

李存勗稱帝以後，認為父仇已報，功業已成，便花天酒地開始享樂。他喜歡看戲，看得興起自己也登台吼上一通。他見藝人都有藝名，便也給自己取了個藝名，叫「李天下」。有一次上台演戲，他連喊兩聲「李天下」，一個伶人（演員）疾步走到他面前，搧了他個耳光。李存勗問他為甚麼打人，那個伶人一本正經地說：「李（理）天下的只有皇上一人，你倒叫了兩聲，還有一人是誰呀？」李存勗聽了「哈哈」大笑，認為他說得有理，馬上給予他賞賜。

李存勗寵用伶人，讓他們做了大官。那些伶官仗着有皇上撐腰，任意胡作非為，把個朝廷弄得烏煙瘴氣。大臣們窩了一肚子的氣，卻敢怒而不敢言。

公元 926 年，駐紮在貝州（今河北清河）的官兵閒來無事，晚上便在一起聚賭，軍人皇甫暉手氣不好，把錢輸了個精光。他有氣沒處出，氣沖沖地拿起武器高喊一聲：「我要造反！」沒料想得到了大家響應，軍人們紛紛拿起武器，一窩蜂衝進鄴城（今河北臨漳）。烈火一下子燃燒起來，並且迅速蔓延，邢州（今河北邢台）、滄州（今河北滄州）的駐軍也發起兵變。

消息傳到洛陽，李存勗連忙派養子李嗣源領兵前去鎮壓。行至半途，又起事端，官兵們擁立李嗣源為帝，與鄴城的亂兵合在一處，向京都洛陽發起進攻。

李存勗等到這個消息，立即驚呆了。過了好一會兒，他點起人馬向東進發。剛到萬勝橋，聞報李嗣源已經佔領了大梁（今河南開封），李存勗知道大勢已去，只得領兵折回。伶人出身的禁衛軍首領郭從謙也乘機作亂，李存勗成了孤家寡人，被亂箭射死。

謁金門

南唐・馮延巳

風乍起，吹皺一池春水。閒引鴛鴦香徑裏，手挼紅杏蕊。

鬥鴨闌干獨倚，碧玉搔頭斜墜。終日望君君不至，舉頭聞鵲喜。

馮延巳，南唐著名詞人。他多才多藝，連他的政敵對他的才華也佩服不已。宋人筆記《釣磯立談》記載了馮延巳的死對頭孫晟當面指責他的話：「你常常看不起我，我怎麼會不知道呢？說起寫文章，我十輩子也比不上你；說起詼諧、技藝，我百生也比不上你；說起諂媚、險詐，我累劫（古印度傳說世界經歷若干萬年毀滅一次，再重新開始叫做一劫）也比不上你。」

南唐開國之初，因為他多才多藝，先主李昪任命他為祕書郎，讓太子李璟與他交遊。李璟做元帥時，馮延巳在元帥府掌書記。李璟登基的第二年，便任命馮延巳為翰林學士承旨。到了公元946年，馮延巳登上了相位。他和南唐中主李璟的關係，非同一般。

馮延巳雖有文才，對於治理國家卻一竅不通。當上宰相後的第二年，朝廷派馮延巳的弟弟馮延魯領兵進攻福州，由於指揮不當，死亡數萬人，大敗而歸。李璟大怒，準備按照軍法將馮延魯處死。馮延巳為救弟弟性命，引咎辭職。公元948年，馮延巳出任撫州（治所在今江西撫州）節度使，到了公元952年，他再次登上相位。

馮延巳為相，連連誤國。先是進攻湖南，朝廷軍被打得大敗；以後後周攻打淮南，一些城池被攻陷，馮延魯被俘；另一宰相孫晟出使後周，按理說「兩國相爭，不斬來使」，可是後周根本不把南唐小朝

廷放在眼裏，硬是把孫晟給殺了。一連串讓朝廷蒙受恥辱的大事使馮延巳沒法推脫責任，公元 958 年，馮延巳再次被罷相。

當時朝廷裏黨爭激烈，宋齊丘、陳覺、李征古、馮延巳等為一黨，孫晟、常夢錫、韓熙載等人為另一黨。幾次兵敗，使得李璟痛下決心剷除黨爭。公元 958 年，南唐中宗李璟下詔，一一列舉宋齊丘、陳覺、李征古的罪名。宋齊丘被罷官，不久餓死在家中；陳覺、李征古沒能逃脫殺身之禍，最終被迫自殺。馮延巳屬於宋齊丘一黨，居然安然無事。由此可見，李璟與馮延巳感情之深。

馮延巳雖然不會治國，卻是花間派的重要詞人。他的詞擅長運用以景托情、因物起興的手法，將詞作寫得清麗、含蓄。《謁金門》就是這樣一首膾炙人口的懷春小詞。詞的上片以寫景為主，下片主要抒情。其中，「風乍起，吹皺一池春水」更是千古名句，傳誦至今。

中宗李璟對馮延巳的這首詞非常讚賞，有一天，他跟馮延巳開玩笑：「風兒吹皺一池春水，關你甚麼事？」馮延巳機警異常，毫不遲疑地回答道：「我的這一句，哪裏比得上陛下的『小樓吹徹玉笙寒』呢？」李璟聽了大笑不止。

原來，李璟有一首《攤破浣溪沙》：「菡萏香銷翠葉殘，西風愁起綠波間。還與韶光共憔悴，不堪看。細雨夢回雞塞遠，小樓吹徹玉笙寒。多少淚珠何限恨，倚闌干。」馮延巳能迅即回答出這麼一句，不僅說明他異常聰明，更能說明他的馬屁工夫十足，難怪李璟那麼喜歡他呢！

辭蜀相妻女詩

五代·黃崇嘏

一辭拾翠碧江湄，貧守蓬茅但賦詩。
自服藍衫居郡掾，永拋鸞鏡畫蛾眉。
立身卓爾青松操，挺志鏗然白璧姿。
幕府若容為坦腹，願天速變作男兒。

　　黃梅戲《女駙馬》，曾在中原大地風行一時。五代前蜀女詩人黃崇嘏，曾經女扮男裝為官，《女駙馬》就是根據她的故事幾經敷衍而成。

　　黃崇嘏，臨邛（今四川邛崍）人，父親曾在蜀中任太守。父親只有她一個女兒，將她視為掌上明珠，閒來無事，便親自教她讀書識字。

　　天有不測風雲，黃崇嘏十二歲時年，父親突然亡故；兩個月以後，她母親也撒手人寰。母親臨終前，含淚把她託付給老保姆。黃崇嘏沒有別的親人，便與老保姆相依為命。

　　成年以後，黃崇嘏常常女扮男裝，到川東、川西一帶遊歷，增長閱歷見識。公元888年的一天，她從鄉間來到縣城，正好城裏發生大火，她因途經現場被誣為縱火人。

　　遭此飛來橫禍，黃崇嘏身陷囹圄。時隔不久，蜀相周庠前來巡視，她便寫了一首詩給周庠，向他訴說冤情：「偶離幽隱住臨邛，行止堅貞比澗松。何事政清如水鏡，絆他野鶴向深籠。」

　　周庠讀了這首詩，被她的才情打動，立即把她提上大堂審訊。黃崇嘏不能說出自己是女流，便謊稱自己是鄉貢貢士，因路過火場而被人誣告。周庠見她從容自若，判定她無辜蒙冤，將她當堂釋放。

　　黃崇嘏對周庠萬分感激，又獻上一首詩向周庠表示感謝。周庠讀了她的詩，更被她的才學折服，便把她招入府中，讓自己的兒子、姪子和她一起讀書。時隔不久，周庠舉薦她為代理司戶參軍，黃崇嘏辦事幹練，到任不久便將積壓多年的疑難案件全部審理完畢。

　　周庠見黃崇嘏長相英俊，做事幹練，打算把女兒嫁給黃崇嘏。黃崇嘏再也沒法隱瞞下去了，寫了《辭蜀相妻女詩》給周庠。

　　周庠拿過這首詩，細細讀了起來，當他讀到「幕府若容為坦腹，願天速變作男兒」時，驚呼一聲：「哎呀呀，黃崇嘏原來是個姑娘！」

　　他立即讓人把黃崇嘏找來，細細加以盤問，這才知道她是已故黃太守之女。周庠對她十分敬重，給她一筆生活費，讓她返回故里；並且再三叮囑她，以後千萬不要一個人在外面闖蕩。

　　有了這次教訓，黃崇嘏再也不敢出門遠遊。自己是一個弱女子，要是再在外面遇上甚麼事，哪能還遇上周庠這樣的好人？從此她與老保姆生活在一起，直到去世。

踏莎行・二社良辰

宋・陳堯佐

原文

　　二社良辰，千秋庭院。翩翩又見新來燕。鳳凰巢穩許為鄰，瀟湘煙暝來何晚。

　　亂入紅樓，低飛綠岸。畫梁時拂歌塵散。為誰歸去為誰來，主人恩重珠簾卷。

　　閬中，物寶天華，人傑地靈，素有「閬苑仙境」「天下第一江山」之譽。這裏有極其深厚的文化底蘊，是「中國四大古城（閬中、麗江、平遙、歙縣）」之一。唐代的尹樞、尹極兄弟先後考中狀元，傳為佳話；宋代的陳堯叟、陳堯佐、陳堯咨三兄弟，更是讓閬中人引以為傲。陳堯佐的哥哥陳堯叟、弟弟陳堯咨先後考中狀元，陳堯叟於公元 988 年考中進士。考中狀元的兩兄弟不用去說，就是陳堯佐也十分了得，先後任翰林學士、樞密副使、參知政事等，官至宰相。

　　陳堯佐的一生，一身正氣，政績卓然。他在陝西為官時，由於告發地方官方保吉的罪行，被降為朝邑（今陝西大荔）縣主簿。任開封府推官時，他上書指責時弊，言他人所不敢言，因事情涉及皇室，終於觸怒皇帝，被貶為潮州（治所在今廣東潮州）通判。潮州發生鱷魚食人之事，他組織吏民百餘人，用巨網捕殺鱷魚；還寫作《戮鱷魚文》，表達關心民眾疾苦，為民鋤害的決心。在壽州（治所在今安徽壽縣）做官時，遇到大饑荒，他帶頭捐米煮稀飯，救活成千上萬的災民。《宋史》在他的本傳評論他道：「有宋以來不多見也，嗚呼賢哉！」

　　陳堯佐工於書法，於閒暇之時喜歡寫「堆墨書」。所謂「堆墨書」，是字體特大、點畫肥重的八分書古隸。有一次，陳堯佐在看

戲，一名戲子故意在一張大紙上塗滿了墨汁，用粉筆在中間細細地點了四點。戲子拿着這張紙在戲台上展開，陳堯佐看了覺得很奇怪，問他這是甚麼意思。戲子笑着回答道：「這是大人堆墨書的『田』字。」話音剛落，陳堯佐忍不住「哈哈」大笑起來。

宋仁宗皇祐年間，宰相呂夷簡年事已高，打算致仕（退休）。宋仁宗問呂夷簡：「愛卿致仕以後，誰擔任宰相最合適？」呂夷簡毫不猶豫地回答：「陳堯佐可。」呂夷簡致仕後，陳堯佐當上了宰相。

陳堯佐非常感激呂夷簡的舉薦之恩，寫了《踏莎行·二社良辰》表示感謝。這首詞是陳堯佐惟一一首留傳於世的詞作，詞中採用比興、暗喻手法，寄寓了詞人的感激之情。詞中的「燕子」是作者自喻，用「主人」比喻呂夷簡。這首詞的結尾二句，歷來受到人們的稱讚。「為誰歸去為誰來」這一純為口語的提問，輕輕逗出「主人恩重珠簾卷」的結語，悠然沁入人心，不經意間完成了這首詞的主題。

這首詞以曲筆抒深情，筆越曲、情越濃，讀來令人回味無窮，藝術上不乏可取之處。

生查子‧藥名閨情

宋‧陳亞

原文

相思意已深，白紙書難足。字字苦參商，故要檀郎讀。
分明記得約當歸，遠至櫻桃熟。何事菊花時，猶未回
鄉曲？

陳亞，字亞之，北宋詞人。他自幼父母雙亡，由舅父撫養成人。
他舅父是個懸壺濟世的郎中，家裏開了個生藥鋪，鋪子裏到處都是藥
櫃子。各種藥材的名稱，陳亞從小就背得滾瓜爛熟；成年後陳亞有兩
個特別之處，一是說話詼諧，二是喜歡寫藥名詩。

公元1002年，陳亞考中了進士，曾任杭州於潛令。由於他平時
說話愛戲謔，杭州的馬太守特地囑咐他，要注意官員的威嚴，說話不
能太隨便。陳亞唯唯連聲，答應以後一定注意。

這時候，衙役來報：「太祠郎李過庭求見。」馬太守嘟噥了一句：
「不知來的又是誰家的子弟？」陳亞隨口說：「是李趨兒。」馬太守一
愣，隨即明白過來，不禁「哈哈」大笑。原來，《論語‧季氏》中有
「鯉趨而過庭」之句，「李趨兒」是「鯉趨而」的諧音，說來人是「李
趨」的兒子。這一笑不打緊，剛剛教訓陳亞的話全都化作煙霧！

有一次，陳亞與蔡襄在金山寺相會。酒過三巡，蔡襄拿陳亞的
名字開玩笑，起身在屏風上題句：「陳亞有心終是惡」，「亞」字下加
「心」成一「惡」字；陳亞隨即也在屏風上題句：「蔡襄無口便成衰」。
「襄」字去掉兩個「口」，很像一個「衰」字。蔡襄看了哭笑不得，陳亞
隨即用話岔開。

陳亞喜歡自嘲，曾拿自己的名字開玩笑道：「若要有口便啞，且
要有心為惡，中間全沒肚腸，外面強生棱角！」「亞」字當中空空，

四周都是棱角。

他的藥名詩有百首，其中不乏佳句，如「風月前湖夜，軒窗半夏涼」，既有文學韻味，又嵌入「前胡（湖）」「半夏」兩味中藥，為人稱讚。他的《生查子・藥名閨情》，是他藥名詞的代表作。

這首詞的上片以閨中人的書信口吻，表達相思之深，抒寫她對丈夫的深情。下片以怨詈口氣，進一步抒寫閨中人懷念遠人的情懷；最後的反問句，更顯思念之切。

再仔細一看，詞中嵌有「相思」「薏苡（意已）」「白芷（紙）」「苦參」「狼毒（郎讀）」「當歸」「遠志（至）」「櫻桃」「菊花」「茴香（回鄉）」十種藥名，令人稱奇。

藥名詩（詞），是指將中藥名集中嵌入的詩（詞）。它採用雙關修辭手法，使嵌入的藥名與其他詞語組合成渾然一體的詩意。

有人認為，藥名詩起自陳亞，實際上，南朝梁簡文帝就寫有「藥名詩」：「朝風動春草，落日照橫塘。重台蕩子妾，黃昏獨自傷。燭映合歡被，帷飄蘇合香。石墨聊書賦，鉛華試作妝。徒令惜萱草，蔓延滿空房。」詩中「重台」「合歡被」「蘇合香」「石墨」「鉛華」「萱草」，皆為藥名。宋代的陳亞專事寫藥名詩，使藥名詩跟人名詩、地名詩、數字詩一樣，成為一種專門的遊戲詩，有它專門的特點。自陳亞以後，藥名詩（詞）作者逐漸多了起來。

玉樓春・城上風光鶯語亂

宋・錢惟演

> 　　城上風光鶯語亂，城下煙波春拍岸。綠楊芳草幾時休？淚眼愁腸先已斷。
>
> 　　情懷漸覺成衰晚，鸞鏡朱顏驚暗換。昔年多病厭芳尊，今日芳尊惟恐淺。

　　錢惟演，是北宋初年西崑詩派的代表人物。他是吳越王錢俶的兒子，出身顯貴；做過樞密使，身居要職。錢惟演死後給他甚麼樣的謚號，朝廷卻費了些周折。

　　起初，朝中大臣建議謚「文墨」。根據謚法，「文」是敏而好學的意思，「墨」是為官貪墨的意思，前一字是誇他，後一字是罵他，倒也恰如其分。

　　錢惟演的家人認為這是奇恥大辱，向宋仁宗提出申訴。宋仁宗要大臣重議，大臣們將他的謚號改為「文思」。根據謚法，「思」是追悔前過的意思，仍然帶有輕蔑的意味。直到八年以後，錢惟演的兒子錢暧再次提出申訴，才將他的謚號改為「文僖」。所謂「僖」，是小心畏忌的意思。

　　後世評價錢惟演，大多認為他才學好、品德差。

　　錢惟演，臨安（今浙江杭州）人，幼年時隨同父親吳越王錢俶降宋。成年後歷任右神武軍將軍、太僕少卿、知制誥、翰林學士、工部尚書。仁宗即位以後，錢惟演官至樞密使，以同平章事（宰相）的頭銜出任許（治所在今河南許昌）、陳（治所在今河南淮陽）等州刺史。

　　他為人趨炎附勢，最擅長的一件事便是以聯姻手段依附皇族。他將妹妹嫁給劉皇后（日後的劉太后）的哥哥，他的長子錢暧娶了郭皇

后的妹妹，次子錢晦娶了宋仁宗的表妹，小女兒錢珊嫁給宋仁宗的堂兄。有這麼多皇親國戚，錢惟演當然能呼風喚雨。

公元 1019 年，真宗得了半身不遂之症，劉皇后協助料理朝政。參知政事（次相）丁謂大力支持劉皇后，宰相寇準則表示反對，雙方展開了一場激烈的政治爭鬥。最終，劉皇后一方獲得勝利，寇準被貶至雷州（今廣東海康）。在這場爭鬥中，錢惟演堅決支持劉皇后，獲利多多。

公元 1022 年，宋真宗去世，十三歲的趙禎（宋仁宗）繼位，劉太后垂簾聽政。那時候，錢惟演可謂如魚得水，左右逢源。

天有不測風雲，公元 1033 年，劉太后因病死去，宋仁宗當了十一年傀儡皇帝，這時候開始親政。他和太后沒有血緣關係，所做的第一件大事就是剷除劉太后的黨羽。錢惟演是劉太后的姻親，自然首當其衝，這一年的九月，他被貶為崇信軍節度使，踏上南下之路。十二月，又傳來一個壞消息：仁宗下詔廢了郭皇后，讓她去做女道士。

錢惟演的靠山都倒了，他知道自己即將走到人生盡頭。在湖北隨州，他寫下了這首《玉樓春‧城上風光鶯語亂》。

這首詞上片前兩句「城上風光鶯語亂，城下煙波春拍岸」，從城上和城下兩處着墨，勾勒出一幅城頭上鶯語陣陣、城腳下煙波拍岸的春景，使讀者隱隱感覺到傷春愁緒。下面兩句「綠楊芳草幾時休？淚眼愁腸先已斷」轉而抒情：綠楊芳草年年生發，詞人已是眼淚流盡，愁腸先斷。過片「情懷漸覺成衰晚，鸞鏡朱顏驚暗換」兩句，從精神和面容兩方面感歎老之已至，抒寫了詞人無可奈何的傷感情懷。結尾「昔年多病厭芳尊，今日芳尊惟恐淺」兩句，扣住對「芳尊」態度的前後變化這一細節，抒發了作者的絕望心情。

據宋‧胡仔《苕溪漁隱叢話》記載，錢惟演每次飲酒，都要歌女演唱《玉樓春》，喝得半醉時，他便潸然淚下。有一天，一個曾經服

侍他父親的歌女，聽到這首曲子大吃一驚，說：「先王臨終前囑咐別人，在葬禮上唱《木蘭花》為他送行，現在你也唱這首曲子，實在是不吉利！」聽了她的話，錢惟演越發傷心。

原來，《木蘭花》與《玉樓春》是同一個詞牌的不同名稱，他的父親錢俶的舊曲中有「帝鄉煙雨鎖春愁，故國山川空淚眼」的句子，與錢惟演詞中的「綠楊芳草幾時休？淚眼愁腸先已斷」非常相似，所以那位老年歌女聽到演唱這支曲子，就說了這樣的話。幾個月之後，錢惟演病死在隨州。

錢惟演雖然人品不好，但是才華橫溢。他不僅詩詞寫得極好，學識也十分淵博，著述頗豐。根據《宋史》記載，他著有《典懿集》三十卷，還有《樞庭擁旄前後集》《伊川漢上集》《金坡遺事》《飛白書敍錄》《逢辰錄》《奉藩書事》等隨筆，又採集吳越國五代國君之詩，合編為《傳芳集》，可惜多已亡佚。

錢惟演喜歡招徠文士雅士，獎掖後進。歐陽修、梅堯臣等一批青年文士聚集在他的幕下，都曾得到他的支持、幫助。這是他做下的為數不多的好事。

鶴沖天·黃金榜上

宋·柳永

　　黃金榜上，偶失龍頭望。明代暫遺賢，如何向？未遂風雲便，爭不恣狂蕩。何須論得喪。才子詞人，自是白衣卿相。

　　煙花巷陌，依約丹青屏障。幸有意中人，堪尋訪。且恁偎紅倚翠，風流事，平生暢。青春都一餉。忍把浮名，換了淺斟低唱！

　　柳永，原名三變，字耆卿，排行第七，人稱「柳七」。他繼承了民間傳統，開拓了詞的題材內容，大力發展慢詞，增加了詞的容量，擴大了詞的表現力，是我國詞史上里程碑式的人物。他的詞作鋪敘刻畫，情景交融，音律諧婉，語言通俗，「凡有井水飲處，皆能歌柳詞」，可見當時柳詞流傳極其廣泛。

　　柳永有一個很有名的故事，就是「奉旨填詞柳三變」。要說這個故事，須先從他的詞作《鶴沖天·黃金榜上》說起。

　　這首詞的寫作時間，在柳三變參加科考落第之後。當時柳三變年輕氣盛，總以為進士及第手到擒來，沒料想前去參加考試，落得個鎩羽而歸。第二次去應試，依然名落孫山。心高氣傲的柳三變，認為這是「偶失龍頭望」。那麼，以後的日子怎麼過呢，他要「爭不恣狂蕩」，也就是說，要繼續過那種狂蕩不羈的生活。接下來寫道：做個「才子詞人」，與公卿宰相沒有甚麼區別，即「自是白衣卿相」。過片以後，展開了「偎紅倚翠」生活的具體描寫。最後兩句把詞的思想推向更高一層：用「浮名」和「淺斟低唱」對比，認為青春易逝，華年難再，與其去博取功名，還不如在石榴裙下淺斟低唱。

　　這首詞寫成以後廣為流傳，宋仁宗讀了這首詞很不高興，以後柳三變又去參加科舉考試，本已考中，臨近發榜時，仁宗將他黜落，說道：「且去淺斟低唱，何要浮名！」

　　這對柳三變的打擊極大，可是他的高傲性格使他做出驚人之舉：自稱「奉旨填詞」，以自嘲的方式表現了對皇上的大不敬。

　　從此以後他的生活更加放蕩不羈，日夜出沒秦樓楚館，衣食都由名妓們供給。那些名妓為了提高自己的身價，每得新腔，必求柳永為之填詞。能夠演唱柳永填的詞，就覺得這是莫大的榮耀。

　　但是，封建社會的知識分子，最終還是要走科舉功名的道路。多年以後，他改名柳永再戰科場，方才考中進士。步入官場以後，柳永只做過一些卑微官職。直到晚年，他才被調回京城。晚年的柳永身心俱傷，窮困潦倒，最後死在名妓趙香香家中。

　　柳永去世時既無家室，也無財產。謝玉英、陳師師、趙香香一班名妓惦念他的才學和情痴，為他戴孝守喪，湊錢為他安葬。滿城妓女聞訊前來，「半城縞素，一片哀聲」，這便是後世所傳「羣妓合金葬柳七」。也有人說，柳七身後能有如此多的知音為他送葬，幸哉，可以瞑目矣！

謝池春慢・玉仙觀道中逢謝媚卿 宋・張先

原文

　　繚牆重院，時聞有、啼鶯到。繡被掩餘寒，畫閣明新曉。朱檻連空闊，飛絮知多少？徑莎平，池水渺。日長風靜，花影閒相照。

　　塵香拂馬，逢謝女、城南道。秀豔過施粉，多媚生輕笑。鬥色鮮衣薄，碾玉雙蟬小。歡難偶，春過了。琵琶流怨，都入相思調。

　　張先，宋仁宗天聖年間進士，官做得不算大，最後以尚書都官郎中致仕（退休）；年壽挺高，八十九歲去世；兒女十多個，孫子、重孫好幾十；張先一生安享富貴，風流快活。

　　他的詞寫得極好，與柳永齊名。有一天，他的朋友對他說：「你的《行香子・舞雪歌雲》中有『心中事，眼中淚，意中人』之句，用詞極佳。依我看來，你可叫『張三中』。」

　　張先笑着說：「為甚麼不叫我『張三影』？『雲破月來花弄影』，『嬌柔懶起，簾幕卷花影』，『柔柳搖搖，墜輕絮無影』，這些都是我得意的句子。」這事傳開以後，世人便稱他為「張三影」。張先的人緣不錯，當年，蘇軾、蔡襄等人常和他交往，多有唱和。

　　有一次，張先前往玉仙觀隨喜（參觀），半路上遇上一個漂亮的姑娘。他讓僕人前去打聽，原來是才女謝媚卿。謝媚卿也從侍女那裏得知，這位風流倜儻的官人叫張先。兩人都久聞對方大名，互相以眼色示意。分開以後，張先失魂落魄，回去便寫下了這首《謝池春慢・玉仙觀道中逢謝媚卿》，記敍邂逅謝媚卿之事，寫出自己的愁緒。

　　這首詞上片起首一句「繚牆重院」，點出主人公的居所。下面「時

聞有」至「飛絮知多少」幾句，鳥鳴、恬睡、春曉與「飛絮知多少」
的景色相連，間接表現出濃濃的惜春情緒。「徑莎平」以下續寫暮春
景象，暗示出詞中人在小園芳徑上徘徊不定，表現出他百無聊賴的
心緒。過片「塵香拂馬」承上啟下，說明要去城南的玉仙觀。巧逢謝
女，兩人在城南道不期而遇。「秀豔過施粉，多媚生輕笑」，不僅寫出
她的面容，同時寫出她的嫵媚笑態。「鬥色鮮衣薄，碾玉雙蟬小」兩
句，寫出當時日暖衣薄，更顯示出她的身段窈窕；連她隨身佩戴的雕
琢成雙蟬樣的玉飾，也格外玲瓏可愛。「歡難偶，春過了」兩句，是
對難以成雙的惋歎。最後「琵琶流怨，都入相思調」二句，是說兩人
雖然已經心心相印，也只能空相思了。

　　這首詞先景後情：上片寫貴家池館春曉之景，下片寫郊遊豔遇相
慕之情。全詞結構井然，層次分明。

　　張先退休後寓居杭州，常為歌妓作詞，歌妓也以得到張先的贈詞
為榮耀。由於歌妓太多，張先把有名的官妓龍靚給忘了。龍靚給張先
寫了一首絕句索要詞作：「天與羣芳千樣葩，獨無顏色不堪誇。牡丹
芍藥人題遍，自分身如鼓子花。」

　　張先讀了這首詩，趕緊作《望江南》回贈：「青樓宴，靚女薦瑤
杯。一曲白雲江月滿，際天拖練夜潮來。人物誤瑤台。醺醺酒，拂拂
上雙腮。媚臉已非朱淡粉，香紅全勝雪籠梅。標格外塵埃。」龍靚得
到這首詞，非常得意，向其他姐妹炫耀。

浣溪沙‧一曲新詞酒一杯

宋‧晏殊

原文

一曲新詞酒一杯，去年天氣舊亭台。夕陽西下幾時回。
無可奈何花落去，似曾相識燕歸來。小園香徑獨徘徊。

　　說起晏殊，很多人就會聯想到「太平宰相」「宰相詞人」，其他的
不一定清楚。殊不知，晏殊有許多過人之處。

　　少年時的晏殊，是一位誠實可愛的「神童」，五歲便能吟詩；公
元 1005 年，十四歲的晏殊參加殿試，答題援筆立就。真宗非常喜歡
這位少年，賜他同進士出身。第三天覆試，他看到題目後奏道：「這
個題目我十天前做過，現在草稿還在，請換另外一個題目。」他的誠
實，他的才華，更加受到真宗的讚賞，真宗決定把他留在祕閣讀書
深造。

　　公元 1020 年，晏殊為翰林學士。真宗遇上疑難之事，常把問題
寫在小紙片上向他諮詢，晏殊將自己意見寫好以後密封呈上。他的不
少意見被真宗採納，真宗將他視為股肱。

　　晏殊雖然身居要位，卻平易近人。范仲淹、孔道輔、王安石等人
都出自他的門下；韓琦、富弼、歐陽修等人經他栽培、薦引，以後都
得到重用。

　　人們都知道「三蘇（蘇洵、蘇軾、蘇轍）」，他們出自大文豪歐陽
修的門下，而歐陽修是晏殊的門生，如此說來，晏殊還是「三蘇」的
祖師爺呢。

　　晏殊為官五十多年，一生榮華富貴，詞作多吟詠舞榭歌台、花前
月下，筆調嫻雅，理致深蘊。他的詞作吸收了南唐「花間派」和馮延
巳的典雅流麗詞風，開創北宋婉約一派。《浣溪沙‧一曲新詞酒一杯》

是他的代表作之一。

《浣溪沙·一曲新詞酒一杯》的上片，回憶舊時與同僚一邊飲美酒、一邊填新詞供伶人演唱的遊樂生活。夕陽西下，光陰似箭，那昔日的情景何時能再現？下片「無可奈何花落去」，是藉惜花表現無可奈何的感慨，「似曾相識燕歸來」，把作者的思想感情表現得更深刻、更具體：似曾相識的燕子去年飛走今年尚且還會歸來，而過去的歲月卻一去不返了。想到這裏，詞人不禁獨自在園中撒滿落花的小路上徘徊。詞中「無可奈何花落去，似曾相識燕歸來」，是流傳後世的著名詞句。

他的這個詞句還有一個故事。有一次，晏殊路過揚州，順道到大明寺遊覽。進了廟裏，晏殊看見牆上有不少題詩，便找個地方坐下，讓隨從把牆上的詩唸給他聽，卻不讓隨從唸出題詩人的名字。

晏殊聽了一會兒，突然說：「停一下。這首詩寫得不錯，是哪一位寫的？」隨從連忙答道：「是個叫王琪的人。」晏殊問寺裏的僧人：「這個王琪是甚麼人？」僧人告訴他：「是本地的一個書生。」晏殊就讓隨從去找這個王琪。

不一會兒，隨從帶着王琪來見晏殊。晏殊跟他閒聊了一會兒，覺得他很有才氣，就邀他一塊到後花園去散步。

當時正是暮春時節，落英滿地。忽然吹過一陣微風，落花隨風飄舞。此情此景觸動了晏殊的心事，他便對王琪說：「每當我想到好句子，就寫在粉牆上，再思索下句。有個句子我想了好幾年，還是沒有想出好下句。」

王琪忙問：「敢問大人，是甚麼句子？」晏殊緩緩唸道：「無可奈何花落去。」王琪聽了，思索片刻，說：「大人，用『似曾相識燕歸來。』做下句如何？」晏殊聽了，連聲說：「好，好，下句就是它！」

後來晏殊寫《浣溪沙·一曲新詞酒一杯》時，就把這兩句用上了。

鷓鴣天・畫轂雕鞍狹路逢

宋・宋祁

原文

　　畫轂雕鞍狹路逢。一聲腸斷繡簾中。身無綵鳳雙飛翼，心有靈犀一點通。

　　金作屋，玉為籠。車如流水馬游龍。劉郎已恨蓬山遠，更隔蓬山幾萬重。

　　宋祁，是北宋文壇上響噹噹的人物。公元 1024 年，宋祁與兄長宋庠一起參加科舉考試，雙雙高中。殿試時，皇上將宋祁定為狀元，將宋庠定為探花。太后劉娥不同意這樣的結果，認為弟弟不能超在哥哥前面，於是皇上將宋庠改為狀元，將宋祁定為第十名。這件事傳出以後，世人稱譽兄弟二人為「雙狀元」，稱哥哥宋庠為「大宋」，弟弟宋祁為「小宋」。

　　宋祁還是著名的史學家。北宋仁宗時期，由於人們不滿意五代劉昫所編《舊唐書》，認為它「言淺意陋」，仁宗命宋祁重修《唐書》，宋祁撰寫了列傳部分。以後，仁宗又命歐陽修主修《新唐書》，歐陽修主持修撰了紀、志、表部分，並審定了全書。修成以後，宋祁任工部尚書，拜翰林學士承旨。

　　宋祁還善於寫詩作詞，詩詞語言工麗，因《玉樓春・春景》詞中有「紅杏枝頭春意鬧」這一名句，世人稱他為「紅杏尚書」。

　　有一天，宋祁經過繁台街，有宮車數輛疾馳而來，因為來不及迴避，只得肅立一旁。車子從身邊經過時，忽然看到一位如花似玉的宮女拉開車簾，驚訝地說：「啊，原來是小宋。」聽到宮女的呼喊，宋祁吃驚不小。回到寓所以後，隨手寫了一首《鷓鴣天・畫轂雕鞍狹路逢》。這首小詞的上片回憶途中相逢，下片抒寫相思之情。

　　如果說這首詞有多好，那也不見得，頂多只能算是集句。「身無綵鳳雙飛翼，心有靈犀一點通」「劉郎已恨蓬山遠，更隔蓬山幾萬重」，都是唐代詩人李商隱《無題》詩中的名句；「車如流水馬游龍」，出自南朝宋范曄《後漢書·明德馬皇后紀》。這首詞，一則因為宋祁的名頭大，二則他巧用名家之句，所以一下子就傳開了。

　　這首詞很快就被傳入宮中。宋仁宗讀後查問，是哪位宮人曾經呼喊「小宋」。這事一查就清楚，一位宮女承認了這件事。

　　仁宗把宋祁宣進宮內，跟他講起了這件事情。宋祁一聽，知道闖下了大禍，不住地叩頭謝罪。宋仁宗卻笑了起來，傳下旨意，把那位在車中喊「小宋」的漂亮宮女賞賜給了宋祁。

　　宋祁再也沒有想到，自己因禍得福，得到一個美妾。宋仁宗此舉得到普遍讚譽，給後世留下了一段風流佳話。

喜遷鶯·霜天秋曉

宋·蔡挺

原文

霜天秋曉，正紫塞故壘，黃雲衰草。漢馬嘶風，邊鴻叫月，隴上鐵衣寒早。劍歌騎曲悲壯，盡道君恩須報。塞垣樂，盡囊鞬錦領，山西年少。

談笑。刁斗靜，烽火一把，時送平安耗。聖主憂邊，威懷遐遠，驕虜尚寬天討。歲華向晚愁思，誰念玉關人老？太平也，且歡娛，莫惜金樽頻倒！

黨項，是羌人的一支。公元 1038 年，黨項羌人李元昊稱帝，國號為「大夏」。因大夏在宋王朝的西方，宋人稱之為「西夏」。

黨項羌人一直向中原稱臣，李元昊稱帝後雙方關係正式破裂，從此以後，西夏便成了宋朝西部的主要邊患。公元 1044 年，西夏在河曲之戰中擊敗十萬精銳遼軍，奠定了宋、遼、夏三分天下的局面。

蔡挺，字子政，宋城（今河南商丘）人。景祐元年（1034 年）進士。宋仁宗嘉祐年間，蔡挺曾任慶州（治所在今甘肅慶陽）太守，屢次擊退西夏軍隊的進犯，為朝廷立下大功。不久，他又調任渭州（治所在今甘肅平涼）太守，那裏依然是抵禦西夏進犯的前哨，生活艱苦且不去說，還得時時提防西夏軍隊的騷擾。

在這艱苦的環境中，蔡挺訓練出一支能征慣戰、訓練有素的軍隊，保衛了國家邊境的安全。於戰鬥間隙，蔡挺寫就了《喜遷鶯·霜天秋曉》這首著名的壯詞。

這首詞開頭「霜天秋曉，正紫塞故壘，黃雲衰草」三句，以靜態邊塞秋景渲染塞上荒寒寂寥。下面「漢馬嘶風，邊鴻叫月」兩句，是

從動態的方面着筆，通過「叫」與「嘶」的對舉，將邊塞的風貌展示眼前。「隴上鐵衣寒早」一句，以「隴上」和「寒早」與前面的秋景相應和，以「鐵衣」引出戍邊士卒；之後便以「劍歌騎曲悲壯，盡道君恩須報。塞垣樂，盡囊鞬錦領，山西年少」，直接敍寫守邊青年戰士慷慨報國的豪情，將士的豪俠之氣盡顯。《漢書‧趙充國傳贊》有「秦漢以來，山東出相，山西出將」之句，「山西年少」泛指青年將士。上片由寫景到寫人，情緒則由抑到揚。

下片的「談笑」二字，需要和「刁斗靜」相連，才能理解它的含意。這不是一般的談笑，而是在從容鎮定間就把邊患平定了。「聖主憂邊，威懷遐遠，驕虜尚寬天討」，這三句是說朝廷採取的守邊策略，對化外之民要用仁義去感化他們，等待他們自己前來歸順。「歲華向晚愁思，誰念玉關人老」二句，忽作悲愁之語，這正是詞人後半生在窮荒邊塞度過，自然生發出的喟歎。最後以「太平也，且歡娛，莫惜金樽頻倒」作結，對前面表露出的兩種不同情緒都起到了回應的作用。

由於這首詞寫得十分感人，連都城附近都流行傳唱。人們都說，蔡挺有「『玉關人老』之歎」。

因為蔡挺治軍有方，於公元 1072 年拜樞密副使。公元 1079 年，蔡挺去世，享年六十六歲。

菩薩蠻‧樓頭尚有三通鼓

宋‧孫洙

原文

　　樓頭尚有三通鼓，何須抵死催人去？上馬苦匆匆，琵琶曲未終。

　　回頭凝望處，那更簾纖雨。漫道玉為堂，玉堂今夜長！

　　何謂「玉堂金馬」？「玉堂」為漢代殿名，「金馬」為漢代宮門名，過去用以比喻才學優異而富貴顯達。到了宋代，「玉堂」為翰林院的別稱，在翰林院做一名翰林，是讀書人夢寐以求的。偏偏有這樣的人，做上了翰林學士，卻是滿腹牢騷，叫苦不迭。

　　北宋時的孫洙，廣陵（今江蘇揚州）人，是北宋仁宗、神宗時期活躍在政壇、文壇上一位很有影響的人物，口碑甚佳。他十九歲就考取了進士，可謂少年得志，先後任秀州（治所在今浙江嘉興）法曹、集賢校理、知太常禮院，兼史館檢討、同知諫院。以後又出知海州，元豐年間調回京城，任翰林學士。

　　翰林學士是皇帝身邊的近臣，巴結的人多着呢。一天，太尉李端願在家裏設宴，招待這位朝廷新貴。酒過三巡，為使氣氛更加歡快，李端願讓剛娶的侍妾助興。這侍妾不僅生得花容月貌，還能歌善舞，彈得一手好琵琶。侍妾唱了一曲《雨霖鈴》，舞了一回《霓衣裳》，緊接着又彈起了琵琶。

　　已是二更天（亥時，即晚上九時至十一時），孫洙酒興正濃。忽然有人稟報：「聖旨到。」一行人連忙打發走歌伎舞娘，恭迎聖旨。原來是宮中太監手捧神宗詔命，催促孫洙進宮起草詔書。

孫洙雖是一肚子的不高興，怎奈聖命難違，只得隨太監入宮。給皇上起草詔書，孫洙駕輕就熟，不一會兒就寫就。離天亮尚早，孫洙實在無聊，寫下了這首《菩薩蠻‧樓頭尚有三通鼓》。

這首詞起首「樓頭尚有三通鼓，何須抵死摧人去」兩句，是心裏的牢騷話：剛剛二更時分，城頭還要再敲三通鼓才會天亮，何必這麼死命地催人前去！他一邊匆匆上馬，一邊還顧戀那美妙的琵琶聲，以沒能聽到曲終為憾。過片寫人雖已經上馬，心尚留在席間，一邊跑還一邊出神地回頭凝望；老天更不湊趣，又下起濛濛細雨，這細雨讓人越發心煩意亂。結尾兩句「漫道玉為堂，玉堂今夜長」，意思是不要說甚麼在玉堂供職是引以為榮的事，今夜我卻大有長夜難捱之感。這也難怪，從一個充滿美人佳釀、清歌曼舞的歡樂世界，硬生生地被拉到宮禁森嚴的清冷官署，其懊喪、惱恨可想而知。詞的結尾與開頭相照應，有迴環不盡之妙。

興許是夜半淋了雨，回去以後孫洙就生了病，雖經名醫診治，卻也回天乏術。沒過多久，孫洙駕鶴西去，年僅四十九歲。

孫洙的詩詞，文辭典麗，有較高成就。南宋的朱熹對他非常推崇，稱讚他的詩文「溫潤」，給人教益良多。

臨江仙·夜飲東坡醒復醉

宋·蘇軾

　　夜飲東坡醒復醉，歸來彷彿三更。家童鼻息已雷鳴。敲門都不應，倚杖聽江聲。

　　長恨此身非我有，何時忘卻營營？夜闌風靜縠紋平。小舟從此逝，江海寄餘生。

　　大家都知道蘇軾號「東坡居士」，但是，你可知道「東坡」這個號的來歷？

　　北宋神宗年間，蘇軾因為反對新法，並在自己的詩文中表露了對新政的不滿。蘇軾是文壇的領袖，假如任由蘇軾的詩詞在社會上傳播，對新政的推行很不利，在神宗的默許下，新黨便以謗訕新政的罪名逮捕了蘇軾，把他送到御史台受審。御史台，又稱「烏台」，所以這個案件被稱為「烏台詩案」。經過多方營救，蘇軾最終免於一死，被貶為黃州（今湖北黃州）團練副使。

　　說是到黃州來做官，實際上是被軟禁。這時候，他幾乎沒有俸祿，家裏的人口卻不少，生活極為困難，連日常生活開銷也難以為繼。

　　在朋友的幫助下，蘇軾租來數十畝官地，由於這塊荒地在郡城東面的長江邊，當地人稱之為「東坡」，蘇軾對此深有感觸，就用「東坡」作為自己的號。

　　那段日子，是蘇軾生活上極為艱難的時日。他下定決心，節儉度日。每月月初，他從不多的儲蓄中拿出四千五百錢，分成三十份，每份一百五十錢，掛在屋樑上，每天用叉子叉下一份，作為一天的用度。那時候，他的家人共有二十多個，每石米需要五百文才能買到，

如此算來，除去米錢，便所剩無幾了。那段日子，一家人艱苦度日，蔬菜自己種，葷菜很少買。有人跟他開玩笑說，這樣的飲食，好比是廟裏的和尚吃齋。如果一天的開支有多餘，就把多下來的錢另外存起來，哪天有賓客前來，用它來添加酒菜。

《臨江仙・夜飲東坡醒復醉》這首詞，記敍了詩人秋夜在東坡飲酒的事。

一個深秋的夜晚，蘇軾在東坡飲酒，醉而復醒、醒而復醉，回去時明明已經三更，卻還偏偏說「彷彿三更」，這樣就把他的豪飲充分表現出來。到了家門口，聽到家童鼾聲如雷；任憑他怎樣敲門，家童都沒有醒來，蘇軾不禁啞然失笑，只得倚杖聽取江濤聲。上片敍事，浸透着作者曠達的人生態度、獨特的個性和真情。

下片一開始，詞人便慨然歎道：「長恨此身非我有，何時忘卻營營？」這兩句化用《莊子》「汝身非汝有也」「無使汝思慮營營」，發出了對世界、人生的懷疑。詞的最後表現出詞人豁然有悟：既然無法掌握自己的命運，就應當全身而退，免遭災禍。面對眼前江上美景，情不自禁地唱道：「小舟從此逝，江海寄餘生。」表現了詞人退避社會的意願和希望得到徹底解脫的出世意念。

宋人筆記記載了這樣一則傳說：蘇軾寫下了這首詞，隨即把衣冠放在江邊，乘舟長嘯而遊。郡守徐君猷聽到了這件事，又驚又懼，以為州裏丟失了戴罪之人。他急急忙忙前去探訪，到了那裏一看，蘇軾鼻鼾如雷、熟睡未醒，並未乘舟「江海寄餘生」。這則傳說，生動反映了蘇軾求取解脫而未能的人生遭際。

寄吳德仁兼簡陳季常

宋・蘇軾

原文

東坡先生無一錢，十年家火燒凡鉛。

黃金可成河可塞，只有霜鬢無由玄。

龍丘居士亦可憐，談空說有夜不眠。

忽聞河東獅子吼，拄杖落手心茫然。

誰似濮陽公子賢，飲酒食肉自得仙。

平生寓物不留物，在家學得忘家禪。

門前罷椏十頃田，清溪繞屋花連天。

溪堂醉臥呼不醒，落花如雪春風顛。

我遊蘭溪訪清泉，已辦布襪青行纏。

稽山不是無賀老，我自興盡回酒船。

恨君不識顏平原，恨我不識元魯山。

銅駝陌上會相見，握手一笑三千年。

　　元豐五年（公元 1082 年）三月，蘇東坡前往黃州東南三十里的沙湖。不料途中患病，轉道去蘄水麻橋請名醫龐安常醫治。痊癒後，與龐安常同遊蘄水縣城外二里的清泉寺。因久聞致仕歸隱的吳德仁大名，打算前往探訪，結果因故未能成行。不久，蘇東坡給吳德仁寫了一封信，並寫了這首詩相贈。

　　這首詩戲言迭出，妙趣橫生。詩的開頭四句戲述自己家境貧困，妄想煉丹變黃金，可惜家火不是煉丹之火，煉出的是「凡鉛」，毫無用處，只落得個蹉跎歲月，兩鬢加霜。

　　再寫陳季常，也是戲言。他「談空說有夜不眠」，似乎已經得到禪學真諦，接着筆鋒一轉，「忽聞河東獅子吼，拄杖落手心茫然」。

「獅子吼」本為佛家語，指能降服一切魔鬼的如來正聲，這裏戲稱陳季常的妻子發威。他的妻子一聲怒吼，就把陳季常嚇得要死，連手杖都落到地上，心裏一片茫然。

最後寫吳德仁，他跟自己和陳季常完全不一樣。吳德仁的處事態度，比自己和陳季常高明得多。他飲酒吃肉，自得其樂；寄興於物，卻又超然物外；十頃稻田，溪水繞屋，在落花中醉臥，自在逍遙。這種日子，簡直如同神仙一般。遺憾的是你不認識我「顏真卿」般的人物，我也不識你這「元魯山」般的隱士。我們將來會在洛陽那樣人物薈萃的地方相見，那時握手一笑說：「彼此神交已三千年了。」

這首詩的本意是要頌揚吳德仁，沒料想後世知道吳德仁美名者甚少，更多的人則是記住了「河東獅子吼」這一典故，這是作者始料未及的。

「河東獅子吼」，常被用來形容妻子發威、丈夫懼內。試想，柳氏脾氣大發，陳季常「拄杖落手心茫然」，畏懼柳氏到何種地步。

提起陳季常，知道他大名的人很多。這不僅是「河東獅子吼」的緣故，更因為蘇軾有《方山子傳》專門記載他。

宋代文人陳慥，字季常，他歸隱山林以後，經常頭戴高聳方冠在山野漫步，所以大家又稱他「方山子」。

陳慥出身勳貴世家，洛陽城裏有園林豪宅，故鄉有良田千頃，豪富不讓公侯。根據當時的「門蔭」制度，他不用參加科舉考試就能做官，可是他淡泊於官場，不願意做官；憑着家裏的家產，可以盡情揮霍享受，可是他卻扔下了萬貫家業，隱居在外人不知道的山林。

蘇軾貶官黃州（今湖北黃州），有一次路過一個地方，正巧遇上了陳慥。陳慥頭戴方冠，身穿粗布短衣，正在悠閒地漫步。蘇軾吃驚不小，連忙問道：「哎呀，這不是老朋友陳慥嘛，你怎麼會在這裏呀？」陳慥看到蘇軾，非常驚訝，也連忙說：「這不是東坡兄嘛，你怎麼到這裏來？」

　　蘇軾把這些年的經歷略略說給他聽，陳慥聽完低頭不語，忽然又大笑起來，拉着蘇軾的手說：「別光顧着說話，到我家裏去。」到了陳慥家中，蘇軾又是一驚，昔日的富貴公子，現在竟然住在茅舍裏。吃飯的時候，端出來的全是山野菜蔬，沒有半點葷腥。

　　陳慥年輕的時候，才氣過人。不僅詩文寫得好，武功也不錯。有一次，陳慥帶着兩名隨從，跟蘇軾一起到山裏打獵。突然，前面飛起一隻大鳥，陳慥將一枝箭遞給隨從，要他把鳥射下來。隨從一箭不中，眼看大鳥就要飛遠，陳慥飛馬上前，一箭把大鳥射下。

　　陳慥喜歡跟賓客一起開懷暢飲，宴飲時讓歌伎演唱助興。有一次，賓客酒意正濃，歌伎唱得正歡，他的妻子在庭院裏高聲喝罵，用棍棒使勁敲打磚地，陳慥嚇得渾身發抖，賓客們掃興而歸。

　　朋友們喜歡到陳慥家聚會，但又怕他的妻子脾氣發作。蘇軾在《寄吳德仁兼簡陳季常》這首詩裏調侃陳慥，可見二人友誼之深。陳慥的妻子是河東人氏，所以蘇軾戲稱她是「河東獅子」。正是因為蘇軾的開玩笑的詩句，陳慥的「懼內」成為千古笑料。

　　明代戲劇家汪廷訥寫就《獅吼記》，對此進行敷演，劇中的柳氏更加兇悍，陳慥在妻子面前更加膽怯。這齣戲影響深遠，直至如今，仍有崑曲《獅吼記》及越劇《新獅吼記》在舞台上演出。

念奴嬌·赤壁懷古

宋·蘇軾

原文

　　大江東去，浪淘盡，千古風流人物。故壘西邊，人道是、三國周郎赤壁。亂石穿空，驚濤拍岸，捲起千堆雪。江山如畫，一時多少豪傑。

　　遙想公瑾當年，小喬初嫁了，雄姿英發。羽扇綸巾，談笑間，檣櫓灰飛煙滅。故國神遊，多情應笑我，早生華髮。人間如夢，一樽還酹江月。

　　蘇軾，字子瞻，號「東坡居士」，世稱「蘇東坡」，眉州眉山（今四川眉山）人，北宋著名散文家、書畫家、詩人，是豪放詞派的代表人物。他和父親蘇洵、弟弟蘇轍合稱「三蘇」。

　　公元 1056 年，蘇洵和蘇軾、蘇轍父子三人都到了東京（今河南開封），參加朝廷的科舉考試。蘇軾所寫《刑賞忠厚之至論》，獲得主考官歐陽修的賞識，卻因歐陽修誤認為這篇文章是自己的弟子曾鞏所作，為了避嫌，使他名列第二。公元 1061 年，蘇軾參加制科考試，入第三等，為「百年第一」，授大理評事、簽書鳳翔府判官。後來他的母親在汴京病故，回鄉守喪。熙寧二年（公元 1069 年）服滿還朝。

　　這時王安石正在推行新法，蘇軾與王安石存在分歧，自請外任，先後任杭州通判，密州、徐州、湖州知州。因「託事以諷」，寫了一些與新法有關的詩文，在湖州任上被突然逮捕，在御史台受審。幸得多方營救，蘇軾方得逃脫一死，被貶為黃州團練副使。

　　這期間，蘇軾在思想上起了很大變化。他既沒有放棄經世濟民的思想，也有些消極彷徨，企圖在佛老思想中尋求解脫。但是，黃州一帶雄偉的江山、淳樸的民風，使他不能忘懷的雄心，促使他寫出許多

著名的詩文,《念奴嬌‧赤壁懷古》就是其中的一篇。

這首詞的起首三句不僅寫出了大江的氣勢,而且把千古以來的英雄人物都概括進來,表達了自己對歷史上的英雄人物嚮往之情。接着用「故壘」兩句,點出這裏是傳說中的古赤壁戰場。「人道是、三國周郎赤壁」一句,既合詞題,又為下闋緬懷周瑜打下伏筆。下面「亂石」三句,精妙地運用了「亂」「穿」「驚」「拍」「捲」等詞語,勾畫了古戰場雄奇壯闊的景象。最後兩句總括上文,帶起下片。

下片「遙想」三句,將筆墨緊扣在周瑜身上。戰鼓聲聲的古戰場突然插入「小喬初嫁了」,不僅以美人襯托英雄,富有情趣,更顯示出周瑜年輕有為,才華橫溢,意氣風發,風姿瀟灑。「羽扇綸巾」從肖像上描摹出年輕儒將的風采,「灰飛煙滅」四字突出了火攻的特點,將曹軍的慘敗的景象刻畫出來。最後作者從「故國神遊」跌入現實,情不自禁地發出歎惋,這幾句雖然表達了傷感之情,但這種感情其實正是詞人不甘沉淪,奮發向上的表現,仍然不失英雄豪邁本色。

這首詞上片詠赤壁,下片懷周瑜,最後以自身的感慨作結。

蘇軾在我國詞史上佔有特殊的地位。他將北宋詩文革新運動的精神,擴大到詞的領域,一掃晚唐五代以來綺豔婉麗的詞風,開創豪放一派。《念奴嬌‧赤壁懷古》是豪放詞的典範之作。正因為如此,詞牌《念奴嬌》又稱《大江東去》。

宋代俞文豹《吹劍續錄》記載了這樣一個故事:蘇軾任翰林學士時,有位幕僚很會唱歌。有一天,蘇軾問他道:「我的詞作和柳永的詞作相比,哪一個寫得好?」那位幕僚回答道:「柳永的詞,適合十七八的女孩兒,手執紅牙板,唱『楊柳岸、曉風殘月』;您的詞,須關西大漢,手持銅琵琶、鐵綽板,唱『大江東去』。」聽了幕僚幽默中肯的回答,蘇軾笑得前仰後合,差一點岔了氣。

睡鴨

宋·黃庭堅

原文

山雞照影空自愛，孤鸞舞鏡不作雙。
天下真成長會合，兩鳧相依睡秋江。

　　黃庭堅，字魯直，號山谷，是北宋後期文壇上響噹噹的人物。他和張耒、晁補之、秦觀同出蘇軾門下，被稱為「蘇門四學士」，「四學士」中以他的成就最高。

　　黃庭堅在文學方面有獨到的見解，一方面強調從前人的著述中選取有價值的東西「點鐵成金」「奪胎換骨」，另一方面則勇於創新、自成一家。

　　他的詩歌奇崛瘦硬，開一代風氣，為「江西詩派」開山之組。詞風跌宕豪邁，與蘇軾相接近。書法精妙，與蘇軾、米芾、蔡襄並稱「北宋四家」。

　　在北宋政壇上，黃庭堅屬於舊黨。雖然他在黨爭中持超然公允的態度，但仍然逃脫不了在派系鬥爭中沉浮的命運。

　　他的一生，大致可以哲宗親政分為前後兩期。英宗治平四年（公元 1067 年），黃庭堅考取進士，以後做過學官、縣令，官至起居舍人並參與編修《神宗實錄》，仕途可謂一帆風順。宋哲宗親政以後，黃庭堅的命運發生逆轉。新黨以他編撰《神宗實錄》「多誣」為藉口，先把他排擠出京，先後任宣州（治所在今安徽宣城）太守、鄂州（治所在今湖北武昌）太守，以後又將他貶為涪州（治所在今重慶涪陵）別駕，最終他被羈管在宜州（今廣西宜州），公元 1105 年，黃庭堅在那裏去世。

　　《睡鴨》這首詩是黃庭堅觸景生情而作。鴨子跟山雞本來毫不相涉，詩人偏偏將「孤鸞舞鏡不作雙」與「兩鳧相依睡秋江」相映照，借「睡鴨」襯托「山雞」的孤單，巧妙地表現了作者當時的離情愁緒和內心的悲苦。

　　詩中引用了「山雞舞鏡」這一典故，這個典故始見南朝宋劉敬叔《異苑》所記載的曹沖的故事。

　　曹沖是曹操的小兒子，為小妾環夫人所生。在幾個兄弟中，曹沖最聰慧，深得曹操喜愛，可惜他未成年而夭折，死時只有十三歲。

　　有一年，有人送給曹操一隻山雞，那隻山雞的羽毛太美了，可惜的是，這個山雞在廳堂上既不鳴叫，也不起舞，讓欣賞牠的人無法盡興。曹操想讓牠鳴叫、起舞，可是想盡了辦法也不能達到目的。

　　小曹沖想出了個辦法，讓人拿來一面大鏡子，放在山雞的面前。山雞看到自己美麗的身影，一下子興奮起來，牠不斷地鳴叫，撲騰着翅膀起舞。山雞舞個不停，直到倒在地上死去。

　　後人多用「山雞舞鏡」表示顧影自憐。黃庭堅在詩中運用這個典故，貼切地表明自己當時的處境，恰到好處。

石州引·薄雨初寒

宋·賀鑄

原文

　　薄雨初寒，斜照弄晴，春意空闊。長亭柳色才黃，遠客一枝先折。煙橫水際，映帶幾點歸鴻，東風銷盡龍沙雪。還記出關來，恰而今時節。

　　將發。畫樓芳酒，紅淚清歌，頓成輕別。已是經年，杳杳音塵多絕。欲知方寸，共有幾許清愁？芭蕉不展丁香結。枉望斷天涯，兩厭厭風月。

　　賀鑄，北宋著名詞人。他是宋太祖賀皇后族孫，長得身高聳目，面色鐵青，人稱賀鬼頭。他能詩善文，詞作的成就最高。他的詞兼有豪放、婉約二派之長，一些描繪春花秋月之作，語言濃麗哀婉，近於秦觀、晏幾道；他的愛國憂時之作，悲壯激昂，近於蘇軾。他的名作《青玉案·凌波不過橫塘路》中有「若問閒情都幾許？一川煙草，滿城風絮，梅子黃時雨」之句，有「賀梅子」之稱。

　　詞牌中的長調《石州引》，最早見於賀鑄的作品，因詞中有「長亭柳色才黃」，故又名《柳色黃》。據南宋·吳曾《能改齋漫錄》載，這首詞係為情而作，其中還有一段悽婉的故事。

　　賀鑄是個情種，在江南跟一個歌伎相戀。他的妻子是宗室之女，身分高貴；歌伎身分低下，因此他不能跟那個歌伎出雙入對，只能趁便到歌伎的寓所，兩人偷偷相會。

　　賀鑄喜歡議論天下事，又不願依附權貴，故而仕途蹭蹬。他的任所忽南忽北，擔任的都是些冷職閒差，鬱鬱不得志。歌伎與他相別日久，寫了首七言絕句給他：「獨倚危闌淚滿襟，小園春色懶追尋。深恩縱似丁香結，難展芭蕉一寸心！」

　　這首詩的大意是：她思念着遠方的情人，淚滿衣襟；春回大地，她也無動於衷；過去兩人間的恩愛，現在都化成難以言狀的苦痛。賀鑄讀了這首詩，十分感動。

　　賀鑄難以抑制心頭的激動，揮毫寫下了這首《石州引·薄雨初寒》。

　　詞的上片前三句「薄雨初寒，斜照弄晴，春意空闊」，先寫由雨轉晴，在雨後斜陽照射下，萬物煥然一新。然又由近及遠描寫景色：近處寫得具體、細緻 ──「長亭柳色才黃，遠客一枝先折」；遠景則闊大、蒼茫 ──「煙橫水際，映帶幾點歸鴻，東風銷盡龍沙（沙漠地帶）雪」。歇拍兩句「還記出關來，恰而今時節」，收縮前文，使所寫景物與詞人的經歷相聯繫。

　　下片承「還記」，追思當年分別時的情景：「將發」二字，寫自己即將辭別登程。「畫樓芳酒，紅淚清歌，頓成輕別」，寫酒樓宴別，佳人沾滿了離別的淚水，並透露出無限悔恨之意。「已是經年，杳杳音塵多絕」，表現出分別後思念之苦。「欲知方寸，共有幾許清愁」，用一個問句引出「愁」字，「芭蕉不展丁香結」，芭蕉葉捲而不舒，丁香花蕾叢生，都用來形容愁心不解。結句「枉望斷天涯，兩厭厭風月」，「兩」與前「共有」相呼應，既總括了回首經年，也說出了雖然關山渺邈，心底總隱藏着不滅的思念和期望。

　　這首詞上片寫景，下片敍事，整首詞熔寫景、抒情與敍事一爐，寫得委婉曲折，意味深長。

　　歌伎讀了賀鑄的詞，禁不住淚流滿面。她知道賀鑄也在承受着煎熬，他們之間不會有甚麼好結局。不出歌伎所料，兩人最終分手，未能雙宿雙飛。

　　由於賀鑄不願低首下心阿諛奉承，終生不得美官。宣和七年（公元 1125 年），賀鑄卒於常州僧舍。

下水船・上客驪駒繫

宋·晁補之

上客驪駒繫，驚喚銀屏睡起。困倚妝台，盈盈正解羅結。鳳釵墜，繚繞金盤玉指，巫山一段雲委。

半窺鏡、向我橫秋水。斜領花枝交鏡裏。淡拂鉛華，匆匆自整羅綺。斂眉翠，雖有惜惜密意，空作江邊解佩。

宋代的晁家，名頭大着呢。晁迪，宋真宗時曾任刑部侍郎。他的弟弟晁迥，宋真宗時曾任翰林學士承旨、太子少傅。晁迪的兒子晁宗簡，為尚書刑部郎中，知越州，贈特進吏部尚書。晁宗簡的孫子晁端友，曾任上虞令、新城令；而孫子晁端禮，曾進《並蒂芙蓉·太液波澄》詞，得到宋徽宗的稱賞，以承事郎為大晟府協律。晁端友的兒子晁補之，自幼受到家學的文化薰陶，早早負有盛名。

晁補之十七歲時，晁端友赴杭州任新城令，他跟隨父親前往。看到杭州這天堂美景，晁補之寫下《七述》一文，記述錢塘風物。他將這篇文章呈給時任杭州通判的蘇軾閱覽，蘇軾看了這篇文章高興地說：「吾可以擱筆矣！」

後來晁補之任揚州通判，適逢蘇軾為揚州太守，兩人有不少唱和之作。作為「蘇門四學士」之一的晁補之，受蘇軾的影響很深，在詩、文、詞各方面都有所建樹。

這首《下水船·上客驪駒繫》描摹女性動作情態，非常生動委婉。

臨江仙・未遇行藏誰肯信

宋・侯蒙

> 　　未遇行藏誰肯信，如今方表名蹤。無端良匠畫形容。當風輕借力，一舉入高空。
>
> 　　才得吹噓身漸穩，只疑遠赴蟾宮。雨餘時候夕陽紅。幾人平地上，看我碧霄中。

　　侯蒙，字元功，山東高密縣人，宋徽宗時，官至戶部尚書，是數得上的高官。他有一首寫風箏的詞，千百年來被人們傳頌。

　　侯蒙十六歲開始參加了科舉考試，但年年失意，歲歲名落孫山。歲月蹉跎，已至而立之年，侯蒙沒能取得功名，依然是一介白丁。直到三十一歲，他才好不容易考得一個鄉貢。

　　同城的學子認定侯蒙肚子裏是一包草，加上他其貌不揚，便常常取笑他，拿他逗樂。

　　這一年的春天，大家到郊外踏青，一些人放起了風箏。有幾個喜歡惡作劇的年輕人，做了一個大風箏，在風箏上畫上侯蒙的醜模樣，將風箏放到空中。風箏在空中飄舞，侯蒙的畫像隨着風箏飄來飄去，樣子十分可笑。有個好事者將侯蒙喊來，讓他跟大家一起觀看放飛的風箏。

　　在場的人認為，侯蒙看見了這風箏，非得氣瘋不可。誰也沒想到，侯蒙看到那風箏，不僅沒發脾氣，反而笑彎了腰。他上氣不接下氣地說：「你們快把風箏放下來，我要題首詞在風箏上，畫像配上詞，這樣會更好。」

　　幾個年輕人幾乎不相信自己的耳朵，怎麼，他還要在風箏上面題詞，他想幹甚麼？眾人把風箏放了下來，侯蒙提筆在風箏上一揮而

就，寫上了那首著名的《臨江仙·未遇行藏誰肯信》。

原來，侯蒙反其意而用之，藉題詞表達自己的抱負。這首詞的大意是：以前時機不到，所以大家不知道我；現在我被畫在風箏上，大家這才了解我。畫工將我畫在風箏上，我正好藉着風力，一下子飛向高空。風慢慢吹來，我的畫像漸漸平穩了，只覺得要飄向月宮。此時正是雨後夕陽紅，多少人身處平地，羨慕我飄向碧空！

侯蒙的高明之處在自己非但不生氣，反而題詞藉以抒發自己的雄心壯志，以此激勵自己。古代科考高中被人譽為「蟾宮折桂」，所以作者說自己將「遠赴蟾宮」。侯蒙反過來對跟他開玩笑的人說：你們就站在平地上，看着我升入碧空！

侯蒙確實不同凡響，那一年參加科舉考試，果然高中進士。

蘭陵王·柳

宋·周邦彥

原文

　　柳陰直，煙裏絲絲弄碧。隋堤上、曾見幾番，拂水飄綿送行色。登臨望故國，誰識，京華倦客？長亭路，年去歲來，應折柔條過千尺。

　　閒尋舊蹤跡，又酒趁哀弦，燈照離席。梨花榆火催寒食。愁一箭風快，半篙波暖，回頭迢遞便數驛，望人在天北。

　　悽惻，恨堆積！漸別浦縈回，津堠岑寂，斜陽冉冉春無極。念月榭攜手，露橋聞笛。沉思前事，似夢裏，淚暗滴。

　　周邦彥，字美成，北宋末期著名的詞人，宋徽宗時為徽猷閣待制，提舉大晟府。他精通音律，創作不少新詞調。他的詞作格律謹嚴，語言典雅，長調尤善鋪敍，為後世詞人推崇。舊時詞論稱他為「詞家之冠」，認為他是北宋婉約詞集大成者。

　　宋代的婉約詞家，大多跟花街柳巷有染，像周邦彥這樣的大家，更少不了跟名妓惹出許多風流韻事。相傳周邦彥的《一落索·眉共春山爭秀》，就是為京師名妓李師師所作：「眉共春山爭秀。可憐長皺。莫將清淚濕花枝，恐花也、如人瘦。清潤玉簫閒久，知音稀有。欲知日日倚闌愁，但問取、亭前柳。」李師師讀了這首詞，深受感動，竟然想嫁給周邦彥。

　　周邦彥還時常到李師師這裏來走動。一天晚上，兩人相談正歡，丫頭慌慌張張跑了進來，上氣不接下氣地說：「官人快躲起來，聖駕來到。」

　　李師師慌了神，匆忙間周邦彥已經躲不出去了。她靈機一動，讓周邦彥藏在牀下面。宋徽宗盡日在皇宮，雖說有九五之尊，卻要受着各種規矩的拘禁，哪有在李師師這裏自由暢快！他不知牀下有人，只

管跟李師師盡情說笑。一番暢談之後，宋徽宗又從暗道返回宮中。

周邦彥從牀下出來，笑個不停，乘興寫了一首《少年遊・並刀如水》，隱隱約約描述此事。李師師也覺得有趣，隨即唱了起來。

過了幾天，宋徽宗又來了，想在李師師這裏鬆弛鬆弛。宋徽宗問李師師，近來可有甚麼新曲，可以唱來解悶。李師師不假思索，唱起了這首《少年遊・並刀如水》。宋徽宗先是雙目微閉，聽李師師款款輕唱；過了一會兒睜開眼睛，豎起耳朵仔細聽；忽然一聲怒吼：「不許唱了！哼，這首詞是誰寫的？」李師師大驚失色，只得以實相告。宋徽宗大怒：天子的情事，也是能在胭脂之地亂唱的！他板着臉踱了幾步，隨即拂袖而去。

回到皇宮以後，他將蔡京召來，要問周邦彥的不是。蔡京摸不清頭腦，只得領命而去。皇上的旨意不可違，蔡京便以周邦彥「職事廢弛」的罪名奏報，將周邦彥貶出京城。

宋徽宗聞報周邦彥已經被貶，又去了李師師家。這一次吃了閉門羹，侍女說是李師師給周邦彥送行去了。宋徽宗不甘心就這麼回去，坐在李師師的屋子裏等她回來。

過了許久，李師師才風塵僕僕返回，顯得憔悴不堪。見到李師師這般模樣，宋徽宗又覺得不忍。多說無益，宋徽宗便讓李師師唱首新曲。李師師就是再不高興，皇上的旨意也不能不遵，她便坐了下來，彈起了琵琶，悽悽切切唱起了《蘭陵王・柳》。聽她唱完之後，宋徽宗若有所思，問道：「這是周邦彥剛剛寫的？」李師師也不隱瞞，含着淚水點了點頭。

這首詞的題目是「柳」，內容卻不是詠柳，而是傷別。古代有折柳送別的習俗，所以詩詞裏常用柳來渲染別情。統觀全詞，縈回曲折，看來似淺，其實意深，無論景語、情語，都很耐人尋味。

宋徽宗是行家裏手，一聽即懂，點點頭說：「這首曲子寫得不錯。」沒過多久，周邦彥又被調回京城。

唉，天子的心事，有幾個人能猜得透！這等昏庸皇帝，又能在皇帝的寶座上坐多久！

望江南

宋・沈純

從前事，今日始知空。
冷落巫山峯十二，朝雲暮雨意無蹤。一覺大槐宮。

才子佳人，男歡女愛，是詞作中經常描寫的主題。有的令人為他們歡喜，有的令人為他們歎息。

宋代宣和年間，有個名叫沈純的書生，已經兩次參加科考，每次都是名落孫山。這個沈純，也是命運多舛，今年又來參考，卻又是榜上無名。沈純覺得了無生趣，心灰意冷。他的父母怕他悶出毛病，讓他到舅舅家去做客，疏解心頭的鬱悶。

舅舅的女兒王嬌，比沈純小幾歲。幾年不見，王嬌出落得如同出水芙蓉。表妹的姿色，讓沈純心動，心中的一切煩惱，全都拋到九霄雲外。只是在大庭廣眾之下，沈純無法向表妹傾吐心曲。

沈純時時留神，處處在意，尋找接近表妹的機會。有一天，舅舅宴請賓客，讓沈純作陪。沈純心情不好，想以酒澆愁，正當酒酣耳熱之際，被表妹攔住了，不讓他再喝。

表妹如此關心沈純，使得沈純非常感動，便寫下了一首《玉樓春》：「曉窗寂寂驚相遇，欲把芳心深意訴。低眉斂翠不勝春，嬌囀櫻

脣紅半吐。匆匆已約歡娛處，可恨無情連夜雨。枕孤衾冷不成眠，挑盡殘燈天未曙。」他把寫好的詞交給表妹的丫鬟小紅，讓小紅轉交表妹。表妹王嬌也早對表兄有意，看了這首詞，讓小紅轉告沈純：「好事多磨，歷來如此。」

這一年的科考時間將近，沈純的父母要他回家參加考試，沈純只得向舅舅辭行。離別前夕，沈純暗中寫了首《小梁州》，再次向表妹表明心跡：「惜花長是替花愁，每日到西樓。如今何況拋離去，關山千里，目斷三秋。漫回頭。殷勤分付東園柳，好為管枝柔。重來只恐綠成陰，青梅如豆，辜負梁州。恨悠悠。」

沈純這次參加科考，依然沒有考中。現在他對功名已經不在意，只在意表妹王嬌。他總是尋找藉口，到舅舅家裏去。舅舅見外甥常來走動，心裏也十分歡喜。

沈純和王嬌的關係越來越密切，有一天，趁着四周無人，偷偷行了夫妻之事。兩人立下山盟海誓，海枯石爛不變心。沈純懇求父母向舅家求婚，然而舅舅卻一口回絕了這門親事，不肯將寶貝女兒嫁給一個白丁。

王嬌因心頭不快，責罵了侍女小紅。小紅記恨在心，竟把沈純、王嬌的私事告訴了王嬌父母。王嬌的父親勃然大怒，將女兒痛打一頓；王嬌的母親因受到強烈刺激，昏倒在地，不治身亡。

又是羞愧又是驚恐，傷心欲絕的王嬌急出了病，幾天以後，王嬌便香消玉殞。沈純得到消息，悲痛欲絕，含淚寫下《望江南》，認為自己跟表妹的愛情，如同大槐安國裏的南柯一夢。時隔不久，沈純也追隨表妹王嬌撒手西去。

在北題壁

宋・趙佶

原文

> 徹夜西風撼破扉，蕭條孤館一燈微。
> 家山回首三千里，目斷天南無雁飛。

年僅二十五歲的宋哲宗去世時沒有子嗣，繼位的皇帝只能從哲宗的兄弟中挑選。

宰相章惇提出，按照禮法制度，當立哲宗同母弟簡王趙似。向太后沒有兒子，哲宗、簡王是朱太妃所生，聽了這話很不高興，說：「簡王排行十三，不應當在諸兄之前。」章惇知道自己說錯了話，急忙改口說：「若論長幼，當立申王趙佖。」話一出口，他自己都覺得荒唐可笑：申王是個盲人，如何能看奏章？如何能夠治理國家？向太后搖了搖頭，說：「申王患有眼疾，不宜為君。」過了一會兒，向太后又說：「老身無子，所有的皇子都是神宗的庶子，不應再有區別。依老身看來，還是立端王為好！」

在這關鍵時刻，知樞密院曾布首先附和太后的意見，緊接着，許多大臣相繼表示贊同。端王趙佶就這樣被推上了皇帝寶座，他就是宋徽宗。

宋徽宗是一位傑出的藝術家，卻是一位昏庸誤國的皇帝。

趙佶書法極佳，在學薛曜、褚遂良的基礎上，創造出獨樹一幟的「瘦金體」。這種字體瘦挺爽利，側鋒如蘭竹，和他的畫作工筆重彩相映成趣。趙佶傳世的書法作品很多，筆法犀利、鐵畫銀鈎的《穠芳依翠萼詩帖》，是宋徽宗瘦金書的代表作。

趙佶善於作畫，最善畫花鳥。直至如今，世上流傳許多他的畫作精品。他的這些畫作的畫面上經常有御製詩題、款識、簽押、印章，開創了詩、書、畫、印相結合的先河。元明以後，這種特點成為中國

畫的傳統特徵。

宋徽宗不僅自己作畫，有時還親自出題給畫師。有一次，他出的畫題是「踏花歸來馬蹄香」。這幅命題畫難住了眾多畫師，「花」「歸來」「馬蹄」都好表現，無形的「香」如何用畫表現出來？畫師們雖然個個是丹青妙手，卻難以下筆。有的人畫騎馬人踏春歸來，手裏拿一枝花；有的人在馬蹄上畫上幾片花瓣；惟有一人在奔走的馬蹄周圍畫上幾隻飛舞的蝴蝶，宋徽宗細覽以後大加讚賞：「此畫立意妙而意境深，把無形的花『香』，用有形之『蝶』表現出來。」

耽於享樂的宋徽宗，重用蔡京、王黼、童貫、梁師成、朱勔、李邦彥等奸臣，他們命人四處搜刮奇花異石，用船運至開封，稱之為「花石綱」，用來營造延福宮和艮岳。他們為了討得皇上的歡心大肆揮霍，將國庫裏的銀兩花費殆盡。

宋徽宗不知理國，卻好大喜功。他不顧宋遼之間百年和平相處的關係，於公元 1120 年與金國結成「海上之盟」，與金聯合滅遼。公元 1122 年，金軍攻克遼國南京（今北京）。

公元 1125 年，金軍南下攻宋。宋徽宗被嚇壞了，連忙把帝位傳位給長子趙桓（欽宗），自稱太上皇。靖康元年（公元 1126 年）八月，金兵大舉南下，兵部尚書孫傅卻把希望放在道士郭京身上，妄圖用「六甲法」破敵。結果神兵大敗，金兵分四路攻入城內。宋欽宗派使臣到金營請和，金人不答應。靖康二年（公元 1127 年）二月，金太宗下詔廢徽、欽二帝，貶為庶人，北宋滅亡。

四月一日，金軍開始撤退。被驅擄的百姓男女不下十萬人，北宋王朝府庫蓄積被搶劫一空。

徽宗一行分乘八百六十餘輛牛車，由金人駕車北上。四月五日，徽宗見到韋賢妃（趙構的母親）等人乘馬而去，竟然不敢吭一聲；四月七日，徽宗妃嬪曹才人被金兵奸污，只得忍氣吞聲。八日抵達相州（治所在今河北臨漳西），正遇上大雨，宮女到金兵帳中避雨，遭到金

兵姦淫，徽宗只有長吁短歎，卻又無可奈何。北行途中食物匱乏，宋朝俘虜餓殍遍地，情狀慘不忍睹。

公元 1128 年八月，徽、欽二帝抵達上京。金人讓他們身穿孝服拜祭阿骨打廟，以此羞辱北宋君臣。然後迫着他們父子到乾元殿拜見金太宗，金太宗封徽宗為昏德公，欽宗為重昏侯。

不久，金人又將徽、欽二帝趕到邊陲小鎮 —— 五國城。囚禁期間，宋徽宗受盡折磨，寫下了許多悔恨、哀怨的詩歌，《在北題壁》就是其中一首。這首詩的大意是：徹夜的西風破門窗，蕭條荒屋只有一盞微弱清燈相伴。回首故國遙遙三千里，望斷南方看不到一隻孤雁。

徽宗在五國城生活了三年，受盡折磨，在寒冷、孤獨、絕望中病死，按照當地習俗火葬。

眼兒媚·樓上黃昏杏花寒

宋·左譽

> **原文**
>
> 樓上黃昏杏花寒，斜月小欄杆。一雙燕子，兩行征雁，畫角聲殘。
>
> 綺窗人在東風裏，灑淚對春閒。也應似舊，盈盈秋水，淡淡春山。

元代王實甫《西廂記》第三本第二折：「望穿他盈盈秋水，蹙損他淡淡春山。」這「盈盈秋水，淡淡春山」，是描寫美人眉目的佳句，它出自宋代左譽的《眼兒媚·樓上黃昏杏花寒》。

左譽，字與言，天台（今浙江天台）名士。據宋代王明清《玉照新志》記載：杭州有位名妓，名叫張穠。她琴棋書畫、詩詞歌舞十分出眾，色藝妙絕天下。流連於風月場所的錢塘幕府左譽，對她一見傾心，經常為她作詞。「盈盈秋水」「淡淡青山」「幃雲剪水」「滴粉搓酥」都是他詞中的豔語。時人有「曉風殘月柳三變，滴粉搓酥左與言」之句，將他跟風流詞人柳永並提。

左譽有心跟張穠長相守，卻無力給張穠脫籍。時隔不久，左譽改任湖州（今浙江湖州）通判，兩人只得揮淚而別。

左譽到湖州第二年，發生了「靖康之變」，北宋王朝滅亡。在那山河破碎、兵荒馬亂的歲月裏，兩人斷絕了音信。時隔不久，張穠嫁給了樞密使張俊。

那時候，張俊手握重兵，大權在握。張穠使出渾身解數，討得張俊的歡心。張俊認為兩人同姓不好，便將張穠改為「章氏」。張穠頗有文才，張俊的往來公文都由張穠代書。

有一次，宋高宗趙構跟張俊閒談，張俊說起張穠過去寫給他的信，並把這封信上奏給宋高宗。高宗閱後連聲誇讚張穠的文才，封張穠為雍國夫人。有了皇上的敕封，張穠正式成為張俊的賢內助，就是張俊的正妻，也要看她的眼色行事。張俊的正妻去世以後，張穠順理成章地成為張府女主人。

高宗紹興年間的一天，左譽獨自去西湖遊覽。突然間，一隊馬車迎面駛來。車裏有位美人掀開繡簾，對左譽微微一笑，輕輕吟道：「如今試把菱花照，猶恐相逢是夢中！」那柔美、熟悉的聲音，讓左譽聽了愣在當場；他定睛一看，不是張穠又是誰！左譽恍恍惚惚，若有所失，抬眼再去尋找，已經不見張穠的蹤影。

過了許久，他才漸漸清醒過來，不禁長歎一聲，淚水不覺「刷刷」淌下。回到住處，他寫下了這首《眼兒媚·樓上黃昏杏花寒》，抒發心中的感慨。

　　這首詞上片開頭兩句「樓上黃昏杏花寒，斜月小欄杆」，交代了時間、地點。「一雙燕子，兩行征雁，畫角聲殘」，意思是一雙春燕從杏花頂上飛過，遠處大雁排成兩行，此情此景讓詞人倍感傷懷。下片「綺窗人在東風裏，灑淚對春閒」，承上片情景，詞人不禁想起了遠方的戀人，想像她對着大好春景淚流滿面。結句「也應似舊，盈盈秋水，淡淡春山」，意思是她淡淡的柳葉眉下那雙含情脈脈的眼睛，可能凝望着春景正在思念着我吧！上片寫眼前之景，為實寫；下片寫想像中情人對作者思念之情，為虛寫；虛虛實實結合在一起，感人至深。

　　左譽為了找到張穠，千方百計四處打聽，終於知道張穠已經嫁人，夫婿就是樞密使張俊。現在他們夫榮妻貴，她已絕非舊時張穠。

　　左譽百感交集，想起前塵往事，已是鏡中月、水中花。於是他便看破紅塵，出家當和尚，在晨鐘暮鼓中了此殘生。

浪淘沙·目送楚雲空

宋·幼卿

　　目送楚雲空，前事無蹤。漫留遺恨鎖眉峯。自是荷花開較晚，孤負東風。

　　客館歎飄蓬，聚散匆匆。揚鞭那忍驟花驄。望斷斜陽人不見，滿袖啼紅。

　　幼卿，南宋徽宗宣和年間女詞人，姓名不詳。南宋吳曾《能改齋漫錄》載有她的《浪淘沙·目送楚雲空》一首和她與表兄的一段情事。

幼卿和她的表兄青梅竹馬，兩小無猜，常常在一起讀書。耳鬢廝磨日久，兩人漸漸難捨難分。

有一天，兩家人在一起談起國事：國家日漸衰落，金人不斷入侵，這樣下去，如何是好？萬一戰事再起，國家將分崩離析、家人將四處離散！

幼卿和表哥聽了大人們的議論，心如刀絞。兩人不願再聽下去，一起到書房去唸書。書哪裏還唸得下去，便又悄悄議論起來：萬一金兵打來，兩家人各奔東西，今世難以再見。表兄妹商量來、商量去，打算讓表兄的父母前來提親，使兩人結為連理，這樣，兩人便可不再分離。

表兄回家以後，便軟磨硬泡要父母給他提親。父母便揀擇了一個好日子，讓媒婆前去說合。幼卿的父母認為外甥沒有考取功名，還是一介白丁，不同意這門親事。媒人離開後，父母跟幼卿說起這件事：你表兄現在一事無成，嫁給他難道以後去喝西北風？女人需嫁好男兒，日後有個依靠。幼卿想想父母道的話說得不錯，後悔自己跟表兄私訂終身。

表兄偷偷讓人送來書簡，表示自己海枯石爛不變心。幼卿回覆表兄道：婚姻大事需聽父母之命、媒妁之言，私訂終身只不過是兒戲，不能算數。

讀了幼卿的回信，表兄頓時覺得如同五雷轟頂，痴呆呆地不敢相信這是真的。然而白紙黑字寫得清清楚楚，怎麼會有假！表兄見表妹如此不重情分，只得將這件事撇開了，立誓發憤讀書，要出人頭地。第二年，他果然考取了功名，被委派到洮房（今陝西臨壇）任職。

沒過多久，幼卿也出嫁了。她奉父母之命嫁給了一個武將，跟隨武將前往陝西駐地。

有一天，表兄因辦理公務外出，跟幼卿及其丈夫在驛站相遇。兩人撲面相見，十分驚訝，舉止也不由得侷促起來。片刻以後，心靈遭

到沉重打擊的表兄別過臉,不再朝她多看一眼,匆匆在驛站吃了點東西,便騎馬揚鞭而去。

幼卿自覺無顏面對表兄,望着表兄漸漸遠去的身影,淚如泉湧,悔之不及。她在陝西驛亭牆壁上題下《浪淘沙·目送楚雲空》,表達她此時的感觸。而呆呆站在她身邊的武官,不知道究竟發生了甚麼事,許久沒能說出一句話。

這首詞的上片「目送楚雲空,前事無蹤」,是寫作者眼看着表兄迅速離去,覺得往事已永遠消失了。自己留下了遺恨緊皺雙眉,「自是荷花開較晚,孤負東風」,意為荷花為甚麼要到夏天才開放,辜負了東風的深情!這裏表現幼卿空有遺恨,因丈夫在身邊而不能明言說出。下片「客館歡飄蓬,聚散匆匆」兩句,寫出自己和表兄相見匆匆,別也匆匆。緊接着寫出短暫而扣人心弦的一幕:「揚鞭那忍驟花驄」。表兄鞭馬不顧而去,這狠狠一鞭,象徵着她們的愛情已經成為無可彌補的遺恨!這一鞭,打在幼卿的心頭!「望斷斜陽人不見,滿袖啼紅」,人已無法再見,只能空自流淚、獨自哀傷了。

這首詞出自封建社會一位不幸女子之手,隱含着一幕婚姻悲劇。她在詞中自抒衷腸,悲情深含其中,那哀婉而低沉的傾訴,唱出了封建禮教下不幸婦女的苦痛。

春從天上來·海角飄零

金·吳激

會寧府遇老姬，善鼓瑟。自言梨園舊籍，因感而賦此。

海角飄零，歎漢苑秦宮，墜露飛螢。夢裏天上，金屋銀屏。歌吹競舉青冥。問當時遺譜，有絕藝、鼓瑟湘靈。促哀彈，似林鶯嚶嚶，山溜泠泠。

梨園太平樂府，醉幾度春風，鬢變星星。舞破中原，塵飛滄海，飛雪萬里龍庭。寫胡笳幽怨，人憔悴、不似丹青。酒微醒。對一窗涼月，燈火青熒。

吳激，宋代著名的才子。他是宰相吳栻的兒子、著名書畫家米芾的女婿。

靖康二年（公元 1127 年），吳激奉命出使金國。由於北宋的實力衰微，無力跟金人對抗，金人便將他扣留下來，命他為翰林待制。時隔不久，北宋滅亡，他再也沒有可能返回故土。金皇統二年（公元 1142 年），吳激出任深州（治所在今河北深縣）太守，到任僅三天就死於任所。

吳激的詩工於寫景，如《三衢夜泊》：「山侵平野高低樹，水接晴空上下星」；《雞林書事》：「地偏先日出，天迫眾山攢」等等。他的一些詩詞作品，曲折地表達了鄉國之思、亡國之痛。

有一天，吳激參加張侍御的家宴，看見一個侍酒的歌伎神情黯然。吳激悄悄一問，原來她本為宋朝宮姬。他鄉遇故人，吳激非常激動，寫下《人月圓·宴北人張侍御家有感》這首詞：「南朝千古傷心事，猶唱後庭花。舊時王謝，堂前燕子，飛向誰家？恍然一夢，仙肌

勝雪，宮髻堆鴉。江州司馬，青衫淚濕，同是天涯。」

　　這首詞有三個為人們所熟知的典故：一是「南朝千古傷心事，猶唱後庭花」兩句，出自唐代詩人杜牧《泊秦淮》：「商女不知亡國恨，隔江猶唱後庭花。」而杜牧詩句的出處當為陳後主和他的《玉樹後庭花》。二是「舊時王謝，堂前燕子，飛向誰家？」出自唐代劉禹錫的《烏衣巷》中的詩句：「舊時王謝堂前燕，飛入尋常百姓家。」三是「江州司馬，青衫淚濕，同是天涯」三句，出自唐代詩人白居易《琵琶行》中的詩句：「座中泣下誰最多？江州司馬青衫濕。」這首詞概括運用前人詩詞之句，造句清麗，哀而不傷，廣為傳誦。

　　有一天，吳激前往會寧府（今哈爾濱阿城區南）辦事，在這冰天雪地的邊陲，卻意外遇見一位舊時南宋歌女，由此又勾起作者的舊恨新愁，於是寫下了《春從天上來·海角飄零》這首詞。

　　詞的上片以「海角飄零」開頭，既是寫老姬，又是寫作者自己，不由使人有「同是天涯淪落人」之感。「歎漢苑」以下四句慨歎徽宗、欽宗北虜的靖康恥，而故國歌舞昇平只不過是黃粱一夢。「歌吹」以下六句，竭力描述老姬鼓瑟技藝的高明。

　　下片抒發情懷。演奏的曲子雖然是昔日太平曲，而國卻破，鬢已白，人流落到「飛雪萬里龍庭」。以下「寫胡笳」五句，回到現實。無情的歲月，殘酷的現實，使老姬憔悴，失去昔日容姿。面對青燈涼月，詞人的家國之痛，難以忘懷。

　　吳激為金初詞壇盟主，他的詩詞影響很大。元代詩人元好問，推他為「國朝第一作手」。

滿江紅·怒髮衝冠

宋·岳飛

> 怒髮衝冠，憑欄處，瀟瀟雨歇。抬望眼，仰天長嘯，壯懷激烈。三十功名塵與土，八千里路雲和月。莫等閒，白了少年頭，空悲切！
>
> 靖康恥，猶未雪；臣子恨，何時滅？駕長車，踏破賀蘭山缺。壯志飢餐胡虜肉，笑談渴飲匈奴血。待從頭，收拾舊山河，朝天闕！

這是一首傳誦千古的名篇，它氣壯山河，激揚着中華兒女的愛國心。詞的上片抒發了作者立志為國立功的豪氣，下片抒寫了重整山河的決心和報效君王的忠心。這首詞是岳飛戎馬一生的真實寫照，表現了岳飛大無畏的英雄氣概，洋溢着愛國主義激情。

岳飛，字鵬舉，公元 1103 年出生於相州湯陰（今河南湯陰）一戶普通農家。他自幼喜歡讀書，尤其愛學兵法，十幾歲時拜周侗為師，練就一身好武藝。

當時的皇帝，是昏庸的宋徽宗趙佶。他寵信蔡京、童貫等「門賊」，弄得政治腐敗、朝綱不整。這時候北方女真族崛起，於公元 1115 年建立金國。金國的統治者野心勃勃，時時覬覦中原，不斷向南方發動進攻。公元 1125 年，金軍南下攻宋，宋徽宗嚇破了膽，忙把皇位讓給兒子趙桓（宋欽宗）。靖康二年（公元 1127 年）二月，金太宗下詔廢徽、欽二帝，貶為庶人，北宋滅亡。

公元 1127 年，趙構（宋高宗）在南京應天府（今河南商丘）即位，南宋朝廷建立。以後渡過長江，定都臨安（今浙江杭州），南宋小朝廷從此偏安江南。

在國家遭受危難之際，二十歲的岳飛毅然從軍，深明大義的母親要求岳飛盡忠報國，並在他背上刺字以示激勵。從此，岳飛馳騁疆場，度過了他光輝的一生。

岳飛在戰場上英勇殺敵，屢立戰功，不久升為將領。公元 1133 年，金人的傀儡偽齊皇帝劉豫派兵南下，攻陷了襄陽（今湖北襄樊）等六郡。岳飛奉命率軍前往，迅速收復了襄陽附近一帶土地。

攻到襄江（今漢水）岸邊，遇上敵將李成率領的號稱十萬的強敵。岳飛立即佈好陣勢，然後登上高處遠眺敵人的陣形。觀察了一會兒，他發現了敵陣的弱點：騎兵部署在丘陵一帶，步兵在平坦原野，騎兵與步兵之間缺乏聯繫。

岳飛隨後下達命令：王貴率領三千名長槍手，攻擊敵人騎兵；牛皋率領五千騎兵，衝擊敵人的步兵。長槍手衝上山嶺，與敵人騎兵展開近戰，先刺敵人戰馬，再刺落馬之敵。敵人騎兵在山丘難以馳騁，擠成一團，無法抵禦長槍手的攻擊，紛紛落馬斃命。牛皋率領騎兵手舞大刀衝入敵人步兵陣地，勇士們左砍右殺，來回馳騁，如入無人之境。敵人四散潰逃，他們又縱馬猛追，不給敵人喘息的機會。

岳飛見步兵、騎兵兩路得手，傳下命令全線出擊，宋軍人人奮勇，個個當先，一舉打敗了敵人，攻克襄陽重鎮。岳飛領兵乘勝追擊，很快收復了襄陽一帶的全部失地。

岳飛本想直搗敵人老巢，哪知宋高宗只求守住半壁江山，不想收復廣大失地，急忙下令要岳飛班師回朝。宋高宗為安撫岳飛，封他為「武昌郡開國侯」。

公元 1140 年，金朝金兀朮發動政變，隨後撕毀和約，親自領兵分四路向南宋發起進攻。岳飛接到北伐的詔書後，立即領兵啟程。到了河南，岳飛分兵出擊，屢敗金兵。金兀朮深感「岳家軍」兵精將勇，銳不可當，伺機與「岳家軍」決一死戰。

金兀朮探得消息，岳飛駐紮在郾城（今河南郾城），兵力不多，

便調集大量兵力前往郾城，決心與岳飛展開決戰。金兀朮孤注一擲，將最精銳的部隊「鐵浮圖」「拐子馬」投入戰鬥。「鐵浮圖」又稱「鐵塔兵」，人馬都披上鐵盔鐵甲，刀槍不入；「拐子馬」是從兩翼向敵人進行包抄的騎兵。

岳飛命令一批士兵用鈎鐮槍對付「鐵浮圖」，交鋒時先用鈎鐮槍勾掉敵人的鐵盔，再順勢用彎鐮割掉敵人的腦袋；又命令一批士兵用刀斧對付「拐子馬」，敵人到來時專砍馬腿。金兀朮萬萬沒有想到，所向披靡的「鐵浮圖」「拐子馬」一下子就被擊潰，拍馬轉身就跑，岳家軍猛衝上去，將敵人徹底擊潰，金兀朮險些被俘。

以後岳飛又屢屢克敵，直抵離汴京（今河南開封）不足百里的朱仙鎮。金兀朮困守汴京，發出「撼山易，撼岳家軍難」的哀歎。岳飛極為興奮，向官兵們說：「我們要直搗黃龍（今吉林農安），在那裏痛飲慶功酒！」

然而，宋朝的奸相秦檜對岳飛取得的戰果憂慮重重，深怕沒法跟金人主子交代；宋高宗怕他功勞太大，以後兵重難治。在秦檜的挑唆下，宋高宗一天之內連發十二道金牌，強行命令岳飛回師。岳飛只得領兵返回，收復的土地很快被敵人佔領，勝利的果實化為烏有。

秦檜等人決心除去這根眼中釘、肉中刺，用「莫須有」的罪名將岳飛等人打入獄中。

公元 1141 年，岳飛與兒子岳雲等被秦檜殺害。直到 1162 年，朝廷才為岳飛平反昭雪。現在，岳飛墓仍在原址，每天都有許多人在墓前憑弔精忠報國的冤魂。

醉花陰·薄霧濃雲愁永晝

宋·李清照

薄霧濃雲愁永晝，瑞腦銷金獸。佳節又重陽，玉枕紗廚，半夜涼初透。

東籬把酒黃昏後，有暗香盈袖。莫道不銷魂，簾卷西風，人比黃花瘦。

李清照，濟南章丘（今山東濟南）人，號易安居士。她是兩宋之交最偉大的詞作家之一，她的詞作獨步一時，在藝術上達到了爐火純青的境界，形成了自己獨特的藝術風格——「易安體」，被譽為「詞家一大宗」。

李清照的詞作以南渡為界，分為前後兩期。前期多描寫自然景物、愛情生活，韻調優美。後期多慨歎身世，懷鄉憶舊，情調悲傷。

李清照出生於一個文學藝術氛圍濃郁的士大夫家庭。她的父親李格非是蘇軾的學生，進士出身，官至提點刑獄、禮部員外郎。母親是狀元王拱宸的孫女，文學修養很高。

李清照幼年，是在家鄉度過的。五六歲時，因父親李格非在京城做官，便隨着父母遷居東京汴梁（今河南開封）。

一年元宵節，右丞相趙挺之之子趙明誠，與李清照的堂兄相約，到相國寺賞花燈。在相國寺遊完之際，兩人偶遇李清照。趙明誠早就讀過李清照的詩詞，對她的才華讚賞不已；此時見到美如天仙的玉人，頓時產生了愛慕之意。

趙明誠回家以後，茶不思、飯不想，只想用甚麼辦法讓父親明白自己的心思。一天，父子倆談詩論文，趙明誠便出了個字謎給父親猜：「言與司合，安上已脫，芝芙草拔。」趙挺之略一思索：言與司

合，是個「詞」字；安上已脫，是個「女」子；芝芙草拔，是「之夫」二字。趙挺之恍然大悟，自己的兒子想娶李清照為妻！這樁親事門當戶對，趙挺之便派人去向李格非求親。

親事一說便成，時隔不久，十八歲的李清照與趙明誠結婚。趙明誠與李清照情投意合，一同研究金石書畫，一起進行詩文創作。夫唱婦和，生活十分美滿。

一年重陽節，李清照深深思念着遠行在外的丈夫。人逢佳節倍思親，便寫下那首著名的《醉花陰·薄霧濃雲愁永晝》寄給丈夫。趙明誠接到後，賞讀再三，讚歎不已，但他又不肯甘拜下風，於是閉門謝客，廢寢忘食，苦熬三天三夜，寫下詞五十首。

他把李清照的《醉花陰·薄霧濃雲愁永晝》雜入其間，請友人陸德夫品評。陸德夫品味再三，說：「有三句絕佳。」趙明誠忙問是哪三句，陸德夫說：「莫道不銷魂，簾卷西風，人比黃花瘦。」趙明誠聽了這話，立刻傻了眼，自愧弗如。

夏日絕句

宋·李清照

原文

> 生當作人傑，死亦為鬼雄。
> 至今思項羽，不肯過江東。

誰能想像得出，「生當作人傑，死亦為鬼雄」這樣驚天地、泣鬼神之語，竟然出自一個弱女子之口。這位弱女子，就是宋代著名女詞

人李清照。

李清照與趙明誠本是一對恩愛夫妻，他們悉心收集金石、字畫和古玩。每得一冊孤本，兩人便共同校勘；得到字畫、古器，便共同把玩。夫婦倆常於飯後在歸來堂烹茶品茗，指着滿屋的書籍互相考問，答對的人先飲茶，以此為雅樂。

公元 1127 年的「靖康之變」，徹底改變了李清照的生活，夫婦倆也隨難民流落江南。同年，趙明誠被任命為建康（今江蘇南京）知府。

這位公子哥兒，根本不懂官府事務。江寧御營統治官名叫王亦，打算發動叛亂，被下屬察覺。下屬連忙向趙明誠報告，趙明誠竟然不以為意，沒有採取任何行動。下屬見知府不做準備，便自行佈陣，做好了防備。

夜晚王亦發動叛亂，趙明誠悔之晚矣。他是個大家公子，從未經過磨礪，此時方寸已亂，不去指揮戡亂，反而用繩子從城牆上縋下逃跑。幸虧下屬早有防備，將王亦擊潰。天亮時，下屬去找知府趙明誠，發現他早已跑得不知去向。

趙明誠臨陣逃脫，被朝廷革職，李清照得知了這件事，深為丈夫的行為羞愧。兩人雖然沒有爭吵，但往昔的恩情已經喪失殆盡。

不久，他們向江西方向逃亡，一路上兩人相對無語。行至烏江，站在項羽兵敗自刎處，李清照不禁浮想聯翩，心潮澎湃，面對浩浩江水，吟誦出氣吞山河的《夏日絕句》。就是這首詩，激勵了多少志士仁人，為民族、為國家獻出自己寶貴的生命。這首詩起調高亢，鮮明地提出了人生的價值取向：活着就要作人中豪傑，為國家建功立業；死也要為國捐軀，成為鬼中的英雄。

趙明誠站在她的身後，聽到了這首詩羞愧難當，從此便鬱鬱寡歡，一蹶不振。公元 1129 年，他患上急病，沒過多久便不治身亡。

趙明誠去世之後，李清照孤身一人流落江南。公元 1132 年，她來到杭州。就在李清照孤苦無依時，她認識了張汝舟。張汝舟以為李

清照有很多古董，對李清照百般示好。李清照竟然相信了張汝舟的花言巧語，頂着世俗壓力嫁給了他。

結婚之後李清照才發現，張汝舟對她關心是假，貪圖她的錢財是真。這場婚姻只維持了三個多月，兩人便各自東西。

由於李清照改嫁張汝舟，遭到士大夫們的詬罵，她破碎的心再次遭到沉重打擊。她貧困憂苦，呼告無門，公元 1155 年，這位中國文學史上偉大的女詞人，空懷一顆報國心，在貧病交加中與世長辭。

紅梅

宋·王十朋

桃李莫相妒，天姿元不同。
猶餘雪霜態，未肯十分紅。

民間有很多有關王十朋的傳說，人們對王十朋有個大致的印象：他自幼聰慧，成年後考得狀元郎，對愛情的忠貞不移，為官清正廉潔，是個不錯的好官。傳說中的王十朋與歷史上的王十朋有相似，也有不同，不過，品德卻是一樣高尚。

王十朋，宋代政治家、文學家。他七歲進入私塾讀書，精通經史，擅長詩文，少年時便遠近聞名。由於南宋政權由奸賊秦檜專權，考場腐敗，王十朋多次參加科舉考，都沒能考中進士。直到秦檜死後，宋高宗即位主持殿試，王十朋才得以考中狀元。

王十朋在朝廷為官，力主抗戰，並推薦愛國老將張浚、劉錡為

國效力，卻遭主和派排斥，只得離開京城返回故里。宋孝宗趙睿即位後，王十朋被重新起用。他力排和議，與主和派展開了激烈的鬥爭，以懷奸、誤國等八大罪狀彈劾主和宰相史浩，最終使他罷職。公元1163年，張浚北伐失利，王十朋遭到主和派非議，被排擠出京，出任饒州（治所在今江西鄱陽）、湖州（治所在今浙江湖州）太守。

王十朋任饒州太守時，宰相洪適拜訪王十朋，希望將學宮之地給他擴建私宅花園，遭到王十朋斷然拒絕。此事傳出以後，王十朋得到各方嘉許。

王十朋一生清廉，常以清白相勉。辭官返回故里以後，家有衣食之憂卻不以為意。夫人死在泉州任所，因路途遙遠，無錢將靈柩及時運回家鄉。

王十朋於閒暇之時，常以眼前景物吟詩。他的《紅梅》詩，以紅梅的口吻說事：因為紅梅和桃花、李花盛開的模樣原本不同，並且留有傲霜鬥雪的痕跡，所以不肯開得「十分紅」。這首詩寫出了紅梅的姿態和個性，也是他的夫子自道。

王十朋極具才華，他在浙江省溫州江心寺所題疊字聯，備受人們讚賞。有一次，王十朋到江心寺遊玩，廟裏住持看到他來了，非常高興。住持帶着王十朋各處遊覽，最後請他題一副對聯。王十朋不好推辭，略一思索，寫下一副疊字聯：「雲朝朝朝朝朝朝朝散；潮長長長長長長長消。」

住持沒能看懂，只得向王十朋請教。原來，出句「朝」在普通話有兩讀，二、五、七這三個「朝」字讀「cháo」，「朝見」或「朝拜」之意，其餘讀「zhāo」，「早晨」、「白天」之意。出句為「雲朝（cháo），朝（zhāo）朝（zhāo）朝（cháo），朝（zhāo）朝（cháo）朝（zhāo）散」。對句「長」在普通話也有兩讀，二、五、七這三個「長」字讀「zhǎng」，與「漲」同義；其餘讀「cháng」。對句為「潮長（zhǎng），長（cháng）長（cháng）長（zhǎng），長（cháng）長（zhǎng）長

（cháng）消」。

主持聽了王十朋的解說，佩服得五體投地。

有則民間傳說，很能說明王十朋的品德。王十朋在縣學讀書時，由於文才好，又寫得一手好字，遠近聞名。

縣城一條小巷裏住着個名叫錢百享的富翁，他曾做過一任小官，雖然才識淺薄，卻喜歡結交名士。他曾多次邀請王十朋赴宴，都被王十朋婉言謝絕。富翁聽說王十朋很尊敬縣學裏的老先生，暗暗想道：請老先生和王十朋一起前來，王十朋一定不能推辭。

錢百享派人送去請帖，邀請老先生和王十朋。這一招果然不差，王十朋真的隨同老先生來了。酒宴將盡，王十朋扶着老先生站起來表示感謝。剛要離席，就讓錢百享伸手攔住了，錢百享笑着說：「老夫別無他求，只求王才子墨寶。」

王十朋想了想說：「我將『錢百享升』這四個字，分別嵌在每句詩的開頭，如何？」大家聽了，轟然叫好。王十朋大筆一揮，寫了一首打油詩：「錢家魚肉滿籮筐，百姓糠菜填飢腸。享福毋忘造眾福，升官莫作殃民郎。」

老先生邊看邊稱讚：「好詩！好詩！」錢百享看了，只能發出幾聲苦笑。 因為這首詩是王十朋被攔後寫下的，所以人們便把這條無名的小巷稱為「攔詩巷」。

臨江仙 · 綺席流歡歡正洽

宋 · 洪邁

綺席流歡歡正洽，高樓佳氣重重。釵頭小篆燭花紅。
直須將喜事，來報主人公。

桂月十分春正半，廣寒宮殿蔥蔥。姮娥相對曲闌東。
雲梯知不遠，平步躡東風。

很多人都知道「三蘇」——北宋的蘇洵、蘇軾、蘇轍父子三人；
知道北宋、南宋之交的「四洪」就不多了，「四洪」就是父親洪皓，三
個兒子洪適、洪遵、洪邁。

父親洪皓，著名詞人，宋徽宗政和年間進士。公元 1129 年，洪
皓奉命出使金國，被金國扣留。在金期間，他威武不屈，直至公元
1143 年，才被金人放歸，被人們譽為「宋之蘇武」。

長子洪適，於公元 1142 年和弟弟洪遵、洪邁一同參加博學鴻詞
科考試，與弟弟洪遵同年高中。高宗稱讚他們說：「父在遠方，子能
自立，此忠義報也。」洪適也是宋代著名詞人，並與歐陽修、趙明誠
合稱宋代金石三大家。他勤於政事，官至宰相。

次子洪遵，累官至翰林學士承旨、同樞密院事，位同宰相。他
是宋代著名的錢幣學家。中國錢幣學源遠流長，但古代錢幣專著多亡
佚，幸有洪遵著錄《泉志》，保留了自南朝到北宋人的錢學論說和見
聞，是中國錢幣學的經典著作。

洪邁曾與二位兄長一起參加博學鴻詞科考試，未能如意。三年之
後，洪邁再次來到臨安（今浙江杭州），參加科舉考試。三場考試完
畢，與幾位好友同往抱劍街孫氏小樓小聚。

　　那天夜晚，皓月當空，几案上明燭結花，燦若連珠。歌伎孫氏聰慧，春風滿面地對大家說：「明月當空，燭花呈祥，恭祝各位今年能夠高中。請各位賦詞一首，作為他日佳話。」

　　舉子何自明道：「好，好，我先來拋磚引玉。」他略一思索，寫成《浣溪沙‧草草杯盤訪玉人》一首：「草草杯盤訪玉人，燈花呈喜坐添春。邀郎覓句要清新。黛淺波嬌情脈脈，雲輕柳弱意真真。從今風月屬閒人。」眾人一看，前幾句是應景之辭，沒有甚麼可挑剔；只是結句「從今風月屬閒人」不好，有些失意意味。大家不肯說破，齊聲誇讚。

　　說話間，洪邁《臨江仙‧綺席流歡歡正洽》寫就，大家看了，都說極妙。歌伎孫氏冰雪聰明，連忙斟上一大杯酒，說：「哎呀呀，原來這燭花是為洪公子結的呀！三年前洪公子大哥二哥蘭桂齊芳，今年洪公子必定高中，可喜可賀！這等大喜事，飲酒必依金谷酒數。」洪邁推辭不過，只得飲了三杯。不久放榜，洪邁果然考取了進士。

　　公元 1163 年春，金世宗完顏雍派遣使者到臨安（今浙江杭州），商談議和之事。洪邁為接伴使，接待金國使臣。朝廷打算派遣使者北上，與金人和談，洪邁慨然請行，於是朝廷派他以翰林學士的名義出使金國。到了金國燕京（今北京），金人要洪邁行陪臣禮，事關國家威儀，洪邁堅決不答應。金人惱羞成怒，將他反鎖在使館裏，連飯都不給吃。金國大都督懷中提議將洪邁扣留，因左丞相張浩認為不可，才得以返回。

　　洪邁返回以後，先後任吉州（治所在今江西吉安）太守、贛州（治所在今江西贛州）太守、婺州（治所在今浙江金華）太守。洪邁到任以後，建造學館，修建橋樑，興修水利，以利民生。後來洪邁又調入京城任職，深得宋孝宗信任。公元 1186 年，洪邁拜翰林學士。公元 1202 年，他以端明殿學士致仕（退休），同年因病逝世，享年八十歲。

　　洪邁不僅勤勤懇懇為政，還兢兢業業治學。《容齋隨筆》五卷，是洪邁數十年博覽羣書、經世致用的智慧和汗水的結晶。這部著作內

容繁富，議論精當，涉及領域極為廣泛，在中國歷史文獻方面有着不可替代的重要地位。

釵頭鳳・紅酥手

宋・陸游

 原文

　　紅酥手，黃縢酒，滿城春色宮牆柳；東風惡，歡情薄，一懷愁緒，幾年離索，錯，錯，錯。

　　春如舊，人空瘦，淚痕紅浥鮫綃透；桃花落，閒池閣，山盟雖在，錦書難託，莫，莫，莫。

　　陸游，是南宋的愛國主義詩人。在政治上他堅決主張抗金，但由於奸臣當道，一直受到壓制。晚年退居家鄉，但收復中原的信念始終不渝。他在臨終前寫給兒子的遺囑《示兒》詩中寫道：「死去元知萬事空，但悲不見九州同。王師北定中原日，家祭無忘告乃翁。」表達了詩人至死不忘「北定中原」、統一祖國的強烈願望。

　　陸游一生創作詩歌極多，今存九千多首，內容多為抒發政治抱負，反映人民疾苦，風格雄渾豪放；抒寫日常生活，也多有清新之作。他的詞也寫得極好，有的雄慨豪放，有的清新纖麗。《釵頭鳳・紅酥手》是他的婉約詞。

　　說起他的《釵頭鳳・紅酥手》，不禁讓人想起一個令人潸然淚下的淒婉故事。陸游和唐琬，本是表兄妹，自幼青梅竹馬，情投意合。唐琬長成後，如同出水芙蓉，宛如仙女下凡。陸游的母親唐氏察覺出

陸游的心思，便索性「親上做親」，將外甥女唐琬娶為兒媳，成就了一雙小兒女的心願。

照理這是郎才女貌、天造地設的一對，可以白頭到老。偏偏事與願違。唐氏急於抱孫子，唐琬婚後數年一直沒有生育。「不孝有三，無後為大」，兒媳不生孩子，豈不只是個擺設！天長日久，唐氏的怨情越來越深，便強迫陸游休妻。終究母命難違，陸游只得將唐琬送回娘家。

唐氏為了徹底了斷兒子與唐琬之間的悠悠情思，又給陸游娶了溫柔美麗的王家女為妻。唐琬也迫於父命，改嫁皇室後裔趙士程。從此以後，兩人勞燕分飛。

十年後的一天，風和日麗，陸游乘興到沈氏花園踏青。順着遊廊前行，撲面走過一位佳人，定睛一看，啊，不是唐琬又是誰！四目相對，是怨？是恨？還是塵封已久的刻骨相思？

在丈夫的引領下，唐琬款款離去。陸游像是魂魄離了竅，定了根般呆呆地站在那裏。過了好一會兒他才緩過神，緩步繼續前行。走不多遠，遠遠地看到趙士程和唐琬在水榭中用餐，唐琬伸出紅袖玉手，緩緩地給趙士程斟酒。此情此景，看得陸游心如刀絞。他找了地方坐下，禁不住自斟自飲喝起悶酒。喝下的哪是美酒，簡直就是黃連。

唐琬也看到了陸游，徵得趙士程的同意，讓丫鬟給陸游送去一杯酒。陸游凝視片刻，端起這杯苦酒一飲而盡。隨後，他踉踉蹌蹌地離開坐席，含着熱淚在粉牆上寫下了「紅酥手，黃滕酒」這首千古絕唱。

唐琬看到了這首詞，悲痛萬分，可是又不能在丈夫面前表露出來。她日臻憔悴，悒鬱成疾，悄悄寫下一首《釵頭鳳‧世情薄》訴說情懷：「世情薄，人情惡，雨送黃昏花易落。曉風乾，淚痕殘，欲箋心事，獨語斜欄。難，難，難！人成各，今非昨，病魂常似鞦韆索。角聲寒，夜闌珊，怕人尋問，嚥淚裝歡。瞞，瞞，瞞！」

時隔不久，唐琬便香消玉殞。她的這首《釵頭鳳‧世情薄》，後人讀了同樣感慨萬分，不禁灑下同情淚。

破陣子·為陳同甫賦壯語以寄 宋·辛棄疾

> 醉裏挑燈看劍，夢回吹角連營。八百里分麾下炙，五十弦翻塞外聲，沙場秋點兵。
>
> 馬作的盧飛快，弓如霹靂弦驚。了卻君王天下事，贏得生前身後名。可憐白髮生。

辛棄疾詞中提到的「的盧馬」，是額上有白色斑點的馬。《三國志》裴松之注引《三國志·蜀志·先主備傳》說，劉備遇到危難，騎着的盧馬逃跑，不幸落入水中。後面追兵將到，劉備十分着急，高聲呼喊道：的盧馬啊的盧馬，今日陷入險境，你可要努力啊！的盧馬似乎通人性，一躍三丈，從水中跳到對岸，帶着劉備脫離了險境。

初讀辛棄疾的這首詞，有人會以為，這是辛棄疾在歌頌三國時代的一位英雄人物。讀懂以後就會知道，這是辛棄疾寄給好友陳亮（字同甫）的一首壯詞，寫的是想像中抗金軍隊中的生活。

詞的上片前兩句，寫軍營中的夜與曉：夜間醉裏挑燈看劍，曉來聽見軍營接連響起的雄壯號角聲。接下三句寫兵士們的宴飲、娛樂生活和閱兵場面：官兵們在軍旗下面分吃烤熟的牛肉，各種樂器奏出雄壯悲涼的軍歌，戰場上檢閱軍隊準備出征。

下片的前兩句寫英雄騎着的盧馬，手持沉重的弓箭，飛馳戰場，英勇殺敵。下面兩句寫收復失地，完成統一祖國的大業，使詞的感情上升到高峯。最後一句「可憐白髮生」，筆鋒陡然一轉，抒發了報國有心，請纓無路的悲憤，使全詞籠上了悲涼的色彩。

有人會問，辛棄疾是個文人，怎麼會寫出這樣豪放的詞作？你要知道，辛棄疾不僅是個偉大的愛國主義詞人，也是一個英勇善戰的愛

國主義鬥士，他的英勇戰鬥的故事，一直被後人傳誦。

辛棄疾出生的時候，家鄉濟南已經淪陷在金朝統治者的手裏。他的祖父辛贊，常常給辛棄疾講北宋滅亡的歷史，這些慘痛的歷史教訓，給辛棄疾留下很深的印象。

金主完顏亮大舉南下的時候，中原人民趁金朝後方空虛，紛紛與統治者展開鬥爭。濟南府農民耿京率眾起義，隊伍很快就發展到二十幾萬人，成為各地起義軍中最大的一支隊伍。二十二歲的辛棄疾聞風而動，迅速組織起一支兩千多人的起義隊伍，投奔耿京。

濟南附近有一支起義軍，首領是個和尚，名叫義端。耿京派辛棄疾去跟義端聯絡，讓他也來參加耿京的隊伍。幾天以後，義端在辛棄疾的勸說下，帶着隊伍參加了耿京的起義軍。豈料義端心懷叵測，一天晚上，趁辛棄疾沒有防備，偷走了由他保管的起義軍大印，然後快馬加鞭，逃往金軍大營。

辛棄疾聞訊後立即騎着快馬，向金人軍營追去，追趕一天一夜，終於追上了義端。義端看到追來的辛棄疾，嚇得魂不附體，跪在地上連聲求饒。辛棄疾按捺不住心頭怒火，當場砍下義端的頭拴在馬背上，返回起義軍的大營。

金世宗完顏雍即位以後，一面跟南宋講和，一面企圖瓦解北方抗金的義軍。辛棄疾向耿京提出建議：義軍要和南宋朝廷取得聯繫，形成南北呼應之勢；萬一形勢發生變化，可以把人馬拉到長江以南，繼續跟金人展開鬥爭。

耿京接受了辛棄疾的意見，委派義軍總提領賈瑞為代表，到建康晉見宋高宗。賈瑞是個一介武夫，既不識字，又不懂朝見禮節，耿京便派辛棄疾隨同前往。

一行人到了建康，宋高宗聽說山東義軍派人前來歸附，十分高興。宋高宗授耿京為天平節度使、知東平府，下屬也各授官職。

辛棄疾等人在北歸覆命的途中，突然聽到一個不幸的消息，耿京

於當年閏二月被叛徒張安國殺害。張安國向金軍投降以後，金朝封他為濟州（今山東巨野）州官。義軍失去了首領，羣龍無首，又不願意為虎作倀，大多潰散。

辛棄疾聽到這個消息，心如刀絞，暗暗想到：不殺了這個叛徒，誓不為人。他帶領五十名勇士，騎馬徑直奔向濟州。

辛棄疾的隊伍到了濟州官府，叛徒張安國正在裏面設宴請客。辛棄疾帶着勇士衝進大廳，看見張安國正在宴席上喝酒作樂，頓時怒火沖天。他一揮手，勇士們一擁而上，把張安國綁了個結實。濟州的兵士多為原先起義軍的戰士，看到辛棄疾和義軍勇士，沒人抵抗。辛棄疾對士卒們說：「願意抗金的，就參加到我們隊伍裏來！」聽到辛棄疾的號召，成千上萬的士卒願意跟他們走。辛棄疾帶着義軍，押着叛徒，直往江南奔去。到了建康，南宋朝廷審理張安國的罪行，判處他死刑，將他斬首示眾。

辛棄疾在南宋任職的前一段時期，曾熱情洋溢地寫了著名的《美芹十論》《九議》等，向朝廷提出建議：收復失地、報仇雪恥！儘管這些建議深受人們稱讚，但已經偏安於江南一隅的小朝廷卻反應冷淡。他先後在朝廷擔任過江西、湖北、湖南等地轉運使、安撫使，治理荒政、整頓治安。

他的出色才幹和他執着北伐的熱情，使他難以在官場立足。另外，北方「歸正人」的身分，也是他發展的障礙。公元 1181 年冬，四十二歲的辛棄疾終被免職。此後二十年間，他大部分時間都在鄉間賦閒。

辛棄疾這樣一個熱血男兒，在大有作為的壯年被迫離開政治舞台，心裏非常難受。他的心靈深處常常湧起波瀾，發出「了卻君王天下事，贏得生前身後名。可憐白髮生」的深深感慨。

念奴嬌・書東流村壁

宋・辛棄疾

野棠花落，又匆匆過了，清明時節。劃地東風欺客夢，一枕雲屏寒怯。曲岸持觴，垂楊繫馬，此地曾輕別。樓空人去，舊遊飛燕能說。

聞道綺陌東頭，行人曾見，簾底纖纖月。舊恨春江流不斷，新恨雲山千疊。料得明朝，尊前重見，鏡裏花難折。也應驚問：近來多少華髮？

辛棄疾絕少有描寫自己愛情經歷的詞作，偶一為之，便與別人不同，詞中帶有擊節高歌的悲涼氣息，少有婉轉纏綿之意。

辛棄疾年輕時，曾經到過東流縣（今安徽池州東流鎮），並在那裏結識了一位風塵女子。這位女子雖非花容月貌，但也五官端正。她與辛棄疾情投意合，相處得十分融洽。

有了紅顏知己，辛棄疾便在東流縣多耽擱了幾日。白天與她外出郊遊，晚上在花前月下訴說衷腸，日子過得異常歡快。由於要到朝廷任職，不能在這裏久留，辛棄疾只得與她依依惜別。

公元 1178 年春，辛棄疾由江西安撫使調任大理少卿。到了東流縣，辛棄疾便再去尋訪那位女子，希望能與她重溫舊情。到了那裏一看，房屋如舊，卻已人去樓空。辛棄疾寫下《念奴嬌・書東流村壁》，記敍了這件事。

這首詞上片前五句，寫出清明時節春冷如秋，令人萌生悲涼之情。以下五句，作者寫出曲岸、垂楊宛然如舊，佳人卻人去樓空；只有似曾相識的飛燕，似乎向人訴說，為人惋惜。

承接上片回憶，感傷之情一氣注入下片。然後做出假設：「料得

明朝，尊前重見，鏡裏花難折。」意思是說，即使以後還有機會重逢，只怕她已屬他人，如同鏡花水月一般，再也不能和她重溫舊夢。最後是餘意不盡的結尾：「也應驚問：近來多少華髮？」意思是，如果有相見的那一天，想來她也該會吃驚地問我：「你怎麼添了這麼多的白髮啊！」作者以想像中的普通應酬話，寫出了心中的悲苦，創出新意。

詞中有幾個難解詞語：「剗地」為宋時口語，意為「只是」。「綺陌」，繁華的街道，宋人多用以指花街柳巷，如柳永《訴衷情近》：「閒情悄，綺陌遊人漸少。」「纖纖月」，指美人足。這些詞語障礙掃除了，便可讀懂。

▣ 卜算子・答施

宋・樂婉

　　相思似海深，舊事如天遠。淚滴千千萬萬行，更使人、愁腸斷。
　　要見無因見，拚了終難拚。若是前生未有緣，待重結、來生願。

杭州有個歌妓，名叫樂婉，她自幼父母雙亡，被人販子賣給鴇母。因為樂婉長得秀氣，老鴇將她悉心培養。幾年下來，琴棋書畫、詞賦歌舞，她無一不通。鴇母的工夫沒有白費，樂婉出道後紅遍京城，成了老鴇的搖錢樹。

　　京城有個施酒監，經常到樂婉那裏去閒坐聊天。酒監，是官府中不入流的小吏，負責徵收酒戶各種課稅，並替官府經營酒業。他大小也是個官員，鴇母不願得罪他；樂婉是京師名妓，施酒監也沒有心存妄想。一來二去混得熟了，雙方常常作詞唱和。唱和日久，兩人漸漸有意。最讓樂婉感動的是，施酒監從來不把她當作玩物，而是把她當作知己。

　　兩人卿卿我我，情投意合。施酒監只恨自己阮囊羞澀，無力給樂婉贖身。樂婉被鴇母逼迫，仍需常常出去接客。

　　施酒監在京任職期滿，即將調往他處。此時兩人已經難捨難分，但是，施酒監難違朝廷命令，樂婉也無法跟老鴇抗爭。兩人心裏都明白，此時一別，日後難以再見。

　　施酒監臨行前寫了一首詞送給樂婉：「相逢情便深，恨不相逢早。識盡千千萬萬人，終不似、伊家好。別你登長道，轉更添煩惱。樓外朱樓獨倚闌，滿目圍芳草。」樂婉讀了這首詞，心如刀絞。她強忍悲痛，寫下一首答詞《卜算子 · 答施》。

　　這首詞的上片，抒寫愁情。離別在即，「淚滴千千萬萬行，更使人、愁腸斷」，讓人讀了潸然淚下。下片先寫今生難以成雙，然後抒發心願：「若是前生未有緣，待重結、來生願。」

　　這首詞上片實寫，下片虛寫，虛實結合，情真意切。詞中表現的深情，千百年來讓人感動。

華佗

宋・劉克莊

> 古來神異少，天下妄庸多。
> 文帝能全意，曹瞞竟殺佗。

神醫華佗何人不知，哪個不曉？可偏偏被曹瞞（曹操）殺了。曹操的氣量，比他的兒子曹丕（魏文帝）還小。曹丕把他的弟弟曹植恨得牙癢癢的，限他必須七步成詩，可最終還是沒殺他弟弟。唉，殺死神醫華佗，是曹瞞犯下的大錯。

華佗，字元化，東漢沛國譙縣（今安徽亳州譙城）人，我國古代的神醫。他精通醫方，給人治病配製湯藥只需用幾味藥。每種藥該用多少分量，各種藥的比例如何，他心裏清清楚楚。只見他這味藥拿一點，那味藥捏一撮，把藥煎好了就讓病人飲服。服完藥，告訴病人服藥的禁忌及注意事項。華佗離開後，病人也就痊癒了。

你大概想不到，漢朝末年的華佗已經能夠給病人動手術了。他發明了一種全身麻醉劑「麻沸散」，手術之前讓病人把它喝下去，病人隨即失去知覺，然後給病人動手術，切除體內壞死的組織以後，再進行清洗、縫合，過四五天，病人便可痊癒。華佗的麻沸散，比西方的全身麻醉劑早一千六七百年。

如果需要灸療，華佗只取一兩個穴位，每個穴位不過燒七八根艾條，病痛就應手而除。如果需要針療，也只扎一兩個穴位，下針時對病人說，針刺感應當延伸到某處，如果到了，就告訴他。當病人說「已經到了」，便應聲起針，病痛很快消除。

有兩個府吏，一個叫倪尋，一個叫李延，他們倆同時生病，要找醫生醫治。他倆早就聽說過「神醫」華佗的大名，於是一起到華佗

那裏去看病。華佗先給倪尋作了檢查，又給李延作了檢查，隨後提起筆，寫下兩張不同的藥方。兩人看了藥方，感到奇怪：明明生病症狀一樣，怎麼開出來的藥方會不一樣呢？

倪尋問華佗：「我吃的甚麼藥？」華佗道：「你吃的是瀉藥。」李延問華佗：「我吃的甚麼藥？」華佗回答道：「你吃的是發散藥。」倪尋、李延你看看我，我看看你，滿臉驚訝，生怕華佗開錯了藥。

藥是治病的，萬萬不能搞錯。多吃幾帖藥事小，延誤了疾病的診治事大。倪尋忍不住又問：「我倆都是頭痛發熱，渾身不舒服，為甚麼要我吃瀉藥，讓他吃發散藥？」

華佗理解病人的心情，耐心地解釋道：「你們倆的病情看起來差不多，實際上病因完全不一樣。」他看着倪尋說：「你的病是因為傷食（吃得太多）引起的，所以要吃瀉藥，肚子裏的積食瀉完了，病也就好了。」他又轉身看着李延，說：「你的病是因為受寒引起的，多喝些水，多出點汗，病就好了。」

倪尋、李延聽了，連連點頭。華佗把他們病情說得一點也沒錯，當然不會開錯藥方。他倆吃了華佗的藥，第二天病就好了。

有一天，華佗正在趕路，忽然聽到一陣痛苦的呻吟聲，便連忙上前詢問病人的病情。病人家屬告訴他，患者咽喉堵塞，想吃東西卻吃不下，現在正帶他到醫生那裏去就診。華佗為病人檢查了一番，對病人家屬說：「剛才我來的路邊有家賣餅的店鋪，店鋪裏有蒜泥和大醋，你向店主買三升醋，就着蒜泥喝下去，就能把病治好。」聽了神醫華佗的話誰會不信？他們馬上照辦。病人吃下後吐出一條很長的寄生蟲，症狀隨之消失。

一名郡守得病，到華佗那裏診治。華佗經過仔細檢查以後，認為他暴怒一場就會痊癒。為了讓他發怒，華佗多次接受他的禮品而不給他醫治；沒有過多久，華佗不僅棄他而去，還留下一封書信對他進行辱罵。郡守勃然大怒，命人追殺華佗。郡守的兒子知道箇中隱情，囑

咐使者不要追趕。郡守得知後越加憤怒，一張口吐出數升黑血。這倒也是怪事，這些黑血吐出來以後郡守的病也就好了。

廣陵（治所在今江蘇揚州）郡太守陳登得了病，心中煩躁鬱悶，臉色潮紅，不想吃東西。華佗把完脈對他說：「您喜歡吃生魚、生肉，腸胃中長了許多寄生蟲，需要馬上醫治。」華佗做了二升湯藥，先讓他喝一升，過了一會兒讓他把藥全部喝了。沒過多久，陳登吐出了約莫三升小蟲。華佗對他說：「你這個病眼下雖然治好了，三年以後還會復發，假如碰到良醫，還是能夠治好。」三年之後，陳登果然舊病發作，可惜華佗不在，陳登終於不治身亡。

曹操為頭痛病所苦，每當發作，就心情煩亂，眼睛發花。華佗只要針刺膈俞穴，便應手而癒。曹操將華佗留下，專為他治病。華佗說：「這病難以根治，進行治療可以延長一些壽命。」

華佗離鄉日久，想回去看看，於是對曹操說：「剛才收到家中來信，得知家裏有點麻煩事，我打算請假回去一趟。」曹操略一思索，同意了他的請求。

華佗到家後，便推託妻子有病，多次請求延長假期。曹操屢次寫信催促他返回，又下令給郡縣，要郡縣征發遣送，可是華佗就是不肯上路。曹操非常生氣，派人前往查看，向去的人囑咐道：如果他妻子確實生病，就賞賜四十斛小豆，放寬假期；如果他弄虛作假進行欺騙，就馬上把他抓回來。

華佗被抓進許昌監獄以後，荀彧曾經為他向曹操求情：「華佗的醫術確實高明，能夠救很多人的性命，對待這樣的人，還是包涵寬容些吧。」曹操氣憤地說：「不必為此擔心，天下怎麼會沒有這種鼠輩！」曹操還對別人說：「我知道，華佗能夠治好我的病。這小子故意不加根治，想藉此來抬高自己的地位，即使我不殺掉他，他也不會替我除掉這病根！」

華佗臨刑前，拿出一卷醫書送給獄官，獄吏害怕觸犯法律，不

敢接受。華佗也不勉強他，要來火把書燒掉了。因此，許多藥方——包括麻沸散的配方，沒能流傳後世。

　　這首詩的作者劉克莊，是宋朝末年文壇領袖，辛派詞人的重要代表。劉克莊的著述頗豐，有詩五千多首，詞二百多首，《詩話》四集及許多散文。他精通史學，以有益於「世教民彝（人倫，指人與人之間相處的倫理道德準則）」為宗旨，創作了歌詠歷史人物的詠史組詩《雜詠》二百首。這些詩見解新穎，史筆獨具，是宋代史論體詠史詩，《華佗》是其中之一。

魯仲連

宋·徐鈞

　　布衣不肯帝強秦，天下皆聞高士名。
　　何事勸降輕守節，一書飛矢入聊城。

　　徐鈞，蘭溪人，南宋末年詩人。他根據《通鑑》記載，給古代有影響的名人賦詩，共計一千五百首，是繼唐代胡曾之後專門詠史的詩人。《魯仲連》是其中一首，講述的是先秦魯仲連的故事。

　　魯仲連，也稱魯連，戰國時齊國人，著名思想家、政治家、軍事家和外交家。他是非分明，能言善辯，善於出謀劃策，最著名的故事為「義不帝秦」「射書聊城」。

　　戰國時的遊說之士，大部分都想憑自己的三寸不爛之舌，博取高官厚祿。蘇秦遊說六國成功，被推舉為「縱約長」，掛起六國相印，

帶領隨從衣錦還鄉，隨從們前呼後擁，車騎連綿二十里不絕，那氣派可把天下遊說之士羨慕煞。至於以義為重，不求高官厚祿者，可謂寥若晨星，魯仲連就是其中的一位。

公元前258年，強秦又逞虎威，派大將王陵領兵攻打趙國，一直打到趙都邯鄲城下。王陵原以為攻克邯鄲易如反掌，沒想到遇到趙國軍民的頑強抵抗。秦軍攻城屢次失利，秦王便徵發了更多的兵士前去支援王陵，邯鄲的形勢越來越危急，趙國危在旦夕。

唇亡則齒寒，魏王終於被趙王派出的使者平原君說服，派大將晉鄙率領十萬大軍，前往邯鄲救趙。

消息傳到秦都，秦王勃然大怒。魏王怎麼了，竟敢捋虎鬚！他派人到魏國威脅魏王：「趙國已是寡人口中之食，不日將被我軍佔領，誰要是派兵前去營救，下一個攻擊目標就是誰！」

魏王給嚇壞了，陷入進退兩難的困境。他左思右想，終於想出了「兩全之計」：命令晉鄙領兵緩緩而行，到達邊境便按兵不動，腳踩兩隻船，靜觀戰局變化；同時派大將辛垣衍偷偷潛入趙都邯鄲，打算通過平原君勸告趙王，兩國共同尊秦為帝，這麼一來，必能討得親王歡心，秦王一高興，定會從邯鄲撤兵。

尊秦為帝秦國就會退兵？平原君對此不大相信。他暗暗想道：若是尊秦為帝便能保全趙國，委屈一下倒也罷了，只怕強秦不要這個虛名，不滅掉趙國不肯罷休！

這時候魯仲連遊歷到趙國，恰巧遇上邯鄲被包圍，聽說魏國派說客慫恿趙王尊秦為帝，不禁義憤填膺。他急忙來到相府，謁見平原君，一見面他劈頭就問：「關於尊秦為帝之事，閣下如何決定？」

平原君長長歎了口氣說：「趙某秉政以來，連連遭遇喪權辱國之事。前不久四十萬大軍在長平全軍覆沒，如今秦軍緊緊包圍住邯鄲，趙某已是智窮力竭，不知如何是好。如今承蒙魏王關心，給敝國想出一條計謀，打算兩國共同尊秦為帝，要求秦王撤兵。趙某左右為難，

還沒有作出答覆，來使辛垣衍沒有得到答覆，現在仍在城中。」

聽了平原君的話，魯仲連冷冷地說：「在下本以為閣下是位賢公子，沒料想閣下是非不分，不能決斷大事。那個勸說閣下的辛垣衍在哪裏？待在下狠狠斥責他一番。」

平原君被魯仲連一陣數落，臉上實在掛不住，不由得紅一陣、白一陣，只得訕訕地說：「趙某願意為先生介紹一下，讓辛垣衍和您見上一面。」

平原君去見辛垣衍，把魯仲連求見的事告訴他。辛垣衍聽了連連搖頭，說：「不才是做使者來到這裏的，不便與外人見面。」

碰了這麼個釘子，平原君又為難起來，他想了想說：「趙某已經答應了魯仲連，請將軍給趙某個面子，見他一面便是。」

辛垣衍聽平原君這麼一說，倒也不好再推辭，答應跟魯仲連見上一面。

辛垣衍本以為魯仲連見了面會滔滔不絕說個沒完，沒想到魯仲連見到他以後卻一言不發。兩人面對面地坐着，沉默良久。辛垣衍終於忍不住了，說：「先生是齊國高士，想來必有高論。」

魯仲連過了好一會兒才回答道：「在下只知道仁義，並沒有甚麼高明見解。」

辛垣衍道：「不才觀察了留在邯鄲的遊說之士，全都是有求於平原君的。先生儀表堂堂，不像是有求於平原君，既然如此，先生為甚麼還不離開這座危城？」

魯仲連說：「如今世風日下，人們只知為一己之私盤算，不知伸張正義，抵禦強暴。秦王以詐術對待讀書人，用強暴手段對付百姓，如果以秦為帝統治天下，不才情願跳入東海以求一死。在下之所以沒有離開邯鄲，是為了幫助趙國抵禦強秦。」

辛垣衍冷冷一笑，不無譏諷地問：「先生有多少精兵強將，能夠擊敗秦軍？」

魯仲連不顧他譏諷，繼續說：「在下先說服魏、燕兩國派兵前來救趙，以後齊、楚兩國也定會派來救兵。」

辛垣衍聽了「哈哈」一笑，說：「若是燕國派兵前來救趙，在下還有幾分相信；至於魏國嘛，那是不可能的事。不才就是魏王派來的，打算勸趙王尊秦為帝，先生怎能說服魏王派兵！」

魯仲連盯着辛垣衍說：「這是因為魏王沒有看清尊秦為帝的害處，才想出了這等下策，如果明白尊秦為帝後患無窮，決計不會這麼做。」

辛垣衍說：「尊秦為帝只是口頭上略受委屈，哪有甚麼大害！先生也太危言聳聽了。」

魯仲連激憤地說：「想當年，周天子勢弱力薄，諸侯們哪一個把他看在眼裏？他們一個個都不肯去朝見周天子，只有齊威王獨自前往。一年多之後，周烈王崩殂，齊威王的使者前往弔喪，只不過晚到了一點兒，新登基的天子便不顧往日情分，隨即大發雷霆，派人到齊國罵齊威王。已經衰微的周天子，尚且如此作威作福，要是秦王做了天子，還不知會怎麼樣！」

辛垣衍說：「先生見過僕人沒有？十個僕人倒要服從一個主人，難道十個人的力量不如一個人？僕人只是畏懼主人的威勢，才乖乖地聽從主人吩咐。」

魯仲連問道：「魏王是不是把自己看成是秦王的僕人？」

辛垣衍略顯尷尬，勉強說道：「是的。」

魯仲連猛地站了起來，說：「好，那在下就讓秦王將魏王剁成肉醬！」

辛垣衍聽了，心裏很不高興，說：「先生說得太過分了吧，天下哪有這樣的事？」

「過分？一點兒也不過分！」魯仲連說，「商紂王在位時，三公是鬼侯、鄂侯和文王。鬼侯為了討得紂王歡心，把自己的漂亮女兒獻給

紂王。不料紂王說她長得太醜，將鬼侯剁成肉醬。鄂侯得知後悲痛萬分，固執地跟紂王理論，紂王惱羞成怒，也將鄂侯剁成肉醬。文王得知後只是長歎一聲，便被關押在羑里達百天之久，差一點兒送了命。現在魏王與秦王是平等的諸侯王，為何自甘下賤，情願尊秦為帝，任憑秦王宰割？」

辛垣衍直聽得心驚膽戰，呆坐在那兒不敢吭聲。魯仲連見他已經知道其中利害，用事實進一步說服他：「當年齊湣王自稱天子，不可一世地到各國巡行。到達魯國前，他的侍從夷維子問前來迎接的魯國大臣說：『天子駕到，你們準備用甚麼禮節相迎？』魯國大臣恭恭敬敬地說：『敝國國君準備了牛、豬、羊各十頭，恭候貴國國君。』夷維子怒道：『天子出巡，各國諸侯都要讓出正殿，還要像僕人一樣站在旁邊侍候天子用膳。天子吃完飯，諸侯才能退出去處理公務。』魯國君臣不甘受辱，鎖上城門不讓齊湣王入境。齊湣王無奈，只得到鄒國去。那時候鄒君剛死，齊湣王打算去弔喪。夷維子居然對鄒國新君說：『天子前來弔唁，一定要將靈柩掉個方向，讓天子南面致禮。』鄒國群臣怒不可遏，說：『如果這樣，我們情願拔劍自盡，也不受這樣的侮辱。』這麼一來，齊湣王沒能進入鄒國國境。」

辛垣衍正聽得出神，魯仲連話鋒一轉，說：「秦、魏兩國都是萬乘大國，地位相等，打了一次敗仗魏王就想尊秦為帝，簡直連魯、鄒的僕役都不如。」

辛垣衍聽了，臉一直紅到耳根。魯仲連見時機已到，接着說：「現在要是尊秦為帝，秦王必將號令天下，他想更換諸侯的大臣，就更換諸侯的大臣，他把所憎恨的人全部除去，由他的心腹替代，到了那時候，將軍能否保住自己的地位？」

辛垣衍聽了，渾身直冒冷汗，離座拜謝道：「先生一席話，使在下茅塞頓開。不才立即告辭回國，勸魏王不要尊秦為帝。」

很快，秦軍知道了這件事。秦軍害怕各國軍隊前來救援，使自己

處於內外夾擊的危險境地，趕緊撤除了對邯鄲的包圍。

邯鄲解圍後，平原君想重賞魯仲連。使者屢次前往，他都堅辭不受。平原君又送去千金為魯仲連祝壽，魯仲連笑着說：「天下俠士最為看重的，是為別人排難解紛，如果有所謀求，那就像商人一樣渾身散發出銅臭。」

魯仲連收拾好行裝，向平原君趙勝告辭。無論平原君如何盛情挽留，他都不肯再在邯鄲住下去。離開趙國以後，魯仲連再也沒有去見平原君。

這首詩說到的另一件事是「射書聊城」。

燕昭王即位後，立志要使燕國強大起來。公元前284年，燕王拜樂毅為上將軍，領兵二十萬，浩浩蕩蕩向齊國殺去。不到半年工夫，樂毅一鼓作氣攻佔齊國七十二座城池，聲威大震。

三年之後，燕王聽信奸佞讒言，罷免了樂毅的官職，這樣做無異於自毀長城。齊王豈能放過這個好機會，命令大將田單率領軍隊大舉反攻，很快便收復了七十一座城池。反攻到最後一座城池 —— 齊國西界聊城時，遭到燕將樂英的頑強抵抗。齊軍損兵折將，一年多沒能攻克聊城。

聊城被困日久，城中糧草斷絕，軍民連粥也喝不上了，就只好捕捉老鼠、剝樹皮充飢。城中的屍體無人掩埋，發出陣陣惡臭。

魯仲連見聊城戰事日久，雙方損兵折將，百姓跟着遭殃，便來到齊軍營寨，面見田單將軍。

魯仲連對田單說：「守城將領樂英，是燕國大將樂毅的姪兒。他自幼跟叔叔長大，不僅驍勇善戰，而且能審時度勢，知道應當如何用兵。照眼下的戰局，他應領兵回國，保全實力。可是，現在他已不受信任，不敢領兵返回；要是投降了齊國，就要成為不忠之臣。眼下樂英左右為難，不知如何是好。讓我修書一封，射入城中，曉以利害，可望救得聊城百姓的性命。」

樂英讀了魯仲連的來信，大哭三天不能決斷，最後仰天歎息道：
「現在我死守城池，殃及百姓，這是不仁；血戰到底，戰敗身死，這
是不勇；向齊國投降，接受齊國的俸祿，這是不忠；返回燕國，遭受
讒言，這是不智。現在我已日暮途窮，無路可走！與其讓別人殺我，
不如我自行了斷！」說完，他大吼一聲，拔劍自刎而死。守城燕軍失
去指揮，無心戀戰，齊軍很快收復了聊城。

齊王因魯仲連射書立功，要封給他為一個官職。魯仲連堅辭不
受，隱居於民間。他對別人說：「我要是做了官，就要受到官職羈
絆，免不了要向權貴折腰。不如安閒樂俗，與世無爭，求得精神上的
暢快！」

嵇康

宋・陳普

> 銅駝荊棘夜深深，尚想清談撼竹林。
> 南渡百年無雅樂，當年猶惜廣陵音。

陳普，字尚德，世稱石堂先生，南宋著名教育家。當年寫作詠史
詩成風，陳普寫有《詠史》詩六十多首，《嵇康》是其中之一。這首詩
痛惜當年雅樂甚少，竭力推崇「竹林七賢」之一的嵇康。

魏晉時期，有個著名文學小集團，叫「竹林七賢」。他們是嵇
康、阮籍、山濤、向秀、劉伶、王戎及阮咸。這些人都是當時的風流
名士，因為不滿當時的暴政，逍遙山野，經常在竹林裏飲酒作樂，因

此被世人稱為「竹林七賢」。

嵇康為曹魏宗室的姻親，妻子是長樂亭主，但他與統治者格格不入，於是放縱於山林。那時候，他的生活很艱難，常常以打鐵來補貼家用。有一天，他在樹蔭下打鐵，正好老朋友向秀來了，就幫着他拉起了風箱。

事有湊巧，那天鍾會也帶着隨從來訪。鍾會是司馬氏的心腹，想與嵇康結交來提高自己的身價。他知道嵇康看不起他，遲遲沒有上前。嵇康看見鍾會來了，故意不跟他打招呼。

過了一會兒，鍾會轉身打算離開，嵇康突然說：「你何所聞而來，何所見而去？」鍾會扭頭回答道：「我聞所聞而來，見所見而去。」說完便離開了。後來，嵇康又當面羞辱過鍾會，鍾會對他恨之入骨。

時隔不久，嵇康收到好友呂安的來信，呂安遭受哥哥的誣陷，請他當個證人。原來，呂安的妻子長得花容月貌，卻是個水性楊花的婦人，呂安的哥哥呂巽趁他不在家，與他妻子勾搭成奸。呂安要到官府狀告哥哥霸佔人妻，卻被哥哥呂巽先下手為強，狀告呂安誹謗朝廷。這個罪名可不輕，呂安被收監坐牢。呂安託人捎信給嵇康，讓嵇康證明自己的清白。

嵇康痛恨呂巽的禽獸之行，便到官府為呂安申冤，沒料想這個案子落到鍾會手中。鍾會公報私仇，以「負才惑羣亂眾」的罪名，判處嵇康死刑。

臨刑那一天，刑場周圍人山人海，人羣中有與嵇康訣別的親朋好友，更有為他申冤請命的幾千名太學生。嵇康神色自若，讓人把琴拿來，彈了一首《廣陵散》，說：「袁孝尼曾經要跟我學習彈奏這首樂曲，當時我沒有教他，從今以後，《廣陵散》就要失傳了。」這就是著名的「廣陵散絕」的典故。

一剪梅・同年同日又同窗　　　宋・張幼謙

原文

　　同年同日又同窗，不似鸞鳳，誰似鸞鳳？石榴樹下事匆忙，驚散鴛鴦，拆散鴛鴦。

　　一年不到讀書堂，教不思量，怎不思量？朝朝暮暮只燒香，有分成雙，願早成雙。

　　宋理宗端平年間，浙東住着兩戶相鄰而居的人家，一家的家主叫張忠父，一家的家主叫羅仁卿。張家本為官宦人家，如今家道中落；羅家是暴發戶，家財萬貫。平時兩家你謙我讓，和睦相處。

　　有一年，兩家的主婦同一天生下孩子。張家生了個男孩，起名叫幼謙；羅家生了個女孩，取名叫惜惜。年齡稍大以後，兩個孩子在同一個私塾讀書，青梅竹馬，兩小無猜，形影不離。隨着時間的流逝，兩個孩子逐漸長大，感情日益加深。有一天，他們到村東頭的一棵老石榴樹下相會，他倆立下山盟海誓：終身相守，決不相負。

　　時隔不久，張幼謙不見羅惜惜來上學。原來，羅惜惜的父親發現女兒跟張幼謙過從太密，為了不讓她跟這個窮小子來往，便將她關在家中。張幼謙茶不思、飯不想，寫了一首《一剪梅・同年同日又同窗》，表達自己的思念之情，找人偷偷送給羅惜惜。

　　羅惜惜正為見不到自己心愛的人鬱鬱寡歡，接到張幼謙的來信驚喜萬分。讀了那首飽含深情的《一剪梅・同年同日又同窗》，讓來人回贈給張幼謙十枚金錢和一枚紅豆。

　　張幼謙的母親無意間看到金錢和紅豆，向兒子詢問來處，方才知道其中原委。男大當婚，女大當嫁，張幼謙的父親向羅家求婚，卻遭到羅惜惜父親的拒絕。沒過多久，一戶辛姓人家給羅家送來聘禮，兩

家門當戶對，羅惜惜的父親便答應了這椿婚事。

　　張幼謙知道了這件事，非常難過，寫了一首《長相思・天有神》：「天有神，地有神，海誓山盟字字真。如今墨尚新。過一春，又一春，不解金錢變作銀。如何忘卻人。」他暗中託人將這首詞送給羅惜惜，埋怨羅惜惜違背誓言。

　　羅惜惜讀了這首詞，知道張幼謙誤解了自己，也託人告訴幼謙，收下辛家的聘禮，那是父母的意思；並且寫下一首《卜算子・幸得那人歸》明志。這首詞的最後兩句「若是教隨別個人，相見黃泉下」，表明她寧願和幼謙一起死，不願和別人一起生，表達了她誓與張幼謙共生死的決心。

　　他們之間的書信往來，被羅仁卿發現，他一怒之下將張家告到官府。可巧那位父母官喜詩文懂詞賦，讀了他倆往來的詩詞，了解了事情的原委。父母官作出以下判決：判羅家將辛家的聘禮退回，羅惜惜嫁給張幼謙。父母官開導辛家：羅惜惜早已另有心上人，不必橫刀奪愛。與其娶羅惜惜，不如另覓兒媳。這個判決各家並無異議，張幼謙、羅惜惜終於結成連理。

　　從此以後，這裏的人在那棵他們經常相會的老石榴樹下立了塊石碑，願天下有情人終成眷屬。

更漏子・秋

宋・張淑芳

墨痕香，紅蠟淚，點點愁人幽思。桐葉落，蓼花殘，雁聲天外寒。

五雲嶺，九溪塢，待到秋來更苦。風淅淅，水淙淙，不教蓬徑通！

宋代的趙昀，原名趙與莒，是宋太祖趙匡胤之子趙德昭的九世孫，雖屬太祖後裔，但與皇族嫡系一支血緣關係十分疏遠，已經淪落民間。誰也不曾料想，這個趙與莒日後竟然成了天子！

由於宋寧宗無子，權相史彌遠為了能長久把握朝權，把趙與莒從民間找了出來，立他為寧宗弟弟沂王嗣子，賜名貴誠；公元 1224 年，宋寧宗去世，宰相史彌遠矯詔立貴誠為皇子，賜名昀，將他推上皇帝的寶座，他就是宋理宗。

宋理宗繼位後，朝政仍由史彌遠把持。公元 1233 年，史彌遠病死，理宗開始親政。宋理宗從民間來到皇宮，好比廁所裏的老鼠掉進白米囤，親政後仍然沉湎於酒色之中，在後宮盡情享樂。他不辨忠奸，把朝中大權交給賈似道，使南宋王朝走上滅亡之路。

宋理宗貪戀女色，後宮雖有佳麗三千，仍然讓賈似道到民間選秀。西湖邊上的農家女張淑芳，也被選入秀女之列。賈似道看到張淑芳，一下子掉了魂，張大了嘴巴好久合不攏。啊呀，天下竟有如此美女，簡直就是仙女下凡！這樣的天香國色為甚麼要給那個傻皇帝，賈似道決定把這朵嬌豔的花兒留下來自己享用。

賈府與皇宮隔湖相對，早晨聽到上朝鐘聲，賈似道才下湖，乘船來到宮前。賈似道把朝政都交給門客處理，自己在園中享樂。一天，

賈丞相趴在地上與羣妾鬥蟋蟀，一個熟悉的賭友拍拍他的肩膀，笑着說：「觀看蟋蟀相鬥，這就是平章（宰相的別稱）的軍國大事吧？」賈丞相聽了大笑起來，說：「你說得不錯！」當時流傳這樣一句話：「朝中無宰相，湖上有平章。」

有一天，賈似道帶着侍妾在樓上眺望西湖美景，張淑芳也在其中。這時候，有兩個英俊少年乘舟登岸，一個侍妾不由得稱讚了一句：「好兩個美少年！」

賈似道聽到以後狠狠地瞪了她一眼，冷冷地說道：「你如果願意跟他們去過日子，就讓他們拿聘禮來吧。」那侍妾知道自己說錯了話，連忙把頭低下。

第二天，賈似道把侍妾們召來，說是有樣稀奇的東西要給大家看。不一會兒，他讓人捧了一個盒子走了進來，打開一看，裏面是昨天那位說錯話的侍妾的腦袋。侍妾們嚇得面無人色，渾身顫抖。從此以後，她們各自藏起自己的心事，強作歡顏敷衍。

賈似道對張淑芳非常寵愛，特地建造了一座漂亮的小樓給她居住。張淑芳雖然享受着榮華富貴，但她心裏明白，像賈似道這樣殺人不眨眼的奸人，肯定要遭天報。

張淑芳是砍柴老人的獨生女兒，幼小時曾經跟隨父親進山砍柴，知道五雲嶺一帶極其偏僻。由於那裏過於深邃，即使是出家的僧人，也難以在那裏久居。她暗暗地叫人在五雲嶺造了一座庵房，日後好在那裏避難。

公元 1265 年，宋理宗去世，宋度宗即位。宋度宗昏庸無能，將國家的軍政大權交給了賈似道。公元 1274 年，宋度宗因酒色過度而死，四歲的趙㬎在奸臣賈似道的扶持下登基做皇帝。

公元 1275 年，元軍向南宋發起進攻。賈似道被迫親自督師，在丁家洲（今安徽銅陵北）被元軍打得大敗，宋軍主力盡喪。賈似道難辭其咎，終被罷官，在漳州（今福建漳州）被鄭虎臣所殺。

　　賈似道死後，張淑芳削髮為尼，獨自在山中度日，寫下了一首《更漏子‧秋》。這首詞的上片「墨痕香，紅蠟淚，點點愁人幽思」三句，說明這首詞在青燈夜雨中的愁苦中寫就。「桐葉落，蓼花殘，雁聲天外寒」三句，樹上的桐葉，水中的蓼花，天外的大雁，無不惹人愁思。下片「五雲嶺，九溪塢，待到秋來更苦」三句，說明在此深幽之處、在此寒秋季節，人的心頭更苦，最後「風淅淅，水淙淙，不教蓬徑通」三句，寫出這裏的一切都與世隔絕，令人更加悲傷。全詞一片悲情，寫出了她無限悲切的心聲。

滿庭芳‧漢上繁華

宋‧徐君寶妻

　　漢上繁華，江南人物，尚遺宣政風流。綠窗朱戶，十里爛銀鈎。一旦刀兵齊舉，旌旗擁、百萬貔貅。長驅入，歌樓舞榭，風捲落花愁。

　　清平三百載，典章文物，掃地俱休。幸此身未北，猶客南州。破鑒徐郎何在？空惆悵、相見無由。從今後，夢魂千里，夜夜岳陽樓。

　　南宋末年，皇帝昏聵，權奸當道，國勢岌岌可危。

　　公元1274年，沉湎於聲色犬馬的宋度宗死去，權奸賈似道擁立宋度宗年僅四歲的幼子趙㬎繼位，他就是宋恭帝。當時的朝政名義上由謝太皇主持，大權仍然掌握在賈似道手中。

　　元世祖忽必烈察覺到這是消滅南宋王朝的好機會，命丞相伯顏領兵二十萬攻向臨安（今浙江杭州）。伯顏率軍攻佔鄂州（今武漢武昌）以後，命令阿里海牙領兵四萬戍守鄂州，自己率領主力繼續沿江向東進發。

　　元軍沿江長驅直入，沿途宋將紛紛投降。臨安城裏，太學生和羣臣沸騰起來，一致要求賈似道率領軍隊抵抗元軍。公元 1275 年，元軍於丁家洲（今安徽銅陵北）大敗賈似道，宋軍主力喪失殆盡，元軍勢如破竹，進逼臨安城下。

　　另一路元軍在阿里海牙的率領下，率軍在荊江口（洞庭湖入江口，今湖南岳陽城陵磯）大敗宋將高世傑，攻佔岳州（今湖南岳陽）。

　　岳州城中有位士族子弟，名叫徐君寶。敵人進犯岳州，他便跟隨宋軍抗敵。宋軍覆滅，他也在戰鬥中身亡。

　　他的妻子沒能等回丈夫，敵人卻潮水般擁入城中。看到如花似玉般的徐君寶妻，元軍官兵一個個饞涎欲滴。可是主帥發了話：「這個小娘子我要了，誰也不許動她。」正因為如此，她才沒有被如狼似虎的元軍官兵糟蹋。

　　一則因為剛剛攻下岳州，軍務繁忙；一則因為徐氏機敏，元軍主帥阿里海牙一時沒能得手。他也不急，暗暗想道：到了手的美人，還怕她飛了不成？日子長着呢，不急在一時！元軍攻佔臨安後，阿里海牙率領自己的部隊從岳州向臨安進發，把徐氏帶在軍中。

　　到了臨安，阿里海牙將徐氏關押在韓世忠故居裏。一天晚上，阿里海牙來到徐氏的住處，要對她強行施暴。徐氏知道再也逃不過，將阿里海牙輕輕推開，柔聲說道：「大帥，你也不要心急，先讓我祭奠先夫，了卻這樁心事，然後再跟你好好過日子，如何？」

　　阿里海牙聽了大喜，說：「好，就讓你了卻一樁心事！」

　　她把自己打扮得漂漂亮亮的，祭拜亡夫徐君寶。祭拜完畢，揮筆在粉壁上題寫《滿庭芳・漢上繁華》詞一首，趁人不備，投池身亡。

這首詞的上片從回憶開篇，寫出了南宋統治者苟安於一隅，過着醉生夢死的生活；元軍大舉南侵，南宋迅速滅亡。下片說自身的遭遇，歎息死前無緣與丈夫再見一面；自己不能生還故鄉，死後魂魄依然戀念故里。全詞悽苦哀怨，催人淚下。

歷代詞評者對這首詞都給予很高評價。臧克家在《悲歌一曲了此生──徐君寶妻〈滿庭芳〉讀後》一文中寫道：「『無限江山，別時容易見時難』，我們詞人的一顆赤子之心，為祖國的淪亡而破碎了，人間何世，只有悲歌一曲，以死了之。」

過零丁洋

宋・文天祥

> 辛苦遭逢起一經，干戈寥落四周星。
> 山河破碎風飄絮，身世浮沉雨打萍。
> 惶恐灘頭說惶恐，零丁洋裏歎零丁。
> 人生自古誰無死？留取丹心照汗青。

「人生自古誰無死？留取丹心照汗青。」這不是普通的詩句，它是由鮮血凝結而成；這不是一般的詩句，一般的詩句可以塗抹掉，擦拭掉，而它是永存的，因為它是和民族英雄文天祥的名字永遠聯繫在一起的。

文天祥，公元 1236 年出生在廬陵（今江西吉安）。那時候，正是蒙古統治者滅掉了金朝，準備向南宋發起進攻的時候。在那多災多難

的日子裏，他從小立下了救國救民的雄心壯志。

他二十歲到臨安趕考，中了狀元。若在太平時代，狀元郎的錦繡前程就在眼前，但是，那時候蒙古軍隊大舉南犯，他的命運便與朝廷、國家的命運緊緊地聯繫在一起。

他曾上書宋理宗，說明自己堅決抵禦入侵者的主張，奏請立斬主張遷都的宦官董宗臣。但是宋理宗將他的奏請擱置一旁，不予理睬。由於不願和權貴同流合污，他在宦海沉浮了十五年，一會兒免職，一會兒起用，前前後後只做了五年官。

公元 1271 年，蒙古統治者改國號為「元」，繼續大舉進攻南宋。公元 1274 年，南宋的襄、樊兩城失陷，元將伯顏率領大軍浩浩蕩蕩沿江東下。南宋軍隊在丁家洲（今安徽銅陵北）和元軍打了一仗，結果全軍覆沒。經此一役，南宋已經沒有多少力量抵抗了，臨安（今浙江杭州）危在旦夕。

這時，文天祥正在贛州（今江西贛州）做地方官，接到《痛哀詔》以後，立即變賣掉自己的家產，充作軍費，組織軍隊，準備抵抗元軍。當地的百姓非常感動，紛紛參加抗擊元軍的隊伍。不幾天，就招募了一萬多人。

文天祥的一些朋友對他說：「元軍南下，勢如破竹，你帶着這些沒有經過訓練的士兵，怎能抵擋得住？這不是驅趕着羊羣去餵狼，白白送死嗎？」

文天祥慷慨激昂地說：「下官早已想過了，國家有難，卻沒人奮起抵抗；如今下官拚死抵禦強敵，為天下人領個頭，只要大家一起奮起抗戰，國家還是有希望的。」

文天祥率領這支招募來的軍隊，不分晝夜趕到臨安。京城百姓見到救兵，十分興奮。不久，文天祥被派去駐守平江（今江蘇吳縣），因孤立無援被元軍擊敗，退守臨安。

公元 1276 年，元軍逼近臨安東郊，南宋朝廷派文天祥以右丞相

的身分到元軍大營談判。談判時，文天祥大義凜然，慷慨陳詞，痛斥了元朝統治者的無理侵犯，要求元軍退兵。元軍統帥伯顏對他百般威嚇，要他投降，遭到文天祥斷然拒絕。文天祥激昂地說：「你想威嚇我嗎？我可不怕死！我是朝廷的狀元宰相，榮華富貴算是到頂了，缺少的就是以死報國。你就是把刀架在我的脖子上，把油鍋擺在我的面前，我也不會懼怕！」

伯顏對文天祥沒有一點辦法，卻又認為他是個有才幹的忠臣，便下令將他扣留下來，押送到北方去。在押送他的路上，他乘元軍士兵的疏忽，在京口（今江蘇鎮江）逃脫。

文天祥脫身後，歷經艱難險阻，輾轉到了福州，與陸秀夫、張世傑等共同組織力量抗擊元軍。不久，元軍攻打福州，陸秀夫、張世傑保護小皇帝趙昰從海路逃往廣東。不料小皇帝在途中死去，他倆又在海上擁立趙昰的弟弟趙昺即位，將水軍開往廣東厓山（今廣東新會南）。

文天祥在福州接受了樞密使之職，便到閩中、贛南組織抗元隊伍，收復了江南一部分失地，最終因為寡不敵眾，兵敗被俘。他拒絕了元將的誘降，寫下了《過零丁洋》這一千古不滅的絕唱。

南宋滅亡後，文天祥被押到大都（今北京）。公元 1283 年文天祥被押赴刑場。臨刑前，監斬官問他還有甚麼話要說。文天祥說：「死就死，還有甚麼話可說。」略略一頓，他問道：「哪一邊是南方？」有人告訴了他，他朝南方拜了拜，說：「我能夠報答國家的機會，已經沒有了」。隨後，文天祥英勇從容就義。

《過零丁洋》這首詩，是文天祥被元軍俘虜的第二年（公元 1279年）正月過零丁洋時所作。詩中概述了自己的身世、經歷，表現了慷慨激昂的愛國熱情、視死如歸的高風亮節和捨生取義的人生觀。「人生自古誰無死？留取丹心照汗青」，是中華民族傳統美德的最高表現，激勵中華兒女勇於為祖國獻身。

責任編輯　劉萄諾
封面設計　鄧佩儀
版式設計　龐雅美
排版　時潔
印務　劉漢舉

中國經典系列叢書

中國詩詞故事

徐尚衡 / 編著

出版 / 中華教育

香港北角英皇道499號北角工業大廈1樓B室

電話：（852）2137 2338　　傳真：（852）2713 8202

電子郵件：info@chunghwabook.com.hk

網址：https://www.chunghwabook.com.hk

發行 / 香港聯合書刊物流有限公司

香港新界荃灣德士古道220-248號荃灣工業中心16樓

電話：（852）2150 2100　　傳真：（852）2407 3062

電子郵件：info@suplogistics.com.hk

印刷 / 美雅印刷製本有限公司

香港觀塘榮業街6號海濱工業大廈4樓A室

版次 / 2022年10月第1版第1次印刷

©2022 中華教育

規格 / 16開（240mm x 170mm）

ISBN / 978-988-8808-73-1